启真馆 出品

许渊冲译莎士比亚戏剧集

第一卷

〔英〕威廉·莎士比亚 著　　许渊冲 译

浙江大学出版社

Zhejiang University Press

本书插图原为版画，

由 J. 肯尼·梅多斯（J. Kenny Meadows, 1790—1874）等绘制，

J. 奥林·史密斯（J. Orrin Smith, 1799—1843）等刻版。

目　录

哈梦莱

HAMLET

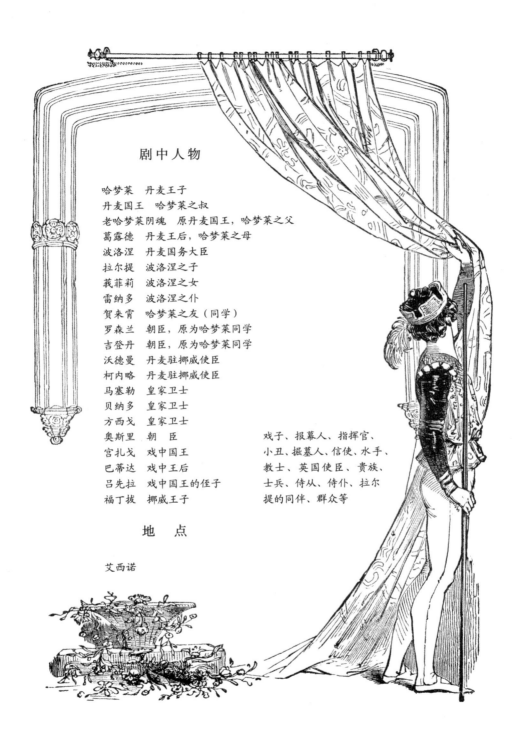

剧中人物

哈梦莱　丹麦王子
丹麦国王　哈梦莱之叔
老哈梦莱阴魂　原丹麦国王，哈梦莱之父
葛露德　丹麦王后，哈梦莱之母
波洛涅　丹麦国务大臣
拉尔提　波洛涅之子
莪菲莉　波洛涅之女
雷纳多　波洛涅之仆
贺来霄　哈梦莱之友（同学）
罗森兰　朝臣，原为哈梦莱同学
吉登丹　朝臣，原为哈梦莱同学
沃德曼　丹麦驻挪威使臣
柯内略　丹麦驻挪威使臣
马塞勒　皇家卫士
贝纳多　皇家卫士
方西戈　皇家卫士
奥斯里　朝　臣　　　戏子、报幕人、指挥官、
宫扎戈　戏中国王　　小丑、掘墓人、信使、水手、
巴蒂达　戏中王后　　教士、英国使臣、贵族、
吕先拉　戏中国王的侄子　士兵、侍从、侍仆、拉尔
福丁拔　挪威王子　　提的同伴、群众等

地　点

艾西诺

第一幕

第一场　丹麦　艾西诺皇家城堡炮台

（贝纳多、方西戈两哨兵分别从左右上）

贝纳多：口令！

方西戈：你怎么要我答口令？应该是我问你呀！

贝纳多：国王万岁！

方西戈：贝纳多吗？

贝纳多：难道还有别人？

方西戈：你来得倒准时，没有偷懒，也没有占便宜。

贝纳多：钟刚敲十二点，你下班睡觉去吧，方西戈！

方西戈：多谢你来接班，今夜好冷，我的心都凉了。

贝纳多：你当班有什么动静没有？

方西戈：连老鼠都没有出洞。

贝纳多：那好，再见！要是你碰到该和我同守夜的马塞勒和贺来
霄，就催他们快点来吧。

（贺来霄和马塞勒上）

方西戈：我好像听见脚步了。——站住！来的是谁？

贺来霄：老地方的熟人。

马塞勒：丹麦王的侍从。

方西戈：我要和你们说再见了。

马塞勒：啊，再见吧，老实的哨兵。谁接了你的班？

方西戈：是贝纳多。我要走了。（方西戈下）

马塞勒：嗨，贝纳多！

贝纳多：喂，那边是贺来霄吗？

贺来霄：嗬！来的不大也不小。（译注："嗬来小"和贺来霄
近音。）

贝纳多：来得好，贺来霄，来得好。马塞勒，你也好。

马塞勒：怎么，那家伙今夜又显灵了吗？

贝纳多：我还没有看到。

马塞勒：贺来霄说那不过是我们的幻想罢了，他才不相信呢。我们
两夜都亲眼看见阴魂出现，所以我就要他今夜来陪我们守
一夜。只要阴魂今夜再出现，他就不得不承认我们的眼睛
没看错了，他还可以和阴魂说几句鬼话呢！

贺来霄：别说了，别说了，不会出现的。

贝纳多：你先坐下吧，即使你的耳朵有城墙那么厚，我们两夜亲眼看见的阴魂也会攻出一个缺口来的。

贺来霄：等着瞧吧。我们先坐下来听贝纳多吹牛如何？

贝纳多：就是昨天夜里，北极星旁边那颗星往西移动，照亮了一角天空。就是它现在发光的地方，马塞勒和我听见钟敲一点——

马塞勒：不要讲了，你先打住一下！

（鬼魂上）

马塞勒：瞧，他不是又来了吗？

贝纳多：那不就是已经去世的国王吗？

马塞勒：你会说鬼话，贺来霄，和他拉扯几句吧。

贝纳多：他看起来不像先王吗？仔细看看，贺来霄。

贺来霄：的确像，看得人害怕，又莫名其妙。

贝纳多：他在等人说鬼话呢。

马塞勒：问问他吧，贺来霄。

贺来霄：你是什么东西？怎么偷偷地在这见不得人的时间，从丹麦国王的坟墓里偷来了他威风凛凛地迈开脚步的外形？老天在上，赶快回答！

马塞勒：他不高兴了。

贝纳多：看，他要走了。

贺来霄：站住！说话呀！说话呀！你说不说？

（鬼魂下）

马塞勒：他走了，也不理我们。

贝纳多：怎么样，贺来霄？你发抖了，脸也白了。这不是我们的
幻想吧！你怎么说？

贺来霄：老天在上，要不是我亲眼所见、亲身见证，这实在是令
人难以相信的。

马塞勒：这不像先王吗？

贺来霄：你还不如问你像不像你自己呢！看他身上的那副盔甲，
不正是他打败那野心勃勃的挪威国王时的披挂吗？瞧他
那皱起的眉头，不正是他在冰天雪地里手执长柄大斧怒
气冲冲地进行武装谈判时的神气吗？真是怪了！

马塞勒：就是这个样子，我们已经见过两次了，也是在这样阴沉
沉的时刻，在我们值夜班的时候，他威严地走过我们的
岗哨。

贺来霄：我也不知道看了这个令人难以相信的怪事后，会有什么
与众不同的想法，我只模模糊糊地感到，国家恐怕要爆
发什么意想不到的怪事了。

马塞勒：好了，现在坐下来谈谈吧，谁知道为什么要这样紧张忙
乱，累得人日夜不得安宁？为什么每天都要打造铜炮，
还要从国外进口武器？为什么要催促工人造船，忙得一
个礼拜连星期天也没有休息？这到底是为了什么，要这
样昼夜不分地流汗卖力？谁又说得清呢？

贺来霄：我来说吧。我看流传的说法不错，刚刚显灵的老王，你
们都知道，接受了骄傲自大、目空一切的挪威国王福丁
拔的挑战，双方明文约定胜利者可以得到失败者的一块
土地。在决斗的时候，我们以勇敢闻名的哈梦莱杀死了

不可一世的福丁拔，得到了他的土地。不料福丁拔的儿子年幼无知，好勇斗狠，在挪威边境纠集了一帮不三不四、没有土地的游民，供他们吃喝玩乐，要他们为非作歹，妄图夺回他父亲失掉的土地。在我看来，这就是我们要兴师动众、日夜忙乱的原因。

（鬼魂重上）

贝纳多：我想也没有别的理由，就是因为这些战争都和老王有关，所以他就全副武装出现在我们站岗的时候了。

贺来霄：说话小声一点儿。瞧，他又来了！不管三七二十一，我要去拦住他。——站住，幻影！如果你会说话，就开口吧；如果你有什么好事要做，不做就不放心，那就为我们做做好事，说给我们听吧；如果你预知国家的吉凶，那就泄漏一点儿天机，免得我们遭殃吧！是不是你生前搜刮来的财宝埋在地下？

（鸡啼）

据说人死了也放不下心来，于是你就恋恋不舍了，是吗？别让他走了，马塞勒！

马塞勒：要不要我用长矛捅他？

贺来霄：如果他不站住，那就用武力吧。

（他们试图动武）

贝纳多：他到那边去了！

贺来霄：他到这边来了！

（鬼魂下）

马塞勒：他走了！这样神气，恐怕我们得罪了他，不该对他动手动脚，其实他是像空气一样刀枪不入的。我们不怀好意的举动等于是开玩笑。

贝纳多：鸡啼时他好像要开口了。

贺来霄：他一听见这令人胆战心惊的召唤就畏罪似的跑掉了。听说雄鸡高而尖的啼声是唤醒白天太阳神的号角，一听见它吹响的警笛，无论水里火里、空中地上的游魂散魄，都要躲到暗洞中去。刚才阴魂一走，就说明这话不假了。

马塞勒：雄鸡一啼，他就消失得无影无踪。据说在天主降生的时候，报晓的公鸡彻夜歌唱，表示庆贺，那时阴魂都不外出，夜里非常平安，星光都不刺眼，妖仙的声音也不刺耳，女巫的魔术都不灵了。那时真是天下太平，万事大吉啊。

贺来霄：这话我听说过，也有几分相信。不过，瞧，红霞满天的清晨正在舐吸东方高山上的晓露，我们下岗的时间也到了。我看不如把今夜看到的事情告诉哈梦莱王子。我敢用生命起誓，对我们一言不发的阴魂，对自己的儿子不会闭紧嘴巴的。你们看告诉他好不好？这是感情的需要，也是责任的所在啊。

马塞勒：当然同意。我知道今天早晨在哪里找得到他。

（同下）

第二场　艾西诺皇家城堡内

（丹麦国王克罗帝、王后葛露德、王子哈梦莱、大臣波洛涅、拉尔提及其妹莪菲莉上，众使臣上）

国　王：虽然王兄哈梦莱新丧的记忆还没有消失，全国臣民的悲痛还遗留在眉头心间，但是最聪明的理智应该战胜最沉痛的感情，最好的哀悼还是继承先王的功业。弟继兄位，并立先嫂为新王后，共同治理这个百孔千疮的国家。因此，我们同时悲喜交集，有如一个失败的胜利者，或者转败为胜的英雄，眼睛流着丧失亲人的眼泪，口里唱着悲欢交集的婚歌，让悲喜在心中平分秋色。这事多蒙诸位拥戴，特表谢意。目前，诸位知道，年轻气盛的小福丁拔低估了我们的国力，要乘先王丧事之危机，竟派人送来信件，要求归还他父亲根据法定手续割让给先王的土地。关于这点，我们先说到这里。

（沃德曼及柯内略上）

国　王：现在来谈谈这次会议吧。我们已经写了一份文书给小福丁拔的叔父，当今的挪威国王。他因病卧床不起，对他侄子的所作所为并不知情。在信里我请他制止他侄子胡作非为，进一步招兵买马，扩充部队，逼迫他的臣民入伍。所以我们现在请你，柯内略，还有你，沃德曼，把文书送交给挪威老王，请你们在职权范围内和老王打交道，但是不要超越训令规定的范围。希望你们用迅速的行动，而不是用空洞的语言，去完成交托给你们的任务。（递交文书）

沃德曼：谨遵王命，我们一定尽忠职守。

国　王：我们毫不怀疑。衷心预祝你们一帆风顺！

（沃德曼与柯内略下）

现在，拉尔提，你有什么新的要求？你说过有一件大事，对不对，拉尔提？你还怕枉费了口舌。有理的要求会得不到丹麦王的同意吗？不等你开口就先答应了。丹麦王对你父亲真是心手相应，耳目并重啊。你还有什么不好说的呢？

拉尔提：尊敬的主上，请准许我回法国去吧。我非常乐意来丹麦参加主上的加冕大典，现在盛典已经结束，我的心又飞回法国去了，希望主上能够批准。

国　王：你的父亲同意了吗？波洛涅怎么说？

波洛涅：我同意了，主上，请准许他去吧。

10

国　王：那就选个良辰吉日。拉尔提，时间都是你的，你可以自由支配。——现在，我的侄儿哈梦莱，不，我双料的亲人！

哈梦莱：双料的亲人，还是伤了心的人？

国　王：你怎么还是阴沉沉的？

哈梦莱：天不也是阴沉沉的么？

葛露德：我的好哈梦莱，不要那样阴沉沉的，用友好的眼光瞧瞧丹麦王吧。不要老是想着在阴曹地府的父亲，要知道人生总有一死，这是常事。死后回归自然，才能进天堂啊。

哈梦莱：唉！母亲，这是常事。

葛露德：那你就不要看起来失常呀。

哈梦莱：母亲，不是"看起来"，不只是我的脸色和衣服"看起来"是阴沉沉的，所有的黑色丧服"看起来"都是阴沉沉的，所有哀嚎的悲风"听起来"都像哭声，所有滚滚的江流"看起来"都像哀号的眼泪，所有装模作样的愁眉苦脸"看起来"都像悲伤，但是我内心的痛苦却不是这些乔装打扮的悲哀。

国　王：哈梦莱，你对你父亲去世的深切悲痛，已经做到了尽心尽意的哀悼，说明你的天性淳厚，令人赞叹。不过你要知道，你的父亲也失去过他的父亲，就是你的祖父，而你的祖父也失去过父亲。所以做儿子的一定要尽他的孝道，寄托他的哀思，但哀思的时间不能过长，否则就不近人情，甚至违背天理了。做事不能急于求成，希望一了百了，不能思想单纯，那就不像受过良好教育的了。我们一定要做人同此心、心同此理的事情。为什么要与众不同，顽固不化，坚持到底呢？算了，那是违背天意，违反死者的遗愿，不符合自然成长的天性，也不符合人间情理的。因为父亲的死亡是必然的现象，从第一个死去的父亲到最近的亡灵都在大声疾呼：死亡是不可避免的。请你抛弃那不合时宜的痛苦，把你的叔父当作父亲。让全世界都知道你是王位最亲近的继承人，没有哪种父爱能够胜过我们的父子之情啊。你打算回惠登堡去读书，这点我们不能同意，希望你还是留在我们身边，安慰你的双亲，做一个名副其实的王子吧！

葛露德：不要让你母亲的祷告落空，哈梦莱，我求你留下来和我们在一起，不要到惠登堡去了。

哈梦莱：我一切听你的吩咐。

国　王：这个回答才叫丹麦王既称心又开心呢。——夫人，哈梦莱出自内心、毫不勉强的回答，听得我心花怒放了。谢天谢地！今天晚宴每一次为丹麦王干杯，都要让炮声响彻云霄，让天上的雷鸣也响应地上的炮声吧！

（众下。哈梦莱留场上）

哈梦莱：啊，有这等事！硬邦邦的骨头会化成软绵绵的肉体，甚至溶化成湿淋淋的露水！为什么天长地久的上帝会制定不许人走上绝路的清规戒律？啊，天呀，天呀！这人世的一切在我看来是多么无聊，多么陈旧，淡而无味，一无是处啊！去你的吧！唉，滚吧，滚吧！这个世界是个荒芜了的园子，杂草丛生，荒秽遍地，令人触目惊心。怎么会到这个地步！去世还不到两个月，不，没有那么久，绝对不到两个月，这么好的一个国王，比起现在这一个来，简直是天上地下，一个是太阳神，一个是好色鬼！父亲这样爱母亲，简直怕风会蹂躏她娇嫩的脸庞。天神地煞啊！我怎能忘记：她亲密地靠在父亲身上，就像甜蜜的食品越吃越有味一样，靠得越紧密，滋味也就越甜蜜。但是，只不过一个月，真是不堪设想。"薄情"啊，你怎么变成女人的绰号了！短短的一个月，她哭得像个泪人儿似的给父亲送了葬，怎么送葬的鞋子还没穿旧，唉！她却——不懂人情的畜生哀悼的时间也不会这么短啊——她却嫁给了叔父，我父亲的弟弟，但是他怎能比得上我父亲？我比得上力大无穷的赫鸠力士吗？差得远呢！但是，怎么在一个月之内，她那哭得又红又肿的眼睛里的盐水还没有干，她却居然又结婚了！啊，为什么这样急急忙忙，又这样驾轻就熟地钻进了颠倒伦常的被窝？这会有什么好下场！我的心要碎了。但我还是住口吧。

（贺来霄、贝纳多、马塞勒上）

贺来霄：特向殿下问好！

哈梦莱：很高兴见到你，贺来霄，如果我没有记错的话。

贺来霄：一点儿不错，殿下，我一直乐意为殿下效劳。

哈梦莱：好朋友，我看还是做朋友好。你怎么从惠登堡来了，贺来霄？——马塞勒！

马塞勒：殿下，您好。

哈梦莱：很高兴见到你。——你好，我的朋友，你到底为什么离开了惠登堡？

贺来霄：还不就是为了偷闲躲懒，我的好殿下。

哈梦莱：即使听了讨厌你的人说这样的话，我也会觉得刺耳，怎么叫我相信你伤害自己的话呢？我知道你不是一个偷闲躲懒的人，那为什么要来艾西诺？既然来了，那就非喝个酩酊大醉才放你走。

贺来霄：殿下，我是来参加你父王葬礼的。

哈梦莱：我请你不要开玩笑了，我的老同学，我看你是来参加我母亲婚礼的吧。

贺来霄：的确，婚礼离葬礼太近了。

哈梦莱：那可省事了。葬礼剩下的残羹冷炙，不正好摆上婚礼的宴席吗？我真不愿意看到这一天，简直比看到恶人升天还更难受呢！贺来霄，我气得好像看见我父王了。

贺来霄：啊，殿下，看见他在哪里？

哈梦莱：在我心里，贺来霄。

贺来霄：我也见过他一次，真是个好国王。

哈梦莱：他是一个真正的人，从各方面看来，恐怕再也找不到第二个了。

贺来霄：殿下，我昨夜还看见他呢。

哈梦莱：看见谁了？

贺来霄：殿下，看见你父王呀。

哈梦莱：看见我父王？

贺来霄：不要大惊小怪，请你仔细听我讲这件怪事，他们两个都可以做证。

哈梦莱：老天发发善心，你就讲来我听听吧。

贺来霄：有两个夜晚，马塞勒和贝纳多两个人值班站岗，看见了阴灵。他真像你父王，全身武装，披甲戴盔，出现在他们面前，威严稳重，在他们面前走了三个来回。他们流露了压制不住的惊慌和害怕的神色，在距离他不过一鞭之远的地方，仿佛瘫痪成了一团烂泥，不会说话，不会动弹。他们偷偷地把这个令人胆战心惊的遭遇告诉了我，我第三天就陪他们一起守夜。到了时间，阴灵果然出现了，一举一动，都像我所知道的老王一样，简直像两只手没有什么分别。

哈梦莱：那是在什么地方？

马塞勒：殿下，在我们守夜的炮台上。

哈梦莱：你没有对他喊话吗？

马塞勒：殿下，我喊了，但是他没有答话。有一次我觉得他的动作好像是要说话，偏偏这时雄鸡啼了，一听见鸡声他就隐隐缩缩，匆匆地从我们眼前消失了。

哈梦莱：这真奇怪。

贺来霄：我敢用生命担保，尊敬的殿下，这是真的。我们都认为有责任把情况告诉殿下。

哈梦莱：很好，很好，诸位，不过我也搞不明白。你们今天还守夜吗？

马塞勒、贝纳多：是的。

哈梦莱：你们说他全身武装？

马塞勒、贝纳多：全身武装。

哈梦莱：从上到下？

马塞勒、贝纳多：是的，殿下，从头到脚。

哈梦莱：你没有看见他的脸孔？

贺来霄：看见的，殿下，他头盔的面甲没有放下。

哈梦莱：怎么？他看起来是不是皱着眉头？

贺来霄：看起来是在发愁，不是发怒。

哈梦莱：脸色是苍白还是通红？

贺来霄：一点儿不红，满脸惨白。

哈梦莱：瞪着眼睛瞧你？

贺来霄：简直就是盯着。

哈梦莱：要是我在场就好了！

贺来霄：那你也会大吃一惊的。

哈梦莱：的确会，的确会。他待了多久？

贺来霄：如果不快不慢地计数，大约可以数到一百。

马塞勒、贝纳多：不止一百，不止一百。

贺来霄：我看到的时间只有那么久。

哈梦莱：他的胡子发白了没有？

贺来霄：我见过他生前的胡子是黑里夹白的。

哈梦莱：我今夜要去看看，也许他还会再来。

贺来霄：我看他一定会来。

哈梦莱：如果他像我的父王显身，那即使地狱张开大口，叫我不
要说话，我也要问问他的。我求你们几位，只要这事还

没有泄露出去，就请继续保密，不管今夜发生什么，都请记在心里，不要说出口来。我会报答你们的。再见吧，今夜十一点到十二点我会到炮台去。

众　人：愿为殿下效劳。

哈梦莱：感谢诸位的好意，再见。

（众下。哈梦莱留场上）

父王的英灵全副武装，这不是好兆头，我怕要有大祸。但愿黑夜早点儿降临，我只好耐心等待了。不过不必担心，坏事总是会暴露的，尘土哪里挡得住阳光呢！（下）

第三场　城堡内

（拉尔提、莪菲莉上）

拉尔提：我的行李都上船了，再见吧，妹妹，只要顺风顺水，船来船往，就不要躺在床上，别忘了给我写信啊。

莪菲莉：你还不相信我？

拉尔提：哈梦莱对你表示微不足道的好感，要看清楚，这是一时的风气，心血来潮的表现。春光烂漫中的紫罗兰，花开得早，谢得也快，芬芳扑鼻，转眼就会消失，不过是迷迷蒙蒙的烟云而已，不要上当受骗！

莪菲莉：就是这样的吗？

拉尔提：不要再多想了。一个人的成长并不只是肌肉发达，还有心灵的成熟呢。也许他现在爱你，他的意志没有受到干扰。但是，你要知道，家世对他会有压力，他并不能自作主张，像普通老百姓一样不受身世的限制，为所欲为，开辟自己的道路。他选择时还要考虑国家的安危，因此他的选择一定会受到整体看法的限制，而他自己就是整体的首脑。如果他说他爱你，你就要用你自己的聪明才智来判断，在他那特殊的地位和权力的限制之下，他说的话能不能成为现实，还要听丹麦王的意见才能确定呢。如果你轻易相信了他唱得好听的歌声，你的身名会受到很大的损害，所以千万不能以心相许，尤其是不要在他一时的情欲冲动之下，失去你那纯洁如玉的童贞之身！要小心啊，莪菲莉，我亲爱的妹妹，要退守到感情的后方，不要让它受到欲望冲击的伤害。最贞洁的女性如果把她的美色暴露在月光之下，那已经是莫大的浪费了。即使是守身如玉也难免不受到谣言诽谤的中伤，新春含苞欲放的鲜花往往会受到害虫的蛀伤，猛烈的狂风会吹得青春的晓露凋零。提心吊胆才能得到安全，而青春年少不用别人挑唆，也会犯上作乱、无事生非的啊。

莪菲莉：多谢你的劝告，我会像守门人一样，不让自己心猿意马的。不过，我的好哥哥，你可不要像有的牧师那样只劝别人走艰险的登天之路，自己却放浪形骸，只走花街柳巷啊！

拉尔提：不要为我担心。

（波洛涅上）

拉尔提：我耽搁得太久，不过父亲来了，再一次告别会得到再一次祝福，再一次祝福又会再赢得笑颜了。

波洛涅：你还没走，拉尔提？上船去，上船去吧！帆船总要等风，你怎么能让风等人呢？既然你还没走，我就再一次给你祝福吧。这几句话希望你铭刻在心上。不要想到什么就说什么，更不要事情还没想好，就先动手去做。做人要随和，但是不要随便。经过考验的好朋友，要用钢箍来巩固你们的友谊，但是不要紧紧握住新结识的泛泛之交的手。不要和人争吵，但若争吵起来，就要让对方知道你的厉害。多听别人讲，自己少开口。接受别人的批评，但是保留自己的意见。口袋里有多少钱，就买什么价钱的衣服，不要穿得稀奇古怪，衣服可以华贵，但是不要炫耀。从一个人的打扮，可以看出他的品格，法国上流人的穿着也是高雅而又大方的。不要向别人借钱，也不要借钱给别人。借出去的钱往往收不回来，不但丢了钱，还会丢了朋友，向人借钱却会养成不节俭的习惯。最重要的是，做事总要问心无愧，要对得起自己，接着才会对得起别人，就像白天过了，黑夜就会接着来一样。再见了，但愿我的祝福能使我的临别赠言在你心中生根发芽！

拉尔提：我真舍不得离开你们。

波洛涅：走吧，时间不能耽误，仆人还在等着你呢。

拉尔提：再见，莪菲莉，记住我说的话。

莪菲莉：已经锁在记忆中了，钥匙还在你手里呢。

拉尔提：再见了。（拉尔提下）

波洛涅：他刚才对你说什么啦，莪菲莉？

莪菲莉：请你不要见怪，那是关于哈梦莱王子的话。

波洛涅：圣母在上，你倒想得好。听说他近来常和你见面，你也随便答应他的要求。如果真是像人家说的那样，为了谨慎起见，我不得不告诉你，你还不太清楚要怎样一举一动，才能符合我女儿的身份。你们之间到底怎么样？老实告诉我吧！

莪菲莉：父亲，他近来对我说了好多温存体贴的话。

波洛涅：温存体贴？不要说了！你说话还像一个不懂事的傻丫头，在这危险关头你毫无经验，你懂得什么是温存体贴吗？

莪菲莉：父亲，我不知道应该怎样说。

波洛涅：圣母在上，我来告诉你吧，你要把自己当作个孩子，你还会把虚情假意当作货真价实的感情呢！不要做风吹两面倒的墙头草！否则，你就要上当受骗了。

莪菲利：父亲，他谈情说爱的态度的确是认真的。

波洛涅：唉，你也可以说是一种姿态。得了，得了！

莪菲莉：为了说明他的真情实意，他说尽了天下的山盟海誓。

波洛涅：这些都是捕捉山鸡的巧机关，我全知道。血涌上来的时候，还有什么真心假意的誓言说不出口的呢？这些都是火焰，女儿啊，都是光多热少的，甚至在诺言还没有说完的时候，就已经光消热尽了。千万不要把火焰当作火啊。目前呢，女儿啊，不要轻易出头露面，一请就到。对哈梦莱王子，要知道他还年轻，他的行动比你自由得

20

多。不要相信他发的誓，誓言都是推销商的广告，表面上冠冕堂皇，实际上弄虚作假，或者是推销嫁不出去的老闺女的媒婆，说得天花乱坠，花枝招展，其实是人老珠黄，目的都是为了骗人。总而言之，说明白点儿，就是从今以后不要再浪费有限的时间去和哈梦莱王子谈天了！这就是我要你记住的话。去吧。

莪菲莉：我会听话的，父亲。

（同下）

第四场　艾西诺皇家城堡炮台

（哈梦莱、贺来霄、马塞勒上）

哈梦莱：寒风刺骨，怎么这样冷啊！

贺来霄：好像梅花针似的一针一针扎人。

哈梦莱：现在是什么时间？

贺来霄：我看快到十二点了。

哈梦莱：听，钟声响了。

贺来霄：的确，怎么我没听见？那就快到阴魂出现的时间了。

（鼓乐齐鸣，夹杂炮声）

这是什么意思，殿下？

哈梦莱：国王今夜大宴群臣，狂欢痛饮，跳德国舞，喝莱茵酒，又是打鼓，又吹喇叭，来庆祝他说到做到的胜利啊。

贺来霄：这是不是惯例？

哈梦莱：什么惯例？虽然我也见过，但是在我看来，一起遵守这种惯例，倒不如打破更好。

（阴魂上）

贺来霄：瞧，殿下，阴魂来了。

哈梦莱：带来好坏消息的天使和信差，帮帮忙吧！不管你是神灵还是恶魔，带来的是清风还是邪气，目的是好是歹，你的外貌叫人疑神疑鬼，不管怎样，我都要和你说话，我要叫你"哈梦莱老王，父王，丹麦王"。啊，啊！回答我吧。不要让我沉重的心情在无知中破成碎片。告诉我，我们亲眼看见你合乎天理国法人情地沉醉在死亡中的躯体，本来不声不响地安眠在坟墓之中，怎么突然冲破了庄严肃穆的大理石墓门，又回到了人间？你为什么使没有灵魂的躯体又披上了头盔金甲，出现在朦胧的月影之下，使夜色也变得阴森可怕，使我们目瞪口呆，胆战心惊，成了一无所知的傻瓜笨蛋？说，这是为了什么？到底是什么缘故？我们该怎么办？

（阴魂招呼哈梦莱）

贺来霄：他在招呼你，要你跟他走，仿佛有话要单独对你说。

马塞勒：瞧，他很客气地向你招手，要你到别的地方去。但你是去不得的。

贺来霄：去不得，千万不要去。

哈梦莱：他不肯说话，我怎能不去呢？

贺来霄：不要去，殿下。

哈梦莱：为什么不去？有什么可怕的？在我看来，我的生命并不值一文钱。至于灵魂，那更不必担心，阴灵本身就是不朽的幽魂，难道还会同类相残么？他又在招手要我去，我得去了。

贺来霄：如果他把你引到怒涛汹涌的河边，或者是悬崖峭壁的顶峰，再摇身一变，换上一副狰狞可怕的面孔，也许会吓得你魂不附体，丧失理智，陷入疯狂。那怎么得了？要想想啊！

哈梦莱：他还在招手呢！得了，我要去追上他。

贺来霄：（拉住他）你不能去，殿下。

哈梦莱：放开你的手。

贺来霄：听听劝告吧，你不能去。

哈梦莱：命运在召唤我，连我身上的小血管也变得像狮子的牙齿一样坚硬。他又在招呼了！放开你们的手。老天在上，要是你们不放手，就莫怪我下手不留情了！走开吧，我来了。

（哈梦莱同阴魂下）

贺来霄：他狂想得不要命了。

马塞勒：我们跟住他吧，俯首听命恐怕不太合适。

贺来霄：只好跟着他了。结果会怎样呢？

马塞勒：丹麦国内怕是糟了。

贺来霄：那也只好听天由命吧。

马塞勒：不管怎样，我们总得跟住他。

（同下）

第五场　炮台一角

（阴魂、哈梦莱上）

哈梦莱：你要把我带到哪里去？说吧！我不能再往前走了。

阴　魂：听我说。

哈梦莱：我听着呢。

阴　魂：我的时辰快到了，我又得回到硫火炼狱中去忍受烈火的煎熬。

哈梦莱：唉，可怜的阴魂！

阴　魂：用不着可怜我，好好听我讲吧。

哈梦莱：说吧，我会好好听的。

阴　魂：听完了，你还得替我报仇呢。

哈梦莱：什么？

阴　魂：我是你父亲在天之灵，现在罚我在炼狱之外夜游，白天还得回到炼狱中去忍受烈火的煎熬，一直烤到我生前所犯的罪过都烧得干干净净为止。但是炼狱中的天机不可泄漏，只要透露最轻微的一点儿，就会吓得你魂飞魄散，使你的血液凝成冰霜，使你的眼睛变成冲出轨道的流星，使你的卷发根根直立，像豪猪身上竖起的硬毛。但是这些天地间的秘密怕不是你们血肉之躯可以理解的。听我说，哈梦莱，啊，听我说！如果你还有父子之情——

哈梦莱：啊，天啦！

阴　魂：你就要为你惨遭谋杀的父亲报仇。

哈梦莱：谋杀？

阴　魂：说得最轻，也是阴险的谋杀，其实是最阴险毒辣、出人意料、丧尽天良的谋杀。

哈梦莱：快说，快告诉我，我要让爱和恨都长上翅膀，飞去为你报仇。

阴　魂：但愿你说得到做得到。假如你听了我说的话还无动于衷，那岂不成了地狱中忘忧河边无知的野草。现在，哈梦莱，听我说，他们散布谣言，说我在园子里睡着了的时候，一条毒蛇咬了我一口，这个凭空捏造的谎言蒙蔽了丹麦全国上下的耳目。但是你要知道，敢作敢为的年

25

轻人，咬死你父王的毒蛇，现在还戴着他的王冠呢！

哈梦莱：啊，我早就有预感，是我的叔父。

阴　魂：啊，这个破坏伦常的畜生，用阴谋诡计，用心狠手辣的方法，诱骗了外貌端庄的王后，来满足他无耻的淫欲。啊，哈梦莱，她怎么能这样自甘堕落，忘记了我们结婚时手挽手共同做出的誓言，看得上一个在各方面都不如我的下流人呢！但是贤淑的女人也会被披着灿烂天衣的淫欲打动，即使和天使同床共枕也会日久生厌，反而垂青外表花哨的小人。啊，且慢，我似乎闻到清晨的新鲜空气了，说话恐怕要短一点儿。当我下午按照惯例在园子里午睡的时候，你的叔父偷偷地溜了进来，把一瓶剧毒的药水灌进了我的耳朵。这种药水和人体的血液一拍即合，凝结成块，像水银一样流入了我的大小血管，流遍了我的全身。就是这样，在我熟睡的时候，一个兄弟亲手剥夺了我的生命、我的王冠、我的王后。他使我还没有忏悔赎罪，没有领受圣餐，没有行涂膏礼，就离开了人世。可怕啊，可怕啊，多么可怕！只要你有人性，你能够容忍吗？能让丹麦王榻变成骄奢淫逸、罪恶滔天、破坏伦常的床笫吗？不过记住：即使你要报仇雪恨，千万不要染污你的心灵，不要对你的母亲有任何行动。让老天去惩罚她吧！让她胸上的荆棘刺痛她的心灵吧！我们马上就要分手了，萤火虫的微光已经显得暗淡，黎明就要降临。别了，别了，哈梦莱，不要忘了我啊！

哈梦莱：啊，天神啊，世界啊！还有什么呢？难道还要向地狱呼唤？啊，去你的吧！我的心啊，一定要坚强，而你呢，我的身体，千万不要衰老软弱，而要鼓起劲来。不要忘记了你？唉！可怜的阴魂，只要记忆在这个纷纷扰扰的世界上还有一席之地，我就不会忘记你的。在我的大脑中，我已经删除了一切心爱的琐碎记录，一切书本中的金玉良言，一切年幼无知的人所承受的重压，还有各种各样察言观色得到的印象，全都一笔勾销，只剩下你的临别赠言，将永远储存在我头脑的备忘录中，不会和低级的烦言琐语混为一谈。不错，不错，老天在上，啊，最危险的女人！还有奸贼，奸贼，满脸堆笑，满心狠毒的奸贼！我的备忘录，我的备忘录呢？我要把它记录下来！一个满脸堆笑、满口甜言蜜语的人可能就是个奸贼，至少我敢肯定，在丹麦的确是如此。那么，叔父，你也进了我的备忘录了。现在，我念念不忘的话就是："别了，别了，不要忘了我啊！"不会忘记的，我已经发过誓了。

贺来霄、马塞勒：（在幕后）殿下，殿下！

（贺来霄、马塞勒上）

马塞勒：哈梦莱殿下！

贺来霄：老天保佑他吧！

哈梦莱：会保佑的。

贺来霄：来了，哈哈，殿下！

哈梦莱：来了，哈哈，猎人，你的猎鹰回来了。

马塞勒：怎么样了，我尊贵的殿下？

贺来霄：有什么消息，殿下？

哈梦莱：啊，好极了。

贺来霄：好殿下，告诉我们！

哈梦莱：不行，天机不可泄漏。

贺来霄：老天在上，我不会泄漏的，殿下。

马塞勒：我也不会，看在老天的份上。

哈梦莱：那么，你们怎么说，哪个人想得到？但是你们一定要保密！

贺来霄、马塞勒：对，老天在上，殿下。

哈梦莱：全丹麦没有一个坏人不做坏事。

贺来霄：殿下，这也用不着阴魂从坟墓里跑出来告诉你呀！

哈梦莱：什么？对了，你说对了。那么，不再转弯抹角了，我看还是说老实话，我们握手说再见吧。你们有你们的事等着去做，每个人都有要做的事，都有想做的事，既然如此，我也有我的琐事。你们看，我要做祷告去了。

贺来霄：殿下，你怎么说话文不对题呀？

哈梦莱：对不起，得罪了，请原谅，衷心请你们原谅。的确，衷心请求原谅。

贺来霄：殿下，你没有得罪谁呀！

哈梦莱：是的，炼狱的圣徒在上，不过，贺来霄，圣徒是不能得罪的。至于我们见到的阴魂，这是一个老实的英灵，这点我可以告诉你们。你们想要知道我们谈了什么，这个不便泄露。现在，好朋友，既然我们是朋友，你们一个是学者，一个是军人，那我就要提出一个小小的要求。

贺来霄：什么要求，殿下？我们当然从命。

哈梦莱：不要泄漏今夜的所见所闻。

贺来霄、马塞勒：当然不会。

哈梦莱：不会？那就宣誓吧。

贺来霄：的确，殿下，我不会泄露。

马塞勒：我也不会，殿下，说真的。

哈梦莱：（拿出剑来）手按着剑发誓！

马塞勒：我们已经发过誓了。

哈梦莱：我要你们再按着剑发誓。

阴　魂：（在台后方）发誓！

（贺来霄、马塞勒宣誓）

哈梦莱：（对阴魂）说得好，老田鼠，你钻洞钻得真快呀！好一
　　　　个开路的先锋。——那就再换个地方发誓吧，两位老
　　　　朋友。

贺来霄：这真是咄咄怪事。

哈梦莱：怪事也欢迎吧。天上地下，怪事可多着呢，贺来霄，多
　　　　得超过了你们哲学家的梦想。老天保佑，再发一次誓
　　　　吧！无论我在你们面前表现得多么稀奇古怪，无论我显
　　　　得多么莫名其妙，希望你们看到我也不会两臂交叉，或
　　　　者摇头晃脑，说些似是而非的话，什么"得了，我们早
　　　　就知道"，什么"只要想做，就做得到"，或者"如果
　　　　允许我说"，或者"可以肯定的是"这一类模棱两可的
　　　　话，来说明你们知道我的秘密，这可千万不行。那就需
　　　　要老天开恩来帮助你们了。发誓吧！

阴　魂：发誓吧！

　　　　（贺来霄、马塞勒宣誓）

哈梦莱：休息吧，安息吧，惶惶不安的阴灵！——两位老兄，像
　　　　哈梦莱这样痛苦的人，有多少感情就会拿出多少来的。
　　　　只要是符合天神的意愿，我也不会隐瞒。我们一同进城
　　　　堡去吧，记住，永远要用手指捂住你们的嘴唇，我求求
　　　　你们了。时代已经乱了套，啊，真倒霉，偏偏我生来却
　　　　梦想拨乱反正！哪能做得到呢？不行，进去，我们一同
　　　　走吧！

　　　　（同下）

30

ACT II.

第二幕

第一场　艾西诺皇家城堡内

（波洛涅及雷纳多上）

波洛涅：把钱和便条交给他，雷纳多！

雷纳多：是，大人。

波洛涅：你要干得不露痕迹，雷纳多，见面之前，先要打听他的
　　　　行为。

雷纳多：遵命，大人。

波洛涅：那好，那好。先打听巴黎有哪些丹麦人，叫什么名字，
　　　　怎么过日子，靠什么过活，住什么地方，和什么人来

往，有多大的开销，就这样兜圈子顺藤摸瓜问他们是不是知道我儿子，但也不要问得直截了当，只说想对他有点儿了解，说你认识他的亲友，知道一些情况。明白了吗，雷纳多？

雷纳多：啊，明白了，大人。

波洛涅：“知道一点儿情况，”你可以说，“但是不太清楚。如果说的是他，他可是有点儿放荡，干这干那。”你可以随便给他编上几个罪名，但是话不能说过头，使他丢面子，这点千万要注意！只能提到无人不知的公子哥儿们常犯的小毛病。

雷纳多：比如说赌博，是不是，大人？

波洛涅：对，还有喝酒闹事，赌咒发誓，争风吃醋，也就只能到此为止了。

雷纳多：大人，这不会叫他难堪吗？

波洛涅：那不用怕，你要掌握说话的轻重分寸。你可以雪里送炭，但是不能雪上加霜。比如“好色”可以说是“爱美”，争吵则是个性的自由发展，好斗只是青春的火气电光似的爆发，动手动脚却是任何人热血沸腾时的表现。

雷纳多：那么，大人——

波洛涅：我为什么要你这样说呢？

雷纳多：对，大人，这正是我要问的。

波洛涅：那好，我的打算是要用这个花哨的小鱼钩去钓出我儿子的真情实况。如果你问到我儿子的小毛病，而回答问题的那个人如果了解我的儿子，他就会叫你"老兄"或者"朋友"，并且表示同意你说的话。

雷纳多：太好了，大人。

波洛涅：于是，他就会——他就会——我要说什么来着？我正要说，我说到什么地方了？

雷纳多：大人说到，他会叫你"老兄"，并且表示同意。

波洛涅：他会表示同意，不错，他最后会说："我知道这位老兄，昨天或者前天我还见过他呢。"然后，然后，和这个人或者和那个人，像你说的，他赌博了，他喝醉了，打网球和人吵架了。或者会说："我看见他走进一个做买卖的人家。"那就是说做烟花风月买卖的，如此等等。现在你明白了吧，你用假鱼饵钓到真鲤鱼了，就是这样我们用小聪明来达到大目的，用转弯抹角、漠不关心的方式打听到了真正关心的消息，就这样可以了解到我儿子的情况。你懂了吧。你懂了吗？

雷纳多：大人，我懂了。

波洛涅：老天保佑你，你去吧！

雷纳多：好的，大人。

波洛涅：你自己也要亲眼观察啊。

雷纳多：遵命，大人。

波洛涅：让他自说自唱吧！

雷纳多：好的，大人。

波洛涅：再见！

（雷纳多下。莪菲莉上）

波洛涅：怎么样，莪菲莉，有什么事吗？

莪菲莉：哎哟，父亲，我吓坏了。

波洛涅：天啦！什么事呀？

莪菲莉：父亲，我正在房里缝织，哈梦莱王子来了，他的紧身衣还没有扣上，帽子也没有戴，袜子没有系紧，一直掉到脚踝骨上，脸白得像他的衬衫，看样子真可怜，仿佛是从地狱里放出来散布恐怖似的——他一直走到我面前。

波洛涅：是不是爱你爱得发疯了？

莪菲莉：父亲，我不知道，的确，我怕他是——

波洛涅：他说什么了？

莪菲莉：他抓住我的手腕，捏得紧紧的，然后伸直了胳臂往后退，另外一只手遮着眉头看我的脸，好像要给我画像似的。他这样站了很久，最后他的胳臂抖了一下，三次低下头去又抬了起来，发出了一声表示悲哀的叹息，似乎要摆脱身体的拘束，结束他的生命似的。然后他就转过身来走了，似乎不用眼睛也认得路似的，也不看路就走了出去。最后，他又把眼光转向了我。

波洛涅：来，和我同去见国王吧，这是爱得发狂的表现。爱得太强烈了反而会毁了自己，做出要死要活的举动，就像天底下过分的热情总会损害自己一样。很抱歉我要问一问：你近来有没有对他说什么不好听的话？

莪菲莉：没有呀，好爸爸，只是遵照你的嘱咐，拒绝了他的信件，请他不要来找我。

波洛涅：这就使他发疯了。真对不起，我没有早看出这一点，没有做出正确的判断，误以为他只是逢场作戏，和你玩玩而已。现在看来，我们上了年纪的人谨小慎微，就像你们年轻人不思前顾后一样，都会犯下错误。来吧，我们一同见国王去。这种感情上的事隐藏在心里会造成痛苦，还不如拿到光天化日之下去，可以化痛苦为欢乐呢。

（同下）

第二场　艾西诺皇家城堡内

（国王、王后、罗森兰、吉登丹等上）

国　王：欢迎，亲爱的罗森兰和吉登丹，我们非常想见你们，又有事要请教，所以就匆匆请你们来了。你们大约听到了哈梦莱的变化吧，我说这是变化，因为他从里到外都不像过去那个人了。除了失去父亲的悲痛之外，还有什么使他变得连他自己都不认识自己了，我也想不出来。所以我要请教二位，因为你们从小和他相处，了解他的脾气，如果在宫廷里住上几天，和他做伴，替他消愁解闷，也许会有意想不到的收获。是不是有什么我们不知道的事情增加了他的悲痛？如果能够揭开他的心事，解开疙瘩，那就更容易治好他的心病了。

葛露德：两位好朋友，他时常谈到你们，所以我想恐怕没有另外两个人比你们对他更了解的了。如果你们能和我们在一起小住几天，那我们会非常感谢你们的深情厚谊，王室决不会亏待二位，让你们虚度此行的。

罗森兰：二位主上如果用得上我们，只要吩咐一声，哪有不从命的？

吉登丹：我们愿意鞠躬尽瘁，俯首听命，请二位主上任意支配。

国　王：谢谢，好样的罗森兰和吉登丹。

葛露德：谢谢，好样的吉登丹和罗森兰。我希望你们尽快去看看我那个变了样子的儿子——来人呐，带这二位去看哈梦莱！

吉登丹：老天保佑，希望我们能够使他高兴，我们的话他能听得进去。

　　　　（罗森兰和吉登丹随侍从下）

葛露德：但愿如此！

　　　　（波洛涅上）

波洛涅：主上，去挪威的使臣顺利回来了。

国　王：你真是一个报喜的天使。

波洛涅：主上，那可不敢当。我敢保证我会全心全意为主子效劳，就像为上帝尽心尽力一样。如果我的头脑没有出毛病，像一贯那么好使用，我觉得我找到了哈梦莱变得不正常的原因。

国　王：啊，快讲！我正想听呢。

波洛涅：请先接见从挪威回来的使臣吧，我的消息只能当餐后的果点。

国　王：那就请你去接他们进来吧。

（波洛涅下）

好王后，他说他有头有尾地发现了你儿子神情失常的原因。

葛露德：我猜想主要原因不是别的，还是他失去了他的父亲，而我们结婚又太仓促了。

（波洛涅、沃德曼及柯内略上）

国　王：那好，我们要把他的话过一下筛。——欢迎，我的好朋友，告诉我挪威王兄怎么说的？

沃德曼：他非常友好地回答了我王的问候和祝愿。我们一提出，他就命令他的侄子立刻停止招兵，他本以为招兵是对付波兰人的，但是深入调查之后，发现的确是要对付我主。他很难过，因为年老多病，力不从心，以致受到蒙蔽，于是命令他的侄子福丁拔住手。侄子接受了叔父的指责，当面表示了不再兴师进犯我国。老王一喜之下，赏了他三千克朗的年金，还命令他统帅新招募的军队去对付波兰人，并且请求我主允许他们借道经过，决不扰乱治安，条件都有书面说明。（呈上文书）

37

国　王：这样很好。等我有宽裕的时间再来仔细看文书吧。非常感谢，你们劳苦功高，现在请去休息，晚上我们还要为你们庆功，欢迎你们回来。

波洛涅：这件事情总算圆满结束了。主上，娘娘，君臣的职责，昼夜的划分，这些不必浪费时间去说。聪明人说话做事总是简单明了，而粗手笨脚，拖拖拉拉，或是花哨的外表，都是叫人讨厌的，所以我说的话还是尽量简短的好。总而言之一句话，我们的王子是疯了，我说他疯了，如果要问什么是真正疯，我也说不清楚。去他的吧！

葛露德：多说实话，少耍花腔！

波洛涅：娘娘，我发誓，这一点儿也不是耍花腔，他是疯了，真的疯了，真的，但是很可惜，可惜他真疯了，成了一个疯子。再会吧，我并不想耍花腔，但得承认他是疯了，那么，剩下来的问题就是找出他发疯的原因，这就是剩下来的问题。想想看，我有一个女儿——她是我的女儿——她很听话，懂得孝道，她给了我一封信。你们猜猜信是怎样写的。（拿出信来，读信）"献给我的天仙，我心灵的偶像，美丽的化身"，这就是在玩弄字眼了，抽象的美丽怎么可以化成具体的人身呢？不过你们听，下面还有呢，"在她纯洁如玉的酥胸中——"

葛露德：这是哈梦莱写给她的吗？

波洛涅：好娘娘，你听听，我会照着念的，下面还有一首诗呢：

"你可以怀疑星星会发光，

38

也可以不信天上有太阳，

可以问真理为何不动听，

但是不要怀疑我的爱情！

啊，亲爱的莪菲莉，我不会用音韵来写诗，也不会计算痛苦发出的呻吟，但是我献给你的是我的一片真心。

啊，最好的人儿，相信我吧！再见了，最亲爱的人儿。只要我的身体还是我能使唤的机器，你就永远在我心里。哈梦莱。"这是我的女儿给我看的信，她还告诉我他如何求她，在什么时间，什么地方，用什么方法，都——说给我听了。

国　王：她如何接受他的爱情呢？

波洛涅：主上觉得我这个人怎么样？

国　王：你是个忠实可靠、令人尊敬的好人。

波洛涅：我真希望如此。但是您哪里想得到，当我看到他们这对热恋的情人展翅高飞的时候——我不得不告诉二位，在我女儿让我知道以前，我就是这样看他们的——我的主上，还有我敬爱的王后娘娘，你们认为我会装聋作哑，像一张书桌或桌上的书本一样一声不响，满不在乎地眨眨眼睛看着他们搞恋爱吗？我可不是这样，没有转弯抹角，我就对她直说："哈梦莱殿下是王子，是可望而不可即的星辰，这事不能进行下去了。"于是我就叫她关起门来不见他，也不见信使，也不接受他送来的东西。她接受了我的劝告。但他一遭到拒绝——长话短说吧——先是闷闷不乐，然后不吃不喝，再后是睡不着觉，身体软弱无力，头重脚轻，最后落到疯疯癫癫、胡言乱语的地步，这就是我们担心的事了。

国　王：你认为是这个缘故吗？

葛露德：很有可能。

波洛涅：有没有出现过这种情况——我说事实如此的时候，事实却并非如此呢？

国　王：就我所知，还没有出现过。

波洛涅：如果事实并非如此，那就等于脑袋和身体分家了。（指指自己的脑袋和肩膀）如果情况真是如此，即使事实真相藏得再深，深入地心去了，我也要找出来。

国　王：怎样深入呢？

波洛涅：您知道他有时在走廊里走来走去，一走就是三四个钟头。

葛露德：的确是这样。

波洛涅：这时我可以放我的女儿去见他，主上和我可以在帷幕后看他们如何会面。如果他不爱她，不是为了她而失去理智，如果我看错了，那我这样的人怎能助理国家大事，还不如回老家去种地呢！

国　王：我们可以试试看。

　　　　（哈梦莱上，正看着一本书）

葛露德：瞧，这个可怜人看书的样子，看了叫人心酸。

波洛涅：请你们二位回避一下，我要上前去问问他。啊，对不起了。

　　　　（国王与王后下）

　　　　怎么样了，我的好殿下？

哈梦莱：好的，天可怜我！

波洛涅：殿下认得我吗？

哈梦莱：认得，认得，你是个卖鱼的小贩。

波洛涅：不是，殿下。

哈梦莱：那我希望你和卖鱼人一样老实。

波洛涅：老实，殿下？

哈梦莱：唉，在这个世界上要找老实人，万里挑一就不错了。

波洛涅：说得不错。

哈梦莱：太阳晒着死狗也会晒出蛆来。太阳晒也是吻呀！你有一个女儿，是吗？

波洛涅：殿下，有的。

哈梦莱：叫她不要在太阳下走动，晒太阳也会怀孕的，怀孕并不像你女儿想的那么好。老兄，要当心呀！

波洛涅：（旁白）他这样说是什么意思？怎么三句话不离我的女儿？可他开始并不认识我，说我是个鱼贩子，离题太远，太远。不过我年轻时不也一样吗？我再来问问看。——殿下在读什么书？

哈梦莱：空话，空话，空话。

波洛涅：话里说了什么，殿下？

哈梦莱：谁对谁说？

波洛涅：我是问殿下，你读的书说了什么？

哈梦莱：说了等于没说，老兄，这个可笑的家伙说，老人胡子花白，满脸皱纹，眼里流出琥珀黏液，说话没有趣味，两腿软弱无力。老兄，虽然我要用尽平生力气才能搞明白

41

他说了什么，但是我觉得这样写出来未免不太老实。因为，老兄，假如你能像螃蟹一样横着走，倒退到我这个年纪，也就是说，假如你越活越年轻的话，你就会知道我说得不错了。

波洛涅：（旁白）虽然是说疯话，但是并不有伤风化。——殿下是不是怕风？要不要进去了？

哈梦莱：进坟墓去吗？

波洛涅：坟墓里倒不怕风。（旁白）他的疯话倒不是疯言疯语，内容说得比不疯的人还更丰富深刻。我要离开他去安排他和我女儿的会见了。——尊敬的殿下，我要向你告辞了。

哈梦莱：你不能要我告辞我不愿意离开的东西，除了这个世界，除了我的生命。

波洛涅：再见吧，殿下。

哈梦莱：讨厌的老傻瓜。

　　　　　（罗森兰和吉登丹上）

波洛涅：你们要找哈梦莱殿下，他就在那儿。

罗森兰：（向波洛涅）上帝保佑，大人！

　　　　　（波洛涅下）

吉登丹：我敬爱的殿下！

罗森兰：最亲爱的殿下！

哈梦莱：两个我最要好的朋友，你怎么样，吉登丹？啊，罗森兰，好小伙子，你们两个怎么样？

罗森兰：是两个不好不坏的庸人罢了。

吉登丹：说幸福吧，我们不算太幸福，不是命运女神王冠上的宝石。

哈梦莱：也不是她脚底下的泥巴。

罗森兰：两样都不是，殿下。

哈梦莱：那你们是在她的腰部，她那见不得人的地方了。

吉登丹：你说是见不得人的阴巢？

哈梦莱：命运女神的阴道。啊，你说对了。她其实是个卖身的女人。有什么消息吗？

罗森兰：没有，殿下，只是世界似乎变老实了。

哈梦莱：那么，世界的末日快到了。你的消息不太可靠。我来细细问问你们，我的好朋友，你们怎么得罪了命运女神，把你们送到监狱里来了？

吉登丹：你说监狱，殿下？

哈梦莱：不错，丹麦是一座监狱。

罗森兰：那么世界也是一座了。

哈梦莱：世界是一座大监狱，里面有许多牢房，土牢，水牢，丹麦是最糟糕的一座。

罗森兰：我们不这样看，殿下。

哈梦莱：那是怎么啦？怎么对你们不是监狱呢？也对，其实好坏都是各人的看法，你觉得好就好，觉得坏就坏，我却觉得丹麦是一座监狱。

罗森兰：那么，是不是你的雄心太大，觉得丹麦太小，不能实现你的雄心壮志呢？

哈梦莱：啊，天啦，我可以关在一间小室中把自己当作一片广大国土的帝王，只要我在室内不做噩梦就行了。

吉登丹：梦想其实也是雄心的表现，雄心的实质不过是梦想的幻影而已。

哈梦莱：梦想本身也是一个幻影。

罗森兰：不错，我认为雄心是虚无缥缈、轻飘飘的，更是幻影的幻影。

哈梦莱：那么，乞丐是真正的人，帝王和英雄反而是真人扩大了的影子。我们进宫去吗？说实话，我不能在这里空谈人和影子呀。

罗森兰、吉登丹：我们听候您的吩咐。

哈梦莱：没这回事，我不能把你们当成来侍候我的人。说老实话，他们已经侍候得我害怕了。老朋友说话不必客气，你们为什么到艾西诺来的？

罗森兰：来看望你呀，殿下，没有别的事情。

哈梦莱：我是一个乞丐，连"感谢"都施舍不起了，而对老朋友，我的施舍其实一文不值。你们不是被人请来，而是自己要来的吗？打开窗子说亮话，来，来，说吧。

吉登丹：说什么呢，殿下？

哈梦莱：什么都行，只要不是空话。你们是被派来的吧？你们脸上客气的表情掩饰不了真实情况，我猜你们是国王和王后请来的。

罗森兰：（对吉登丹）你看怎么说好？

哈梦莱：（旁白）不要瞒我，我盯着你们呢。——如果你们够朋友的话，就不要隐瞒吧。

吉登丹：殿下，我们是奉命来的。

哈梦莱：我来说破你们奉了谁的命，免得你们泄露秘密，让国王和王后的话暴露在光天化日之下。我最近——自己也不知道为什么——对什么都没感到乐趣，对一切习以为常的活动都觉得无可奈何，一切安排都沉重地压在我心上，茫茫大地似乎成了荒无人烟的天涯海角，像天幕一样高高挂起的万里长空，在金光灿烂的夕阳斜照下的天帐，你们看，为什么在我眼中却成了烟雾腾腾、死气沉沉、奄奄一息的黑夜暗影？人是多么了不起的天生地造的万物之灵，理性其高无上，力量其大无穷，一言一笑令人动容，一举一动令人倾倒。行动有如天使，智慧犹如天神，尽美尽善的典型，芸芸众生的模范——但是在我看来，却成了尘土的化身。我对人不感兴趣——女人也不例外。你暗笑什么？

罗森兰：殿下，我没有要笑的意思。

哈梦莱：那我说"对人不感兴趣"的时候，你为什么笑了？

罗森兰：我想到的是，如果殿下对人不感兴趣，那我们在路上碰到来为你演出的戏班子怎能使你感到有趣呢？

哈梦莱：我喜欢演国王的戏子，那位陛下会受到我的欢迎。不怕危险的武士可以舞刀弄枪，唉声叹气的情人不会没有回音，脾气不好的演员也不会使人生气，小丑更可以使人笑得直不起腰来，女主角可以随意吐露真情，无韵诗念错了拍子也不要紧。他们是哪一班戏子呀？

罗森兰：就是你喜欢的那个戏班子，在城里演悲剧的。

哈梦莱：他们怎么到处奔波演出，不在固定的地方呢？这对赚钱、出名都不利呀！

罗森兰：我想这是因为有些城里演戏在翻花样了。

哈梦莱：他们还像过去我在城里时那样受欢迎吗？观众还追着看吗？

罗森兰：不，说实话，不如以前了。

哈梦莱：那是为什么？难道他们懒得生锈了？

罗森兰：不，他们还是老样子，和从前一样卖劲。但是，殿下，新来了一伙年轻的小伙子，他们拼命喊叫，却赢得了雷鸣般的掌声。这就是时兴的新派，他们霸占了戏院的大众舞台——这是他们的称呼——结果很多带剑看戏的高级观众害怕耍鹅毛笔杆的文人讥笑他们落伍，吓得不敢光顾老戏院了。

哈梦莱：怎么，是一些年轻无知的小伙子吗？谁养活了他们？难道他们连唱戏的本领都不要学了？以后还要不要成为普通戏院的戏子呢？其实他们还是要演戏的——到了那时，他们就要埋怨写剧本的人害了他们，使得能呼风唤雨的好手却不能接班演戏了。

罗森兰：的确，新老戏子双方都争吵得不可开交，全国观众在旁呐喊助威，不以为怪。有时剧本甚至赚不了钱，害得编剧的诗人和戏子大打出手，闹得个天翻地覆。

哈梦莱：这可能吗？

吉登丹：啊，这可伤脑筋呢！

哈梦莱：结果小伙子赢了吗？

罗森兰：赢了，他们胜过了环球大戏院招牌上的赫鸠力士。

哈梦莱：这也不足为奇。我的叔父现在成了丹麦国王，在我父王活着的时候，瞧不起我叔父而对他做鬼脸的人，现在却愿意拿出二十、四十，甚至一百金币来买他的画像小照。这些不自然的事，恐怕哲学家也说不清楚吧。

（欢迎戏班子的鼓乐声起）

吉登丹：戏班子来了。

哈梦莱：两位仁兄，欢迎你们到艾西诺来，我们握握手吧。这个表面客套的过场还是得走一走，我们总得按规矩办事，否则，等一等招待戏班子的时候——我不得不先跟你们打个招呼——我在外表上一多下功夫，就会显得亏待你们二位了。可是我的叔父成了我的父王，我的母亲反而成了我的婶婶，这恐怕就搞错了。

吉登丹：怎么错了呢？

哈梦莱：如果西北方发风，我就要发疯了；如果风从南方吹来，我却不会发疯，反而分得清老鹰和鹭鸶呢。

（波洛涅上）

波洛涅：你们好，诸位。

哈梦莱：听，吉登丹，你也听，罗森兰——每只耳朵都要做听众。你们看，那个老孩子还穿着开裆裤呢。

罗森兰：说不定他是返老还童了。据说老人还有第二个青春期。

哈梦莱：我猜得到，他是来告诉我戏班子来了。（假装正在谈话）你说得对，老兄，那就星期一上午吧，一般都是这样。

波洛涅：殿下，我有消息奉告。

哈梦莱：大人，我也有消息奉告，名震罗马的老戏子。

波洛涅：戏班子真来了，殿下。

哈梦莱：算了，算了。

波洛涅：我发誓。

哈梦莱：一个傻戏子骑一头笨驴来了。

波洛涅：他们是天下最好的戏子，会演悲剧、喜剧、历史剧、田园剧、田园喜剧、田园历史剧、历史悲剧、田园历史悲喜剧，不分场景的老戏或者自由发挥的新诗剧，悲剧不怕沉痛，喜剧不嫌轻浮，剧作者有的循规蹈矩，有的完全自由，不受规则限制，真是独一无二的戏班子。

哈梦莱：以色列的士师耶夫达啊，你有多么可贵的珍宝！

波洛涅：他有什么珍宝，殿下？

哈梦莱：怎么，你不知道？《旧约·士师记》中不是说了么：

"他有一个女儿真好，

他总把她当作珍宝。"

波洛涅：（旁白）三句不离我的女儿。

哈梦莱：难道我说错了，老士师？

波洛涅：如果你叫我"士师"，殿下，我倒的确有个宝贝女儿。

哈梦莱：不对，《圣歌》下面不是这样说的。

波洛涅：那是怎样说的呢，殿下？

哈梦莱：下面接着唱的是"天知道，命不好"，后面的，你知道，就是"出了事，真糟糕！"，再下面就要看《圣歌》第一节了。不过，对不起，打断我们说话的人来了。

（四五个戏子上）

哈梦莱：欢迎。各位高手，欢迎，不管新手老手。——很高兴看到你。——欢迎，好朋友。——啊。我的老朋友，你怎么长起胡子来了？那怎么好演女角呢？难道要持丹麦王的胡须吗？——我身高一丈的女主角，你一穿高跟木靴，离天就只有三尺三了。——谢天谢地，你破锣般的嗓子不能再惊天动地了。各位高手，不问手高手低，一律欢迎。你们更像法国的猎鹰，看到哪里有猎物，就飞到哪里去。让我们来念一段台词，显显你们的本领吧。要念得慷慨激昂啊。

戏子一：哪段台词呀，殿下？

哈梦莱：我听你念过一段台词，但是从来没上演过。即使演出，也不会超过一次。因为我记得，这个剧本不讨大家喜欢。不过我却能够接受，还有欣赏力比我更高的人喊"欢迎"喊得更加响亮。他们说这个剧好极了，场场值得玩味，写得既不花哨，却又显得巧妙。我记得有人说

49

过，这个剧本并没有加料调味，也没有显示剧作者感情丰富的文字，用的只是朴实无华的写法，像一种既果腹又可口的美食，内在的魅力多于外表的美丽。我特别喜欢的一段台词是特洛亚王子伊尼斯对迦太基王后狄托讲霹洛斯杀死特洛亚老王的那一段。如果你还记得，请你从这一行念起：

"桀骜不驯的霹洛斯有如猛虎。"

不对，是以"霹洛斯"开始的这一行：

"桀骜不驯的霹洛斯身披铁甲，"

下面就是：

"外表和内心黑黝黝如同深夜，

他藏身在生死攸关的木马中，

阴森可怕的脸孔染上了血污，

从头到脚都带着恐怖的纹章，

每条纹路都发出刺眼的红光，

那是父母子女们洒下的鲜血。

战火烤干了街上的片片血迹，

使残暴的屠杀露出可诅咒的暗光阴影，

怒火中烧的霹洛斯，

浑身上下沾满了凝结的污血，

眼睛冒出地狱中的腾腾杀气，

正在寻找老王。"

我就念到这里，下面你接着念吧。

波洛涅：老天在上，殿下念得真好，有高有低，不快不慢。

戏子一： "他很快就找到了老王普莱暮。

老王的古剑不听胳臂的使唤，

砍下去却砍不进去，一动不动，

怎能伤希腊人呢？真不是对手！

霹洛斯怒冲冲地冲向普莱暮，

他的宝刀风驰电击般地砍向衰弱的老王，

瘫痪了的特洛亚似乎受到了打击，

火光熊熊的屋顶砰然一声就坍塌在地上，

震动了霹洛斯的耳鼓，

他的宝刀正要落向白发如雪的普莱暮头上，

却似乎突然融化在空中，

霹洛斯像画中的魔王呆立着，

在身和心的矛盾中无能为力，

无所作为。

我们常看到在狂风暴雨之前，

宁静的天空中云彩悄悄无言，

狂风也不怒吼，大地沉默无语，

像死一般沉寂；突然雷声震天，

震得天地开裂。霹洛斯凝神后，

复仇的火焰又在他胸中燃起，

即使独眼巨人为战神铸造的

刀枪不入、万年不坏的铁锁甲

也挡不住霹洛斯落在普莱暮

老王身上的鲜血淋漓的宝刀。

去你的，反复无常的命运女神！

天神啊，把她赶下她的神位吧！

摧毁命运女神的车轮和轮盘，

把她的大车推到天山之下去，

让它见鬼去吧！"

波洛涅：这一段太长了。

哈梦莱：和你的胡须一样长，也应该去理发店了。请你念下去吧，大人只爱听轻松的小调和下流的歌曲，否则就要打瞌睡了。你念下去，该念到"王后"了。

戏子一："无论什么人见了蒙面的王后——"

哈梦莱："蒙面的王后。"

波洛涅：说得好，好一个"蒙面的王后"。

戏子一："光着双脚在火焰中跑来跑去，

满眼流泪，一块破布遮在头上，

代替了过去的冠冕；至于王袍，

在生儿育女、瘦弱疲惫的身上，

披着惊慌失措中抓到的毛毯。

谁看到这惨状能不张口结舌，

咒骂这善恶不分的命运女神？

如果天神能像王后亲眼看见

霹洛斯如何把生命当作儿戏，

用刀把老王的肢体剁成肉酱，

天神也会像她一样痛哭失声，

否则他们就是完全不通人情，

52

天河里的星星都会化为泪珠，

倾盆降落人间。"

波洛涅：瞧，他的脸色变了，看看他眼睛里有没有泪水？你们不
要再念下去了。

哈梦莱：那好，等一等你再给我念吧。——好大人，请你好好安
排一下戏班子住的地方，要让他们吃得好、住得好，因
为他们能把几千年的往事缩成几个钟头的现实。一个人
死后的名声并不重要，但是若在生前受到剧中人一顿刻
薄的讥讽，那就吃不消了。

波洛涅：殿下放心，我不会亏待他们的。

哈梦莱：我的小上帝呀！若不亏待，哪个人不该挨上一顿鞭子。
你亏待了你自己吗？若不亏待别人，只不过显得你对人
对己都很宽宏大量而已。带他们走吧。

波洛涅：来吧，诸位老兄！（波洛涅下）

哈梦莱：跟他走吧，朋友们，我们明天还要听你们一出戏呢。

（对戏子一）老朋友，你能演《公子戈谋杀案》吗？

戏子一：能演，殿下。

哈梦莱：我们明天晚上演吧。如果情况需要，我可能要加上十几
行台词，你能背下来吗？

戏子一：能背，殿下。

哈梦莱：那非常好。跟那位大人走吧。注意不要和他开玩笑。

（众戏子下）

（哈梦莱对罗森兰和吉登丹）两位好朋友，我们今晚再
见吧。欢迎你们到艾西诺来。

（罗森兰和吉登丹下。哈梦莱一人留场上）

哈梦莱：再见。——现在只剩下我一个人了。啊，我真是个混蛋，是个奴才。瞧，戏子多么神通广大，在一个虚构的故事里，在一场热情的梦幻中，他能够把灵魂融入角色，从心所欲地使脸孔变色，热泪盈眶，神魂颠倒，声音哽咽，使整个外形的一举一动都符合他内心的要求！而这些得来全不费工夫，就演出一个特洛亚王后贺苦芭来了。贺苦芭和他有什么关系？他和贺苦芭又有什么关系？他为什么要为王后痛哭流泪？如果他有我这样悲痛的心情，又会怎样表现出来？恐怕要用泪水淹没舞台，用可怕的语言穿透听众的耳朵，使有罪的人吓得发疯，使无罪的人也惊慌失措，使无知的人觉得莫名其妙，使耳目都能发挥意想不到的功能吧。而我呢，我却成了一个昏头癫脑的笨蛋，一个梦中度日的闲人。深仇大恨没有在我心中生根发芽，剥夺我父王生命和王国的恶贼没有得到惩罚，使我遭受到无比痛苦的惨败。难道我是一个懦夫？难道不该叫我"坏蛋"？不该打破我的脑袋，把我的眉毛胡子一把抓，撒在我的脸上？难道不该拧我的鼻子？不该骂我说谎？不但在喉咙里，甚至在肺叶的呼吸中都有谎言！哈，怎么，我非接受现实不可。有什么办法呢？我胆小得像鸽子，没有勇气去反抗残酷的压迫。否则，我早就该把这恶棍开膛破肚，用他的心肝五脏来喂饱翱翔天空的饿鹰了。血淋淋、恶狠狠的坏蛋，荒淫无耻、大逆不道、狼心狗肺、无恶不作的坏蛋！

54

啊，我怎能不报仇呢！怎么，难道我是一头笨驴！唉，父王被篡权夺位了，虽然天堂地狱都在催促王子报仇雪恨，他却像一个泼妇骂街、厨娘泼水似的，把肚子里的旧怨新恨都连咒带骂抖擞了出来，这算是什么本领啊！去你的！动动脑筋吧，听说罪人看戏被剧情打动，忽然良心发现，会暴露出他的真实面目，因为谋杀虽然不用语言，无声的表情却会泄漏谋杀的秘密。我要这些戏子在叔父面前演出父王的悲剧，我好察言观色，注意他的表情，只要他一惊慌失措，我就自有办法。不过我见到的阴魂会不会是魔鬼化身的呢？我可不能上当受骗，一定要有可靠的证据才行。我相信演戏可以揭露隐藏在国王内心深处的真实情况。（下）

第三幕

第一场　艾西诺皇家城堡内

（国王、王后、波洛涅、莪菲莉、罗森兰、吉登丹等上）

国　王：你们有没有婉转地了解他为什么这样疯疯癫癫地打发他平平安安的日子？为什么有平坦的大路他不走，却偏偏要走上崎岖不平、危险不安的小路呢？

罗森兰：他的确承认自己有一点儿失常，但是为了什么原因，他却一点儿也不肯透露。

吉登丹：我们试探的时候，他也不肯迈进一步，只是巧妙地装疯卖傻，把我们的问题扯开，不肯坦白说出他的真实情况来。

葛露德：他对你们态度好吗？

罗森兰：非常彬彬有礼。

吉登丹：但是看得出，他是下了功夫的。

罗森兰：他似乎不肯提问，但是回答问题却很随便。

葛露德：你们有没有问他怎样消遣？

罗森兰：娘娘，恰巧我们在路上碰到一个戏班子，我们告诉他的时候，他的确显得很开心。戏子已经到宫中了。我听见他要求他们今夜演出。

波洛涅：是的，他还要我请二位主公去听戏，看他们演出呢。

国　王：那我满心欢喜，非常高兴听到他对演戏还有兴趣。希望二位能敲敲边鼓，鼓起他对这些娱乐的劲头。

罗森兰：我们会尽力的，主公。

（罗森兰、吉登丹等下）

国　王：亲爱的葛露德，你先走吧。我已经特意要哈梦莱到这里来，让他无意中碰到莪菲莉，而她的父亲和我却在他们看不到的地方观察他们，要从他们这次无意的会面中，看出他这样痛苦得疯疯癫癫，是不是出于爱情的缘故。

葛露德：那我自然乐于听命了。——至于你呢，莪菲莉，我希望你的天生丽质是哈梦莱失常的原因，更希望你温柔的品质能使他恢复正常，使你们两人能得到幸福。

莪菲莉：娘娘，但愿是这样。

（葛露德下）

波洛涅：莪菲莉，你在这里一边走，一边读书。（给莪菲莉一本书）主公，我们要回避一下了。读书可以为孤单的生活增光添彩，正如甜蜜的外表可以掩饰魔鬼的内心一样。

国　王：（旁白）说得对！这句话简直刺到了我的内心深处，卖笑女脸上无论怎样涂脂抹粉，也美化不了她丑陋的内心，漂亮的言语又怎能掩饰我的所作所为呢？这个负担实在太沉重了。

波洛涅：我听见他来了，我们回避一下吧，主公！

　　（国王与波洛涅退至一旁。莪菲莉一面走一面读书。哈梦莱上）

哈梦莱：要不要这样过日子？真是难了。到底是让残酷的命运万箭齐发，穿心透背，还是狠下心来跳下苦难的海洋，做拼命的挣扎？到底哪样好些？死亡就是长眠，不过如此而已，长眠结束了肉体所经历的千难万险，那不是求之不得的好下场吗？死亡不过是长久的睡眠，但是睡眠还可能会做梦。唉！这就麻烦了。在死后的长眠中，我们已经摆脱了肉体的束缚，还会有什么噩梦来扰乱我们的安宁呢？对死后苦难的恐惧却使我们宁愿长期忍受生前的苦难。否则，谁愿意忍受时代的鞭挞嘲讽、强者的欺凌、骄横跋扈者的侮辱、高傲恋人的蔑视、法律不公正的对待、官府高高在上的压迫，以及欺善怕恶的卑鄙小人的讥刺？假如他只消举手之劳就可以一刀结束自己的生命，谁还愿意忍辱负重，汗流浃背，过着疲惫不堪的生活？如果不是对这一去不复返的死亡之国感到无名的恐惧，谁会忍气吞声，接受现实的生活，而不展翅

高飞，去到那一无所知的他乡呢？这样看来，重重顾虑
使我们胆小如鼠，思前顾后又给火热的决心带来愁眉苦
脸的病容，甚至不可一世的事业心面对汹涌的浪潮，也
不得不知难而退，失去了行动的意志。现在，小声一点
儿。那不是美丽的莪菲莉吗？——仙女啊，希望你祈祷
时也为我赎罪吧！

莪菲莉：我的好殿下，你这些日子过得怎么样？

哈梦莱：非常感谢，很好，很好，很好。

莪菲莉：殿下，我收到过你赠给我的纪念品，我早就想送还给
你，现在请你收回去吧。

哈梦莱：不要，不要，我从来没给过你什么呀？

莪菲莉：我敬爱的殿下，我清楚地记得你给过我的纪念品，并且
说了一些甜言蜜语，使纪念品更可贵了。但是纪念品的
香气一消散，贵重的礼品也就失去了意义，变得微不足
道了，所以请你收回去吧。就是这些，殿下。

哈梦莱：哈，哈，你有美德吗？

莪菲莉：殿下？

哈梦莱：你有美貌吗？

莪菲莉：殿下是什么意思？

哈梦莱：如果你有美德又有美貌，美德就不会容许别人破坏你的
美貌。

莪菲莉：殿下，难道还有什么比美德更能保护美貌的吗？

哈梦莱：对，说得不错，但是美貌有力量使美德的笑脸变成卖笑
的脸孔，而美德却没有力量使卖笑女变成有德的美人。

这话听起来似是而非，但是现在事实证明却是如此。我
　　是爱过你的。

莪菲莉：的确，殿下，你也使我相信过这是事实。

哈梦莱：你那时不该相信我，因为美德并没有使我的老根发出新
　　芽，我并没有爱过你。

莪菲莉：那我就是加倍受骗了。

哈梦莱：做尼姑去吧！为什么要生儿育女，制造罪人呢？我的美
　　德微不足道，只怪我的母亲不该生下我来，我这个人自
　　高自大，恨人不恨自己，心比天高，口比心快，心里还
　　没想到，口里就得罪人了。我这样的人有什么用？还不
　　如天地间一只爬虫。我们是彻头彻尾的奴才，千万不要
　　相信我们！你要是不做尼姑，做个卖笑姑娘也好。你的
　　父亲呢？

莪菲莉：在家里呢，殿下。

哈梦莱：把家里的大门关上，让他在家里装疯卖傻吧！再见了。

莪菲莉：啊！老天开眼，救救他吧！

哈梦莱：如果你要结婚，我送你的嫁妆就是诅咒，咒你冰清玉洁，也逃不脱污蔑诽谤。还是不如做尼姑好。再见！如果你一定要结婚，那就嫁个傻瓜去吧！因为聪明的丈夫知道你会使他变成怎样的乌龟王八，所以还是做尼姑去吧，走得越远越好！

莪菲莉：老天在上，他怎样才能复原呢？

哈梦莱：我听说你会涂脂抹粉，那好，上帝给了你一张脸，你自己又打扮了另外一张，走路扭扭捏捏，说话装腔作势，把人当作畜生，把放荡说成是对美德的藐视。去你的吧，不要再来这一套，我都被逼得快要发疯了。我说，不再要结婚了，已经结了婚的，除了一个例外，就这样活下去吧。没有结婚的就不要结婚了。做尼姑去吧！

（哈梦莱下）

莪菲莉：啊，高尚的心灵践踏在脚下，大人的眼睛、文人的口舌、武人的刀锋、国家的玫瑰和希望、时代的明镜、理想的典型，在众目睽睽的注视下消失得无影无踪了。我这个幸运又不幸的女人舔吸过他音乐般甜蜜的誓言，现在却目睹他的理智土崩瓦解，亲耳听到他银铃般的声音消失得无声无息，如花盛开的青春受到疯狂的蹂躏摧残。啊，多么不幸，而这却是我亲眼所见、亲耳所闻的啊！

（国王、波洛涅从旁上）

国　王：爱情吗？不像是他感情的趋向，他说的话虽然有点儿颠三倒四，但也不像发疯发癫。他心灵中的忧郁正在孕育着危险。为了避免发生灾祸，我看要尽快派他到英格兰去，去催索迟迟没有送来的财物。也许海外的异国风光可以解除他积郁心头的苦闷，使他不再纠缠于烦恼之中。你看怎样？

波洛涅：我看很好。不过我想他苦闷的根本原因，还是爱情上没有得到满足。——袄菲莉，你不用告诉我们哈梦莱殿下说了什么，我们都听见了。——主公，您看怎么办好就怎么办吧。不过，如果在演戏之后，让他的母后单独和他谈谈，可以直截了当问他苦闷的原因，而如果主公许可的话，我可以隐蔽地听他们母子谈话。如果王后也问不出个所以然来，主公再派他去英格兰，或者把他禁闭在一个合适的地方，您看好吗？

国　王：就这样吧。大人物发疯不是小事情，我们千万不要掉以轻心！

（同下）

第二场　艾西诺皇家城堡内

（哈梦莱同二三戏子上）

哈梦莱：请你们灵活自如地念台词，就像我刚才那样念。如果你们像很多戏子那么大声喊叫，那我还不如找个做广告宣传的人来演戏呢。还请你们不要老是挥舞手臂，仿佛要把空气劈开似的，即使是表演暴风雨般的感情冲动，也不要演得像雷鸣电闪一般，而是要使观众能在静中见动，才算高人一等。最使我生气的是看到戴假发的家伙把自己的心撕成破布碎片，发出震耳欲聋的叫喊，其实只能讨好喜欢看哑剧的低级观众，真气得我要打这家伙一顿鞭子，因为他演的暴君比真正的暴君还要残暴三分。

戏子一：我敢说我们不会演得那样过火。

哈梦莱：但是也不能演得太平淡了，而是要掌握好分寸，边演边学，一举一动都要配合台词，一言一语也要配合表演，特别要注意不能超越自然的限度，因为过火和不足都不能达到演戏的目的。无论过去还是现在，演戏的目的都是要给自然或现实照照镜子，要给德行看看自己的面目，给傲慢看看自己的嘴脸，给时代和社会看到自己整体的形象和受到的压力。表演过火或者拖泥带水虽然可以博得无知观众的一笑，却会使有识之士感到痛心。你们应该把后者的批评看得重于前者的满堂掌声。啊，我虽然看过一些戏子演出，听过一些得到好评的高手朗诵——不谈那些过誉的言辞——在我看来，一些演基督徒的说话走路都不像基督徒，演异教徒的也不像异教徒，甚至人都不像是人。只是一些戏子在台上大喊大叫，装模作样，毫不自然，像是在自然界打短工的人没有做完的半制成品。怎么能造得如此不像样呢！

戏子一：希望我们的戏子不是这样的。

哈梦莱：啊，希望你们真能改头换面。演丑角的只念丑角的台词，不要自己添加笑料，引起一些低级观众的笑声，却破坏了剧中更重要的情节，这样节外生枝是愚昧无知的表现。现在，你们可以走了，好好准备演出吧！

（众戏子下。波洛涅、罗森兰、吉登丹上）

哈梦莱：（对波洛涅）怎么样，大人？国王会来听戏吗？

波洛涅：王后也要听戏，就要来了。

哈梦莱：那要戏子快准备演出吧！

（波洛涅下）

（哈梦莱对罗森兰、吉登丹）你们二位也去帮忙催催他们，好吗？

罗森兰、吉登丹：好的，殿下。（罗森兰、吉登丹下）

（贺来霄上）

哈梦莱：啊，贺来霄来了。

贺来霄：是的，殿下，来听您的吩咐。

哈梦莱：贺来霄，在我见过的人当中，你是最公正老实的一个。

贺来霄：啊，我的好殿下。

哈梦莱：不，不要以为我是在说恭维话。为什么我要恭维一个靠才华提供衣食的学人？吹捧一个贫穷的才子对我有什么好处呢？让那些口吐甜言蜜语的小人去巴结有名无实的人物，让他们弯腰屈膝去舔那些金玉其外、粪土其中的名人屁股吧！摇尾乞怜能得到什么好处呢？你听见没有？自从我的心灵能够分辨是非好歹以来，我就看中了你。因为你在经历苦难的时候，都能恍若无事，对于命运的赏罚，你却能无动于衷，沸腾的热情和冷静的理智在你身上兼容并存、合二为一，真是齐天大福，说明你心中的情理合奏曲并不是命运女神随手拨弄管弦而发出的乐章。如果一个人不是情感的奴隶，我就要把他珍藏在心灵深处，而我和你就正是如此心心相印，这就不必多说了。今晚要在国王面前演一出戏，其中有一场很像我告诉过你的我父王惨遭谋害的情况。我请你在看那一幕的时候，集中全副精力观察我的叔父，如果他的一言一语都不暴露他隐藏内心深处、不可告人的罪恶行径，那我们看到的那个阴魂所说的话就未必可靠，我的想象也要变得一塌糊涂，像火神的铁匠店一样一团漆黑了。请你密切注意他的表现，我也会把眼睛盯住他的面孔，然后我们再一起商量，揭穿他的内心。你看如何？

贺来霄：很好，殿下，如果他做了亏心事，而想在看戏的时候蒙混过关，我一定会把好关口的。

　　　　（国王、王后、波洛涅、莪菲莉、罗森兰、吉登丹及众大臣上。卫队手执火炬，奏丹麦进行曲，鼓乐齐鸣）

哈梦莱：他们来看戏了。我又要装疯了。你自己找个位子吧。

国　王：哈梦莱贤侄，你好吗？

哈梦莱：好极了，说实话，像变色龙一样吃饱了空气，又给空话塞饱了。填鸭子也不能只填空话呀！

国　王：我怎样理解你的回答呢，哈梦莱，你回答的不是我的问题呀。

哈梦莱：不是，也不是我的问题。（对波洛涅）你在大学里演过戏，是吗？

波洛涅：的确演过，殿下，大家还说我演得好呢。

哈梦莱：你演什么角色？

波洛涅：我演朱力斯·凯撒，在天王殿给布鲁达谋杀了。

哈梦莱：布鲁达真恐怖又鲁莽，怎么宰了天王殿的肥牛呢！——戏班子准备好了没有？

罗森兰：好了，就等殿下吩咐呢。

葛露德：我的好哈梦莱，坐我旁边来吧。

哈梦莱：不，好妈妈，（指莪菲莉身边）这个位子更舒服。

波洛涅：（对国王）啊，您看对不对？

哈梦莱：小姐，我可以躺在你怀里吗？

莪菲莉：不好，殿下。

哈梦莱：我的意思是仰面躺在你的腿上。

莪菲莉：嗯，殿下。

哈梦莱：你以为我是在说乡下人的粗话吗？

莪菲莉：我没有想什么，殿下。

哈梦莱：我想躺在美人怀里是很美的。

莪菲莉：什么，殿下？

哈梦莱：没有什么。

莪菲莉：殿下在开玩笑。

哈梦莱：谁呀？我吗？

莪菲莉：嗯，殿下。

哈梦莱：我是唯一敢在你面前说说笑笑的人。一个人除了说笑之外，还能做什么呢？瞧！我母亲多么高兴，我的父亲才死了两个钟头呢！

莪菲莉：不止，殿下，两个月加一倍的时间都过了。

哈梦莱：有那么久吗？让魔鬼穿黑衣丧服去吧！我还是宁可穿黑色貂皮大衣呢。啊，我的天呀！已经死了两个月了，还没有被人忘记吗？那么，一个大人物死后，还是可以在记忆中活上半年的，不过那还得要修个教堂，才能纪念自己。否则，就要像孩子骑过的木马一样给人忘记了。

（双簧管奏乐。哑剧上演。演国王和王后的戏子互相拥抱，亲亲热热地上场。王后跪下表示忠诚，国王扶起王后，低头吻王后颈；国王卧花台上；王后见国王入睡后离去。一男子上，脱下国王王冠，做出吻王冠状，再把毒药注入国王耳内，然后离去。王后重上，发现国王已死，做出悲痛动作。放毒者带二三戏子上，伪装与王后同哀。国王遗体抬走，放毒者献上礼物，向王后求爱，王后先不同意，最后还是接受对方，一同下场）

莪菲莉：殿下，这是什么意思？

哈梦莱：啊，这是存心不良，图谋杀害。

莪菲莉：哑剧好像预告了要演出什么。

哈梦莱：看看这些戏子就可以知道，戏子是不会保守秘密的，他们知道什么，就会说出什么。

莪菲莉：他们会说出哑剧要演出的意思吗？

哈梦莱：只要你不怕难为情做得出来的事，他们都说得出来。

莪菲莉：殿下说调皮话了，我还是看戏吧。

（报幕人上）

报幕人：今晚来演戏，弯腰先行礼，要讨您欢喜。

哈梦莱：这是开场白，还是戒指上的小诗？

莪菲莉：太短了，殿下。

哈梦莱：像女人的爱情一样。

（演国王宫扎戈和王后巴蒂达的戏子上）

戏中王：太阳神的飞车三十年来来回回，

越过海神和大陆神的千山万水。

三百六十个月夜借来一片光辉，

十二个月的良宵美景令人心醉。

爱情使我们心心相印，比翼齐飞；

婚姻女神让我们结合，夫唱妇随。

戏中后：但愿太阳和月亮能够继续远航，

我们的恩爱也可同样地久天长。

但是多么不幸，你近来身体多病，

不像过去的你，怎能叫我不担心？

怎能叫我不担心？我是这样不幸！

但是夫君不要泄气，要打起精神！

因为女人的担心就像她们的爱情，

不是重得过分，就是轻得等于零。

要知道我多爱你，担心就是证明，

我越对你担心，就越说明爱得深。

戏中王：说老实话，我恐怕不能久留人世，

我的生命力衰竭，有如老树枯枝。

你还可以留在我遗下的世界里，

受到敬爱，如果能再结成连理。

戏中后：啊，不要再说下去，说下去我不听。

再婚的爱情岂不是违背了良心？

嫁第二个丈夫的女人真该诅咒，

那简直是杀第一个丈夫的凶手。

哈梦莱：（旁白）苦也，苦也。

戏中后：为什么要嫁第二个丈夫？那动机

不会是爱情，只能是个人的利益。

同第二个丈夫在床上寻欢作乐，

岂不是对第一个丈夫行凶作恶！

戏中王：我相信你说的话就是你的思想，

但行动才能证明言语不是虚妄。

我们的意图不过是记忆的奴隶，

开始热情洋溢，结果却软弱无力，

就好像树上不成熟的果子一样，

果子成熟了，不摇树也会落地上。

但最重要的是我们不能够忘记，

我们怎样做才能算对得起自己。

感情冲动时我们提出过的建议，

等到感情淡了，往往会置之不理。

不要过分悲哀，也不要过分欢喜，

过分的东西实现时会摧毁自己。

欢天喜地往往会带来痛哭悲啼，

世界不会永远不变，变化不足为奇。

我们的感情怎能不随命运转移？

这个问题要等待事实才能证明：

是爱主宰命，还是命运主宰爱情？

大人物一倒，拍马的人立刻分手；

穷人一走运，敌人也变成了朋友。

这样看来，爱情总是听命于幸运，

不缺钱财的人也总是朋友成群。

缺衣少食的人想和人称兄道弟，

势利眼会把他一脚就踢倒在地。

让我们结束时回到开始的话题：

命运不会符合个人的主观希冀。

我们的如意算盘怎能打得如意？

想法落空后，怎么还能达到目的？

你现在虽然说不嫁第二个丈夫，

第一个丈夫一死，怎能没有变故？

戏中后：假如我一旦做了寡妇又再嫁人，

那地会不产粮食，天会没有清晨，

白天会没有娱乐，夜里没有安息。

我面对的脸孔不会有一点儿欢喜，

我希望的繁荣昌盛会遭到毁灭，

我生前死后会受到不断的谴责。

哈梦莱：如果现在就违背了誓言呢！

戏中王：你发的誓太重，亲爱的，请你先回！我的精神恍惚，需

　　　　要先休息一会儿，就在这里午睡。（躺花台上）

戏中后：午睡让头脑休息。但愿没什么能使我们夫妻分离！

哈梦莱：母亲，你觉得这出戏怎么样？

葛露德：我觉得女戏子赌咒发誓有点儿过头。

哈梦莱：啊，但她说了是算数的。

国　王：你有没有听到他们的争论？有没有说得不对的地方？

哈梦莱：没有，没有，他们不过是开开玩笑罢了，毒死人是开开
　　　　玩笑，没有什么说得不对。

国　王：这出戏叫什么名字？

哈梦莱：《捕鼠机》。天呀，怎么样？很形象化吧！这出戏是维
　　　　也纳谋杀案的缩影，男主角的名字是宫扎戈，他的妻子

叫巴蒂达,这是一出演坏人的好戏。演坏人有什么关系?叔王和我们都是问心无愧的好人,坏人坏事和我们沾不上边。让那些鞍缰劳顿的老马累得踢后腿吧,我们背上没有伤痛,何必为坏人坏事担心劳神呢?

(戏子吕先拉上)

哈梦莱: 这是戏中国王的侄子吕先拉。

莪菲莉: 殿下解说得好。

哈梦莱: 如果你和恋人演出谈情说爱的哑剧,我也会为你们解说的。

莪菲莉: 殿下说话怎么不留情?

哈梦莱: 若是留情,怎么叫你呻吟?

莪菲莉: 这是留情,还是无情呢?

哈梦莱: 不是我不留情,是你选错了情人。(对吕先拉)动手吧,杀人犯!该死!不要愁眉苦脸了,快动手吧!不要等到老鸦来哭丧着要报仇了!

吕先拉: (唱)心黑手快药又灵,时间再好没有,

没有一个人看见,还不赶快动手?

把半夜采来的毒草炼成了毒药,

巫神三次毒咒使毒药三倍见效。

你天生的魔力加上可怕的毒性,

可以立刻断送一个好人的性命。

(把毒药灌入戏中国王的耳朵)

哈梦莱: 他在花园里用毒药谋财害命,毒死了国王宫扎戈,这个故事还在流传,是字挑句选用意大利文写出来的。下面

73

　　　　　你就要看到杀人犯怎样得到宫扎戈妻子的爱情了。

莪菲莉：国王起驾了。

哈梦莱：怎么，放烟火还会吓跑人？

葛露德：王上怎么啦？

波洛涅：戏不要演了。

国　王：拿火炬来，我们走吧。

众　人：火把，火把，火把！（众下。哈梦莱、贺来霄留场上）

哈梦莱：受了伤的母鹿流泪，

　　　　　没受伤的公鹿逍遥。

　　　　　有人失眠，有人入睡，

　　　　　人生总是有哭有笑。

　　　　　要是运气不好，老兄，我在帽子上插几根羽毛，鞋子上
　　　　　缝个两朵玫瑰花，凭我这点儿本事，能不能在戏班子里
　　　　　混个差事？

贺来霄：可以混到半个。

哈梦莱：不行，我要一个。

　　　　　因为你知道，我的好朋友，

　　　　　这一片支离破碎的江山，

　　　　　原来是天神做它的领袖，

　　　　　现在却换上了一个——

贺来霄：你可以说"一个坏蛋"来押韵。

哈梦莱：好个贺来霄，我看阴魂说的话真是一言值千金。你看是
　　　　　不是？

贺来霄：说得很对，殿下。

哈梦莱：谈到放毒的事？

贺来霄：我看得很清楚。

哈梦莱：啊，哈，来点儿音乐，吹笛子吧！国王不喜欢这出戏，这出戏不讨他欢喜。来，奏乐吧！

（罗森兰、吉登丹上）

吉登丹：好殿下，请允许我说一句话。

哈梦莱：老兄，说全本历史都可以。

吉登丹：殿下，国王他——

哈梦莱：啊，老兄，他怎么啦？

吉登丹：他回宫后非常不舒服。

哈梦莱：喝醉了吗，老兄？

吉登丹：不是，殿下，他大发肝火了。

哈梦莱：你这个聪明人怎么不知道肝火要找医生治，找我这个外行用水一浇，肝火如鱼得水，不会越烧越旺吗？

吉登丹：我的好殿下，请你说话不要离题太远，好吗？

哈梦莱：我听你的，老兄，说吧。

吉登丹：你的母后心情非常痛苦，要我来看你。

哈梦莱：欢迎你来。

吉登丹：不，我的好殿下，请你不必客气。如果你能给我一个好好的回答，我就会告诉你你母后的嘱咐；如果不能，请你原谅，我就要回去了，我的事也就完了。

哈梦莱：老兄，我不能。

吉登丹：怎么，殿下？

哈梦莱：我不能给你一个好好的回答，因为我的心有毛病。不过老兄，我能做出的回答，我都可以告诉你，或者不如像你说的，告诉我的母亲，所以闲话少说，谈正题吧！我的母亲，你说——

罗森兰：她是这样说的——你的行为使她感到既惊慌又奇怪。

哈梦莱：那真是一个了不起的儿子了，居然能使他的母亲感到惊奇！不过，接着"惊奇"而来的是什么呢？

罗森兰：她想要你在睡前到她房里去谈谈。

哈梦莱：我当然要去，即使她做了十回母亲，我也要去。你还有什么话要对我说吗？

罗森兰：殿下，你本来对我们很好。

哈梦莱：现在还是一样，这一双又会偷又会扒的手可以做证。

罗森兰：我的好殿下，你为什么心情不好？如果你不打开心扉把不愉快的事告诉朋友，那不是把自己的自由关到大门外去了吗？

哈梦莱：老兄，打开大门，我又能自由到哪里去呢？

罗森兰：国王不是亲口说过要你继承丹麦的王位吗？你还要自由到哪里去？

哈梦莱：唉，俗话说得好："要等青草长，瘦马饿断肠。"
（戏子拿长笛上）

哈梦莱：啊，笛子拿来了，快拿来给我。（拿起长笛，对罗森兰、吉登丹）我们借一步说说，你们为什么像打猎一样要占我的上风，好像要把我赶下陷阱似的？

吉登丹：啊，殿下，如果我们说话放肆大胆，那都是因为怕发生对殿下不利的事。

哈梦莱：我不太懂你的意思。你会吹笛子吗？

吉登丹：殿下，我不会。

哈梦莱：请你试一试。

吉登丹：请相信我，我真不会。

哈梦莱：我真请你。

吉登丹：我从来没有碰过笛子。

哈梦莱：吹笛子和说谎一样容易。只要用手指按住笛子上的这些音孔，嘴从笛子那头一吹，立刻就会吹出好听的音乐来。看！这些就是笛子的音孔。

吉登丹：但是我吹笛子吹不出音乐来呀，我没有这本事。

哈梦莱：那你们把我看成什么了？你们要把我当作乐器一样玩弄，你们似乎知道我这个乐器有多少音孔，你们要从我心里挖出我的秘密来，你们要试试我的最高音和最低音，听听我这个小乐器里有多少音乐，有多少好听的声音。但是，难道你们以为这比吹笛子更容易吗？你们可以随便把我当作什么乐器，可以使我恼火，但难道你们以为玩弄我比吹笛子还更容易吗？

（波洛涅上）

哈梦莱：上帝保佑你，大人。

波洛涅：殿下，王后请你去她那里，现在就去。

哈梦莱：你看见那片云吗？它有点儿像骆驼。

波洛涅：天啦，它的确像骆驼。

哈梦莱：我看它更像鬼鬼崇崇的鼬鼠。

波洛涅：它弓起背来也像鼬鼠。

哈梦莱：或者像条鲸鱼。

波洛涅：很像一条鲸鱼。

哈梦莱：那么，我一会儿就去母亲那里。（旁白）他们逼我装聋作傻，我已经装到头了。——我一会儿就去。

波洛涅：那我就去禀告王后。（下）

哈梦莱："一会儿"说起来容易。——朋友们，你们去吧。

（同下。哈梦莱留场上）

现在是夜里和魔鬼打交道最好的时刻了，教堂的墓地张开了大口打哈欠，地狱也向人间散布恶疾。现在，我可以喝下沸腾的热血，做出白天看了会吓得目瞪口呆的残忍事来。不过，且慢，现在要到母亲那里去。啊，我的心，不要失掉你的本性，永远不要让暴君恶毒的灵魂进入我坚强的胸膛。我可以残忍，但是不能超过天性的范围，我可以说出刀子一样锋利的话，但是我的心和舌头无论说话做事，都不能口是心非。无论我的言语对她如何伤害，我的心灵也不能够签字表态。（下）

第三场　艾西诺皇家城堡内

（国王、罗森兰、吉登丹上）

国　王：我不喜欢他的行为，让他这样疯疯癫癫在我身边，我也不太放心。所以你们准备好去英格兰吧，公文很快就会交给你们，让他也和你们同去。一个国王不能有不安全的感觉，而他的疯疯癫癫却随时都在造成威胁。

吉登丹：我们就去做好准备。保护大众的生命和安全是神圣的任务，而大众的安全怎么离得开主公的保护呢？

罗森兰：一个普通人都会尽心尽力保护自己不受危害，肩负着众人生命安全重任的主公，自然更要远离这种威胁了。失去一个君主不只是失掉了一个人，而是像个旋涡一样，会把周围的一切都席卷而去，又像高山绝顶上的一个巨大无比的车轮，它滚下来造成的结果是山崩地裂。一个国王叹一口气，引起的会是一片呻吟。

国　王：我希望你们出发时全副武装，并且给这种恐惧戴上枷锁，不让它的飞毛腿自由行动。

罗森兰、吉登丹：我们立即遵命。（罗森兰、吉登丹下）

（波洛涅上）

波洛涅：主公，他到母亲房里去了，我要藏在帷幕后面听他们说什么。我相信王后会好好训他一顿的，正如主公明智地指出的，母亲的天性会袒护儿子，所以要有第三者在旁边听着才妥当。过一会儿再见吧，主公，在您就寝之前，我会再来觐见，并且报告所见所闻的。

国　王：谢谢爱卿。

（波洛涅下）

我滔天的罪行连天上都闻得到臭味了。最古老的诅咒不就是责备杀兄之罪么？我连祈祷都说不出口，虽然心里想说，并且不吐出来不行，但是罪恶比嘴还大，怎么吐得出来？我只能站在原地不动，一言不发，祷告还是留

79

在心里和口里，这只该诅咒的手，沾满了杀害兄长的鲜血，手上的血比心里的血还浓得多，天上的和风细雨怎能把污血洗净，洗得雪白？面对罪恶的脸孔，慈悲又能有什么力量？祷告也只能起两种作用：不是预防犯罪，就是请求赦免罪行。那么，我只有两眼望天，请求赦免我已经犯下的罪行了。但是啊，用什么形式的祷告才能达到目的呢？祈求赦免我的杀兄之罪吗？这不可能，因为我舍不得放弃我犯罪所得到的结果：王冠，宏图大志，还有王后。一个人要保留他犯罪所得到的东西，怎能要求赦免呢？在这个贪污腐败可以为所欲为的世界上，罪恶之手经过镀金之后，可以改头换面，变成公正合法。但是在天上，能像在人间这样贪赃枉法吗？恐怕不能再掩人耳目了吧！一切行动都会呈现出本来的面目，而我们就不得不面对罪恶的青面獠牙而无法逃遁了。那怎么办？还有挽救的余地吗？试试看，忏悔能不能补救于万一？为什么不忏悔呢？忏悔又有什么用？一个人连忏悔都不能，那还能有什么办法呢？啊，简直坏得不能再坏了！像地狱一样黑暗的心！啊，胶着在无底深渊里挣扎的灵魂也不会陷得更深了！救救我吧，天使呀！试试吧。膝盖不要僵着，跪下吧！心弦不要硬得像钢丝，要柔软得像新生婴儿的皮肤，那就好了！

（跪下）

（哈梦莱上）

哈梦莱：现在动手正好，乘他正在祈祷，只消一剑就完事了。这样送他归天，也就算报了仇。不过还要再想一想：一个坏人毒死了我的父王，而我这个有仇不报的儿子却把这个坏蛋送上天堂。啊，这是雇工付钱，不是报仇雪恨。他对我父亲下手正是乘他酒醉饭饱，人间罪恶之花正在他身上盛开的时候。他这一生的功罪如何审判？只有老天知道，但在我们世俗的眼光看来，罪恐怕也轻不了。而我现在为他报仇，却乘这个坏蛋洗净灵魂准备升天的时候，这不是以德报怨吗？不行，收起我的宝剑，要找一个机会，在他醉醺醺或气冲冲的时候，在床上寻欢作乐，胡作非为，或者赌博争风，赌咒发誓，总而言之，在他灵魂不能得救的时候，我再送他两脚朝天，灵魂却下到暗无天日的地狱中去，这才是对他的报应。母亲还等着我呢。我这个药方也延长不了他病入膏肓的日子。

（下）

国　王：祷告飞上了天，

　　　　思想还在地上。

　　　　言语没有思想，

　　　　怎能飞上天堂？（下）

第四场　王后寝宫

（王后及波洛涅上）

波洛涅：他马上就来了，请您一句话说到家，说他胡闹得太过
　　　　分，简直叫人不能容忍了，告诉他是您保护了他，挡住
　　　　了国王要发作的怒火。我会悄悄地藏在帷幕后面。请您
　　　　对他不要客气。

哈梦莱：（在幕后）母亲，母亲，母亲！

葛露德：不必担心，我会说的。你退下吧，我听见他来了。

（波洛涅躲在帷幕后。哈梦莱上）

哈梦莱：母亲，什么事呀？

葛露德：哈梦莱，你大大地得罪你父亲了。

哈梦莱：母亲，你也大大地得罪我父亲了。

葛露德：来，来，你怎么这样随便回答我？

哈梦莱：哎，哎，你怎么这样狠狠地说我？

葛露德：怎么啦，哈梦莱？

哈梦莱：什么事呀？

葛露德：你忘了我是谁吗？

哈梦莱：没有，十字架可以做证！你是王后，是你丈夫弟弟的妻
　　　　子，还是——但愿不是——我的母亲。

葛露德：那么，我要能说会道的人来和你谈。

哈梦莱：来，来，请你坐下不要动，不要出去，等我把镜子放到
　　　　你面前，你好好瞧瞧自己的内心。

葛露德：你要干什么？难道要杀人？来人啦，要杀人了，救人啦！嘿！

波洛涅：（在帷幕后）怎么，要杀人了？来人啦！

哈梦莱：怎么？这里会有耗子偷听？只消一个金币，我就要了你的命。（拔剑刺波洛涅）

波洛涅：啊，杀人了！（波洛涅死）

葛露德：天啦，你干什么来着？

哈梦莱：（发现死者是波洛涅）不，我也不知道，不是国王吗？

葛露德：啊，多么鲁莽的血腥罪行！

哈梦莱：真是血腥，简直就像杀了国王还嫁给他的弟弟一样。

葛露德：杀了国王？

哈梦莱：唉，母亲大人，听我说。——这个自作聪明、自己找死的家伙，去你的吧！我还以为是你的主子呢！活该你倒霉，谁叫你要多管闲事！（对葛露德）不要再捏你的手了。静下来吧，请你坐下，让我摸摸你的心，我真要摸一摸，看它是不是看不透的，该死的习惯有没有使它硬化得不通情理了？

葛露德：我做错了什么事？你居然敢摇头吐舌，这样粗暴地对待我？

哈梦莱：你干的好事污染了美德，使贞洁会脸红，使忠实变成了虚伪，摧毁了纯洁爱情滋润的玫瑰，使热恋的脸上长出了脓包，使婚姻的海誓山盟蜕化为赌徒的咒骂。啊，简直使定情的婚约成了失去灵魂的空壳，使神圣的宗教教义堕落为狂言呓语。天空要露出羞颜，苍茫大地也显出凄惨的脸色，仿佛这种丑恶的行为预示着世界末日的来临。

葛露德：天啦，什么丑恶的行为呀？怎么还没开场就闹得天翻地覆呢？

哈梦莱：瞧这一幅画像，那里还有一幅，两幅都是两兄弟的真容。这一幅容貌多么高贵，海神波涛起伏的卷发，天王大神高耸的前额，战神威震三军、令人望而生畏的眼睛，身段就像飞天大神降落在摩天岭上，简直集中了各位天神的优秀品质，并且得到他们的赞赏，向世界宣示：这才是一个男子汉大丈夫！这就是你原来的丈夫。现在再来看另外一幅，那就是你现在的丈夫，像摇摇欲坠的麦穗垂头丧气地依靠在旁边的麦秆上。你没有眼睛吗？你怎么舍得这青翠的高山而去那荒芜的沼地呢？哈，难道你没有眼睛？你不能说是为了爱情，因为到了你这个年纪，情欲已经过了高涨的时期，现在应该是低落得俯首听候理性的支配了，但是理性在选择时怎么会优劣都分不清呢？什么魔鬼蒙住了你的眼睛，使你好坏都辨别不了？啊，可耻！你怎么不脸红。地狱里的叛乱精神，如果能使中年妇女的躯壳都烧出青春的火焰，那就让青春的美德像蜡一样在熊熊的烈火中烧个一干二净吧！当压倒一切的情欲发动大山压顶的进攻时，羞耻哪有抵挡的力量？既然冰霜都燃烧起来了，理性也就成了情欲的帮凶了。

葛露德：啊，哈梦莱，不要再说下去了。你使我的眼睛看到了我的灵魂，看到了我内心深处漆黑一团、洗刷不掉的斑斑点点的污迹和累累的伤痕。

哈梦莱：不行，你在一张臭汗淋淋、污迹斑斑的床上寻欢作乐，谈情说爱，在这肮脏得不堪入目、污浊得不堪入鼻的猪圈里。

葛露德：啊，不要再说下去了，这些话像尖刀一样刺入了我的耳朵。不要再说了，好哈梦莱！

哈梦莱：一个杀人凶犯，一个无赖恶棍，一个远不如你前夫的奴才，一个篡权夺国的凶手，一个偷窃王冠装入口袋的盗贼！

葛露德：不要再说了！

（老王阴魂上）

哈梦莱：（见阴魂）怎么，国王穿起破衣烂衫来了。——帮帮忙吧，天使，用你们的双翼给我遮挡！——父王在天之灵，有什么事吗？

葛露德：哎呀，他疯了吧！

哈梦莱：你是不是来责备你的儿子迟迟没有动手的？时间过去了，热情减退了，令人胆战心惊的重要行动耽误了，是不是？

阴　魂：不要忘了，我来只是为了磨砺你心中的钝刀。瞧，你母亲的脸上露出了惊慌的神色。啊，她内心正在斗争，快去帮帮忙，想象最容易侵入脆弱的身体。你去和她说说话吧，哈梦莱！

哈梦莱：你怎么样了，母亲大人？

葛露德：哎呀，你怎么啦，瞪着眼睛看什么？对无影无踪的空气说些什么话？你的神情溜出了眼睛的轨道，好像一个被突然袭击惊醒的士兵一样惊慌失措。头发也仿佛有了生命，站了起来。啊，好孩子，给你发脾气的愤怒火焰浇上忍气吞声的凉水吧！你在瞧什么呀？

哈梦莱：瞧他，瞧他！看他瞪着眼睛的脸色多么惨白，他的外表和内心结合起来的祈祷多么动人，连石头都会被激励起来行动的。——不要这样瞧着我，否则，你可怜的神情会动摇我下定的决心，反而使我的行动失色，使流泪要取代流血了。

葛露德：你在对谁说话呀？

哈梦莱：难道你什么都没有看见？

葛露德：没有，我只看见你对空气说话。

哈梦莱：你什么也没有听见？

葛露德：只听见我们说的话。

哈梦莱：那么，瞧那边，瞧，他悄悄地走了，我的父亲，他穿着生前穿过的寝衣！瞧，他现在正走出门去。

葛露德：这是你头脑幻想出来的吧？精神失常最容易产生这种无影无踪的幻想。

哈梦莱：精神失常？我的脉搏跳得和你的一样正常，一样有节奏，我说的绝不是疯话。不信，你可以检查一下，我可以重新说出刚才所做的事来，而疯子却不可能。母亲，为了得到上天的宽恕，不要给你的灵魂涂脂抹粉，以为我说的都是疯话，不是你的罪过。我也愿意只在你溃疡的罪恶上涂抹一层薄薄的油膏，但那样一来，罪恶就会在你体内发酵成熟，不知不觉传遍你的全身。忏悔过去的罪过，避免未来的失误，不要在毒草上施肥，使它蔓延滋长吧！原谅我实话实说，好人不得不为坏事求情，这也是为坏人做好事啊。

葛露德： 啊，哈梦莱，你把我的心剁成两块了。

哈梦莱： 那就丢掉坏了的那一块，留下好的那块过日子吧！晚安，不要上我叔父的床。即使你不再纯洁了，也要做出纯洁的样子，至少要克制今天一个晚上，第二天就容易得多了。再一次祝你晚安！在你想得到祝福的时候，我会为你求福的。（指波洛涅）至于这位大人，我很对不起，老天借我的手惩罚了他，又借他的死惩罚了我，使我成了工具又是执行人，我会安排他的后事，并且对他的死负责的。因此，再说一次晚安。我的言语和行动粗暴，那也只是为了亲情。开始做得不好，后面接着来的恐怕还要更坏。

葛露德： 我该怎么办呢？

哈梦莱： 我只能说你不该怎么办，不要让自我膨胀的假国王再骗你上床，轻浮地捻你的脸颊，叫你做他的小亲亲，用烟气熏人的嘴吻你，或用罪恶滔天的手指玩弄你的颈脖，要你向他吐露真情，说我不是真疯而是装傻。你怎能不让他知道呢？哪有一个漂亮、聪明、清醒的王后能向癞蛤蟆、臭蝙蝠、野公鸡隐瞒事件的真情实况？谁有这么傻呢？不，没有人会这样没有常识，会这样保守秘密。不如学那只出了名的猴子，爬到屋顶上去打开鸟笼把鸟放走，自己钻进笼子再爬出来，试试看出入鸟笼是不是就会像鸟一样飞了，结果却是摔断了自己的脖子。

葛露德：你放心吧，只要我还活着有一口气，关于你的秘密，我不会吐露一个字的。

哈梦莱：我要去英格兰了，你知道吗？

葛露德：唉，我几乎忘了，是这样决定的。

哈梦莱：这个老家伙得包装起来，我要把他拉到隔壁房间里去。母亲，晚安。的确，这位喜欢说话的大人现在沉默，严肃，不开口了，他生前可喜欢胡说八道啊。——来吧，老兄，你也该下场了。再见，母亲。（哈梦莱拖波洛涅尸体下）

第四幕

第一场　艾西诺皇家城堡内

（国王、王后上）

国　王：你唉声叹气，呼吸沉重，一定有什么缘故，你要说清楚，我好了解情况。你儿子呢？

葛露德：啊，我的好主公，我今晚看见什么啦！

国　王：怎么啦，葛露德？哈梦莱怎么样？

葛露德：他疯狂得像呼啸的海风和汹涌的海浪一样争强好胜，一发作起来，简直无法收拾！一听见帷幕后面有点儿动静，他立刻就拔出剑来，大叫大嚷"有贼，有贼"，并且惊慌得神魂颠倒，一剑刺死了藏在幕后的老好人。

国　王：啊，这可严重了！假如幕后的人是我，岂不也要遭到毒手！他这样随意动刀动剑，对你对我，对每个人都是威胁啊！唉，这个血腥事件该怎样处理呢？这都得怪我，早该预防到这一点，限制这个年轻人的行为，不让他的疯癫发作。但是我们爱护他太过分了，不知道怎样对他最好，就像一个身犯重病的人，怕病向外扩散，就只让它向内发展，甚至吸干了生命的源泉。他现在到哪里去了？

葛露德：他把老好人的尸体拖出去了，他的疯病像低级的矿物杂质，其中却含有纯金的成分，他为自己的所作所为惭愧得流泪了。

国　王：啊，葛露德，来吧！一等太阳照到山头上，我们就得把他送上船去。他干下的坏事只好设法掩饰一下。表面上说得过去，能够得到一点儿谅解，也就罢了。

　　　　（罗森兰、吉登丹上）

国　王：喂，吉登丹！两位朋友，请你们去找几个助手。哈梦莱疯病发作，把波洛涅杀了，又把他拖出了他母亲的房间。你们去找找他，好好对他说，把尸体送到教堂去。请你们先办这件事吧。

　　　　（罗森兰、吉登丹下）

走吧，葛露德，我要叫些能手来，告诉他们我打算怎么办，也告诉他们发生了什么不幸。啊，来吧！我的内心是又乱又怕啊。

　　　　（同下）

第二场　艾西诺皇家城堡内

（哈梦莱上）

哈梦莱：藏起来了。

罗森兰、吉登丹：（在幕后）哈梦莱，哈梦莱殿下！

哈梦莱：什么声音？谁在叫哈梦莱？啊，他们来了。

（罗森兰、吉登丹上）

罗森兰：殿下，尸体在哪里呀？

哈梦莱：从泥土中来，回泥土中去了。

罗森兰：告诉我们在哪里，我们好送到教堂去。

哈梦莱：你们休想。

罗森兰：想什么呀？

哈梦莱：想我听你们的，不听我自己的。再说，海绵一样的人向
　　　　王子提问，他怎样回答呢？

罗森兰：殿下把我当作海绵了？

哈梦莱：唉，老兄，你吸收了国王的恩宠、奖赏、权力，但是要
　　　　到最后才会显示你的用处，就像猴子嘴里的水果，要等
　　　　果汁榨干，猴子才会吞下去。但一榨干，你又成一块干
　　　　巴巴的海绵了。

罗森兰：我不懂殿下的话。

哈梦莱：那可好了，调皮捣蛋的话在傻瓜的耳朵里正好睡大觉呢。

罗森兰：殿下，你一定得告诉我们尸体在哪里，并且同我们去见
　　　　国王。

哈梦莱：尸体和国王都在世上，但是国王不像尸体那样有形无实，国王也是一个形体。

罗森兰：殿下说是一个形体？

哈梦莱：有名无实的形体。带我去见他吧。狐狸进洞了，猎人快追呀！

（同下）

第三场　艾西诺皇家城堡内

（国王上）

国　王：我派人去找他，还要找到尸体。放纵他多么危险！但执法又不能太严，因为他得到了群众的爱戴，群众看人只看表面，并不细问是非，也不问罪行重不重，只是怕罚重了。要使一切顺利进行，并且显得公平，立刻送他出国可能是最恰当的解决办法。急病要用猛药来医治，否则就治不了。

（罗森兰上）

国　王：怎么样？有什么结果？

罗森兰：主公，尸体藏在哪里，他不肯告诉我们。

国　王：他人在哪里？

罗森兰：就在外面，有人看住，等候主公吩咐。

国　王：把他带上来吧。

罗森兰：遵命。（呼唤）吉登丹，把殿下带进来！

（哈梦莱、吉登丹及侍从上）

国　王：哈梦莱，波洛涅呢？

哈梦莱：在吃晚餐。

国　王：吃晚餐，在什么地方？

哈梦莱：不是他在吃，是蛆在吃他，一大群蛆在会餐，像皇帝一样大开胃口。我们喂饱了牲口，又用牲口喂人，喂胖了人再用人去喂蛆。胖国王和瘦乞丐都是晚餐的两道菜。结果就是这样。

国　王：唉，唉！

哈梦莱：一个人可以用吃了国王肉的蛆去钓鱼，又吃那条吃了蛆的鱼。

国　王：你这是什么意思？

哈梦莱：没有什么意思，只不过是告诉你一个国王怎么视察一个乞丐的肠子和肚子罢了。

国　王：波洛涅在哪里？

哈梦莱：在天上，你可以派人去找。如果天上找不到，你可以自己下地去。如果这个月还找不到，你上楼去休息室就可以闻到他的气味了。

国　王：（对罗森兰或侍从）上楼去找。

哈梦莱：他会在那里等你的。

（罗森兰或侍从下）

国　王：哈梦莱，你的行为不太检点，为了你的安全——我们看得很重，我们对你的所作所为也很难过——因此，我们不得不火速送你出国。你快去准备一下，船已经准备好

了，又是顺风，随从都在等你。一切都已准备就绪，你
　　　就去英格兰吧。

哈梦莱：到英格兰去？

国　王：是的，哈梦莱。

哈梦莱：那好。

国　王：好，你要知道我们的苦心。

哈梦莱：我看见一个天使，他看清楚了你的用心。去吧，到英格
　　　兰去，我亲爱的母亲。

国　王：我是你敬爱的父亲，哈梦莱。

哈梦莱：父母是夫妻一体，说母亲就够了。母亲，我去英格兰
　　　了。（下）

国　王：紧紧跟住他，要他赶快上船，不要耽误。我会要他今
　　　夜就走。去吧，和这有关的文件都已密封，你们就照
　　　办吧。

　　　（吉登丹及罗森兰下）

　　　英格兰国王，如果你还重视我们的国交，如果丹麦的国
　　　威给你留下了不可磨灭的印象，你并不愿重蹈覆辙，你
　　　就会自觉自愿按照我们的要求办了。文书已经表明：要
　　　求立刻把哈梦莱处死。英格兰国王啊，请照办吧！这使
　　　我像热锅上的蚂蚁，只有靠你助我一臂之力了。在我知
　　　道事情办妥之前，无论命运如何，恐怕笑容对我总是无
　　　缘的了。（下）

第四场　丹麦边境

（福丁拔率挪威军队上）

福丁拔：指挥官，请你代我向丹麦王致敬，告诉他按照约定，我
　　　　已率军借道经过。如果丹麦王有事相商，你知道会见的
　　　　地点，我会当面向他致谢的。请你先行告知吧。

指挥官：遵命，殿下。

福丁拔：慢步行军。①

（众下）

第五场　艾西诺皇家城堡内

（王后及贺来霄上）

葛露德：我不想和她说话。

贺来霄：她很着急，其实是神经错乱了，她的心情令人怜悯。

葛露德：她要什么？

贺来霄：她老谈她的父亲，说世上的花样名堂很多，她扪心捶
　　　　胸，为小事大发脾气，说些似是而非、没有意义的话。
　　　　但是有心人可以随意猜想、解释，加上她眨眼、点头、
　　　　做手势，使人误以为她含有深意，虽然不能肯定，但总

① 此处之下本有哈梦莱登场的提示、他与指挥官的对话，许渊冲先生尚在斟酌
妥帖译文，以故搁笔，留待来日。

97

不是好事。

葛露德：有人和她谈谈也好，免得她散播危险的想法，引起存心

不良的人胡乱猜测。让她来吧。

（贺来宵走到门口下）

我的灵魂有病，

罪恶的本性都是这样，

微不足道的琐事似乎都预示着灾殃。

罪恶即使不钩心斗角，

也会引起猜想。

越是怕人知道，却越会引起对外张扬。

（莪菲莉神经错乱，同贺来宵上）

莪菲莉：美丽的丹麦王后在哪里？

葛露德：你怎么啦，莪菲莉？

莪菲莉：（唱）我怎么能认识

你真正的情郎？

看他的贝壳帽、

草鞋还是手杖？

葛露德：唉，好姑娘，唱这支歌是什么意思？

莪菲莉：你说什么？请听好了。

（唱）他已经死了，姑娘，

一去不再返回。

头上一堆青草，

脚下一块墓碑。

（国王上）

葛露德：不要唱了，不过，莪菲莉——

莪菲莉：请你听。

　　　　（唱）寿衣白如山上雪。

葛露德：唉，主公，瞧这里！

莪菲莉：（唱）上面撒满了鲜花，

　　　　　　　情人的泪珠如雨，

　　　　　　　在墓地纷纷落下。

国　王：你怎么啦，美丽的小姐？

莪菲莉：好，上帝保佑！据说面包师的女儿变成了猫头鹰。主公，
　　　　我们知道我们是什么人，但是不知道会变成什么。愿上帝
　　　　光临你的晚餐！

国　王：恐怕是在想父亲。

莪菲莉：请不要谈这点了，如果他们问你什么意思，就告诉他。

　　　　（唱）明天就是情人节，

　　　　　　　大家都要早起床。

　　　　　　　我会站到你窗前，

　　　　　　　把你当作我情郎。

　　　　　　　他起来穿好衣裳，

　　　　　　　就立刻打开房门。

　　　　　　　大姑娘一上了床，

　　　　　　　就失去了女儿身。

国　王：好一个莪菲莉！

莪菲莉：不用赌咒发誓，我会唱完歌的。

（唱）神圣慈悲的主在上，

动手动脚，不怕丢脸！

年轻人总喜欢上床，

寻欢作乐，一味纠缠。

她说："你压在我身上，

本来说好要先结婚。"

他说："谁叫你太匆忙，

比太阳先颠倒乾坤？"

国　王：她这样有多久了？

莪菲莉： 我希望我们会好聚好散。我们要有耐心，但是我也没有
办法，只好哭哭啼啼，让他们把他埋进寒冷的墓地。应该
让我哥哥知道这件事情，因此，我谢谢你们的好主意。
来，我的马车！再见了，女士们，再见吧，亲爱的朋友
们，再见，再见！（下）

国　王： （对贺来霄）紧紧跟着她，请你好好看住她。

（贺来霄下）

这是悲痛撒下的毒药，根源是她父亲的死。啊，葛露德，
葛露德！真是祸不单行，一来成群。第一，她的父亲死
了。第二，你的儿子走了。虽然这是他一手造成的恶果，
但是老百姓并不了解情况，糊里糊涂，纷纷议论老好人波
洛涅的死亡，我们又考虑不够周到，就匆匆地把他下葬
了。可怜的莪菲莉失去了判断力，甚至和理智分了手。没
有理性的人和画中人物或者鸟兽又有什么分别？最后，也
是意义同样重大的一点，是她的哥哥拉尔提秘密从法国回
来了，他听了一些错误的、不符合事实又缺乏证据的奇谈
怪论，自己堕入了五里雾中，再加上街谈巷议、口耳相传
关于他父亲之死的不实之词。啊，亲爱的葛露德，这就像
开花炮从四面八方打来，叫我死无葬身之地了！

（幕后喧哗，一使者上）

葛露德： 哎哟，怎么闹得这样厉害？

国　王： 我的卫队呢？要他们去守住城堡。出了什么事了？

使　者： 主公避一下吧！他们来势汹汹，像冲上海岸的滚滚波涛，
冲破了阻挡他们前进的种种障碍。这一伙叛乱群众的首领

　　　　是拉尔提，他们打退了皇家卫队，高声欢呼拥戴他们的头
　　　　目，欢呼世界得到了新生，一切都得重新开始，古老的传
　　　　统都已遗忘，习俗全被抛弃。他们自作主张，高喊"我们
　　　　要选拉尔提为王"。他们抛起帽子，鼓掌欢呼，响彻云
　　　　霄："我们拥护拉尔提为王，拥护拉尔提王！"

葛露德：怎么这样兴高采烈地在错误的道路上高声喊叫！这是叛
　　　　乱造反，难道丹麦人变得不如狗了！

　　　　（幕后喧哗。拉尔提上，群众进门）

国　王：他们破门而入了。

拉尔提：国王呢？——弟兄们，你们就在门外吧。

群　众：不行，我们也要进来。

拉尔提：我请你们听我的话。

群　众：那好，那好。（群众退到门口）

拉尔提：谢谢你们，请守住门！——你这个该死的国王，还我父亲
　　　　的命来！

葛露德：冷静一点儿，拉尔提！（阻止拉尔提，或挡住他的路）

拉尔提：骂我是杂种，我父亲是王八，我母亲是婊子，我能冷静
　　　　吗？何况这比骂人还要严重得多呢！我能不热血沸腾吗？

国　王：你为什么，拉尔提，这样兴风作浪，翻山越岭，大兴问
　　　　罪之师呢？——让他来吧，不用怕他会伤害我，国王自
　　　　有老天保佑，造反的人就是望穿了眼睛也不能为所欲为
　　　　的。——说吧，拉尔提，为什么你这样火冒三丈？——
　　　　让他来吧，葛露德。——说吧，男子汉大丈夫！

拉尔提：我父亲呢？

国　王：死了。

葛露德：但和国王没有关系。

国　王：让他想问什么就问什么。

拉尔提：他怎么死的？休想蒙混过关！要我忠诚老实吗？见鬼去吧！你要赌咒发誓吗？到地狱里去吧！谈良心，谈厚道，早已谈到万丈深渊里去了。我不怕天诛地灭，我站稳了脚跟，天堂地狱我都一样不在乎。眼前随便发生什么事情，我都只要为父亲报仇。

国　王：有谁阻止你吗？

拉尔提：我要做什么事，天下没人能阻止我。至于我的力量，我会充分利用，以少胜多。

国　王：好一个拉尔提！如果你要知道你父亲到底是怎样死的，难道你就要像赌场上的"通吃"一样，不管是朋友还是敌人，都要把赌注一扫而光吗？

拉尔提：当然只扫敌人。

国　王：那么，你知道谁是敌人，谁是朋友吗？

拉尔提：对于朋友，我自然张开双臂来表示欢迎，甚至可以像用血肉来喂幼雏的母鸟一样。

国　王：那好，你这样说话才是一个好儿子，一个大丈夫。要知道你父亲的死和我没有关系，我还为他的死悲痛万分呢！如果你心里明白了这一点，那就像你的眼睛看见了太阳光一样了。

（幕后人声）

群　众：让她进去！

（莪菲莉上）

拉尔提：怎么啦，为什么喧哗？（见莪菲莉）啊，让我头脑发
烧，眼泪发酸吧，天呀！我要加倍报复使你发疯的人。
啊，五月的玫瑰，亲爱的妹妹，可爱的莪菲莉！一个少
女的聪明才智怎么可能像老人的生命一样，这么快就走
到了尽头？人类的天性与亲子之爱更加息息相关，往往
把最珍贵的感情献给了热爱的死者。

莪菲莉：（唱）他们把他脸朝天抬上棺材架，

嘿，不，哎呀，哎呀，嘿，哎呀！

把他抬到坟上，大家泪如雨下。

再会吧，我的鸽子呀！

拉尔提：即使你没有发疯，如果要我报仇，你也不能比这更感动
我了。

莪菲莉：你应该唱："哎呀，下来吧，下来吧！"你应该叫他
　　　　"下来呀"。啊，这个车轮多么配这辆车！这个坏管家
　　　　怎么弄虚作假，骗了主人的女儿和她的妈！

拉尔提：这不成话，但胜过说话。

莪菲莉：这不是话，是玫瑰花，做祷告，谈爱情，都要记住它。
　　　　这是相思花，叫你想念他。

拉尔提：疯话不疯，记忆和相思，多么有用！

莪菲莉：这是吹牛拍马的漏斗花，弄虚作假的芸香花，后悔莫及
　　　　的茴香花，给你也给我，免得星期天忘了他。还有表示
　　　　爱情的雏菊花，我还想给你忠诚可亲的紫罗兰，但是我
　　　　的父亲一死，花也就凋谢了，他们同归于尽。

　　　　（唱）只要有个好罗宾，

　　　　　　　他就可以治百病。

拉尔提：思想和痛苦，热情，甚至地狱，给她一唱，就唱出了意
　　　　思，叫人觉得可怜。

莪菲莉：（唱）可是他不来了吗？

　　　　　　　可是他不来了吗？

　　　　　　　不来，不来，他死啦。

　　　　　　　你也快进坟墓吧，

　　　　　　　他再不会回来啦。

　　　　　　　胡子白得像雪花，

　　　　　　　他的头发也一样，

　　　　　　　一去不再回故乡。

　　　　　　　我们不必再悲伤，

他的灵魂上天堂。

我祈求上帝宽恕基督徒的灵魂，上帝和你同在！（下）

拉尔提：天神呀，你们看见了吗？

国　王：拉尔提，只要你不拒绝，我会分担你的悲痛。现在，我们
　　　　分手吧，你去找你最要好的朋友，请他们在你我之间做出
　　　　评判。如果我对你父亲的死犯下了直接或间接的罪过，我
　　　　可以把王国、王冠甚至生命财产，一切交你处理。如果与
　　　　我无关，那你就该平心静气，商量一个办法，来满足你的
　　　　心愿了。

拉尔提：就这样吧。他是怎样死的？为什么秘密下葬？没有歌功
　　　　颂德，没有勋章宝剑，没有庄严隆重的仪式，就这样无
　　　　声无息地消失在天地之间，我能不追问吗？

国　王：你自然应该，但大斧一定要落在罪人头上。请你跟我来吧。

　　　　（同下）

第六场　艾西诺皇家城堡内

（贺来霄及侍仆上）

贺来霄：什么人要见我？

侍　仆：几个水手，大人，他们说有信要面交。

贺来霄：让他们来吧。

　　　　（侍仆下）

我不知道海外还有谁会给我写信，大约是哈梦莱殿
下吧。

（水手上）

水　手：上帝保佑你，大人。

贺来霄：也保佑你。

水　手：上帝是一视同仁的。这是一封给大人的信，是去英格兰
的使臣要我面交贺来霄大人的。

贺来霄：（读信）"贺来霄：得信后请设法让来人去见国王，他
们有信面交。我们出海两天就被海盗船追上了，我们的
船走得很慢，不得不勉强迎战。交战时我上了海盗船，
不料他们立刻离开官船，我却成了俘虏。他们倒是还讲

道义，我当然不会亏待他们。请带他们去见国王，面交我的信件。交信后火速离开，我有话要和你面谈，会听得你目瞪口呆的。来人也会为你引路。罗森兰和吉登丹已经去了英格兰，关于他们，我也有话面告。你的知心朋友：哈梦莱。"来吧，我会带你们去交信，然后立刻去见寄信人的。

（同下）

第七场　艾西诺皇家城堡内

（国王及拉尔提上）

国　王：现在，你应该明白我不但不是罪人，而且是你可以推心置腹的朋友和恩人。你已经清清楚楚地知道了谋害你父亲的人其实要谋害的是我。

拉尔提：听来这话不假，但为什么你没有惩罚这穷凶极恶的罪人呢？照理说来，他对你的安全是非常不利的呀。

国　王：啊，这有两个特殊的原因，在你看来也许站不住脚，但是对我却非常重要。王后是他的母亲，一天不见他就几乎过不了日子；而对于我——不管这算是我的优点还是我致命的缺点——我的生命和灵魂都离不开王后，就像星辰离不开它运行的轨道一样。另外一个理由，我在群众面前不好交代。群众对他的偏爱使他的错误也染上了感情的色彩，就像传说中的泉水能使树木化为石头一样，群众把他的枷锁都看成是自由。我要射箭打开他的枷锁，但是箭的木质太轻，穿不过强大的暴风，反而会把弓吹断了。我怎能轻举妄动呢？

拉尔提：难道我就这样失去了一位高贵无比的父亲？一个举世无双的妹妹，她就这样被害得发了疯！叫我怎能不报仇雪恨呢！

国　王：不要为这事气得睡不着觉，不要以为我会善罢甘休，让人胡子眉毛一把抓，把这当作开心，而不觉得危险。你不久就会知道，我对你父亲就像我对自己一样，我这样说，希望你能想到。

（使者上）

国　王：怎么了？有什么消息？

使　者：哈梦莱有信来，一封给主公，一封给王后。

国　王：哈梦莱有信了，谁送来的？

使　者：他们说是几个水手，我没有见到人，信是贺来霄转来的，他接待了水手。

国　王：拉尔提，你可以听听信上说了什么。——你下去吧。

（信使下）

"高高在上、大权赫赫的主公：我一无所有地回来了。敬请主公恕罪，明日赐予接见，当即面告突然回国的奇异历程。哈梦莱。"这是什么意思？同去的人回国没有？这是不是搞错了，或者根本就没有这回事？

拉尔提：主公认识他的笔迹吗？

国　王：这是哈梦莱写的字。"一无所有",附笔加了一个"孤身一人",你看这是什么意思?

拉尔提：我更是莫名其妙了,主公。让他来吧。我病了的心又热乎起来了,我要当面告诉他:"我要你的命!"

国　王：如果是这样,拉尔提,怎么能做到呢?还有没有别的办法?你能听我的话吗?

拉尔提：只要不是饶他一命就行。

国　王：这你放心。如果他现在半途而返,不再出国,我就要说服他去做一件事,这件事在我心中已经酝酿成熟了。若能实行,他就非死不可。而他的死也不能怪谁,甚至连他的母亲也只能说是意外。大约两个月前,我见到一个诺曼底骑士,他的骑术很好,简直像变魔术,人像长在马鞍上似的,人和坐骑简直合二为一了,完全超乎想象。

拉尔提：是诺曼底人吗?

国　王：正是。

拉尔提：那一定是死神拉磨。

国　王：正是他。

拉尔提：我和他很熟悉,他的确是法国的精英。

国　王：他也称赞过你,说你防守的功夫到家,特别是你的剑术,使他看了喝彩,说如果和你交手,一定令人大开眼界。他的话使哈梦莱听得既羡慕又妒忌,一心想和你见个高低,因此——

拉尔提：这会有什么结果呢,主公?

110

国　王：拉尔提，你是真心实意爱你父亲，还是只做表面工作，脸上挂着愁容，心中并无其事呢？

拉尔提：主公怎么这样问呀？

国　王：不是我认为你不爱你的父亲，而是我知道情感会随时间转移。事实证明，时间会冲淡感情的火花。等到哈梦莱一到，你会如何用行动而不是用语言，来表明你是你父亲的儿子呢？

拉尔提：我要在教堂里一剑叫他头和身子分家。

国　王：的确，教堂并不应该包庇凶手，不该禁止报仇，但是，如果你能留在家里不是更好吗？哈梦莱一听人夸奖你的剑术，夸得比法国人还更锦上添花，他一心想要和你比赛。但是他很粗心大意，不会选剑，你就可以选把利刃，在刺杀中，只消一剑，就可以为你父亲报仇了。

拉尔提：我会的，为了这个目的，我要在剑上抹点儿毒药。我在江湖郎中那里买到一种毒性很强的药剂，只消用剑沾到一点儿药水，再接触到血，哪怕是最轻微的伤口，即使在月光下采来的能治百病的草药，也救不了受伤人的性命。我要把剑尖沾点儿毒药，那就可以送他下地狱了。

国　王：让我们再想想，考虑一下时间和方法对我们实行的计划是不是合适。如果计划失败或者行动不当，容易给人看破，那还不如不试。因此，还需要有个退一步的打算，需要第二个更稳当、更站得住脚的办法。如果第一个办法吹了，且慢，等我想想，有了，你们比剑可以赌个赢输，只要你们打得又热又渴——你要越打越猛——结果

111

他渴得要饮料时，我会给他准备一杯毒酒，那他即使逃脱了你的剑锋，我们的目的还是一样可以达到。

（王后上）

国　王：怎么啦，亲爱的王后？

葛露德：真是坏事一桩接着一桩。拉尔提，你妹妹淹死了。

拉尔提：淹死了？啊！在哪里？

葛露德：在映着浅绿垂柳的碧绿溪水中。她戴着奇花异卉编成的花冠来到岸边，花中有毛茛、金凤花、雏菊、长颈兰——那些不正经的牧羊人叫它"吊儿郎当花"，我们的好姑娘却说是"死人的手指"。她把花环挂上垂柳枝头，不料要和花环争风比美的柳枝却羞得折断了，她也就和胜利的花冠一同落入哭泣的溪水中。她的衣服张开，浮现出美人鱼的玉体，那时，她还像给悲哀压倒的女郎唱着古老的歌曲呢。但她喝饱了溪水的衣裳，把这个可怜的水生水长的少女拉回到死亡的污泥中去了，她才中断了她的哀歌。

拉尔提：唉！她就这样淹死了！

葛露德：淹死了，淹死了。

拉尔提：可怜的莪菲莉，你喝的水太多，我不能用泪水来加重你的痛苦了。但哭泣是天生的妙计，女人的羞愧和男人的悲痛都会随着眼泪而消逝，那就让我把女人的悲痛也哭掉吧。再见，主公，我本来怒火中烧，现在却又被悲痛淹没了。（下）

国　王：我们同他去吧，葛露德。好不容易平息了他的怒火，现在恐怕又要它重新燃烧起来了。我们走吧。

　　　　（同下）

第五幕

第一场　艾西诺皇家城堡附近的墓园

（两个掘墓人上）

掘墓人甲：自取灭亡还求永生的女人，可以按照基督教仪式安葬吗？

掘墓人乙：我告诉你，这个女人可以，所以你就赶快掘墓吧。验尸人坐地检验过，说是可以按照基督教仪式的。

掘墓人甲：这怎么可能呢？除非她是为了自卫而自尽的。

掘墓人乙：怎么不可能？结论就是这样。

掘墓人甲：到底是不是自卫，谁搞得清楚？问题是自尽得妙不妙。因为自尽有三部曲，一是决定，二是实行，三是检验是否合法，结论是她自尽得很妙。

掘墓人乙：不，掘墓的好人，要是听你说的话——

掘墓人甲：对不起，让我说。这里是水，那好；这里是人，也好。人去投水，并且淹死了，那他是自愿的还是不自愿的呢？注意，如果是水来淹死他，他在法律上就不是自尽，在法律上没有犯罪，没有缩短他的生命。

掘墓人乙：这就是法律？

掘墓人甲：哎，天哪，这就是验尸人的验尸法。

掘墓人乙：你想要知道事实真相吗？如果死的不是一位上流人家的少女，那是不会按照基督教仪式安葬的。

掘墓人甲：你这样说岂不糟糕。上流人家连跳水上吊都比普通基督徒有面子？算了，拿我的锄头来！谁的面子大也大不过我们的老祖宗亚当，而种菜的、挖沟的、掘墓的人干的都是亚当这一行。

掘墓人乙：亚当是上流人吗？

掘墓人甲：他是头一个用锄头做工具的高工。

掘墓人乙：但他并没有高工的头衔呀。

掘墓人甲：怎么啦？难道你是异教徒？你怎么读《圣经》的？《圣经》上不说了亚当是看守乐园的吗？看守乐园的高级农艺师怎能不是高工呢？我再来问你，如果你答得来，我就认输。

掘墓人乙：那你问吧。

掘墓人甲：什么人建筑的东西比石匠、船工或木匠更结实？

掘墓人乙：是不是绞刑架？住过一千人的房子倒塌了，吊死过一千人的绞刑架还巍然高耸呢。

掘墓人甲：我喜欢你聪明的回答。说老实话，绞刑架很不错，它吊死过很多做坏事的人。现在你说绞刑架比教堂更结实，那你就是在说坏话，绞刑架就派得上用场了，是不是？你再说一遍看看。

掘墓人乙：谁做出来的东西比石匠、船工或木匠更结实呢？

掘墓人甲：对，你若答得出，我就放过你。

掘墓人乙：天啊，我知道了。

掘墓人甲：那就说呀。

掘墓人乙：天啊，我不能说。

（哈梦莱和贺来霄在远处上）

掘墓人甲：不要伤脑筋了，鞭子打不快蠢驴的脚步。下次再碰到这个问题，你就可以回答说"是掘墓人"，因为他挖掘的坟墓可以一直用到世界的末日。去吧，到老约翰酒店去给我拿一杯酒来。

（掘墓人乙下）

（掘墓人甲唱）年轻时喜欢谈爱情，

觉得爱情非常甜蜜。

时间一过，人也不再年轻，

觉得什么都不适宜。

哈梦莱：这家伙一面挖坟一面唱歌，难道他不晓得他干的是什么活？

贺来霄：也许是习惯成自然了。

哈梦莱：说得也对。不太动的手，轻轻碰它一下，它就感觉
　　　　到了。

掘墓人甲：（唱）但老年偷偷的脚步，

　　　　　　　却用拐杖将我夹住，

　　　　　　　用船把我送进坟墓，

　　　　　　　仿佛我没见过泥土。

　　（挖出一个骷髅脑壳）

哈梦莱：这个脑壳也有过舌头，也会唱歌，这家伙却把它摔到地
　　　　上，仿佛他是第一个谋害亲兄的杀人犯该隐的脑壳似
　　　　的。其实他也许是一个搬弄是非，甚至是欺骗上帝的阴
　　　　谋家，现在却得听这家伙摆布了。你看是不是？

贺来霄：可能是的，殿下。

哈梦莱：他也许是一个吹牛拍马的小官，满口甜言蜜语、早安晚
　　　　安；也许是个居心叵测的官吏，口里说你的马好，心里
　　　　却打你的主意。你看是不是？

贺来霄：哎，殿下。

哈梦莱：即使这样，他现在也给蛆虫吃掉了下巴，给挖坟人用铁
　　　　锹抛上抛下。如果我们能够看透，这是多么大的变化
　　　　啊。这些骷髅生前也可能是大人物，现在却成了小人的
　　　　玩物，想起来能不难受么？

掘墓人甲：（唱）一把镐来一锹土，

　　　　　　　盖上一块遮尸布，

　　　　　　　挖出一个黄土坑，

　　　　　　　好让客人里面住。

（又抛出一个骷髅脑壳）

哈梦莱：又抛出一个来了，会不会是一个律师的脑壳？他的巧言诡辩、谎话遁词、官腔架势、财产证件、阴谋诡计，都到哪里去了？怎么让一个粗手笨脚的小人用一把肮脏的铁锹敲打他的脑壳，也不给他加上一个无故殴打的罪名？哼，这个家伙活着的时候恐怕是个大地主，他的地产抵押证、债权证、土地所有证、双重产权证呢？这就是他得到的最后赔款吗？让他涂脂抹粉的脸上沾满污泥浊水，难道就恢复了他的本来面目吗？他的产权，甚至双重产权得到的坟地，比一张契约又大得了多少呢？他的土地转移证也装不满他的棺材，难道他的继承人能得到更多吗？

贺来霄：也得不到，殿下。

哈梦莱：契约不是写在羊皮纸上的吗？

贺来霄：是的，殿下，也有写在牛皮纸上的。

哈梦莱：想靠牛羊皮来保证产权，不是连牛羊都不如了吗？我要问问这个家伙。——这是谁的坟墓呀？

掘墓人甲：我的，先生。

（唱）挖出一个黄土坑。

好让客人里面住。

哈梦莱：我想也是你的，因为你在里面。

掘墓人甲：我说这是我的，因为虽然你在外面，我也可以把你放到里面来，所以这是我的。

哈梦莱：你说你可以把人放在里面，这就成了你的，这是假话。因

119

为这坟是死人的，不是活人的，所以你说的就是假话了。

掘墓人甲：这假话来得快，先生，去得也快，马上从我这里转到你那里去了。

哈梦莱：你在为什么人挖坟？

掘墓人甲：不是为男人。

哈梦莱：那是为什么女人呢？

掘墓人甲：也不是为女人。

哈梦莱：那埋的是什么人呢？

掘墓人甲：本来是个女人，但是已经死了，所以不再是女人，只剩下阴魂了。

哈梦莱：这家伙一个字都不放过，我们说话都得看指南针了，一点儿偏差都不能出。老天在上，贺来霄，这三年来，我看人都变得会鸡蛋里找骨头，老乡的脚趾甲快碰到大官的脚后跟，触及人的痛处了。——你干这一行有多久？

掘墓人甲：我干这一行刚好是老王哈梦莱打败挪威王福丁拔的日子。

哈梦莱：那有多久了？

掘墓人甲：你不知道那就是小哈梦莱出生的日子吗？可是他现在发了疯，送到英格兰去了。

哈梦莱：唉，天哪，为什么要送到英格兰去呢？

掘墓人甲：因为他发了疯，到英格兰去会好起来的，即使不能复原，至少也不会更坏。

哈梦莱：为什么呢？

掘墓人甲：因为英格兰人和他一样疯，看不出他也是疯子。

哈梦莱：他怎么疯的？

掘墓人甲：听说疯得很怪。

哈梦莱：怎么怪呢？

掘墓人甲：天哪，他精神失常了。

哈梦莱：哪里失常了？

掘墓人甲：还不就是在丹麦。我在丹麦挖坟，从小到大都三十年了。

哈梦莱：一个人埋在坟里，要多久才会腐烂？

掘墓人甲：说实话，那要看他生前是不是已经烂了。现在有些梅毒病人下葬时就烂得要分家，如果不烂，可以埋个八九年。一个皮匠就可以熬到九年。

哈梦莱：为什么皮匠熬得久？

掘墓人甲：皮匠老和牛皮打交道，他的皮也磨得和牛皮一样结实，水泼不进，而水是私生子尸体的腐蚀剂。这里又来了一个骷髅脑壳，这个骷髅在地下埋了二十三年了。

哈梦莱：那是谁的尸体？

掘墓人甲：一个婊子养的疯子，你知道他是谁？

哈梦莱：我不知道。

掘墓人甲：这个该死的疯子，有一回他浇了我一头的莱茵酒。这就是他的骷髅，先生，他就是博得国王哈哈大笑的弄臣约里克。

哈梦莱：就是这个脑壳？

掘墓人甲：就是。

哈梦莱：让我看看。——唉，可怜的约里克！我认识他，贺来霄，他有说不完的笑话，非常丰富的想象力，他背过我多少次啊！——现在想起来都作呕，我的喉咙管还要吐呢。这里原来挂着两片嘴唇，我不知道他亲过我多少次了。——现在，你的笑话说给谁听呢？你还蹦蹦跳跳吗？你唱的歌，你闪烁着欢乐之光的眼睛，你满口的妙语又在哪里说得满堂哄然大笑呢？你有没有留下一句话来笑你自己现在的尊容呀？你连下巴都笑掉了吗？现在，你到美容室去对化妆的美人说，即使她脸上的粉涂得有一寸厚，到头来还是一样的下场，她还笑得出来吗？——贺来霄，我要问你一个问题。

贺来霄：什么问题，殿下？

哈梦莱：你认为亚历山大大帝在地下看起来也是这副尊容吗？

贺来霄：恐怕也是。

哈梦莱：闻起来也是这股气味吗？呸！（拿起地上的骷髅又扔回去）

贺来霄：恐怕也是，殿下。

哈梦莱：我们的身体会落到怎样的下场啊，贺来霄？为什么不可以想象至高无上的亚历山大化为尘土之后，可以用来塞酒桶呢？

贺来霄：这个奇思谬想怎么钻进酒桶里去了？

哈梦莱：不，老实说，一点儿也不荒谬，你只要老老实实听我说，一步一步跟我走，结果就会是这样的：亚历山大死了，亚历山大下葬了，亚历山大化为尘土了，尘土可以结成泥巴，泥巴可以用来堵塞漏洞。那么，亚历山大化成的泥巴为什么不可以用来堵塞酒桶呢？

凯撒大帝死后成了一团泥巴，

用来塞住墙洞不怕暴雨狂风。

啊，泥塑的凯撒曾经威震天下，

到了今天却被用来堵塞墙洞。

不要说了，不要说了，到旁边去！国王来了。

（国王、王后、拉尔提、教士及侍从抬棺木上）

哈梦莱：王后同官员也来了——棺材里是什么人？怎么仪式并不到位？是不是死的人悲观绝望，亲手结束了自己的生命？这家人地位很高。我们到边上去看吧。（退到舞台边上）

拉尔提：还有什么仪式？

教　士：她的仪式已经超过规格了，因为她的死是有问题的。如果不是奉命从宽处理，她是应该埋在圣地之外，等候最后的喇叭宣布审判的，所以不能再有求主开恩的祈祷，只能在她坟上留下碎石破瓦。现在她已经按照童贞女的

123

仪式埋葬，坟上撒了鲜花，不能再超格了。

拉尔提：不能再有些仪式吗？

教　士：不能再多了，不能破坏神圣的教规，增加安葬的仪式，像对平安归天的基督徒一样唱安魂曲了。

拉尔提：那就让她入土为安，让她白璧无瑕的身上长出芬芳美丽的紫罗兰吧！我要告诉你，不入流的教士，我妹妹是回到天堂去的天使，她会留下你在人间悲叹哀鸣的。

哈梦莱：（对贺来霄旁白）什么！是美丽的莪菲莉？

葛露德：（撒花）鲜花赠给美人。永别了！我本来希望你做我哈梦莱的媳妇，想用鲜花来装饰你的新房，可怜的少女，没想到现在却撒在你的坟上了。

拉尔提：啊，那个该死的罪人。他的罪行使你失去了最可贵的智慧，让他遭受三辈子、三百年的苦难吧！——不要撒土了，等我再拥抱她一回！（跳下坟坑）现在，把泥土倒入坟坑，把死人和活人都埋了吧！把平地堆成高山，使高入云霄的奥林匹斯仙山和摩天岭都望尘莫及吧！

哈梦莱：（上前）谁的悲痛这样惊天动地？谁的伤心话害得流星不转，仿佛给咒语定了位似的？这里还有我，丹麦王子哈梦莱呢。（脱下外套，跳入坟坑）

拉尔提：你这魔鬼来得正好！

（两人扭成一团）

哈梦莱：你的祷告搞错了人。我请你不要用手指掐我的喉咙，老兄。虽然我不是生性莽撞的人，但文静的人发起火来，可比粗暴的人危险得多，会让聪明人吓得胆战心惊的。

放开你的手！

国　王：把他们分开。

葛露德：哈梦莱，哈梦莱！

贺来霄：好殿下，要冷静！

　　　　（侍从分开他们二人。二人各自走出坟坑）

哈梦莱：这个问题我可以和他争得不眨眼睛。

葛露德：啊，我的儿子，什么问题呀？

哈梦莱：我爱莪菲莉，四万个兄妹之爱加起来也不如我多。你能
　　　　为她做什么？

国　王：啊，他疯了，拉尔提。

葛露德：看在上帝分儿上，随他去吧。

哈梦莱：让我看看你有什么本领，哭吗？打吗？饿吗？撕衣服
　　　　吗？吃醋吗？吞鳄鱼吗？谁不会呀？你跑来哭哭啼啼，
　　　　跳下坑来丢我的脸，要和她埋在一起，难道我不会吗？
　　　　你瞎说什么移山倒海，你能把万亩泥土压在身上，你的
　　　　头颅能像流星一样，你的瘤子能像大山一样高吗？像你
　　　　这样瞎吹，谁不会呀？

国　王：这是疯话。疯劲一过，他就会像母鸽子生了金色小鸽子
　　　　一样低下头，静下来了。

哈梦莱：你说吧，老兄，为什么这样对我？我以前对你并不坏
　　　　呀。不过没有关系，赫鸠力士总是要卖弄力气的，猫总
　　　　要叫，狗总要跑的。（下）

国　王：好贺来霄，请你跟住他吧。

　　　　（贺来霄下）

（对拉尔提）忍耐一点儿，记住我们昨夜的话：事情很快就会了结。——亲爱的葛露德，要人看住你的儿子。——坟墓不能只埋死人。静静地过个把小时，我们的耐心就会有好报了。

（同下）

第二场　艾西诺皇家城堡内

（哈梦莱和贺来霄上）

哈梦莱：第一件事就谈这些，老兄。现在我来告诉你第二件，你还记得我们分别时的情况吗？

贺来霄：怎么不记得，殿下？

哈梦莱：老兄，那时我内心斗争得睡不着觉，我看比造反的水手戴着手铐脚镣还难受。突然一下冲动——谢天谢地，冲动也有好处——使我想到不必顾虑太多，重要的打算可能落空，结果如何，自有老天作主，我们不必枉费心机，画个粗线条也就可以了。

贺来霄：肯定是这样的。

哈梦莱：我从房舱里爬起来，披上我的海上外衣，摸索到他们的房舱去，结果如愿以偿，摸到了他们的公文包，又偷偷地溜回我的房舱，大胆打开了——我一害怕，就把规矩忘到脑后去了——他们的公文包，哈，贺来霄，我发现了——啊，冠冕堂皇的阴谋诡计！一封一字不差的文书，加上各种粉饰的理由，说什么事关丹麦和英格兰的利益，不能让我这个阴险毒辣的妖魔鬼怪活着回去，一得到公文就不能迟疑，甚至不等斧头磨好，就要我人头落地。

贺来霄：这可能吗？

哈梦莱：这里就是公文原件，你等有空再看。现在要不要听我讲下去？

贺来霄：请殿下快讲。

哈梦莱：落入了这阴谋诡计的陷阱，我的头脑还来不及准备就行动起来了。我坐下来，写了一封新文书，字写得端端正正。我本来也像朝中大臣一样，认为书法端正是属下小吏的事，应该忘记，但是，老兄，这端正的书法现在却帮了我的大忙。你要知道我怎么写的吗？

贺来霄：请讲吧，好殿下。

哈梦莱：我用国王的名义写信给英格兰国王，先说两句美好文辞：两国的友好藩属关系犹如欣欣向荣的棕榈，和平女神头上戴的麦穗花冠把深情厚谊连在一起，还有一些诸如此类的陈词滥调。最后说，在收到文书后，请他们刻不容缓地把两个送信人处以死刑。

贺来霄：这样看来，吉登丹和罗森兰是送死去了。

哈梦莱：嘿，老兄，谁叫他们巴结讨好，自找霉头！我并没有对不起他们。他们不自量力，在这么大的斗争中插身进去，太危险了，怎能不遭殃呢！

贺来霄：这算什么国王啊！

哈梦莱：你看，难道我现在还不应该站出来？他谋杀了我的父王，婊子化了我的母后，插身在我和王位之间，放长线钓大鱼要勾销我的生命，天下难道有这样的叔侄关系？难道我用武器送他的命还会问心有愧？难道我们还该让这种摧残人性的病毒到处蔓延？

贺来霄：英格兰的消息恐怕很快就会传来，还不知道那边的事情结果如何呢。

哈梦莱：很快就会知道，不过在这之前的时间，我还能够掌握。一个人的生命短促，说完就完。我后悔的是，好贺来霄，不该在拉尔提面前气得忘乎所以了。因为从他的形象中，我可以看到我自己悲痛的影子，我应该挽回和他的感情。不过，说实话，他表演的悲痛也太过分了，所以惹得我发了脾气。

贺来霄：不要说吧。你看有谁来了。

（小奥斯里脱帽上）

奥斯里：欢迎殿下回到丹麦。

哈梦莱：敬谢不敏。——你认识这只无事忙的"水上飞"吗？

贺来霄：不认识，我的好殿下。

哈梦莱：那算你运气好，因为认识他可倒霉了。他有很多肥沃的土地和牲口，其实即使是牲口，只要能提供菜肴摆上国王的餐桌，也就可以成为贵宾了。不过他可油嘴又滑舌，我已经说过，他满嘴的陈词滥调，污言秽语。

奥斯里：敬爱的殿下，如果您有空闲，我想将主上交办的事禀告殿下。

哈梦莱：我会诚惶诚恐地聆听的，请你不必拘礼，帽子不必拿在
　　　　手里，还是戴在头上更好。

奥斯里：谢谢殿下，天气很热。

哈梦莱：不，你听我说，现在很冷，正刮北风呢。

奥斯里：是有点儿冷，殿下，的确冷。

哈梦莱：我倒觉得对我的体质来说，还是有点儿闷热。

奥斯里：的确非常闷热，殿下，我也说不出什么原因。不过，殿
　　　　下，主公要我禀告，他为您下了一笔很大的赌注，这是
　　　　我要说的事情。

哈梦莱：我请你不要忘了。（指帽子）

奥斯里：不，说实话，我这样舒服点儿，说老实话。殿下不会不

129

知道拉尔提的武艺高强吧。

哈梦莱：什么武艺？

奥斯里：舞刀弄剑呗。

哈梦莱：就这两门，那好。

奥斯里：殿下，国王押下的赌注是六匹非洲快马，对方的赌注是六对法国的长剑短刀，还有玉带金环等。有三副佩环真是美得难以想象，和剑柄配合得简直是天衣无缝，设计完美得无以复加。

哈梦莱：你说的佩环是什么？

奥斯里：殿下，就是佩带宝剑用的金环。

哈梦莱：用词要和实物结合，你说佩环使人想到美人的珮环，而不是英雄的佩剑，所以还是不要以辞害意。好了，接着说吧，赌注是六匹非洲快马和六对法国宝剑，还有金碧辉煌的附件。这就是法国赌注对丹麦赌注，你说赌的是什么呢？

奥斯里：国王赌你们交手十二个回合，他赢你的回合不会多于三次，他却说是十二个回合中，他要赢你九次。究竟胜负如何，立刻可见分晓，只等殿下的回音了。

哈梦莱：如果我说"不"呢？

奥斯里：我的意思是问，殿下不反对交锋吧？

哈梦莱：如果国王不反对的话，我要在大厅里走走，这是交锋前的准备时间。把比赛的剑拿来吧，如果对方同意，国王也坚持要打赌，我就尽我所能为他取得胜利。即使败了，我也不过丢了面子，挨了几剑而已。

奥斯里：我就这样回去禀报吗？

哈梦莱：只要意思到了，随便你用什么辞藻吧。

奥斯里：我会尽力为殿下效劳的。

哈梦莱：不敢当，不敢当。

（奥斯里下）

你还是多为自己效劳吧，哪里顾得上别人呢？

贺来霄：像刚断奶的小鸟一样，他戴上帽子就飞走了。

哈梦莱：他不过是对母亲的乳头表示感谢而已。就是这样——他的同代人也一样肤浅——他们顺应时代的潮流，在社交活动中做些表面上的应酬工作，骗过了流行的舆论，但是好像发酵起来的水泡，吹一口气，就立刻化为乌有了。

贺来霄：殿下，你打的赌恐怕要输了。

哈梦莱：我看不一定。自从拉尔提去法国后，我不断练剑术，说不定会扭转劣势的。不过，你想不到，我心里其实非常难受，不过，这不要紧。

贺来霄：不，我的好殿下。

哈梦莱：我有个模糊的感觉，这种预感会使女人心烦意乱的。

贺来霄：如果你心里不想做什么事，那就不要去做。我会去说你不舒服，请他们不要来了。

哈梦莱：不行，我不怕预兆，连一只麻雀的生死都是天意。如果该今天发生的事，那就不会等到明天；如果不该是将来发生的事，那就让它现在发生；如果现在不发生，但总是要发生的，那就随时做好准备吧。既然失去了的东西

131

不能复得，那为什么不让它到时候就失去呢？

（国王、王后、拉尔提及众臣上。奥斯里及侍从捧剑与手套，抬桌子与酒具上）

国　王：来吧，哈梦莱，从我手中接过这只手去！（把拉尔提的手放到哈梦莱手中）

哈梦莱：请你原谅我，老兄，我做了对不起你的事，但是请你原谅，因为你是个男子汉大丈夫。在场的都知道，你也应该听说过，我受到了惩罚，神经错乱了。我的所作所为唤醒了你的天性、荣誉感，使你大失所望，但是我现在要郑重声明：那是发了疯的哈梦莱得罪了拉尔提，不是正常的哈梦莱。如果哈梦莱的身体失去了他的灵魂，他就不是他自己了，当他不是他自己的时候得罪了拉尔提，那就不能算是哈梦莱得罪了人，哈梦莱否认做了这种事。那是谁干的呢？是一个疯子。这样说来，哈梦莱还属于受害的一方，那个疯子也是哈梦莱的敌人。老兄，在这大庭广众之中，让我公开否认我是有意犯罪的，希望能在你宽宏大量的胸怀中解除误会，我是在家中放箭，误伤了兄弟的。

拉尔提：我消除了天性中的误会，是误会使我冲动得要报仇雪恨的，现在，我失去了要报复的动机。但是这事还关系到我的荣誉，我不能置之不顾，就此罢休，而且言归于好，除非在座有德高望重的尊长，严正说明此事有例可援，无损家族荣誉。直到那时，我才可以接受你的情谊，不再辜负你的厚爱。

哈梦莱：深情厚谊铭刻在心。那就让我们像兄弟般来赌一次输赢吧。给我们拿剑来。

拉尔提：来，给我一把。

哈梦莱：我是来做陪客的，拉尔提。我对剑术，就像深夜里的黑暗一样无知，而你的武艺却像流星一样发出了万丈火红的光芒。

拉尔提：殿下开玩笑了。

哈梦莱：我举手是真的，说话就是真的。

国　王：小奥斯里，给他们剑吧。哈梦莱贤侄，你知道我下的赌注。

哈梦莱：谢谢，你支持的是弱者。

国　王：我不怕你输，我看过你们两个的本领，他是更加高强，所以我赌他要多赢三个回合才能算赢。

拉尔提：（看剑）这把剑太沉了，给我那一把。

哈梦莱：这把倒合我意。这些剑都一样长吗？

奥斯里：是的，殿下。（他们准备比剑）

国　王：桌上酒杯要斟上酒。如果哈梦莱第一、二个回合击中了一点儿，或者在第三个回合中反击成功，那就让炮台鸣炮庆贺，本王将向哈梦莱敬酒，酒杯中会放上比丹麦四代王冠都更贵重的珍珠。拿酒杯来，让鼓乐号角准备齐鸣，通知炮手准备昭告天地：国王要为哈梦莱干杯！来开始比剑吧，裁判要看清楚。

哈梦莱：来吧，老兄。

拉尔提：来吧，殿下。

（他们比剑）

哈梦莱：击中一剑。

拉尔提：没有。

哈梦莱：裁判！

奥斯里：中了，看得出来。

拉尔提：那好，再来吧。

国　王：等一等，拿酒来。——哈梦莱，珍珠是放你酒中的，祝
　　　　你胜利！（喝酒后把珍珠放入酒杯）把酒给他。

　　　　（号角声，礼炮声）

哈梦莱：先打这个回合，再喝酒吧。——来！

　　　　（他们比剑）

　　　　又击中了一剑，你说是吗？

拉尔提：只是擦着一点儿，擦着一点儿，我承认。

国　王：王子会赢的。

葛露德：他长胖了，喘不过气来。（对哈梦莱）拿手巾去擦一把
　　　　汗。母后为你干杯，祝你好运，哈梦莱。

哈梦莱：谢谢母后。

国　王：葛露德，不要喝酒！

葛露德：我要喝，主公，请让我喝吧。（饮酒）

国　王：（旁白）糟了！这是毒酒，来不及了。

哈梦莱：我现在不能喝，母亲，等一下。

葛露德：来，我给你擦擦脸。

拉尔提：（对国王）我这次一定要击中。

国　王：我不太相信。

134

拉尔提：（旁白）我良心上还有点儿不安呢。

哈梦莱：来第三个回合吧。拉尔提，你怎么不来劲？请拿出你的真功夫来，我怕你不把我当一回事吧。

拉尔提：你怎么这样说？来吧。

奥斯里：双方都没有击中。

拉尔提：吃我一剑！

（双方扭打，互相夺剑）

国　王：把他们分开，他们发火了。

哈梦莱：再来一次。

（葛露德倒地）

奥斯里：瞧！王后怎么啦？

贺来霄：双方都流血了。（对哈梦莱）殿下怎么了？

奥斯里：你怎么啦，拉尔提？

拉尔提：我是自投罗网，奥斯里，这叫自作自受。

哈梦莱：王后怎么啦？

国　王：她看见双方流血，就昏过去了。

葛露德：不，不是，是酒，是酒——啊，我亲爱的哈梦莱——是酒，是酒，我中毒了。（死）

哈梦莱：啊！阴谋！把门锁上！阴谋！一定要查出来。

拉尔提：就在这里，哈梦莱，哈梦莱，你要死了。世上什么药也救不了你，你没有半个钟头好活了。杀人的凶器就在你手里，刀锋没有磨钝，而且涂了毒药。害人终害己，这报应落到我自己头上。我现在一倒下，再也起不来了。你母亲是毒死的，我不能再说了，主谋就是国王。

哈梦莱：剑头有毒，那就以毒攻毒吧。（刺国王）

众　人：反了！反了！

国　王：啊，救救我吧，朋友们，我只是受了伤。

哈梦莱：你这个乱伦的凶手，该死的丹麦人，喝掉这杯毒酒吧！你的珍珠还在里面呢。追随王后去吧！

（国王死）

拉尔提：他死是罪有应得，毒药害人终害己！高尚的哈梦莱，我们谅解了吧。我父亲和我的死都不能怪你，你的死也不能怪我。

哈梦莱：上天恕你无罪，我追随你来了。——贺来霄，我要死了。——可怜的王后，永别了！——你们看得脸色发白，身子发抖，哑口无言的旁观者，假如我有时间——可惜残酷的死神发下了严格的拘捕令，毫不容情——啊，假如我能告诉你们，但是事实如此，只好认了。——不过贺来霄，我要死了，你还活着，把我的真情实况告诉不知情的人吧。

贺来霄：不要这样想，我虽然是丹麦人，但还有古罗马不负故人的心呢。这里还剩下了一点儿毒酒。

哈梦莱：你还算个男子汉吗？把酒杯给我，放手，看在老天分儿上。啊，好贺来霄，假如后世不明事实真相，那我们身后的名声要受到多大的损害啊！如果你心里真有我，就请你慢走一步，不要这么快回到乐园去，留在这无情的世上，呼吸冷暖无常的空气，讲明白我的事实真相吧！

（远处行军，幕后炮声）

哪里来的军队行动的声音？

　　（奥斯里上）

奥斯里：小福丁拔从波兰凯旋，碰到英格兰使臣，就鸣炮致敬了。

哈梦莱：啊，我要死了，贺来霄，毒药在我身上发作，叫得比报
　　　　晓的公鸡还响。我等不到听英格兰来的消息了，不过我
　　　　可以预言，福丁拔可以当选为王，他可以得到我的临终
　　　　授命，所以请你务必转告。还有其他大小事情，言不尽
　　　　意，就只剩下一片寂静了。呜、呜、呜、呜。（死）

贺来霄：心碎了，心碎了。永别了，亲爱的王子，天使在结队欢
　　　　迎你安息。哪里来的鼓声？

　　（福丁拔及英格兰使臣上，鼓乐、旗帜、侍从后随）

福丁拔：哪里有洋洋大观呢？

贺来霄：如果要看奇观或者悲观，那你就可以止步了。

福丁拔：死神看到这么多王公贵人一下横尸遍地，血溅宫廷，在
　　　　地狱里都要大摆盛宴了。

英使臣：这个景象阴森可怕，我们从英格兰来晚了一步，要听消
　　　　息的耳朵已经失去了听觉，我们向谁去报告罗森兰和吉
　　　　登丹的死讯？又有谁会向我们表示谢意呢？

贺来霄：即使他能活过来道谢，你也不会从他口里听到谢意的，
　　　　因为他根本没有想要处死他们。你们从波兰胜利归来，
　　　　而你也从英格兰来到，那你们就下令把尸体陈列台上，
　　　　由我来向不明真相的人说明原委，你们就会知道这些违
　　　　反自然的血腥事件、阴谋诡计或者迫不得已造成的死
　　　　亡、误解的结果是害人终害己，所有这些我都可以说个

清楚明白。

福丁拔：那你就赶快说来我们听吧，还要达官贵人一起来听。我对王国享有传统的特权，现在不得不在悲声中接管了。

贺来霄：关于这点，我也有话要说，王子临终遗言已有交代，现在必须实现，刻不容缓，以免人心混乱，发生误解、阴谋、暴乱。

福丁拔：让四位将士把哈梦莱的遗体像军人一样护送到台上。如果他能即位亲政，一定是位英明君主。现在，他的葬礼要用军乐，要按军规为他致哀。抬起他的遗体，这种景象在战场上不足为奇，但在宫廷就显得超群出众了。要战士鸣炮致敬吧！

（众下。鸣炮致哀）

奥瑟罗

OTHELLO

剧中人物

奥瑟罗　　摩尔人，在威尼斯供职的将军
布拉班修　元老，苔丝梦娜的父亲
卡西欧　　奥瑟罗的副将
伊亚戈　　奥瑟罗的旗官，诡计多端的人
罗德里戈　上当受骗的威尼斯人
威尼斯公爵
元　老
蒙太诺　　塞浦路斯总督
塞浦路斯的绅士
卢多维柯　威尼斯贵族，布拉班修的亲戚
葛拉先诺　威尼斯贵族，布拉班修的亲戚
水　手
丑　角　　奥瑟罗的侍从
苔丝梦娜　布拉班修的女儿，奥瑟罗的妻子
艾米利娅　伊亚戈的妻子
碧恩嘉　　妓女

军官、信使、传令官、乐师、侍从等

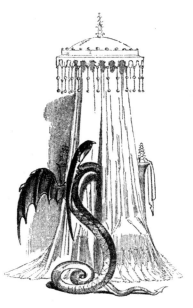

地　点

威尼斯、塞浦路斯

ACT I.

第一幕

第一场　威尼斯　街上

（罗德里戈同伊亚戈上）

罗德里戈：算了，不要说了！我觉得你，伊亚戈，这样做不太好。
　　　　　你花我的钱就像花你自己的，但对我这么重要的事情，却
　　　　　现在才告诉我。

伊亚戈：老天在上，你怎么不听我说？我要是做梦想得到他会干
　　　　出这种事来，老天也不会原谅我。

罗德里戈：你说过你恨他。

伊亚戈：我怎能不恨他呢？三个市里的大人物正式向他推荐我做他

的副将，这简直是向他脱帽致敬了。说老实话，我也知道自己的身价，够得上这个格。但是他却目中无人，别有用心，用些不三不四的话来搪塞，还用了一些带火药味的字眼，把我的三个大人物打发走了。说什么"当然啰！我已经选好了我的副将"。选了什么人呢？一个会加减乘除的算学家，一个叫麦柯·卡西欧的佛罗伦萨人——因为老婆漂亮而倒了霉的混蛋——他在战场上不会排队列阵，就像个足不出户的老姑娘一样，只有书本知识、空头理论，那也比不上穿宽袖长袍的元老呀。他的全副本领在于空口说白话，不能联系实际。但是天呀，他却被选上了！我呢，摩尔人亲眼看见我在罗得岛，在塞浦路斯，在基督徒或异教徒的战场上是怎样打仗的，但是我却像一艘沉船一样升不上来，不得不低三下四地听这个收支不符的账房先生的摆布。他——运气真好——倒成了副将，而我呢，真对不起！我还是摩尔将军的小旗官。

罗德里戈：我倒巴不得是把他吊死的刽子手。

伊亚戈：唉！真没办法，这是军队的规定。提升要讨上级喜欢，要得到他的好感，而不是按老规矩一级一级上升的。现在，先生，你该明白我没有理由喜欢这个摩尔人吧。

罗德里戈：那我可不愿跟着他这样的人干呀。

伊亚戈：啊，先生，你认为我愿意吗？我跟他也有我的打算。我们不能每个人都做主子，主子也不一定有人真心跟随。你可能看到一些老老实实、卑躬屈膝的奴才，心甘情愿地忍辱负重，逆来顺受地消磨时间，简直像是主人的一头驴子，他的要求不过是吃饱肚子而已。等到老了，就给打发出门，这种奴才难道不该挨上一顿鞭子？还有一些人表面上已经磨炼得到家了，摆出一副尽心尽力的样子，其实却有自己的打算，看起来是为主子效劳，心里却是想踩在他们肩膀上往上爬，等到时机成熟，过了河就拆桥。这种人倒有心计，不瞒你老兄说，我承认我就是这样一个人。我敢肯定你是，罗德里戈。但假如我是摩尔人，我可不敢肯定我会要伊亚戈这样的副手。总而言之，我不是一个容易看透的人。我跟着他，其实是顺着我自己。老天可以做证，我装模作样，既不是对他好，也不是要尽责，而只是有自己的打算。假如我外表的行动会泄露我内心的算计，那不消多久，你会看到我袖中暗藏的玄机也会挂到面子上来，让乌鸦乱啄呢。我并不是表面上看起来的我。

罗德里戈：那厚嘴唇的摩尔人要吃得消你这一套，就算他走运了。

伊亚戈：把她的父亲叫醒吧！要吵得他睡不着觉，不让他舒舒服服地过这一夜。到大街小巷去宣布这件丑事，要给她的亲戚煽风点火，谁让他住在天气这样好的地方！要让蚊子苍蝇来骚扰他，给他的快乐泼上污水，涂上阴暗的颜色。

罗德里戈：这就到了她父亲的家。我来喊叫吧！

伊亚戈：喊吧！拼命喊吧！就像大城市夜里失了火一样，喊得大家丧魂失魄吧！

罗德里戈：出事了！嘿！布拉班修，布拉班修大人，喂！

伊亚戈：起来吧！喂！布拉班修，有贼，有贼！瞧瞧你家丢了什么？女儿在家里吗？丢了钱财没有？捉贼，捉贼呀！

（布拉班修出现在楼上窗口）

布拉班修：半夜三更这样叫嚷干吗？出了什么事吗？

罗德里戈：大人，你们全家人都在家里吗？

伊亚戈：你家的门上了锁吗？

布拉班修：你们问这些干什么？

伊亚戈：先生，你家里丢了人啦。真丢脸，快穿上你的元老服装吧！你的心都要碎了。你已经丢掉了半条命，就是现在，现在，的确就是现在。一头黑公羊正在糟蹋你家的小白羊呢。起来吧，起来！敲钟唤醒酣睡的市民吧，要不然，魔鬼就要让你做外公了。起来吧，听我的！

布拉班修：怎么，你发糊涂了？

罗德里戈：尊敬的大人，你听得出我的声音吗？

布拉班修：听不出，你是谁呀？

罗德里戈：我是罗德里戈。

布拉班修：那更是不欢迎了。我不是对你说过，不要再上门来打扰我的安宁吗？你已经清清楚楚听到过我告诉你，我的女儿是不会嫁给你的。你现在怎么又发起神经病来了？是不是晚餐吃得太多，还是酒喝得太多？怎么又糊糊涂涂半夜三更来打扰我的安宁了！

罗德里戈：大人，大人，大人——

布拉班修：你应该识相，要是我发起脾气来，我的地位会叫你吃不消的。

罗德里戈：不要着急，我的好大人。

布拉班修：你胡说什么丢人偷东西了？这里是威尼斯，我住的地方又不是独家独户。

罗德里戈：最尊敬的布拉班修，我是好心好意来告诉你的。

伊亚戈：先生，你是一位听了魔鬼的话就不信上帝的人。怎么能够因为我们来帮你的忙反而说我们是坏人呢？难道你愿意你的女儿给一匹野马糟蹋吗？你愿意你的外孙只会像马一样嘶叫？你愿意和野马攀亲戚吗？

布拉班修：你是个什么流氓痞子？

伊亚戈：先生，我是一个来通风报信的好人，我来告诉你，你的女儿正和一个摩尔人胸贴胸、肩靠肩地干着见不得人的勾当呢。

布拉班修：你这是胡说！

伊亚戈：你还是元老呢。

布拉班修：罗德里戈，我认得你，说这些话要你负责。

罗德里戈：大人，我可以负责。不过我也先要问问，你是不是当真心甘情愿地同意了——这点我不太相信——你会答应你的女儿在深更半夜，由一个陌生的船夫送到那个不要脸的摩尔人怀抱里去吗？假如这件事你是知情的，而且是得到了你的允许，那我们刚才的确是胆大妄为，多有冒犯了。但是如果你不知情，那你怎么能够不讲道理，就错怪我们呢？不要以为我们那样不懂规矩，居然和阁下开起这种没分寸的玩笑来。你的女儿——如果没有得

145

到你的允许——就把自己的内心和外貌、才智和财富都交给一个脚上长了轮子的流浪汉，那我可要再说一遍，她真是犯下了违抗父命的严重错误了。其实直截了当，一下就可以了解真相，只要去看看她是不是在房里，或者是在家中。如果她在，那就随你按照公国的法律惩罚我的欺骗罪吧。

布拉班修：喂！点起火来。给我一根蜡烛！把家里人都叫醒！这真像一场噩梦，已经压得我喘不过气来了。快快点火！我说，快点！（下）

伊亚戈：再见吧，我得离开你们了。我若留下来，那就不得不和摩尔人面对面地对证。作为他的旗官，这看来是既不合适，又不稳当的。虽然这会给他增加一些麻烦，但是公爵决不会免除他的官职，因为塞浦路斯的战事还正用得上他，没有他，公国就不安全，哪一个人有本领能代替他呢？我虽然恨他恨得要命，像在地狱里受罪一样，但是从现实的需要看来，我也只得装模作样，做出爱护他的样子，到底，爱护不过是个幌子而已。你们要找到他，可以带搜索的人到马神旅馆去。我也会在他身边。再见吧。（下）

（布拉班修带领仆人拿火把上）

布拉班修：真是祸从天降，她居然不在房间里。我倒霉的时间里就只剩下痛苦了。得了，罗德里戈，你在哪里看见她的？——啊！可怜的孩子！——你说她和摩尔人在一起？谁还敢当父亲呀？——你怎么知道一定是她呢？

啊！她居然敢欺骗我，真是难以想象！她对你说什么来着？——再来些蜡烛！把我的亲人都叫起来！——你说他们结了婚吗？

罗德里戈：的确，我想他们结了婚。

布拉班修：啊，天呀！她怎么出去的？骨肉之情都没有了。从今以后，父亲无论看到女儿做什么也猜不透她的心啦。是什么歪门邪道使青年男女上当受骗的？罗德里戈，你读过这类书吗？

罗德里戈：读过，大人，我倒读过。

布拉班修：叫我的兄弟来！——早知如此，还不如让她嫁给你呢！——你们分两条路去找。——我们走哪条路可以抓到她和那个摩尔人？

罗德里戈：我想我能满足你的心愿找到他们，只要你派些得力的人同去。

布拉班修：那就请你带路吧。我到每家每户都会要他们听话的。——带上你们的武器，喂，再找上几个巡夜的警官同去。——走吧，好罗德里戈，辛苦你了，我会酬谢你的。

（同下）

第二场　威尼斯　另一条街上

（奥瑟罗、伊亚戈同侍从拿火炬上）

伊亚戈：虽然我在战场上杀过人，但总觉得存心谋杀会于心不安，所以生来不干这种伤天害理的事。但对于他，我却十回总有九回想在他的肋骨下捅上一刀子。

奥瑟罗：让他说他的去吧。

伊亚戈：不行，他这样胡说八道，用些乱七八糟的话来破坏你的名声，就连我这样不怕鬼、不信神的人听了都觉得受不了。不过，将军，我要问你一声，你们结婚了吗？因为你要知道，这位元老说的话分量很重，比公爵的话还重一倍呢。他可以拆散你们的婚姻，利用法律赋予他的权力来限制你、伤害你。

奥瑟罗：那也只好随他的便了。好在我为大公国做的事，总比口里说的空话更有力量吧。我还不知道——如果我知道夸耀也是光荣的话，我也会当众宣布我的成就——我的出身也是王室家族，至于我立下的功劳，谈起来并不必向别人脱帽致敬。我得到今天值得骄傲的地位也是毫无愧色的。你要知道，伊亚戈，要不是为了温柔美丽的苔丝梦娜，即使把海上的珍宝都给我，我也不愿放弃自由自在、无拘无束的生活的。瞧，那边有火光朝我们走来了。

（卡西欧同军官拿火炬上）

伊亚戈：来的是夜里吵醒了的父老乡亲。你最好进去避一下。

奥瑟罗：不，我不怕人家找我。我问心无愧，有名有位，没做见不得人的事，怕什么呢？来的是他们吗？

伊亚戈：两面神在上，我看不是他们。

奥瑟罗：是公爵的侍从吗？还有我的副将在一起呢。朋友们，你们夜里好呀。有什么消息吗？

卡西欧：公爵正找你呢，将军。他要你赶快去，马上就去。

奥瑟罗：出了什么事，你看？

卡西欧：我猜大约是塞浦路斯的事，正闹得火急呢。一夜之间，兵船上接二连三派来了十几个使者。许多元老夜里被叫起来开会，已经在公爵府了。现在，大家正急着找你，在你家里没找到，元老院又派人分头寻找。

奥瑟罗：那好，总算给你们找到了。我要进屋去说句话，再跟你们走。（下）

卡西欧：旗官，他在这里干什么？

伊亚戈：嗯，他今夜走了桃花运。如果这是他理所应得的，那他就心满意足了。

卡西欧：我听不懂你的话。

伊亚戈：他结婚了。

卡西欧：同谁呀？

伊亚戈：圣母玛利亚在上，同——

（奥瑟罗上）

伊亚戈：你来了，将军，走吗？

奥瑟罗：我同你走。

卡西欧：又有人找你来了。

149

（布拉班修、罗德里戈还有警官拿火炬上）

伊亚戈：是布拉班修。将军，你可得要提防。他来恐怕不是好事。

奥瑟罗：站住！

罗德里戈：大人，就是这个摩尔人。

布拉班修：抓住这个坏东西！

伊亚戈：你，罗德里戈？来吧，老兄，我来和你打交道。

奥瑟罗：不要让露水使闪亮的宝剑生锈。可尊敬的元老，你的高龄已经远远超过动武的岁月了。

布拉班修：你这个可恶的家伙，把我的女儿藏到哪里去了？你这个该死的东西，用什么迷魂汤灌进了她的心里，做出了这样不合情理的事情！假如你不是用歪门邪道，一个这样年轻漂亮、温柔快活的少女，国内多少卷发的富家子弟都赢不到她的欢心，怎么可能会——不怕天下人笑话离开娇生惯养她的父母，投身到你这样一个人的怀抱里去？她害怕还来不及，哪里谈得上喜欢！让全世界来评评理，看这是不是合乎人之常情？假如你不是用了什么左道旁门的秘方邪药，迷惑了她娇嫩的心灵，削弱了她的行动能力，你可能做得到吗？这不是明明白白一眼就可以看穿的吗？所以我要抓你去进行审判，惩罚你这个欺世盗名、违法犯禁、伤风败俗的罪人。抓住他，要是他敢反抗，就制服他，让他自食苦果。

奥瑟罗：双方都住手吧，不管是支持我的还是反对我的。要是我想动武的话，我早就动手了，用不着别人提醒。你要我到哪里去对你的控告进行答辩呀？

布拉班修：进监狱去，等到法庭传唤你再说。

奥瑟罗：听你的话行吗？公爵会答应吗？公爵府的使者就在我的身边，正有紧急公事要找我呢。尊敬的元老，这是真的，公爵正要开会，我敢肯定，已经派人去请你出席了。

布拉班修：怎么？公爵要开会？在这样深更半夜的时刻？把他带走吧。我这一件也不是小事，不管公爵也好，哪位元老也好，都会把这当作对自己的侮辱。假如这种伤风败俗的事可以不闻不问，那不是让奴才和异教徒来当家做主，横行霸道了吗！

（众下）

第三场　威尼斯　公爵府的会议室

（公爵、众元老及侍官上）

公　爵：消息各不相同，都不可以全信。

元老甲：的确，船数不等，给我的信上说是一百零七条。

公　爵：给我的信却说是一百四十。

元老乙：而我的消息是二百。虽然说法不同，但是观测本来就很难说得准确，不过这些信都证实了一点——土耳其舰队正向塞浦路斯开来。

公　爵：这很可能是估计的错误，但并不能掉以轻心，重要的是，不管来多少船，反正都令人不安。

水　兵：（在幕后）报告，报告，报告！（水兵上）

侍　从：是兵船上派来的人。

公　爵：那么，又有什么消息？

水　兵：土耳其舰队开向罗得岛了，安哲罗大人派我到公爵府来报告。

公　爵：对这个情况变化，大家有什么看法？

元老甲：这是不合理的行动，可能只是表面上的假动作，想让我们做出错误的判断。其实稍微考虑一下，塞浦路斯对土耳其的重要性远在罗得岛之上，而防卫能力却远不如罗得岛。只要考虑到了这点，就很容易想到土耳其人不会这样不懂策略，先打强的对手，后攻弱的，避轻就重，这不是要冒劳而无功的危险吗？

公　爵：不会的，可以肯定他们不会去打罗得岛。

侍　从：又有消息来了。

　　　　（信使上）

信　使：诸位大人，土耳其帝国开往罗得岛的舰队在途中和后卫兵船会合了。

元老甲：果然不出所料。你估计后卫有多少条船？

信　使：大约有三十条。现在舰队调转船头航行，显然是要开向塞浦路斯。忠诚勇敢的蒙太诺大人因为职责所在特此禀报，敬请各位大人明察。

公　爵：肯定是去塞浦路斯。玛克斯·吕西柯斯不在城里吗？

元老甲：他现在在佛罗伦萨。

公　爵：赶快写信给他，十万火急送去。

元老甲：布拉班修和勇敢的摩尔人来了。

（布拉班修、奥瑟罗、卡西欧、伊亚戈、罗德里戈及警
官上）

公　爵：勇敢的奥瑟罗，我们必须立刻派你去对付我们的公敌土
耳其人。——我没有看见你，高贵的元老，欢迎欢迎，
我们今夜正需要听你的高见，还需要你的大力支持呢。

布拉班修：我也正要您的支持。尊贵的殿下，请原谅我，让我半
夜从床上惊醒的，既不是我职位的需要，也不是国事的
紧迫，而是我个人的不幸。我个人的痛苦像冲决了堤防
的洪水，淹没了、吞噬了其他悲哀，使其他痛苦都相形
减色了。

公　爵：怎么？出了什么事了？

布拉班修：我的女儿！唉！我的女儿！

众元老：死了？

布拉班修：哎，对我等于死了。她被人用歪门邪道的魔法妖术偷
走，受到糟蹋蹂躏，唉！她的天性善良，既不盲目，也
不缺少良知，感觉并不迟钝，如果不用妖术魔法，怎么
可能犯下这种不可饶恕的罪过呢！

公　爵：谁用不正当手段拐骗了你的女儿，把她从你身边夺走？
你可以按照无情的国法处置，即使是我的儿子犯了这等
罪行也不能够宽恕。

布拉班修：敬谢殿下恩德浩荡。犯下这惊人大罪的凶犯就在眼
前，就是这个摩尔人。但从刚才发生的事情看来，您是

为了特别紧急的国事才要他来的。

众　人：这太糟糕，太令人遗憾了！

公　爵：（对奥瑟罗）你对这件事怎么解释？

布拉班修：没有什么可解释的，事实就是如此。

奥瑟罗：诸位德高望重的大人，我崇敬无比的主子，我带走了这位元老的女儿，这是真的。真的，我和她结了婚，说到底，这就是我最大的罪状，再也没有什么罪名可以加到我头上了。我虽然说话粗鲁，不会花言巧语，但是七年来我用尽了双臂之力，直到九个月前，我一直都在战场上拼死拼活，所以对于这个世界，我只知道冲锋向前，不敢退缩落后，也不会用漂亮的字眼来掩饰不漂亮的行为。不过，如果诸位愿意耐心听听，我也可以把我没有化装掩盖的全部过程，一五一十地摆到诸位面前，接受批判。不过我绝没有用过什么迷魂汤药、魔法妖术，还有什么歪门邪道——反正我得到他的女儿，全用不着这一套。

布拉班修：一个从来不敢胆大妄为的少女，还没动心就先脸红了，怎么可能违反自然，超越自己的年龄，背弃国家，不顾声誉，忘了一切，去爱上一个她看到都会害怕的人呢？这是一个说不通的道理，除非你认为完美无缺也是有缺点的。这不是违反一切自然规律么？所以不得不到阴暗的地狱里去想方设法了。我敢再一次保证，他一定是用了什么能麻醉血液的药物，才能达到这个目的。

公　爵：你的保证不能算是证明。没有什么令人信服的显明证据，只有看起来好像是的猜测之词，怎么能定罪呢？

元老甲：不过，奥瑟罗，说吧！你有没有用拐弯抹角的方法，或
　　　　是用直截了当的暴力，来征服或毒害这个少女的心灵？
　　　　或者只是通过感情交流而赢得她的真情实意呢？

奥瑟罗：我请你们派人去马神旅馆把这位元老的女儿请来，让她
　　　　在她父亲面前谈谈她对我的看法。如果你们从她的话里
　　　　听到我有什么弄虚作假的行为，你们可以撤销对我的信
　　　　任，剥夺授予我的职位，甚至结束我的生命。

公　爵：去把苔丝梦娜带来。

奥瑟罗：旗官，你带他们去吧，你知道在什么地方。

　　　　（伊亚戈同侍从下）

　　　　在她来到之前，我要像对天坦白我犯下的罪行一样，老

155

老实实向你们说明我是如何和我的美人互吐衷肠，我又如何赢得她的。

公　爵：说吧，奥瑟罗。

奥瑟罗：蒙她的父亲看得起，我常常应邀到她家去。他们问我一生经历过什么事，一年又一年，打过多少仗，攻过多少城，碰到过什么好运气。于是我就从童年时代讲起，一直讲到他们听的时候为止。我谈到最惊险的时刻，谈到在海上和陆上最动人的事件，一发千钧、死里逃生的关头，被凶狠的敌人俘虏，贩卖为奴，又赎身逃脱的险境，还有我漂泊流浪的生涯，经过深邃无底的山洞、荒凉无人的沙漠，爬过悬崖峭壁、高耸入云的山峰，见过吃人的生番、头低于肩的畸形人。这些故事苔丝梦娜都听得非常认真，有时家务事让她分心，她就匆匆干完，又赶回来贪婪地吞噬着我的一字一句，不过我注意到，她随波逐流地听我讲的一鳞一爪，总是不够全面，所以她就诚心诚意地要我从头到尾全面地再讲一遍。我答应了她的要求，当我谈到幼年时代遭遇的不幸打击时，还赢得了她不少的眼泪。等我讲完了我的故事，她给我的酬谢是温柔的抚慰。她发誓说，我的经历真是出人意料，非常意外，令人同情，非常同情。她真希望没有发生过这些事情，但如果发生了，她又希望上天为她造出一个这样百折不挠的男子来。她还对我表示衷心的感谢，并且对我说，如果我有一个朋友爱上了她，只要我告诉他如何讲我的故事，就可以赢得她的感情。一听到这个暗示，我就知道她爱上了一个经历过千难万险的男人，而我爱她却只是因为她对一个历经磨难者的深刻同情。这就是我所用过的魔法邪术。啊！我的心上人来了，请你们听她做的见证吧。

（苔丝梦娜、伊亚戈及侍从上）

公　爵：我看这个故事也会赢得我女儿的感情。老布拉班修，要把糟事变成好事，残缺的武器总比赤手空拳好得多。

布拉班修：请听我的女儿怎么说吧。如果她承认这种不合规矩的事也有她的一份，如果那时我还责怪这个摩尔人，那老天也不会答应的。来吧，我听话的女儿，你看在这么多高贵的人物当中，你最听谁的话呀？

苔丝梦娜：我高贵的父亲，义务使我难以分身。我知道是您给了我生命和教育，所以我应该报答您的大恩大德。您对我尽了父亲之责，我对您也应该尽到女儿的责任。但是，这里还有我的丈夫。我母亲的榜样告诉我，她更听命于她的丈夫，而不是听命于她的父亲。所以我也只能选择我的丈夫摩尔人了。

布拉班修：上帝祝福你！我的事已经完了。请殿下谈国事吧。早知如此，生儿育女还不如收养子女呢。过来，摩尔人，我把我全心全意不愿意给你的人交给你，因为她已经是你的人了。为了你的缘故，我的宝贝，我从心底高兴没有再生第二个女儿。否则，你的私奔会使我对她加倍粗暴，会给她戴上手铐脚镣的。我说完了，主公。

公　爵：让我也来像你一样说几句金玉良言，好帮助这一对情人更上一层楼。

既然悲痛已经到了绝顶，

接着来的只有希望欢欣。

为过去的痛苦悲叹哀吟，

那只会更增加新的不幸。

如果是命运夺走的东西，

只有忍耐能够化险为夷。

被盗者微笑等于贼被偷，

痛苦伤身体是偷了自己。

布拉班修：让土耳其人去占领塞岛，

我们一笑，等于没有丢掉。

判决要觉得轻！如果更重，

难道你不觉得更加悲痛？

要忍受判决又忍受痛苦，

那要借忍耐来减轻担负。

这些金玉良言又苦又甜，

模棱两可总有好坏两面。

空话总是空话，不能相信。

挖耳朵怎么能医治伤心？

对不起，请殿下谈国事吧！

公　爵：土耳其人准备大力进攻塞浦路斯，奥瑟罗，你对塞岛的
防卫情况了解得最清楚。虽然我们在岛上有一位公认合
格的代理总督，但是力量很大的舆论要求你去镇守，可
以使该岛的安全更有保障，所以我们不得不打扰你的新

158

婚之喜，去挑起这艰巨的出征重任了。

奥瑟罗：诸位尊敬的元老，能够征服暴力的习惯已经使我觉得硝烟弥漫的战场胜过我温柔的鸭绒软床了。我三次迅速而自然地离开温柔之乡，投入和土耳其人的艰苦斗争。我只谦卑地向大家请求，希望对我的妻子给予适当的照顾，给予适合她居住的地方和符合她身份的生活环境。

公　爵：那么，住她父亲家里如何？

布拉班修：对不起，我不欢迎。

奥瑟罗：我也并不乐意。

苔丝梦娜：我并不想住老地方，免得我父亲看不顺眼。最仁慈的公爵，希望能够倾听我内心发出的呼声，不至于亵渎你的听闻，希望我能得到你的特许，满足我简单的心愿。

公　爵：你有什么心愿，苔丝梦娜？

苔丝梦娜：反常的命运风暴已经向世界宣布了——我爱和这个摩尔人生活在一起，我的心已经完全被我夫君的品质征服了。我在他的心灵中看出了他的真面目，我的灵魂和命运已经为他光辉而英勇的才华所倾倒。因此，诸位尊敬的大人，如果他去作战，而我却像微不足道的灯蛾一样留在平安的后方，那就剥夺了我爱他所得到的特权，叫我如何能忍受别后孤单的日子？让我和他一同去前方吧！

奥瑟罗：让她得到你们的同意吧！老天可以做证，我并不是要满足食色两方面的欲望——我青春的火焰早已熄灭——我只是想满足她自由而丰富的心灵要求。老天可以保证，你们可以放心，不要以为她和我在一起会耽误了军机大事。不会的，如果以为盲目的爱神会用轻便的翅膀蒙蔽我明亮的眼睛，妨碍我的思索，那就等于说，厨娘会把我的头盔当作锅子，会把污油浊水都倾倒在我头上了。

公　　爵：她去不去，你们私下决定吧。不过事情紧急，得要赶快决定。

元老甲：你们要走，今晚就得动身。

奥瑟罗：我将乐于从命。

公　　爵：明天早上九点，我们还要在这里开会。奥瑟罗，你留下一个联络官来，可以向你传达任务，以及其他有关的重大事项。

奥瑟罗：请殿下把这个任务交给我的旗官，他是个我信得过的好人，我还要把我的妻子交托给他。殿下有什么吩咐，都可以要他转达。

公　　爵：那就这样办吧，再见。（对布拉班修）高贵的元老，善也是美，你的黑女婿英勇善战，也很美啊！

元老甲：再见，勇敢的摩尔人。你要好好照看苔丝梦娜。

布拉班修：好好照顾她吧，摩尔人，她欺骗过她的父亲，小心她也会欺骗你啊！

（公爵、众元老及侍从下）

奥瑟罗：我会用生命来保证她的忠实。忠实的伊亚戈，我不得不把我的苔丝梦娜交给你了，请你让你妻子好好照顾她，并且在最方便的时候护送她们来吧。过来，苔丝梦娜，我只有一个小时可以谈情说事了。要处理事务，不得不抓紧时间啊。

（奥瑟罗和苔丝梦娜同下）

罗德里戈：伊亚戈——

伊亚戈：你要说什么，高贵的朋友？

罗德里戈：你看我该怎么办？

伊亚戈：怎么办？上床睡觉呗。

罗德里戈：那我还不如跳水淹死呢。

伊亚戈：你死了，我怎么帮你呢，傻瓜？

罗德里戈：活受折磨才是傻瓜。假如死神是个医生，那死不是很
　　　　好的药方么？

伊亚戈：啊，坏蛋！我看世界看了四七二十八年。自从我能分清
　　　　利害的时候起，我还没有见到过一个真会爱惜自己的
　　　　人。假如为了得不到一只喜欢的野鸡而去跳水寻死，那
　　　　人还不如猴子哩。

罗德里戈：叫我怎么办呢？我承认这样单相思很傻，但我生性不
　　　　会弥补这点。

伊亚戈：生性？去你的吧！我们自己要怎样，就会成为怎么样
　　　　的人。我们的身体就是我们的园子，园里可以种苎麻、
　　　　莴苣、海棠草或百里香，只种一样或多种多样，或者懒
　　　　得动手就让它荒芜，或者殷勤施肥就使它茂盛。好坏完
　　　　全看我们自己。我们的生命是一把天平，一边是理智，
　　　　一边是情欲。如果理智不能压倒情欲，我们的血肉之躯
　　　　就会驱使我们颠倒是非。如果理智能镇住激动的肉欲刺
　　　　激，压制不受拘束的胡思乱想，我们就会放松欲念，你

161

说的爱情不过是欲念的分枝或萌芽而已。

罗德里戈：不可能是那样。

伊亚戈：爱情只是血肉的冲动、意志的松懈，做个男子汉吧！说什么跳水淹死！淹死那些瞎猫瞎狗吧！我答应做你的朋友，我承认你已经值得与我用一根不会切断的绳子紧紧联系在一起了。我现在帮你比任何时机都好。把你的钱袋装满，跟我们去前方，装上一脸假胡子，好遮住你的面孔。我说，装满你的钱袋！苔丝梦娜对摩尔人的爱不可能长久。把钱装满钱袋！摩尔人对她的爱也是一样，她开始只是突然激烈的冲动，最后你会看到同样突然的分手。把钱装满钱袋！摩尔人是反复无常的。把钱袋装满吧！他今天喜欢的美味明天就会变成酸苹果。苔丝梦娜也会改变，会换上一个年轻人。当她肉体上得到满足之后，就会发现选错人了。所以把钱装满钱袋！如果活得不耐烦，也要找个比跳水更好的死法。尽量多赚点儿钱吧！我就不信能下地狱的诡计拆散不了一对流浪汉和自作多情的威尼斯少女，拆散之后，你就可以享受她了。赶快赚钱去吧！不要寻死寻活！那不是你该走的路，抱着情人双双吊死也比没有尝到甜头就跳入苦水好得多吧。

罗德里戈：我听你的，你能帮我帮到底吗？

伊亚戈：放心吧。去搞钱来！我跟你讲过几次，现在再讲一遍。我对这个摩尔人的恨是根深蒂固的，你的恨也同样有理，我们就联合起来对付他吧。如果你能给他戴上一顶绿帽子，那对你是一种乐趣，对我也是一种游戏。许多事情都孕育在时间的母胎之中，迟早要生产出来的。向前走吧，准备好你的钱！我们明天再谈。再见。

罗德里戈：明天在哪里见面？

伊亚戈：在我住的地方。

罗德里戈：我会准时来的。

伊亚戈：去吧，再见。听清楚了没有，罗德里戈？

罗德里戈：我会去卖田产。（下）

伊亚戈：这样我就可以把傻瓜当钱包使用了。如果花时间和这样一个傻瓜寻开心、占便宜，那太划不来了。那真是浪费了我的知识。我恨这个摩尔人。外边传说他还在我女人床上乱搞关系呢，不知是真是假？在我看来，即使只是有嫌疑，也要当作真事。他对我倒不错，那我就更容易在他身上下手，达到我的目的了。卡西欧是个用得着的美男子。让我想想看：得到他的位置，又成全我的美梦，这真是一举两得的妙计。怎么办？怎么办？等我想想看。过些时候，在奥瑟罗耳边吹吹风，说卡西欧和他的妻子太亲密了，他的外表和风度都很容易引起怀疑，是天生来让女人落网的。摩尔人很老实，看人只看外表，相信别人老实，很容易被人牵着鼻子走，像条驴子一样。有了，我要在光天化日下显露黑夜和地狱的真实面目。（下）

163

第二幕

第一场　塞浦路斯　港口的一个海角

（蒙太诺和两个绅士上）

蒙太诺：从这个海角看得见海上有什么动静吗？

绅士甲：什么也看不见，只见一片汪洋大海。在海天之间看不见一片帆影。

蒙太诺：我看陆地上的风声也太热闹了。从来没有这样的狂风暴雨震撼过我们的城墙。如果风暴在海上也这样咆哮，那就是钢筋铁骨的橡木船也吃不消这大山压顶的海浪呀！这样的海上能有什么情况呢？

绅士乙：土耳其舰队大约给风暴打得丧魂失魄了。只要站在白浪滔天的海岸上一望，就可以看见汹涌的波涛仿佛要涌上铺天的层云，狂风吹得海浪高耸犹如竖立的白色马鬃，要扑灭烈火熊熊的大熊星座，动摇稳如大山的北极星。我从来没有见过这样翻江倒海的景象。

蒙太诺：如果土耳其舰队没有在港湾里躲避风暴，那就难免不在海上覆没，很难苟延残喘了。

（绅士丙上）

绅士丙：有好消息，大家请听，战争已经结束了。这次狂风暴雨给了土耳其人砰然一击，挫败了他们的图谋。威尼斯来了一艘大船，看见土耳其舰队给风暴打击得七零八落的惨状。

蒙太诺：怎么！是真的吗？

绅士丙：大船已经进港了，是一条维罗纳造的兵船。船上的主将迈柯·卡西欧是英勇善战的摩尔将军奥瑟罗的副手，他已经上岸了。摩尔将军还在海上，他是得到委任来塞浦路斯的全权代表。

蒙太诺：我太高兴了，他一定不愧为塞浦路斯的总督。

绅士丙：不过那一位卡西欧谈到土耳其的损失时虽然满心欢喜，但在脸上却露出了愁容，他希望摩尔将军能够安然脱险，因为他们是在惊涛骇浪中分手的。

蒙太诺：求老天爷保佑他吧。我当过他的部下，他指挥作战，真是一个十足的军人。我们到海边去吧，嗬！看看进港的大船，还要遥望海上的英雄奥瑟罗，哪怕一直看到朦胧的海天一色，也是高兴的哟。

绅士丙：来吧，因为每一分钟都盼得到新人新事啊。

（卡西欧上）

卡西欧：谢谢你们，保卫这座英雄岛屿的勇士们，你们高度赞美了我们的摩尔将军。啊！希望上天保佑他能战胜这次狂风暴雨，我们是在惊涛骇浪中失散的。

蒙太诺：他的船坚固吗？

卡西欧：他的船倒不怕风吹浪打，船长又是一个久经考验的老手，所以我们估计不会有灭顶之灾，这大约不是过高的估计。

（内喊："一条船，一条船，一条船！"）

（信使上）

卡西欧：喊什么？

信　使：全城人都拥到海边，眉峰上有些人嚷着看一条船。

卡西欧：希望可以变成想象，我想象新来的是总督。

绅士乙：他们放礼炮欢迎了。来的至少是友好的船只。

卡西欧：请去看看好吗？看了再告诉我们来的是谁。

绅士乙：好的。（下）

蒙太诺：请问副将，你知道将军娶了妻子吗？

卡西欧：他的运气好得无以复加，他娶了一个生花妙笔也形容不出的美人，她的天生丽质需要诗人刻骨镂心去创造合体的语言才能显示一二。

（绅士乙上）

卡西欧：怎么样？船上来的是谁？

绅士乙：来的是伊亚戈，将军的旗官。

卡西欧：他倒是运气好，走得快。狂风暴雨，浪高如山，嶙峋的岩石，堆积的沙丘，潜藏水里的暗礁，只会摧残无辜的船只，仿佛也知道怜香惜玉，改变了残害生命的习性，放过了天仙般的苔丝梦娜。

蒙太诺：你说谁呀？

卡西欧：就是我刚才谈到的，我们帐内将军的夫人，刚由伊亚戈护送来的，但比预期早到了七天。伟大的天神，保佑奥瑟罗吧，吹口气把他的船吹进港口，让他的爱情在苔丝梦娜的怀抱里喘口气吧。我们的精神之火快要熄灭了，让他的火炬重新点燃我们的心灵吧！

（苔丝梦娜、伊亚戈、罗德里戈、艾米利娅及侍从上）

卡西欧：瞧吧，船上的贵人上岸了。塞浦路斯人，用你们的双膝

168

表示欢迎吧！——欢迎，夫人，愿上天的祝福洒满你的前后左右！

苔丝梦娜：谢谢你，英勇的卡西欧，我的夫君有什么消息吗？

卡西欧：他还没有到，我只知道他没有出事，不久就要来了。

苔丝梦娜：但我担心。你们怎么分散的？

卡西欧：白浪滔天，哪里看得见人？不过，听呀！来了船了。

（内喊："一条船，一条船，一条船！"一声炮响）

绅士乙：来的船放礼炮了，这也是友好的船只。

卡西欧：你去看看有什么消息！

（绅士乙下）

我的好旗官，欢迎你来了。（对艾米利娅）欢迎，大嫂，——好伊亚戈，你不会见怪吧，按规矩，我总得给大嫂一个见面礼呀。（吻艾米利娅）

伊亚戈：老兄，希望你说的是嘴唇，不是舌头。她的舌头骂起人来，你可吃不消呢！

苔丝梦娜：她平常并不开口呀。

伊亚戈：说实话，她的口舌太多了。不过，在夫人面前，我得承认，她的舌头藏到心里去了，不过思想上还在骂人呢。

艾米利娅：你没有理由这样冤枉我。

伊亚戈：得了，得了。你出了门像不说话的图画，进了客厅就像不断的铃声，在厨房里像跳上跳下的野猫，忍气吞声像是圣徒，得罪了你却像魔鬼，做家务事马马虎虎，在床上却像在干家务。

苔丝梦娜：狗嘴里吐不出象牙。

伊亚戈：我说的有真凭实据，

　　　　不是土耳其的嘴巴。

　　　　你们白天只是玩耍，

　　　　上了床却打情俏骂。

艾米利娅：用不着你来夸我。

伊亚戈：我也不敢。

苔丝梦娜：如果我要你夸呢？你有什么好话要说？

伊亚戈：不要逼我吐出象牙，我只有一张狗嘴巴。

苔丝梦娜：试试看吧。有人到港口去了？

伊亚戈：是的，夫人。

苔丝梦娜：我心里不快活，但又不能外露，只好强作欢笑了。

——来，我要听听你会怎样夸人。

伊亚戈：我正在搜索枯肠，愁思苦想，但是我的思想给枯肠粘住
　　　　了，吐不出丝来，只好连汤带水，挤出两句小诗来了：
　　　　漂亮和聪明表现在一举一动；
　　　　漂亮给别人看，聪明归自己用。

苔丝梦娜：夸得很妙。假如漂亮的是个黑人呢？

伊亚戈：假如她脸黑而又漂亮，
　　　　找个小白脸配对成双。

苔丝梦娜：越说越不对了。

艾米利娅：假如是漂亮而愚蠢呢？

伊亚戈：漂亮的人不会愚蠢，
　　　　再笨也会生儿养孙。

苔丝梦娜：这是茶余酒后说得傻瓜开心的话。假如又丑又笨，你
　　　　能夸什么好话呢？

伊亚戈：又丑又笨的女人演起床上戏来，和聪明漂亮的女人一样
　　　　精彩。

苔丝梦娜：太不像话了。怎么能够颠倒日夜，混淆黑白呢？如果
　　　　是一个众口称赞的女人，连最挑剔的人对她也无瑕可
　　　　击，那你又如何夸她呢？

伊亚戈：眉清目秀，但是决不骄傲；
　　　　伶牙俐齿，有理却不声高。
　　　　虽然有钱，从不穿金戴银；
　　　　也不要求，万事如意称心。
　　　　即使生气，并不打算报复；

171

让人误解，甘心忍受委屈。

从不软弱，但能明辨是非；

不会颠倒阴阳，不分头尾。

思想清晰，从不泄露心窍；

有人追求，决不回头一笑。

如果有这样的女人，那就可以——

苔丝梦娜：可以怎样？

伊亚戈：可以去给小傻瓜喂奶，去把酒账记一记。

苔丝梦娜：啊！这是最站不住脚的歪话！不要听他胡说，艾米利娅，虽然他是你的丈夫。——卡西欧，你怎么说？这是不是歪门邪道，信口开河？

卡西欧：他说话直截了当，夫人，你听到的是军人的粗话，不是文人的语言。

（卡西欧拉着苔丝梦娜的手说话）

伊亚戈：（旁白）他拉起她的手来了。对，说得好，低声密语吧。张开蜘蛛的小网，我要捉到卡西欧这只大苍蝇了。对，对她微笑吧。笑呀！你想讨好，我会让笑变成镣铐。你说得对。就是这样，的确。如果这一套会害得你丢掉你副将的职位，我奉劝你还是不要这样吻你的三个指头好，你干吗老是来绅士这一套呢？很好，吻吧，真有礼貌！就是这样，的确。又把手指放到嘴唇上了。但愿你的手指能摸到她的肠子才好！

（内号角声）

伊亚戈：摩尔人来了！我听见他的号角。

卡西欧：你说对了。

苔丝梦娜：我们快去迎接他吧。

卡西欧：瞧！他不是来了吗？

（奥瑟罗及侍从上）

奥瑟罗：啊！我勇敢的美人！

苔丝梦娜：我亲爱的奥瑟罗！

奥瑟罗：看到你比我先到，真使我喜出望外，你简直是从天而降，我的灵魂飞上了九重天。如果每次风暴过后，都有这样晴朗的蓝天，那就让狂风暴雨吹得死去活来吧！让不怕颠簸的大船爬上如山的浪峰，再从海上神山的峰顶冲入九层地狱的无底洞，我也心甘情愿，即使再来一次同样的幸福，也不能使我更加心满意足了。

苔丝梦娜：虽然我们活过的日子一天比一天多，但是上天给我们的欢乐和幸福也不能比今天更丰富多彩了。

奥瑟罗：感谢美妙无比的神力！我已经心满意足得无以复加了。

（吻苔丝梦娜）让我吻吻这里，再吻吻这里。让我们心心相印吧，最大的不和谐就是貌合神离。

伊亚戈：（旁白）你们真是琴瑟和谐啊！不过说老实话，我可要插入不和谐的音符了。

奥瑟罗：（对苔丝梦娜）我们回城堡去吧！朋友们，好消息！仗打完了。土耳其人全军覆没。我熟悉的宝岛怎么样了？——我甜蜜的人儿，你是塞浦路斯最受欢迎的人，因为我赢得了他们的爱戴。我说话不知所云，已经沉醉在自己的欢乐中了。——伊亚戈，我请你去港口把我

173

的箱子送去城堡，并且把船长也带去。他是个了不起的好水手，没有他不能渡过惊涛骇浪，我对他非常佩服。——来吧，苔丝梦娜。再说一遍，我们是小别重逢似新婚啰。

（奥瑟罗同苔丝梦娜及侍从下，留下伊亚戈和罗德里戈）

伊亚戈：（对一个侍从）你马上到港口来找我。（对罗德里戈）来吧，如果你有胆量的话——据说胆小的人生来也有高贵的品质，在恋爱中就会变得胆大——听我说，副将今晚在城堡守夜。首先，我要告诉你，苔丝梦娜很快就爱上了他。

罗德里戈：爱上了他？怎么！这不可能。

伊亚戈：用手指掩住你的嘴巴，用心想一想。你注意到她是怎样爱上摩尔人的吗？不过是因为他会吹牛，引起了她如醉如痴的幻想而已。怎么能够因为一个人会耍嘴皮子就爱上了他呢？用你能明白是非的心想想吧。她的眼睛也需要营养。瞧着魔鬼的黑脸有什么乐趣呢？当肉体在床上得到了满足，失去了新鲜感之后，总要换换口味，才能点燃快要熄灭的情火。这就需要意气相投、年岁相近、风度潇洒、外貌漂亮的人，而这些都是摩尔人所缺少的条件。她温柔多情的内心能不觉得上当受骗，开始感到乏味，甚至厌恶摩尔人吗？她的天性会告诉她，并且迫使她去重新选择。那好，老兄，如果承认这点，这是显而易见、自然而然得出来的结论。那么，还有谁比卡西欧处在更走运的地位呢？他会说话，讨人喜欢，不用装

174

模作样就能表现得斯斯文文，而不流露出掩饰的感情。真是无人能比，无人能比。一个狡猾的机灵鬼，会削尖脑袋去钻空子，会无孔不入地占便宜。再说他还年轻漂亮，勾引痴情的少女，能不得心应手么？他简直是一条十足的色狼，而这个女人已经看中他了。

罗德里戈：我不相信她会上钩，她是个纯洁温柔的女人。

伊亚戈：她纯洁个屁！她喝的酒能够纯洁到不用葡萄吗？如果她纯洁，会爱上这个肮脏的摩尔人吗？纯洁温柔的手掌，难道她不抚摸他硬邦邦的手指吗？

罗德里戈：我看见的，握手不过是礼貌而已。

伊亚戈：握手就是手淫，食指不是手淫的先锋、淫乱的前奏吗？他们的嘴唇靠得这样近，呼吸都互相拥抱，结合在一起了。这是勾勾搭搭的念头，罗德里戈！这些变化多端而微妙的动作，紧接着来的就是得意忘形、肉体的合二为一了。呸！老兄，听我说的，我已经把你从威尼斯带到这里来了，今晚就来照我说的做，来盯梢吧！卡西欧不认识你，我就站在离你不远的地方。你一定要找借口惹他生气，或者大声吵闹，或者破坏纪律，或者随便找什么借口。总而言之，见机行事吧！

罗德里戈：好的。

伊亚戈：老兄，他的脾气暴躁，容易发火，也许会动手打你。即使他不动手，你也要惹他发火打人，这样我就可以煽动威尼斯人起来闹事，使他这个副将有失身份，只好下台了事。这样你若想成好事，路上就少了一块绊脚石。否则，我们怎能有什么希望呢？

罗德里戈：我可以照你说的做，只要你能给我机会。

伊亚戈：这点我敢担保。等一会儿在城堡再见面吧。我现在得去
　　　　港口为摩尔人取东西了。再见。

罗德里戈：再见。（下）

伊亚戈：卡西欧爱上了她，这一点我完全相信；她也爱上了他，
　　　　这也很有可能。这个摩尔人——虽然他叫我受不了——
　　　　却是生性亲切高尚，始终如一的。我相信，他是苔丝梦
　　　　娜爱上了的丈夫。现在我也爱上她了，并不完全是情
　　　　欲——虽然这和情欲犯下的罪过也差不多——而大半是
　　　　为了喂饱我报复的念头，因为我怀疑这个好色的摩尔人
　　　　和我的老婆也有勾搭——这就好像毒药攻心——没有什
　　　　么能摆平我起伏的心情，除非他的老婆也成了我的。如
　　　　果做不到，至少我也要叫摩尔人陷入妒忌的深渊，丧失
　　　　他的判断力。为了达到这个目的，我找到了这个喜欢寻
　　　　芳猎艳的威尼斯傻瓜，如果把他打扮一下搬上台，再要
　　　　他按照我说的，对摩尔人把迈柯·卡西欧诽谤一番——
　　　　活该他倒霉！我怕他和我老婆也有一手——那就让摩尔
　　　　人感谢我，亲近我，奖励我，心安理得地当一头笨驴
　　　　吧！我的如意算盘显得模模糊糊，诡计还没出台怎能清
　　　　清楚楚？（下）

第二场　塞浦路斯　街上

（奥瑟罗的传令官上）

传令官：奉奥瑟罗将军之命，宣读告示如下：英勇善战的奥瑟罗将军得到报告，土耳其舰队已经全军覆没。喜讯一到，人人无比欢欣，立即热烈庆祝，载歌载舞，并放烟火，尽情欢畅。将军同日庆祝新婚，因此宣布如下：自下午五时至晚十一时，大小酒店餐厅一律开放，摆设酒宴，热烈庆祝塞浦路斯岛的胜利，及奥瑟罗将军新婚之喜。

（下）

第三场　塞浦路斯城堡

（奥瑟罗、苔丝梦娜、卡西欧及侍从上）

奥瑟罗：好迈柯，请你注意警戒，今夜虽然欢度节日，还是不可放松警惕。

卡西欧：伊亚戈已经奉命行事了，不过我还是会亲自巡视的。

奥瑟罗：伊亚戈很可靠。迈柯，再见！明天一早，我要和你谈话。（对苔丝梦娜）来吧，我亲爱的，婚礼已经开花，现在，你我就要摘下果实了。晚安！

（奥瑟罗、苔丝梦娜及侍从下。伊亚戈上）

卡西欧：欢迎，伊亚戈，我们要查夜了。

伊亚戈：还不到时间，副将，还不到十点呢。我们的将军这么早就丢下我们，同苔丝梦娜度他的风流之夜去了，我们也不能怪他，因为他和她还没同入过温柔之乡呢，而她是天神见了也要丧魂失魄的哟。

卡西欧：她真是个高雅无比的美人。

伊亚戈：我敢保证她的床上功夫也不在人之下。

卡西欧：的确，她娇嫩得几乎弱不禁风了。

伊亚戈：她的眼睛多么迷人，我看真是可以"一顾倾人城"了。

卡西欧：她的眼睛有吸引力，但是不会引人胡思乱想。

伊亚戈：她一说话，不是警告男人不要坠入情网吗？

卡西欧：的确是美得无以复加了。

伊亚戈：好，祝他们被窝里春暖花开。来，副将，我有一瓶好酒，还有两个喜欢喝酒的塞浦路斯好朋友，他们要为摩尔将军的喜事喝上一杯。

卡西欧：今夜不行，好伊亚戈，我喝了酒就会头昏脑涨，真希望能发明不醉人的酒来欢度节日。

伊亚戈：不要紧，都是花天酒地的好朋友，只喝一杯，我还可以代你喝一点儿呢。

卡西欧：我今夜只喝了一杯，而且是冲淡了酒力的，但是你瞧，我的脸已经变得连我自己都不认得了。这样弱不胜酒，真是倒霉！所以现在不敢勉为其难了。

伊亚戈：什么！你还是个男子汉大丈夫呢！今天是狂欢之夜，哪个不喝酒的人够得上朋友？

卡西欧：朋友在哪里？

伊亚戈：就在门口，请你去叫他们来，好吗？

卡西欧：好吧，虽然我并不大情愿。（下）

伊亚戈：只要我能灌上他一杯酒，加上他今夜已经喝了的那一杯，他准会像千金小姐宠坏了的小狗那样，一碰就要叫嚣咬人。那个害单相思病的傻瓜罗德里戈，为了苔丝梦娜今夜已经满满地喝了几大杯，差不多醉得丑态毕露了，他还要去惹是生非呢。还有那三个昂首阔步不肯让人的塞浦路斯小伙子——为了面子不惜撕破脸皮，这就是塞浦路斯岛的好斗精神——我已经一杯又一杯灌得他们酩酊大醉了，他们也会闹事的。好了，在这一伙醉汉当中，再加一个卡西欧，还怕不闹得全岛天翻地覆？——瞧，他们来了。

（卡西欧、蒙太诺同众绅士上）

伊亚戈：假如事不违愿，我的船就可以顺风顺水，达到目的了。

卡西欧：老天在上，他们已经灌了我一大杯。

蒙太诺：说老实话。只是一小杯，还不到半斤呢。军人说话还不算数吗？

伊亚戈：喂，来酒！

（唱）来上一杯响叮当。

再来一杯叮当响。

当兵要当好儿郎。

战争生活命不长。

有酒就要喝个光！

上酒呀，伙计！

179

卡西欧：老天在上，唱得真好听。

伊亚戈：我在英国学的，他们真会喝酒，人都喝成酒瓶了。什么丹麦人，什么德国人，什么大肚子荷兰人，全都比不上英国人。——来，喝酒吧！

卡西欧：你的英国人喝酒真那么高明吗？

伊亚戈：怎么不？他们轻而易举就把丹麦人喝得醉倒在地，他们面不改色就把德国人喝得满脸通红，他们不吭一声就喝得荷兰人呕吐一地。

卡西欧：为将军的健康喝一杯！

蒙太诺：好，副将，你喝多少我喝多少。

伊亚戈：啊，甜蜜的英国！

（唱）斯蒂汶是好国王，

做条裤子一克朗。

他嫌贵了六便士，

居然责备成衣匠。

国王天下有民望，

裁缝不过手艺强。

铺张浪费会亡国，

不如还穿旧衣裳。

拿酒来，喂！

卡西欧：这支歌更有意思。

伊亚戈：要不要再唱一遍？

卡西欧：不要，我认为他犯不上责备干这一行的人。老天在上，有些人的灵魂会升天，有些人的不会。

180

伊亚戈：说得对，副将。

卡西欧：对我来说，升天，我不敢占将军的先，也不敢占大官的先。当然，我也想升天的。

伊亚戈：我也一样，副将。

卡西欧：哎，不过，对不起，你升天不能占我的先。副将总得比旗官先升呀。不谈这些闲话了，说正经事情吧。请上天原谅我们的罪过！诸位，我们值夜班去吧。不要以为我喝醉了，诸位，这里是我们的旗官，这是我的右手，这是我的左手。我现在没有喝醉，我还站得很稳，说话也很清楚。

众　人：不错，好极了。

卡西欧：那么，很好，你们一定不要以为我喝醉了。（下）

蒙太诺：到炮台去，诸位，让我们去值夜班！

（众下，蒙太诺正要走）

伊亚戈：（对蒙太诺）你看到刚才走的那一位！要说当兵打仗，他可以跟着凯撒发号施令。但是看看他的毛病，那就抵消了他的优点。他的短处比得上他的长处。我真为他惋惜，就怕他辜负了奥瑟罗对他的信任。万一他的毛病发作，那全岛都得倒霉。

蒙太诺：他经常这样吗？

伊亚戈：喝酒是他的催眠曲，没有酒做摇篮，他会瞪着眼睛看钟，看上两个时辰也不睡觉。

蒙太诺：要让将军知道这点才好。也许他没看到，或者是他人太好，看重了卡西欧好的表现，忽略了他的毛病，是不是这样？

（罗德里戈上）

伊亚戈： 怎么样，罗德里戈？（对罗德里戈旁白）帮帮忙，找副
将去！

（罗德里戈下）

蒙太诺： 可惜高贵的摩尔将军把副手这样一个重要的位置给了一
个有毛病的人，是不是应该让将军知道呀？

伊亚戈： 这可不该由我来说，即使把塞浦路斯岛送我，也不该由
我来开口。我是卡西欧的好朋友，只愿多出一点儿力帮
他除掉这个毛病。

（内有喊声）

听！谁在喊叫？

（卡西欧追着罗德里戈上）

卡西欧： 你这个坏蛋，你混账！

蒙太诺： 什么事呀，副将？

卡西欧： 这个坏蛋居然教训我应该做什么，我要打得他头破
血流。

罗德里戈： 打我？

卡西欧： 你还敢强辩，混账！（打罗德里戈）

蒙太诺： （阻止卡西欧）哎，好副将，请你住手！

卡西欧： 放开我的手，老兄！否则，我要打到你头上了。

蒙太诺： 你喝醉了！

卡西欧： 你说我醉了。

（他们打起来）

伊亚戈：（对罗德里戈旁白）去吧，去喊叫吧，出乱子了！

（罗德里戈下）

不，好副将——唉，各位——来人啦！副将——蒙太诺大人——大人——住手！这也算是守夜么！

（警钟响了）

谁敲起警钟来了？真该死！嗨，全城都要吵醒了。住手，住手，副将，你要丢尽脸面了！

（奥瑟罗及侍从带武器上）

奥瑟罗：出了什么事？

蒙太诺：我还在流血呢！伤重得要命！（昏倒）

奥瑟罗：住手！否则，我要你们的命！

伊亚戈：住手！喂，副将，蒙太诺大人，各位，你们是怎么了？都忘了自己的身份地位。住手！将军在和你们说话呢。住手，不要丢人！

183

奥瑟罗：怎么，怎么搞的！为什么打起来了？难道你们都变成了
土耳其人，动手打起自己人来了？这样像野蛮人一样打
闹，难道不怕丢了基督徒的脸！谁再动刀动剑，就是不
要命了，我要他一动手就丢了命。叫警钟不要敲了，闹
得全岛人心惶惶。到底出了什么事？老实的伊亚戈，你
好像也吓坏了，告诉我谁开头闹事的，我相信你的话。
说吧！

伊亚戈：我也说不清楚，刚刚还是朋友，现在也是，说话也好，
行动也好，都像新郎新娘进新房似的，忽然一下——仿
佛天上掉下了陨星，把人都吓慌了——大家拔起刀来，
迎面就砍，砍得血流满脸。我也说不出是谁开的头，只
恨我上次在战场上没有丢掉两条腿，居然让我目睹了这
血肉拼搏的武斗！

奥瑟罗：这是怎么搞的，迈柯，怎么你也忘乎所以了？

卡西欧：请你原谅，我也说不出来。

奥瑟罗：我敬重的蒙太诺，你是一个文明人，年轻时就既稳重又
文静而出了名，谈到你的名字，社会上的高等人没有一
个不称赞的。怎么你会破坏自己的名声，让大家说是一
个酗酒闹事的人呢？你能给我做出解释吗？

蒙太诺：尊敬的奥瑟罗，我已经受了重伤，说话太费力气，你
的旗官伊亚戈可以说明情况，说明我是怎样无故受辱
的——其实我自己也莫名其妙，不知道自己今夜到底说
错了什么话，做错了什么事。难道劝人自重，不要酗
酒，这也算是错话？难道受到暴力攻击，保护自己也算

错事？

奥瑟罗：我的血涌上来了，我不能保证我不发脾气，而脾气一上来，我清醒的头脑就要满天乌云了——只要我一动怒，就会举起胳膊，最强硬的汉子也经不起我一击。告诉我这次胡闹是怎样开始的，谁闯的祸？这个罪魁祸首一经查出，即使他是我的双生兄弟，我也不能放过。这还得了！在一个刚刚经过战乱的城市，对战争的恐慌还在老百姓心中汹涌澎湃，却为了私人的事情大吵大闹，而且是在深更半夜，还在警戒区内，这还了得！伊亚戈，是谁带头闹事的？

蒙太诺：如果你有偏心，还想庇护你的同僚，不能一五一十说出事实真相，那你还能算个军人吗？

伊亚戈：不要这样考验我，我宁愿嘴里割掉舌头，也不愿说迈柯·卡西欧的坏话。但是我想了想，说实话不能算对他不起。将军，事实就是这样，蒙太诺和我正在谈话，忽然来了一个人大叫救命，而卡西欧手里拿着剑紧紧追在后面，好像决心要杀掉他似的。将军，蒙太诺大人走上前来劝卡西欧不要动手，我却去追那个跑掉的人，怕他的喊叫会惊动全城——结果的确如此——但是他跑得快。我没有追上，就回过头来。因为我听见刀剑声，还听见卡西欧高声咒骂，这样赌咒发誓，在今夜之前，还从来没有听见过，等我回来一看——虽然我离开的时间很短，但发现他们两个已经打起来了，就像你把他们分开时那样。这件事再多我也说不出来，虽然卡西欧有点儿对不起蒙大人，但是人在气头上往往会错打对他们好的人，我想卡西欧一定是听了那个跑掉的人说了什么坏话，就忍不住发作了。

奥瑟罗：我知道，伊亚戈，你对卡西欧的交情把他的错误说轻了几分。卡西欧，我赏识过你，但是再也不能重用你了。

（苔丝梦娜及侍从上）

奥瑟罗：瞧，连我亲爱的人儿也出来了。我要把你当作典型处理。

苔丝梦娜：出了什么事啦，亲爱的？

奥瑟罗：没有事了，我亲爱的，回去睡吧。（对蒙太诺）你受的伤，我会为你医治的。——护送大人出去。

（侍从护送蒙太诺下）

伊亚戈，你去全城巡查一下，不要让人受到骚扰。——来吧，苔丝梦娜，军人的生活得不到安宁，连美梦也会被杀声惊醒。

（众下。台上只有伊亚戈和卡西欧）

伊亚戈：怎么，你受伤了吗，副将？

卡西欧：我受的伤已经无可救药了。

伊亚戈：怎么会呢？老天也不会答应呀！

卡西欧：名誉，名誉，名誉！我的名誉坏了！我丧失了生命中不朽的一部分，只剩下行尸走肉了。我的名誉，伊亚戈，我的名誉！

伊亚戈：我是个老实人。我本来还以为你身体受了伤呢！那倒比名誉受损更厉害。名誉是个空头衔，得到的人不见得有

186

真本领，失掉也未必是无能。你的名誉不会受到损失，只是你自己觉得爽然若失而已。怎么？老兄，要恢复你在将军心目中的地位，办法可多着呢！他不过是在气头上说了你几句罢了。这从外表上看起来是一种处分，其实并不是要你永远不得翻身，简直可以说是打狗想要吓唬狮子。只要你去求求情，他就会原谅你了。

卡西欧：我宁愿让他看不起我，也不愿欺骗一个这样好的司令官，要他赦免一个这样微不足道的小人。我喝醉了，还要胡言乱语，争吵闹事，自吹自擂，装腔作势，赌咒发誓，跟自己的影子说些好听的无聊话。啊！无影无踪的酒神，如果无人知道你的大名，就让我叫你做恶魔吧！

伊亚戈：你拿着剑追赶的那个家伙是什么人？他做了什么事得罪了你？

卡西欧：我也不知道。

伊亚戈：这怎么可能？

卡西欧：我的记性一塌糊涂，什么也记不清楚，只记得吵架了，吵什么呢？吵得舌头和嘴巴把脑子都偷走了。我们居然还高高兴兴，快快活活，欢天喜地，拍手顿脚，把自己都变成禽兽了。

伊亚戈：瞧！你现在不是很清醒了吗？你是怎么恢复过来的呢？

卡西欧：酒鬼碰到愤怒之神，自然甘拜下风。我一生气，酒鬼就给愤怒之神吓跑了。而我却更倒霉，成了两个魔鬼的俘虏。

伊亚戈：得了，你也不要太严于责己了，在目前的时间、地点、情况之下，我自然衷心希望这次争吵没有发生。但是事实上既然已经发生了，那就尽量设法弥补吧！

卡西欧：我想请求他恢复我的职位，又怕他说我是醉鬼。即使我有九头鸟一样多的嘴巴，这一句话就把九张嘴都堵住了。我现在是一个清醒的人，但是一转眼就会变傻，马上就变成畜生了。啊！你说怪也不怪？一杯酒过了量，就会变质，酒仙就会变成酒鬼了。

伊亚戈：得了，得了，好酒总是一个亲热的好朋友，只要不喝得过度就行，不要再怪罪酒了。我的好副将，你看我们够朋友吗？

卡西欧：我早就把你当好朋友了，老兄，我没有喝醉吧？

伊亚戈：你也好，任何人也好，只要是活人总会有喝醉的时候，老兄。我来告诉你怎么办吧。我们将军的夫人现在可以替将军做主。我敢这样说，因为他现在全心全意最关心的人就是她，他看到的只是她的风采丽质，听到的只是她的聪明才智。你可以去向夫人坦白承认你的错误，请求她帮你恢复原来的职位。她是这样仁慈宽怀、得天独厚、善解人意，又乐于助人、有求必应，甚至应多于求，否则她就会觉得于心不安。你和她夫君之间这一点破裂的关系如果请求她去弥补，我敢和任何人打赌，你们之间的感情一定会恢复得比原来还好。

卡西欧：你的主意不错。

伊亚戈：我敢说这是我对你的一片真心实意。

卡西欧：我完全相信你，明天我会尽快去找好心的苔丝梦娜为我说情的，要是这条路走不通，我的前途就很渺茫了。

伊亚戈：你现在的路走对了。再见，副将，我要巡夜去了。

卡西欧：再见，老实可靠的伊亚戈。（下）

伊亚戈：怎么能说我是个坏蛋呢？我出的主意看起来不是真心实意、对他大有好处的吗？想起来也对，这不是赢得摩尔人回心转意最好的办法吗？因为只要好心的苔丝梦娜答应做一件事，摩尔人总是唯命是听的，甚至可以使他放弃宗教信仰，放弃灵魂得救的希望。她的爱情已经锁住了他的心灵，她可以随心所欲地要他做或不做什么事，她的意愿成了他的上帝，他已经无力反抗。那么，我劝告卡西欧去求苔丝梦娜不是对他大有好处吗？怎能算是坏心眼呢？地狱里的天神呀！魔鬼做了见不得人的勾当，也会像我现在这样披上正大光明的外衣的。这个老实的傻瓜去请苔丝梦娜挽救他的厄运，但是当她去求摩尔人的时候，我会把毒药灌进他的耳朵里去的，我会说她为卡西欧开脱，完全是为了她隐蔽的私情，这样她越为他说好话，摩尔人也就越不相信。这样我就可以染黑她的清白，把她的好心做成一个圈套，让他们全都落入这个陷阱，不得翻身。

（罗德里戈上）

伊亚戈：怎么样，罗德里戈？

罗德里戈：我本来是想打猎的，结果只成了一只汪汪叫的猎狗。现在钱也差不多花光了，今夜还挨了一顿痛打，我想这就是花钱买来的结果。现在钱也花得只剩一点儿，人也聪明了一点儿，还是回威尼斯去吧。

伊亚戈：没有耐性的人多可怜啊！受了伤哪里能一下就好起来？你要知道，成功靠的是有办法，不是变戏法，而有办法的人要会等待时机。你觉得不顺利吗？你挨了卡西欧的打，受了一点儿伤，但是卡西欧打了你却丢了官。太阳之下万物欣欣向荣，开花结果，但是有先有后。卡西欧打得你皮肉开花，现在要吃苦果，你开的花就要结果了，等待时机吧！不要不耐烦！说老实话，寻欢作乐时间就会过得快。去吧，哪里快活就去哪里。有了结果，我会告诉你的。不要多说了，去吧！

（罗德里戈下）

现在有两件事要做：一是要我老婆对她的女主人为卡西欧说几句好话；二呢，我自己要把摩尔人引开，等卡西欧向他的夫人求情的时候，再来看这一台好戏，如意实现我的妙计。（下）

第三幕

第一场　塞浦路斯　总督府前

（卡西欧、众乐师及丑角上）

卡西欧：诸位乐师，演奏吧。我不会少给你们报酬的。曲子要
　　　　短，要祝"将军晨安"！

　　　　（奏乐）

丑　角：怎么了，诸位？你们的乐器怎么也像那不勒斯人一样带
　　　　有鼻音呀？

乐　师：怎么了，老兄？怎么了？

丑　角：请问，这些是管乐器吗？

191

乐　师：不错，圣母在上，是呀。

丑　角：怎么乐器还有尾巴？

乐　师：乐器还有味吧，老兄？（译注："尾巴"和"味吧"是文字游戏。）

丑　角：圣母在上，老兄，管乐器我也见得多了。不过，诸位，这是将军给你们的赏钱。（给乐师钱）他很喜欢你们的音乐，但是看在爱情的分儿上，请你们不要再演奏了。

乐　师：那好，老兄，我们不演奏就是了。

丑　角：如果你们会奏听不见的音乐，那还是演奏吧！将军不大在乎听得见的音乐。

乐　师：我们不会演奏无声的音乐，老兄。

丑　角：那就把你们的乐器打包吧。我要走了，你们也可以走了，最好走得像空气一样无影无踪。

（众乐师下）

卡西欧：你听见没有，我老实的朋友？

丑　角：我没有听见你老实的朋友，只听见你。

卡西欧：收起你的俏皮话吧！这里是赏给你的一个金币。（给丑角钱）如果将军夫人的伴娘起来了，请你告诉她说，有一个卡西欧要和她说一句话，请她帮一个忙，行吗？

丑　角：伴娘已经上下动起来了。如果她愿意动下身的话，我会告她一声的。（丑角下）

（伊亚戈上）

卡西欧：伊亚戈，你来得正好。

伊亚戈：看样子你还没上过床吧？

192

卡西欧：当然没有。我们分手的时候，天才刚刚亮呢。伊亚戈，我大胆请嫂子对好心的苔丝梦娜说一句话，问她能不能让我和她见个面。

伊亚戈：我马上就去给你把她找来。我要想个法子让摩尔人走开，免得他妨碍你们谈话，使你们觉得有拘束。

卡西欧：多谢你了。我没有见过一个比你更好的翡冷翠人。

（艾米利娅上）

艾米利娅：早上好，亲爱的副将。你引起了将军的不愉快，我觉得很可惜，不过一切都会好起来的。将军和夫人也在谈这件事。夫人尽力为你说好话，将军却说，你打伤的那个人在塞浦路斯很有名，人缘也好，所以从全面来考虑，只好不再重用你。不过他承认，他心里还是喜欢你的，用不着别人来求情，他自己也会做出弥补的。

卡西欧：不过，我求求你，如果你觉得合适，或者值得试一试的话，能不能找一个机会让我和苔丝梦娜单独说几句话？

艾米利娅：那就请进来吧，我可以带你去一个可以自由自在说说心里话的地方。

卡西欧：那真是太感谢了。

（同下）

第二场　总督府中一室

（奥瑟罗、伊亚戈同众绅士上）

奥瑟罗：伊亚戈，把信交给船长，（交信）请他代我送到元老院
去。我还要去检查防御工事，你送了信就来那里找我。

伊亚戈：是，将军，我会照办的。

奥瑟罗：诸位先生，要不要去看看防御工事？

众　人：按照将军的意思办吧。（众下）

第三场　塞浦路斯城堡中的花园

（苔丝梦娜、卡西欧和艾米利娅上）

苔丝梦娜：请放心吧，好卡西欧，我会尽力帮你忙的。

艾米利娅：好心的夫人，帮帮他吧，我丈夫为这事就难过得像是
他自己的事一样。

苔丝梦娜：他是个大好人。不要怀疑，我会让我丈夫对你的感情
和从前一样好。

卡西欧：宽宏大量的夫人，无论迈柯·卡西欧将来做出了什么大
事，都会永远感谢你的大恩大德。

苔丝梦娜：我知道，谢谢你。你爱戴我的丈夫，你们相知已经很
久了，其实你可以放心，他看起来似乎疏远了你，实际
上那不过是表面文章而已。

卡西欧：哎，不过，夫人，就怕表面文章做得太长，或者听了什么掺了水分的话，又会产生意想不到的节外生枝的事，而我人却不在将军身边，如果还有人代了我的职，将军就会把我对他的感情，为他花费的勤劳，慢慢地淡忘了。

苔丝梦娜：不用担心，当着艾米利娅的面，我向你担保，你不会失掉你的职位。放心吧，我答应了你，就会一直做到底。我的丈夫如果不答应，我就会让他不得安息。我会看住他，说得他失去了听的耐性。上床也是上课，餐桌也会说教。我会为了帮卡西欧打断他的每一件事。所以高兴点儿吧，卡西欧，帮你忙的人是不达目的不会罢休的。

（奥瑟罗和伊亚戈上）

艾米利娅：夫人，将军来了。

卡西欧：夫人，那我要告辞了。

苔丝梦娜：为什么不留下来听我说？

卡西欧：夫人，现在不行，我觉得我在这儿反而碍事。

苔丝梦娜：那么，你就请便吧。

（卡西欧下）

伊亚戈：嘿！这成什么话！

奥瑟罗：你说什么？

伊亚戈：没什么，将军，也许——我也不明白。

奥瑟罗：刚才离开我妻子的不是卡西欧吗？

伊亚戈：卡西欧？将军，肯定不是。很难想象他会偷偷地到这里来，好像犯了什么罪似的——看见你来就要走了。

奥瑟罗：我想就是他。

苔丝梦娜：怎么了，夫君？我正和一个求情的人谈话呢，他怕得罪了你，诚惶诚恐地来求情了。

奥瑟罗：你说的是谁？

苔丝梦娜：怎么你不知道？你的副将卡西欧呀。我的好夫君，如果我还有情分，有力量说服你，那就请你原谅了他吧。他是真心爱戴你的，犯错误是不知道，不是耍手段，一看他那老实的面孔，就知道他不会做坏事。我求你让他回来吧。

奥瑟罗：他刚走？

苔丝梦娜：是。他很难过。他的难过有感染力，连我也难过了。
我的好心人，让他回来吧！

奥瑟罗：现在不行，好心的苔丝梦娜，过些时候吧。

苔丝梦娜：但是要快。

奥瑟罗：为了你，亲爱的，哪能不快？

苔丝梦娜：那么，今天晚餐时怎么样？

奥瑟罗：今晚还不行。

苔丝梦娜：那就明天午餐时吧？

奥瑟罗：明天中午我不在家吃呀，我要去城堡会见一些军官。

苔丝梦娜：那么明天晚上怎么样？星期二早上，星期二中午或晚
上，星期三早上也行，我请你定个时间，但是不要超过
三天。说真的，他后悔了。其实，他犯的错误，在我们
普通人看来——除非你说是在战时要树立榜样，对优秀
人才也要从严处理——他这甚至不算什么大错，不会受
到个人处罚。叫他什么时候过来？告诉我，奥瑟罗，有
没有什么事你要我做，而我会拒绝，或者心里嘀咕的？
我想没有。那么，关于迈柯·卡西欧，你求婚时还是
他同来的，多少次我谈到你不讨人喜欢的地方，他总是
为你说好话的。怎么你会不要他回来？相信我，我还
可以——

奥瑟罗：请你不要再说了。他要什么时候来，就让他来吧。我不
会拒绝你的任何要求。

苔丝梦娜：这并不是要你帮我，而是我要帮你，就像要你戴上手

套，吃点好菜，穿暖和的衣服，或者对你特别有好处的事一样。这并不是要考验你对我的感情，并不需要特别费力，也是不难办到的。

奥瑟罗：你要我做什么，我都不会拒绝。不过现在，我请你答应我，让我自己一个人考虑一下。

苔丝梦娜：难道我会拒绝你吗？不会的，再见了，夫君。

奥瑟罗：再见，我的苔丝梦娜。我马上就来找你。

苔丝梦娜：艾米利娅，来吧。（对奥瑟罗）不管你想做什么，我都会听你的。

（苔丝梦娜和艾米利娅下）

奥瑟罗：真可爱得要命！若是我不爱你，那除非是天翻地覆，世界走到尽头了。

伊亚戈：我崇敬的将军——

奥瑟罗：你有什么话要说，伊亚戈？

伊亚戈：你向夫人求婚的时候，迈柯·卡西欧知道你们的感情吗？

奥瑟罗：当然知道，从头到尾都知道。你为什么问这个问题？

伊亚戈：只是为了一个我想到的问题，没有别的意思。

奥瑟罗：你想到什么问题了，伊亚戈？

伊亚戈：我没有想到他以前认识夫人。

奥瑟罗：认识的，还时常在我们之间来往。

伊亚戈：真的？

奥瑟罗：真的？当然真的，你觉得有什么不对？难道他不老实吗？

伊亚戈：老实吗，将军？

奥瑟罗：老实，当然老实。

伊亚戈：将军，就我所知——

奥瑟罗：你以为怎样？

伊亚戈：以为，将军？

奥瑟罗："以为，将军？"啊！你怎么老跟着我说？仿佛思想上有鬼，见不得人似的？你到底想要说什么？我刚刚还听你说，你不喜欢卡西欧离开我妻子时的样子。为什么不喜欢？我告诉你，在我求婚期间，他还出过主意，你又怀疑这是不是"真的"，并且皱起眉头，鼓起嘴唇，仿佛脑子里锁着什么可怕的念头。如果你真对我好，就告诉我你的想法吧！

伊亚戈：将军，你知道我爱戴你。

奥瑟罗：我相信的，我知道你是有感情的老实人，并且说起话来是字斟句酌的，所以你话只说了一半，更使我意外吃惊。因为一个坏蛋这样做是包藏了祸心，而好人这样做却有不便吐露的苦衷。

伊亚戈：关于迈柯·卡西欧，我敢发誓说他是个好人。

奥瑟罗：我看也是。

伊亚戈：人应该看起来是怎么样，实际上也是怎么样，而那些实际上不怎么好的人，表面上看起来也不应该怎么好。

奥瑟罗：当然啰，人应该在表面上和实际上是一致的。

伊亚戈：所以我认为卡西欧是个好人。

奥瑟罗：不对，你的话还没有说完呢！我请你老实告诉我你的想法，怎么想就怎么说，不好的想法就用不好的字眼。

伊亚戈：我的好将军，请你原谅我。虽然我对你应尽各种义务，但还是有不说出我思想的自由。因为思想里难免有脏东西，宫殿里不也有垃圾吗？谁的心胸能纯洁得毫无杂念，连在法庭里都审查不出来呢？

奥瑟罗：如果你知道了你的朋友在上当受骗，但却不让他的耳朵听到你的真实想法，那不等于是在合伙欺骗你的朋友吗？

伊亚戈：我请求你相信。虽然我有时也不怀好意地猜测别人的心理，并且根据我自己的猜疑，形成了不符合实际的错误判断，但是我希望你可以运用你的智慧，不注意我这些支离破碎的猜测，这些七拼八凑的靠不住的观察，这样你就不至于得出错误的结论，影响你的安宁。知道我这些想法不但对你没有好处，就是对我的人格、品德、才智，都没有补益，所以我认为还是不让你知道更好。

奥瑟罗：你这是什么意思？

伊亚戈：无论对于男人还是女人，我亲爱的将军，好名声总是最接近心灵的珍宝。谁偷走了我的钱包，偷的并不是我最宝贵的东西，它有用，但并不是我的珍宝。钱包本来是我的，现在谁偷了就是谁的，它对成千上万人都有用处。但是名声不同，谁破坏了我的名声并不会发财，但他却使我一贫如洗了。

奥瑟罗：我要知道你的想法。

伊亚戈：即使我的心放在你手上，你也不会知道我的想法，你也不该知道，因为我是守口如瓶的。

奥瑟罗：哈？

伊亚戈：小心啊，将军，千万不要妒忌。妒忌是戴有色眼镜的魔鬼，它在吃人之前，先把人折磨得要死。戴绿帽子的人有福了。因为他知道他的妻子不忠实，而他也不爱她。但是那个溺爱妻子的丈夫要过多少倒霉的时刻啊！他爱她，又怀疑，又猜想，却又还是爱得神魂颠倒！

奥瑟罗：啊，真倒霉！

伊亚戈：贫穷而能安贫知足，那就是富裕。富人如不知足，又有填不满的贪欲，总怕自己变穷，那就会穷得像冬天一样了。老天在上，保佑我们大家都不要妒忌吧！

奥瑟罗：为什么，为什么这样说？你以为我会过妒忌的日子，随着月亮的圆缺变化而心情变化吗？不会，怀疑一次以后就决定了。如果我把我的心灵变得像你说的那样疑神疑鬼，那不是人不如畜生了吗？说我的妻子漂亮，喜欢吃好穿好，爱好交际，说话随便，喜欢唱歌跳舞，这并不会使我妒忌。只要自己有品德，而这些都是品德的表现。即使我自己没有这些品德，也不必担心妻子会背叛我，因为她有眼光看中我。不对，伊亚戈，我要先观察才会怀疑，一怀疑我就要找证据，只要一证明了，那就连爱情和妒忌都一刀两断。

伊亚戈：听了你的话我很高兴，因为现在，我就有理由用更坦诚的态度，来向你表白我对你的忠心爱戴了。因此，既然我有义务，那就听我说吧，我现在还没有充分证据，但是请你仔细观察你的夫人和卡西欧在一起的时候，你既不要过分严格，但也不要粗心大意，觉得天下无事。我不希望你慷慨高贵的天性受人利用，注意一点儿。我知道我们公国的风气，在威尼斯，妇女的风流勾当是不瞒天地、只瞒丈夫的，她们的良心不是不干风流艳事，而是要干得没人知道。

奥瑟罗：你真这样想吗？

伊亚戈：她和你结婚的时候，欺骗了她的父亲，她看到你的面孔似乎应该害怕得发抖，但她却最爱你的面孔。

奥瑟罗：她是这样。

伊亚戈：那么，你想想看，她这么年轻，就能这样巧妙地蒙蔽她的父亲，就像用橡树叶子蒙住他的眼睛一样，使她父亲误以为你用了什么妖术魔法。我这样说真是该死，我请求你原谅我，这都是因为我太爱戴你的缘故。

奥瑟罗：我会永远感谢你的。

伊亚戈：我恐怕有点儿得罪你了。

奥瑟罗：一点儿也不，一点儿也不。

伊亚戈：相信我。我怕已经得罪你了。我希望你把我说的话当作爱戴你的表现，但是我看得出你已经动感情了。我请求你不要误解了我的话。我谈的不是大问题，也不会有大影响，不过是猜测之词而已。

奥瑟罗：我不会的。

伊亚戈：如果你太认真，将军，我的话就会起意外的作用了。卡西欧是我货真价实的朋友，将军，我看你感动了。

奥瑟罗：不，没有太动感情，不过，我不相信苔丝梦娜会是不清白的。

伊亚戈：但愿她永远清白，但愿你永远这样相信。

奥瑟罗：不过，本性也会迷失——

伊亚戈：问题就在这里，因为——我要大胆说一句——多少和她同族同种、地位相等的人向她求婚，都遭到了拒绝，这就有点儿不太符合本性了。这闻起来有点儿与众不同的味道，有点儿离谱，想法不太自然。但是，对不起，我并不是专门谈她。虽然我也害怕她会回心转意，把你和她同种同族的人进行外观上的比较，也许会后悔了。

奥瑟罗：不要说了，走吧！如果你还看到什么迹象，再来告诉我好了。要你的老婆也多注意一点儿。现在，你走吧，伊亚戈。

伊亚戈：将军，那我就告辞了。（正要下场）

奥瑟罗：我为什么要结婚呢？这个老实的家伙一定看出了更多的情况，他知道的比说出来的要多得多吧。

伊亚戈：（转身）将军，我想请你不要再在这件事上纠缠了，让时间来检验吧。虽然卡西欧是适合职位的，他很有能力尽他的职责，但是，如果你让他闲一阵子，那就可以观察他这个人和他用的方法了。请你注意，如果夫人尽心尽力恳求让他官复原职，那就越发说明问题。同时，最好认为我是过分担心了——对于这样重要的事，我想担心不会过分的——并且请求阁下尽量让夫人爱怎么说就怎么说吧。

奥瑟罗：不用怕我管不住我自己。

伊亚戈：那我就再一次告辞了。（下）

奥瑟罗：这真是一个靠得住的老实人，他对方方面面的人情世故，都了解得一清二楚。如果我能证实她是心在天外的野鹰，怎能把她拴在我的心上？我要让她乘风破浪，四海猎奇。也许因为我面黑心粗，生命进入低谷，她就离我而去，留下遗恨难消。我诅咒婚姻，只得到肉体而没有心灵。我宁愿做井底之蛙，不愿寄生情人衣角，供人玩弄。无论贫富贵贱，都是死生有命。但是，婚外恋情难道也是命运？瞧，她来了。

（苔丝梦娜同艾米利娅上）

奥瑟罗：如果她会作假，那么上天也在弄虚作假了。我不相信。

苔丝梦娜：怎么了？亲爱的奥瑟罗，岛上的贵客都应邀来赴宴了，就等你入席呢。

奥瑟罗：对不起，我失礼了。

苔丝梦娜：你说话怎么这样没力气？是不是不舒服？

奥瑟罗：我前额有点儿痛，就在这里。

苔丝梦娜：不要紧，那是眼睛张得太久，一会儿就会好的。（拿出手帕）让我给你绑住，一个小时就会好了。

奥瑟罗：你的手帕太小，（推开手帕，手帕掉到地上）不要绑了。来，我们一同进去吧。（下）

苔丝梦娜：可惜你不舒服。（随下）

艾米利娅：（拾起手帕）我很高兴捡到了这块手帕。这是摩尔人第一次给她的纪念品。我那个常出怪主意的丈夫求了我一百遍，要我偷出这块手帕来，但是她太看重这件纪念品了——因为他叮嘱过要她珍惜——她总是带在身边，和它亲吻，还和它说话呢。我要把它带出去给伊亚戈，他要手帕干什么用？天晓得，我不晓得，只知道求他高兴罢了。

（伊亚戈上）

伊亚戈：怎么了？你一个人在这里干什么？

艾米利娅：不要怪我。我有一样东西要给你。

伊亚戈：你有东西要给我？那一定是普通的东西。

艾米利娅：哼！

伊亚戈：有一个傻老婆是件普通的事。

艾米利娅：就这样普通？要是我给你的是一块不普通的手帕呢？

伊亚戈：什么手帕？

艾米利娅：什么手帕？就是摩尔人给苔丝梦娜的第一块，你再三求我偷的那一块手帕。

伊亚戈：你从她身上偷来的？

艾米利娅：不是，是她自己不小心掉在地上的，我当时在场，就捡起来了。这不就是？

伊亚戈：好老婆，拿来给我。

艾米利娅：你要它干吗？这样再三要我做扒手？

伊亚戈：这和你有什么相干？

艾米利娅：要是没有什么大用处，那就还给我吧。可怜的夫人丢了它可要急疯了。

伊亚戈：不要告诉别人，我要它自有用处。去吧！

（艾米利娅下）

我要把这块手帕丢到卡西欧住的地方，让他捡到。这手帕轻得像空气，似乎微不足道，却是引起强烈妒忌的神圣证物。危险的想象本来就有毒药的性质，开始还不会引起人的反感，但一惹上了血气方刚的愤怒，那就要引起磷矿般的爆炸了。我就是这样说的。

（奥瑟罗上）

瞧！他来了。不管鸦片也好，曼陀罗也好，就是世界上最有效的催眠药也好，都不能使你再像昨夜那样安稳地睡一觉了。

奥瑟罗：哈！哈！她会对我作假？

伊亚戈：这是怎么啦，将军？不要再谈这件事了。

奥瑟罗：去你的，走开！你使我吃够了苦头。我发誓，如果上当受骗，与其知道一星半点儿，还不如什么都不知道的好。

伊亚戈：怎么啦，我的将军？

奥瑟罗：如果她偷偷地和人寻欢作乐，我能感到什么痛苦呢？我看不见，想不到，对我没有一点儿害处。我夜里睡得舒服，吃得好，自由自在，高高兴兴。我在她的嘴唇上找不到卡西欧吻她的痕迹。一个人被盗了，只要不知道丢了什么，就等于没有被盗。

伊亚戈：听到你这样说，我很难过。

奥瑟罗：我本来很快活，即使全营的上等兵、下等兵都甜甜蜜蜜和她睡过觉，只要我不知道，就可以过得很快活。但是现在，别了，宁静的心情，别了，满意的生活，别了，

206

头戴战盔的军队，激发雄心的战争，都永别了！别了，萧萧长鸣的战马，惊涛拍岸的喇叭，催促前进的战鼓，震耳欲聋的号角，迎风飞舞的王旗，真是五光十色，灿烂辉煌，威风凛凛，杀气腾腾！还有你，杀人如麻的大炮，发出了惊天动地的响声，仿佛是天神的怒吼，现在都永别了！奥瑟罗一生的光辉从此熄灭了。

伊亚戈：这可能吗，我的将军？

奥瑟罗：坏蛋，你说我的妻子和人私通，那你一定要拿出证据来，要拿出亲眼所见的证据。否则，我用不会和肉体同归于尽的灵魂起誓，我消不了这口气，会叫你后悔还不如生来是条狗呢！

伊亚戈：怎么会到了这一步呢？

奥瑟罗：你要拿出证据来让我看，至少也要说明证据是可靠的，是没有漏洞的，没有可以怀疑的余地，否则，你就要倒霉了，你就活不长了！

伊亚戈：我高贵的将军——

奥瑟罗：如果你造谣诽谤，诬蔑了她，折磨了我，那你就再后悔也没有用，再祈祷也来不及了。我要在恐怖头上再加恐怖，做出使天崩地裂、鬼哭神嚎的事来，让你尝尝地狱里也尝不到的痛苦。

伊亚戈：饶了我吧，天呀！饶恕我吧！你还是个人吗？你还有灵魂吗？有感觉吗？天呀！再见了，免了我的官职吧！啊，你这个大傻瓜。你怎么使自己的老实变成一件坏事了！啊，这真是魔鬼的世界了！听我说，听我说，世界啊！直截了当，老老实实，怎么都变得不安全了呢？我谢谢你给了我这个教训，从今以后，我再也不敢对朋友好了，友好的结果却是失掉了友谊。

奥瑟罗：不对，站住。你难道不应该老实吗？

伊亚戈：我应该聪明，因为老实是个傻瓜，会失掉他应该得到的东西。

奥瑟罗：我用世界的名义起誓，我想我的妻子是忠实的，但又怕她不是。我想你应该是公平老实的，但又怕你不是。所以我一定要有证据。她的名誉本来像月神的面容一样纯洁，现在却污染得像我的面孔。如果有绳子、刀子、毒药、火药，或者淹死人的流水，我都要用来消除污染。但愿我能做到！

伊亚戈：我看你已经成了感情的俘虏，真后悔不该告诉你。你真想搞清楚？

奥瑟罗：不是真想，而是一定要。

伊亚戈：那就可以搞清楚，但怎样才算清楚，怎样你才能满意呢，我的将军？是只要大致看上一眼，看得目睁口呆，还是要看人骑在她身上呢？

奥瑟罗：该死，天诛地灭！啊！

伊亚戈：这倒很麻烦，很讨厌。我想，很难抓到他们在床上做戏的那一场，那只有做戏人自己才能目睹。怎么办呢？叫我怎么说？怎样才能说得令人满意？即使他们像山羊一样发情，像猴子一样上火，像豺狼一样冲动，像傻瓜喝醉了酒一样粗鲁，你也不可能亲眼看到呀！不过要我说，只要根据有说服力的具体细节推测下去，也是可以令人满意地进入事实真相的大门。

奥瑟罗：我要你给我一个站得住脚的证据，证明她是不清白的。

伊亚戈：我不喜欢这个差使，但是我已经深深卷入这件事——为了忠实和友情，我已经被推下去了——只好硬着头皮再接着走下去。我近来和卡西欧同床睡了一夜，我因为牙痛没睡着。有些人睡觉时灵魂会放松，会说出他们的心里话，卡西欧就是一个这样的人。我听见他在梦中说："亲爱的苔丝梦娜，我们要小心，不要泄漏了感情的秘密。"然后，大人，他抓住我的手，又捏又揉，口里喊着"甜蜜的人儿"，并且拼命吻我，仿佛要把我嘴唇上的吻连根拔起。他的腿跨在我的大腿上，又是叹气，又是亲吻，又是呼喊："该死的命运怎么把你给了摩尔人！"

奥瑟罗：啊，这怎么可能！怎么可能！

伊亚戈：不过，这只不过是他的梦而已。

奥瑟罗：梦也能够点破发生过的事情，这就值得怀疑了，虽然还只是一个梦。

伊亚戈：如果证据不足，这倒可以增加证据的分量。

奥瑟罗：我真恨不得把她撕成碎片。

伊亚戈：不要冲动，要明智点儿，我们并没有看见他们做什么事呀，她还可能是清白的呢。我要问你一件小事，你有没有见过夫人手里拿的一块绣着草莓的手帕？

奥瑟罗：我给过她一块这样的手帕，那是我给她的第一件纪念品。

伊亚戈：这点我倒不知道，不过我见过一块这样的手帕——我相信那一定是夫人的——我今天看见卡西欧用它擦胡子。

奥瑟罗：如果就是那一块——

伊亚戈：如果就是那一块，或者任何一块她的手帕，对她都是不利的证据了。

奥瑟罗：啊！这奴才有四万条命吗？一条命怎么够我报仇雪恨呢！现在，我看这是真的了。瞧！伊亚戈，我以前糊糊涂涂的爱恋都随风而去，归天了。起来吧，阴险毒辣的仇恨，离开你黑暗的魔窟！让位吧，爱情啊！把你的王冠和心爱的宝座让给残忍凶暴的仇恨。膨胀吧，充满怒气的胸膛，吐出你满腔毒蛇的舌头！

伊亚戈：不要过度。

奥瑟罗：啊，血债要用血还。

伊亚戈：不要着急，你听我说，你的主意还可能改变呢。

奥瑟罗：不会的，伊亚戈。黑海的冰流滚滚向前，不会退潮，直到博斯普鲁斯海峡。我报仇雪恨的思想，不消灭这奇耻大辱，也决不会后退。（跪下）苍天在上，若不雪耻，誓不为人。（正要起立）

伊亚戈：不要起来。（跪下）请老天做证！永远照耀人间、环行天空的星辰，为伊亚戈做证吧！我要用我的智力、体力、心力，来听从奥瑟罗的吩咐，为他洗刷他的耻辱。只要他一声令下，我一定尽心竭力，哪怕是动刀流血，也在所不惜。

奥瑟罗：谢谢你的忠诚帮助。我不是空口说白话，而是立刻接受你的慷慨支援，希望三天之内，你能够告诉我，世界上已经没有卡西欧这个人了。

伊亚戈：我的朋友已经死定了，你一开口就结束了他的生命。至于夫人，希望放她一条生路。

奥瑟罗：该死的女人，水性杨花的恶魔，她也不能免罪。来，同我走吧，我要想个又快又好的办法，来打发这个美丽的妖精。从现在起，你就是我的副将了。

伊亚戈：我一定永远遵命，为你效劳。

（同下）

第四场　塞浦路斯城堡之外

（苔丝梦娜、艾米利娅及丑角上）

苔丝梦娜：老兄，你知道副将卡西欧的家在哪里吗？

丑　　角：我不敢说他有个家。

苔丝梦娜：为什么呢，老兄？

丑　　角：他是一个军人，军人应该四海为家。

苔丝梦娜：算了。告诉我他住在哪里？

丑　　角：我不说了他住在死海吗？

苔丝梦娜：你这样说是什么意思？

丑　　角：我说了军人死海为家，既然他是军人，自然住在死
　　　　　海了。

苔丝梦娜：你能不能打听一下他住的地方？

丑　　角：你是不是要"打"他一顿，要他"听"话，告诉你他住
　　　　　的地方？

苔丝梦娜：找到他住的地方，就叫他来，说我已经为他向将军求
　　　　　情了，希望会有好的结果。

丑　　角：这倒不难，不是我力所不及的地方。我可以不"打"就
　　　　　叫他"听"话，到这里来。（下）

苔丝梦娜：我的手帕丢到哪里去了？

艾米利娅：我不知道，夫人。

苔丝梦娜：说真的，我宁愿丢了装满金币的钱包，也不愿丢了这
　　　　　块手帕。但愿高尚的将军不是个妒忌的人，否则，不知

道他会想到什么歪路上去。

艾米利娅：他不会妒忌吧？

苔丝梦娜：谁？他吗？我想他出生地的太阳已经把这些脾性都晒干了。

艾米利娅：瞧，那不是他来了吗？

（奥瑟罗上）

苔丝梦娜：我要和他待在一起，等他叫卡西欧来。——夫君，你怎么啦？

奥瑟罗：很好，我的好夫人。——啊，装假真难！——你怎么样，苔丝梦娜？

苔丝梦娜：很好，我的好夫君。

奥瑟罗：伸手过来。你的手真娇嫩，夫人！

苔丝梦娜：它还不知道忧愁，也不认识岁月。

奥瑟罗：这说明心灵多么丰富，多么自由，温暖如春，滋润如雨。你的手需要和自由隔离，需要斋戒沐浴，祈求祷告，学会克制自己，养成虔诚的习惯，因为手底下暗藏着一个反常的出汗的年轻魔鬼。你的手真好，它有什么就说什么。

苔丝梦娜：你的确可以这样说，因为这只手把我的心给了你。

奥瑟罗：慷慨的手。把手给了人就是把心给了人。现在可不同了，只给手，不给心。

苔丝梦娜：我不能这样说。来，现在谈谈你答应了我的事。

奥瑟罗：答应了什么事，我的好人儿？

苔丝梦娜：我已经要人去叫卡西欧来和你谈话了。

奥瑟罗：我有点儿不舒服，好像是感冒了。把你的手帕给我。

苔丝梦娜：这里，夫君。

奥瑟罗：我要的是我给你的那一块。

苔丝梦娜：那一块我没有带在身边。

奥瑟罗：没有带？

苔丝梦娜：的确没有，我的夫君。

奥瑟罗：那你就不对了。那块手帕是一个埃及女人给我母亲的。她是一个女巫，只要一看人的脸几乎就能说出他的思想。她告诉我的母亲，只要她有这块手帕，她就会显得可爱，并且可以完全征服我的父亲，使他爱她。但是如果她丢了手帕，或者送了别人，那在我父亲眼里，她就会变成一个讨厌的人，他的心灵就会去追求新欢。我的母亲临终前把手帕给了我，要我在命里注定的结婚之后，把它给我新婚的妻子。我就这样做了，并且不断地关心着。你要把它当作自己宝贵的眼睛一样珍爱；丢了它或是送了别人，那就会造成无法弥补的损失。

苔丝梦娜：有这样严重？

奥瑟罗：的确严重。手帕是用魔法织成的，一个女魔法师看到太阳绕地转了两百圈，受到先知的启发，用超凡的蚕丝浸在处女的心液中染色而成的。

苔丝梦娜：这是真的吗？

奥瑟罗：一点儿不假，所以一定要好好保存。

苔丝梦娜：天可怜我！我真愿从来没有见过这块手帕。

奥瑟罗：嘿？为什么？

苔丝梦娜：你为什么问得这样急促？

奥瑟罗：是不是丢了？不见了？说呀！是不是找不到了？

苔丝梦娜：老天保佑！

奥瑟罗：你说什么？

苔丝梦娜：没有丢掉，万一是丢了呢？

奥瑟罗：怎么？

苔丝梦娜：我说没有丢掉。

奥瑟罗：那就拿来我看。

苔丝梦娜：那好，可以，但是现在不行。我怕会耽搁我的要求，
　　　　　请你让卡西欧来。

奥瑟罗：拿手帕来，我已经不放心了。

苔丝梦娜：行了，行了，你再也找不到比他更合适的副手了。

奥瑟罗：手帕。

苔丝梦娜：他把命运都寄托在你的感情上，和你一同冒过危险、
　　　　　共过患难呢。

奥瑟罗：手帕。

苔丝梦娜：说实话，你这就不对了。

奥瑟罗：去你的吧！（下）

艾米利娅：这个人是不是妒忌了？

苔丝梦娜：我从来没见过他这个样子。这手帕肯定有什么不可思
　　　　　议的力量。我真倒霉，偏偏丢掉了。

艾米利娅：一两年还看不透一个男人。他们只是好胃口，而我们
　　　　　却是他们嘴里吃的东西，他们饿了就吃，吃得太饱就吐
　　　　　出来。

（伊亚戈和卡西欧上）

艾米利娅：你瞧，卡西欧同我丈夫来了。

伊亚戈：没有别的办法，只好求求她了。真巧，去求她吧！

苔丝梦娜：怎么了，好卡西欧，有什么消息吗？

卡西欧：夫人，还是我以前的请求，希望贤夫人大力帮助我，使我能在他的帐下做出全心全意的努力。我不能再耽误了。如果我真的罪不可赦，我过去微薄的努力、现在真心的悔改、将来可能做出的补偿，都无法得到他的宽恕和恩赐，而且这就是我最好的前途，那我也只好忍痛强欢，走上另外的道路，去寻求命运的施舍了。

苔丝梦娜：唉！好耐心的卡西欧。我现在说话也合不上我丈夫的拍子了。丈夫也不再是我所知道的丈夫，他的脾气和喜好都变得对我陌生了，我只有希望上天的神灵来帮忙。我已经为你说了最好的话，但我没有拘束的语言居然得罪了我的丈夫，我只好求你忍耐一下了。凡是我能做到的，我都会为你做，而且会比为我自己做的还多。我只能做到这一步了。

伊亚戈：难道将军生气了？

艾米利娅：他刚刚离开这里，脾气变得急躁不安呢。

伊亚戈：难道他会生气吗？我见过大炮打得他的队伍血肉横飞，像魔鬼一样从他怀里夺走了他兄弟的生命，他也没有发怒。现在会生气吗？我倒要去看看，如果他真是生了气，那一定是出了大事。

苔丝梦娜：请你去吧。

（伊亚戈下）

一定是国家大事，不是威尼斯，就是塞浦路斯有人搞什么阴谋诡计，扰乱了他清醒的头脑。在这种情况下，人往往会为小事发大脾气，其实，他们关心的是大事，肯定如此，就像牵一发而动全身一样。不，我们应该想到，男人不是天神，不能要求他们老是像新婚时一样温存体贴。提醒我吧，艾米利娅。这一仗我打得不漂亮——我用我的心情来衡量他，所以错怪他了。现在我才发现，我听了一个片面的证词，所以得出了不公正的结论。

艾米利娅：天啊，但愿一切如你所想，这是国家大事，不是对你的怀疑，或是妒忌造成的结果。

苔丝梦娜：他没有理由妒忌呀。

艾米利娅：但是，妒忌的人是不要理由的，他们妒忌并没有理由，但他们就是妒忌。妒忌是个莫名其妙的怪东西，它自己会生长出来，你要妒忌就妒忌了。

苔丝梦娜：但愿老天不要让妒忌在奥瑟罗心里生长！

艾米利娅：夫人，但愿如此。

苔丝梦娜：我要去找他。——卡西欧，你在这儿等等吧。如果我找到合适的时机，我会为你说情的，我会尽最大努力促成你这件事。

（同艾米利娅下）

卡西欧：我非常感谢夫人。

（碧恩嘉上）

217

碧恩嘉：你好呀，卡西欧好朋友。

卡西欧：什么风把你吹出家来了？你怎么样，我顶漂亮的碧恩嘉？的确，亲爱的，我正要到你家去呢。

碧恩嘉：我也正要去你住的地方，卡西欧。你为什么一个星期都不见人？七天七夜，一百六十八个小时，情人不在的时间，比钟表上的一百六十多个小时还难过得多，算起来都要累死人！

卡西欧：对不起，碧恩嘉，这几天沉重的心事压在我身上，等我时间宽松一点儿，我会加倍偿还你的时间债。现在，好碧恩嘉，（把苔丝梦娜的手帕交给她）请你给我把上面的花样描下来，好吗？

碧恩嘉：啊，卡西欧，你这是哪里来的？是不是新姘头给你的纪念品？我现在才感到你离开的理由了。怎么就到了这一步？那好，那好。

卡西欧：去你的吧，女人！把你这些胡思乱想送回魔鬼那里去吧。你怎么居然也会妒忌起来，说什么新姘头、新纪念呢！说实话，不是的，碧恩嘉。

碧恩嘉：那么，是谁的呢？

卡西欧：我也不知道，是在我房里找到的。我很喜欢这个花样，在失主来取回原物之前——我看这很可能——我想请你把花样描下来，好不好？现在，请你走吧！

碧恩嘉：走？离开你？为什么？

卡西欧：我在这里等将军来，不想，也不愿让他看见我和女人在一起。

碧恩嘉：为什么呢？请告诉我。

卡西欧：并不是因为我不爱你。

碧恩嘉：而是因为你真不爱我。请你陪我走走，告诉我今夜能不能去看你。

卡西欧：我只能陪你走几步，因为我要在这里等人，不过我很快就会去看你的。

碧恩嘉：那好，我也只能看情况说话了。

（同下）

IV

第四幕

第一场　塞浦路斯城堡前

（奥瑟罗与伊亚戈上）

伊亚戈：你这样想吗？

奥瑟罗：这样想？伊亚戈。

伊亚戈：怎么，偷偷地吻她？

奥瑟罗：不合规矩的吻！

伊亚戈：脱了衣服同她的姘头上床一个多小时，还说没有什么
　　　　歹意？

奥瑟罗：脱了衣服上床，伊亚戈，而且没有歹意？这是在对魔鬼

撒谎，有好意的人会这样做吗？这是魔鬼在考验他们的德行，而他们在考验老天。

伊亚戈：如果他们没做坏事，那是情有可原，如果我给了我老婆一块手帕——

奥瑟罗：那怎么样？

伊亚戈：那有什么？手帕就是她的啰。我看，将军，她愿意给谁就可以给谁。

奥瑟罗：她也应该保护名誉呀。难道名誉也可以送人？

伊亚戈：名誉的重要性是看不见的，有名誉的人往往没有名誉，而手帕——

奥瑟罗：老天在上，我真愿忘记了名誉。你说过——我的记忆就像乌鸦飞过传染病房，对大家都不是好兆头——他拿了我的手帕。

伊亚戈：那又怎样？

奥瑟罗：现在看来可不太好。

伊亚戈：如果我说过，我看见他做过对不起你的事，或听见他说——坏蛋在外面总是这样，他们苦苦求得，或者他们的情妇多嘴泄漏了，于是他们就要到处瞎说。

奥瑟罗：说什么来着？

伊亚戈：说他们做过的坏事，自然我们不知道他们做了没有。

奥瑟罗：做了什么？

伊亚戈：上床——

奥瑟罗：同她？

伊亚戈：同她，搞她，想怎样搞就怎样搞。

奥瑟罗：和她上床，和她乱搞，这是说谎，胡说八道。手帕呢？

承认了吗？手帕呢！承认了就去上吊，或者先上吊再招

供，一想到招供我就发抖了。没有站得住脚的理由，光

凭几句捕风捉影的空话，怎么能够把我搞得这个样子

呢？去你的吧，什么交头接耳，眉目传情，这可能吗？

承认？手帕？啊！该死！（晕倒）

伊亚戈：发作吧！我的毒药起作用了。这样相信别人的糊涂虫怎能

不上当呢！多少尊贵而贞节的夫人都吃过亏，全都没有

罪过，却都受到谴责。——怎么啦，喂？将军？将军，

我说，奥瑟罗！

（卡西欧上）

伊亚戈：怎么啦，卡西欧？

卡西欧：出了什么事了？

伊亚戈：将军忽然发起羊痫风来了。这是第二次，昨天还发了一

次呢。

卡西欧：擦擦他的额头好了。

伊亚戈：羊痫风一定要静养，否则，他会口吐白沫，发起疯来

的。瞧！他动了。你暂时走开一下，他很快就会复原

的。等他走了，我还有重要的话要跟你说。

（卡西欧下）

将军你怎样了？没伤到头吧？

奥瑟罗：怎么，你在笑我？

伊亚戈：老天在上，我哪里敢笑你？只希望你做个男子汉大丈夫

罢了。

奥瑟罗：一个头上长了角、戴了绿帽子的人只能低人一头。

伊亚戈：哪一个大城市没有许多低人一头的上等人，又有许多高人一头的下等人呢？

奥瑟罗：他承认了吗？

伊亚戈：好大人，做个大丈夫吧。成千上万拖家带室的丈夫都像你一样，每天夜里睡在不干不净的大床上，但是谁敢发誓说那张大床是他专有的，从来没有睡过外人呢？比起他们来，你的情况要好得多了。这是地狱比人间高明的地方，魔鬼最开心的勾当，就是让男人在不容他人酣睡的卧榻上，拥抱着一个万无一失的失节女人。不行，我宁愿知道真相，知道我成了什么样的王八蛋，才能知道把这个婊子怎么办。

奥瑟罗：啊，你真精明，有你一手。

伊亚戈：现在要请你藏到一边去，要有耐性。千万不能发脾气，不管受了多大的委屈！卡西欧刚来过，我把他打发走，并且让他相信你发病了，我还要他再来这里和我谈话，他答应了。你只要藏起来，听他怎么满不在乎地胡说八道，脸上每一个毛孔都流露出得意忘形的神气，我会要他再说一遍，他在什么时间、什么地方、多么长久、怎样玩弄你妻子的。不过，我说，你只能看看他的姿态。天啦，可要忍耐。否则，我只好说你是疯了，简直不是个人了。

奥瑟罗：你听着，伊亚戈，我最有忍耐心，也最有狠心。

伊亚戈：不错，但是要看时机。现在，请你躲开，好吗？

（奥瑟罗下）

现在，我要和卡西欧谈谈碧恩嘉了。这是一个为了吃饱穿好而干风流勾当的娘儿们，倒霉的是，她勾引了好多男人，却被一个男人勾引住了。他一谈到她自然会放声大笑。瞧！他来了。

（卡西欧上）

伊亚戈：他只要一笑，奥瑟罗就要发疯了。他不学无术，糊糊涂涂就妒忌起来，一定会误解卡西欧的一举一动、一言一笑的。——怎么样，副将？

卡西欧：你的称呼更加使我难受，失去了这个头衔简直要了我的命。

伊亚戈：好好催催苔丝梦娜，你肯定就可以官复原职了。（低声）假如这事落在碧恩嘉手里，那就会快得多了！

卡西欧：唉，可惜！（笑声）

奥瑟罗：（旁白）瞧，他已经笑了！

伊亚戈：我从来不知道女人能这样爱男人。

卡西欧：唉，可怜的女人。我想她的确是爱我的。

奥瑟罗：（旁白）他只是一笑了之。

伊亚戈：你听见没有，卡西欧？

奥瑟罗：（旁白）现在，他硬要他再讲一遍，行，做得好，做得好。

伊亚戈：她对人说你想和她结婚，你有这个打算吗？

卡西欧：哈，哈，哈！

奥瑟罗：（旁白）你得意了，像罗马的胜利者一样，你得意了？

225

卡西欧：我和她结婚？我不过是个嫖客而已。请你不要把我当傻瓜，我还没有傻到那一步呢。哈，哈，哈！

奥瑟罗：（旁白）好，好，好，好。看谁笑到最后吧。

伊亚戈：怎么？外面都传说你要和她结婚了。

卡西欧：请你说正经的。

伊亚戈：如果这话不正经，我就是个坏蛋了。

奥瑟罗：（旁白）这话是不是也伤了我？那好。

卡西欧：这是猴子玩把戏。她自以为我要和她结婚了，其实，那只是她自己的想法，并没有得到我的同意。

奥瑟罗：（旁白）伊亚戈和我打招呼，他现在要讲故事了。

卡西欧：她刚刚还在这儿，她到处缠着我。有一天，我正在海边和几个威尼斯人谈话，她却跑了过来，就这样搂住我的脖子。

奥瑟罗：（旁白）还叫着"亲爱的卡西欧"吧？他的手势似乎是这样说的。

卡西欧：就这样吊在我的脖子上，懒洋洋的，又哭又摇又拉。哈，哈，哈！

奥瑟罗：（旁白）现在，他要讲她怎样把他拖到我房间里去了。啊！我看见你的鼻子，但还没找到咬你的狗呢。

卡西欧：这样，我就不得不离开她了。

伊亚戈：瞧！那不是她来了？

（碧恩嘉上）

卡西欧：这个臭婊子！天啦，还洒了香水呢。——你这样缠住我是什么意思？

226

碧恩嘉：让魔鬼和他的女妖精来缠你吧！你刚不久给我这块手帕是什么意思？我这个大傻瓜才会上当，还要我给你描花样！一块这样的手帕，怎么会丢到你房间里去，而你居然会不知道是谁丢在那里的。这一定是哪一个女妖精的东西，而你还要我为她描花样。拿去还给你的臭婆娘吧。不管你从哪里得来的，我可不能为你描花样了。

（她把手帕还他）

卡西欧：怎么啦，我的好碧恩嘉，怎么啦？这是怎么啦？

奥瑟罗：（旁白）老天在上，这正是我的手帕！

碧恩嘉：如果你今夜能来，就来吃晚餐；如果你不想来，那你想去哪里就去哪里吧。（下）

227

伊亚戈：追她去，追她去吧！

卡西欧：我不得不去了，我怕她在街上乱说。

伊亚戈：你在她那里用晚餐？

卡西欧：是的，我打算去。

伊亚戈：那好，我也许会去看你，我要和你好好谈谈。

卡西欧：那就请你来吧。

伊亚戈：去吧。不多说了。

　　　　（卡西欧下）

奥瑟罗：（走上前台）你看我该怎样干掉他，伊亚戈？

伊亚戈：你没有看到他怎样一边做坏事，一边笑吗？

奥瑟罗：啊，伊亚戈！

伊亚戈：你看见手帕了吗？

奥瑟罗：那一块是我的吗？

伊亚戈：我以这只手起誓，它是你的，你看他是怎样尊重你这位
　　　　糊涂妻子的，她把手帕给了他，他却给了一个婊子。

奥瑟罗：我要他活受九年罪。一个好女人！漂亮的女人！可爱的
　　　　女人！

伊亚戈：不，你应该忘记这些。

奥瑟罗：啊，让她腐烂发臭，今夜就死掉吧，她真不该活下去
　　　　了。我的心已经硬得像石头，捶一下，手都会痛。啊！
　　　　世界上没有一个比她更可爱的人，她简直可以陪皇帝睡
　　　　觉，向他发号施令呢。

伊亚戈：不，我从没有听你这样说过。

奥瑟罗：吊死她！我不过是说实话而已。做起针线活来多灵巧

228

啊，唱起歌来又多么令人拜倒。啊！她会唱得野兽都驯服的，真是多才多艺花样多！

伊亚戈：那就更糟了。

奥瑟罗：更糟一千倍，一千倍，而脾气又这样好！

伊亚戈：太好了。

奥瑟罗：不，肯定不。但是多可惜啊。伊亚戈！啊，伊亚戈！啊，伊亚戈！

伊亚戈：她这样不要脸，你还这样舍不得，那就索性让她爱怎样就怎样好了。因为你自己都觉得无所谓，那对别人有什么关系呢？

奥瑟罗：我要把她剁成肉酱，她竟敢让我当了王八！

伊亚戈：这真是糟透了。

奥瑟罗：还是跟我一个部下。

伊亚戈：那就更糟了。

奥瑟罗：今夜给我拿毒药来。伊亚戈，我也不再同她讲道理了。否则，她美丽的肉体又会使我今夜狠不下心来，动不了手了，伊亚戈。

伊亚戈：要毒药干吗？干脆就在床上掐死她得了，就在那张她污染了的床上，那不是更好吗？

奥瑟罗：好，好，这是公平的报应。很好。

伊亚戈：至于卡西欧，由我来对付他好了，半夜里我就会给你消息。

（内喇叭声）

奥瑟罗：那好极了。怎么有喇叭声？

（卢多维柯、苔丝梦娜及侍从上）

伊亚戈：一定是威尼斯来人了，是公爵派来的卢多维柯。看，你的夫人也同他一起来了。

卢多维柯：上帝保佑你，尊贵的将军。

奥瑟罗：全心伺候你，大人。

卢多维柯：威尼斯公爵和众元老向你问候。（把一封信给奥瑟罗）

奥瑟罗：谢谢他们的指示。（拆开信看）

苔丝梦娜：亲爱的卢多维柯表哥，你带来了什么消息？

伊亚戈：非常高兴见到大人，欢迎大驾光临塞浦路斯。

卢多维柯：谢谢，卡西欧副将好吗？

伊亚戈：他生活得很好。

苔丝梦娜：表哥，他和我丈夫之间发生了一点误会，你来正好解决这个问题。

奥瑟罗：你能够肯定吗？

苔丝梦娜：我的夫君？

奥瑟罗：（读信）"请你不必办了，因为你要——"

卢多维柯：他没有问你，正在读信呢。你说将军和卡西欧之间出了什么问题？

苔丝梦娜：我正想弥补他们的关系呢，因为我对卡西欧很好。

奥瑟罗：天打雷劈！

苔丝梦娜：我的夫君？

奥瑟罗：你正常吗？

苔丝梦娜：他怎么不高兴啦？

卢多维柯：也许这封信起了作用，信里要他回去，要卡西欧代理他的职务。

苔丝梦娜：这真是难以相信，我太高兴了。

奥瑟罗：当真？

苔丝梦娜：我的夫君？

奥瑟罗：我很高兴看到你疯了。

苔丝梦娜：你怎么啦，我的好奥瑟罗？

奥瑟罗：妖魔鬼怪！（打苔丝梦娜）

苔丝梦娜：怎么会这样呢？

卢多维柯：将军，威尼斯人很难相信会发生这种事情，虽然我敢发誓，这是我亲眼看见的。你应该赶快补救。你看，她都哭了。

奥瑟罗：啊，妖魔鬼怪，妖魔鬼怪！即使世界上流满了女人的眼泪，每滴眼泪也都是假心假意的鳄鱼泪。走开，不要让我再看到你！

苔丝梦娜：我不会待在这里惹人讨厌。（正要离开）

卢多维柯：的确是一个听话的好夫人，请将军要她回来吧。

奥瑟罗：夫人！

苔丝梦娜：（转身）夫君？

奥瑟罗：（对卢多维柯）你要她回来干什么？

卢多维柯：怎么是我要她回来的，将军？

奥瑟罗：对呀，不是你要我叫她转回来的吗，大人？她可以转来转去，又再转去转来。她会哭，大人，她会哭。她会听话，像你说的，非常听话。流你的眼泪吧。关于这件事，大

231

人，啊！虚伪的眼泪！我要调回去了。走开吧，我会叫你来的。大人，我服从调遣，会回威尼斯去。走吧！

（苔丝梦娜下）

卡西欧会代替我的职务。还有，大人，今夜我们要设晚宴，欢迎大驾光临塞浦路斯，这么多公羊和雄猴！

卢多维柯：这就是那位整个元老院都赞美得无以复加的摩尔人吗？这就是那个感情不会冲动、性格坚强的男子汉吗？这就是那个不会投机取巧、不会发生意外的道德高尚的人吗？

伊亚戈：他大大改变了。

卢多维柯：他的头脑清楚吗？他是不是有点儿轻举妄动？

伊亚戈：他是个什么样的人，我不敢提出批评。他是不是怎么样了，如果他不是疯了，老天在上，我倒真是希望他怎么样了更好。

卢多维柯：怎么，他打他的夫人？

伊亚戈：的确，这不太好，但我希望他不会做得更坏。

卢多维柯：他平常都这样吗？是不是这封信使他热血沸腾，冲昏了他的头脑，又犯下了新的错误？

伊亚戈：可惜，可惜！可惜我不能把我所看见的和所知道的都老老实实地说出来。你可以自己观察他的所作所为，就可以说明他是个怎么样的人，用不着我多费口舌，只要跟着事实的说明就行，这样才好注意看他怎样干下去呢。

卢多维柯：真倒霉，我居然受骗了，真看错了他这个人。

（众下）

232

第二场　塞浦路斯城堡内

（奥瑟罗同艾米利娅上）

奥瑟罗：你什么都没有看见吗？

艾米利娅：从来没有看到过，也从来没有听到过。

奥瑟罗：那么，你看见过卡西欧和她在一起吗？

艾米利娅：但我没有看到他们做什么不对的事，也没有听到他们
　　　　　说一句不对的话，甚至没有一个不对的字。

奥瑟罗：怎么，难道他们没有低声悄悄说话？

艾米利娅：没有，将军。

奥瑟罗：也没有半中间要你出去？

艾米利娅：从来没有。

奥瑟罗：没有要你去拿扇子、手套、面纱之类的东西？

艾米利娅：没有，将军。

奥瑟罗：那就怪了。

艾米利娅：我敢打赌。将军，她是忠诚老实的，我敢用我的灵魂
　　　　　起誓，如果你有别的想法，趁早打消这个念头吧，免得
　　　　　会把你带上歪门邪道。如果有哪个坏蛋要把这种想法塞
　　　　　进你的头脑，那就让上天用毒蛇的诅咒来处罚他吧！因
　　　　　为如果说她不忠诚老实、忠贞纯洁，那世界上就没有一
　　　　　个男人能够快活，没有一个妻子不该受到怀疑了。

奥瑟罗：那你去叫她来，去吧！

　　　（艾米利娅下）

她说得够好听的了，不过她只是一个拉皮条的女人，说话不能算数，我这个妻子却是个厉害的婊子，肚子里装满了阴谋诡计，嘴却锁得很紧，做了坏事还会跪下来向天祈祷，我就见过她这样嘛。

（苔丝梦娜同艾米利娅重上）

苔丝梦娜：我的夫君，叫我来有什么事？

奥瑟罗：亲爱的，请你过来一点儿。

苔丝梦娜：有什么事吗？

奥瑟罗：让我看看你的眼睛，你瞧着我的脸！

苔丝梦娜：你这是什么主意？

奥瑟罗：（对艾米利娅）管家嫂子，你的任务是关上门让我们两口子吵一架，有人来就咳一下或喊一声。这是你的本行，老本行了。去吧！

（艾米利娅下）

苔丝梦娜：我跪着求你告诉我，你这话是什么意思？我从你的话里听得出你是生气了。

奥瑟罗：怎么啦？你是什么人？

苔丝梦娜：你的妻子呀，我的夫君，我是你忠诚老实的妻子。

奥瑟罗：来，发誓吧，该死的！否则，你看起来像天堂里的天使，连魔鬼也不敢来抓你了，那你就要受到加倍的惩罚。发誓说你是忠诚老实的！

苔丝梦娜：上天的确知道我是忠诚老实的。

奥瑟罗：上天的确知道你是和地狱一样弄虚作假的。

苔丝梦娜：对谁弄虚呀，我的丈夫？我又同谁作假了？我怎么会弄虚作假呢？

奥瑟罗：啊！苔丝梦娜！走开，走开，走开！

苔丝梦娜：哎！沉重的日子！你怎么哭起来了？是为我流的眼泪吗？如果你怀疑是我父亲要把你召回去的，那也不能怪我。如果说你失去了他的好感，我也一样失去了呀。

奥瑟罗：如果上天要用苦难来考验我，如果他们要把各种痛苦和耻辱强加到我的头上，剥夺我使我穷得只剩下一张嘴巴，使我和我最大的希望都成为泡影，我还总可以在我灵魂的某个角落里找到一点儿忍受的能力。但是天哪！使我成为千夫所指、万目所视的可耻人物，即使如此，我也能够忍受！那好，那好，但是在我灵魂深处的宝藏，那是我生命的源泉，活力从源头流出来，流不出就干枯了，毫无用处了，或者变成了癞蛤蟆藏身繁殖的臭水洼。去那臭水中照照你的影子，耐性看看。嘴唇鲜红的小天使呀，你怎么看起来像地狱一样丑恶残暴，阴森森的了！

苔丝梦娜：我希望我高贵的夫君会看出我的忠诚老实。

奥瑟罗：啊！就像夏天屠宰场里的苍蝇，风越吹苍蝇来得越多。你这野草闲花，看起来如此美丽可爱，闻起来如此芳香甜蜜，但是一碰到你，怎么却感到痛苦，避之唯恐不及。但愿你从来没有出生才好呢！

苔丝梦娜：哎呀！我犯下了什么我自己都不知道的大罪呀！

奥瑟罗：这样美丽的纸，这样好看的书，怎么能在上面写上"婊子"两个字呢？你犯下了什么大罪？犯了什么大罪？

啊，你这个下流的婊子，一谈起你干的下流勾当来，我真恨不得把我发烧的脸变成火炉，把"贞洁"烧得一干二净。你还问犯了什么罪！你干的臭事，老天闻到都要掩住鼻子，月亮看到也要闭上眼睛，甚至风流得碰到什么就要拥抱什么的风，一碰到你，也会羞得面红耳赤，赶快钻到地洞里去，不敢张开耳朵来听。你说你犯了什么罪？

苔丝梦娜：老天在上，你冤枉我了。

奥瑟罗：你难道不是个婊子吗？

苔丝梦娜：当然不是，因为我是个基督徒，要为天主也为我的夫君保持我身体的冰清玉洁，不受非法的玷污，怎么可能犯下亵渎天主的罪名呢？所以我当然不是。

奥瑟罗：怎么，你不是个婊子？

苔丝梦娜：不是，要不然，灵魂怎么能得救呢？

奥瑟罗：这可能吗？

苔丝梦娜：啊，上天宽恕我们的错误吧！

奥瑟罗：那么，我应该请求你原谅了，我把你当成威尼斯那种狡
猾地迷住了奥瑟罗的狐狸精呢。

（艾米利娅上）

奥瑟罗：你，管家嫂子，你管的是天堂对面的地狱的大门！你，
你，唉，你！我们的事已经完了，这是给你的报酬，
（给钱）请你管好钥匙，保守好我们的秘密吧。（下）

艾米利娅：哎呀！这位先生想什么啦！你怎么样了，夫人？怎么
样，我的好夫人！

苔丝梦娜：天啊，我是半睡半醒。

艾米利娅：好夫人，我家大人怎么样了？

苔丝梦娜：你说谁呀？

艾米利娅：怎么，我家大人呀，夫人。

苔丝梦娜：谁是你家大人？

艾米利娅：就是你的夫君呗，好夫人。

苔丝梦娜：我没有夫君了。不要再和我谈，艾米利娅。我既不能
哭，又不能回答你的话，只能用眼泪洗脸了。请你今夜
在我床上铺上新婚的被褥，记住，并且叫你的丈夫来。

艾米利娅：这真是大改变！

苔丝梦娜：这是我应该得到的报酬吗？我做错了什么事呢？哪怕

是微不足道的错误，应该受到一点儿惩罚的错误？

（伊亚戈上）

伊亚戈：夫人叫我有什么事？你怎么样了？

苔丝梦娜：我也说不出来。大人教孩子总是用温和的态度轻言细语，他本来也可以这样责备我。因为，说老实话，我还是一个应该管教的孩子呢。

伊亚戈：夫人，出了什么事了？

艾米利娅：唉！我家主子居然骂夫人是婊子。这种瞧不起人的恶毒语言居然落在夫人头上，哪个真正的好心人受得了！

苔丝梦娜：那是我应得的罪名吗，伊亚戈？

伊亚戈：什么罪名呀，好夫人？

苔丝梦娜：就像嫂子说的，我的夫君的确这样说了。

艾米利娅：他叫她婊子。即使是一个叫花子喝醉了也不会把这样的罪名加在他的姘头身上呀。

伊亚戈：他怎么会这样？

苔丝梦娜：我也不知道，我只能肯定地说，我绝不是那种人。

伊亚戈：不要哭，不要哭。真是个倒霉的日子！

艾米利娅：她拒绝了多少求婚的贵族子弟，不顾父亲的意见、种族的不同、亲友的劝告，结果却落得个"婊子"的骂名，这不会叫听到的人都流泪吗？

苔丝梦娜：这是我的厄运。

伊亚戈：怎么这样糊涂！他是怎么搞的？

苔丝梦娜：不，只有天晓得。

艾米利娅：一定是个从来不做好事、坏事却越做越来劲的恶人，一个造谣生事的狗东西，为了要得到一个差事，就想出了这个歪主意。要是我猜错了，可以把我吊死。

伊亚戈：去你的吧，哪里会有这种人！这是不可能的。

苔丝梦娜：即使有这种人，我也会请老天原谅他的。

艾米利娅：那绞索也不会饶过他！地狱里的恶鬼也要啃他的骨头！他为什么要说她是婊子？谁和她私通了？在什么地方？什么时间？是怎么搞的？摩尔人碰上了心狠手辣的小人，卑鄙无耻的坏蛋，最不要脸的狗东西，而大上其当了。啊，天哪！这种伙伴一定要揭穿。每个老实人手里都该拿根鞭子抽他、打他，打得他皮开肉绽，体无完肤，把他赶出世界，从东边天赶到西边天。

伊亚戈：这种话只能关起门来说。

艾米利娅：哼，该死的家伙！就是一个这样的坏东西使你疑心生暗鬼，以为我和摩尔人有什么勾搭呢！

伊亚戈：你这个傻瓜，别说了。

苔丝梦娜：唉，伊亚戈，我该怎么办才能使我的丈夫回心转意？我的好朋友，去找他吧，天上的日光可以做证，我不知道怎样就失掉了他的心。我对天跪下了。如果我有什么对不起他的地方，无论是在言语上、思想上还是行动上，或者是我的眼睛、耳朵，或者任何其他器官，如果喜欢过他以外的任何人，或者说我现在虽然不喜欢，但是过去喜欢过，或者将来会喜欢的人——即使他抛弃了我——那么，老天也不会让我过一天好日子的！无论他对我多么狠心，他可以狠心摧毁我的生命，但是永远不会玷污我对他的爱情。

我张口也说不出的"婊子"这两个字，即使我现在说出了口，也使我厌恶我自己，至于要我做出这等事来，即使是把全世界的荣华富贵都送给我，我也是不会做的。

伊亚戈：请你放心吧，这只是他一时脾气不好，国家的事有一点儿不顺心，他就不高兴了。

苔丝梦娜：但愿不是别的——

伊亚戈：事实就是如此，我敢保证。

（内号角声）

听，晚餐的号角响了。接待威尼斯使臣的宴会要开始了。快进去吧。千万不要哭了，一切都会好起来的。

（苔丝梦娜同艾米利娅下。罗德里戈上）

伊亚戈：你怎么样，罗德里戈？

罗德里戈：我觉得你对我不太好。

伊亚戈：怎么不好？

罗德里戈：你每天都拖拉推托，伊亚戈，现在看来，你一点儿也没有使我更接近实现我的目标，而是使我离目标越来越远。我实在不能再拖延下去，也不能再老老实实让你愚弄欺骗下去了。

伊亚戈：你能听我说吗，罗德里戈？

罗德里戈：我已经听得太多。你的一言一语和一举一动实在太不相符了。

伊亚戈：你对我的责备太不公平了。

罗德里戈：我说的都是实话。我费尽了心力、物力。你要我送给苔丝梦娜的珠宝，即使是送给一个圣洁的尼姑，也会使她还俗从良的。你说她接受了我的珠宝，并且答应会结识我，会给我意外的惊喜回报，但是我连一点儿影子也没有看到。

伊亚戈：得了，去吧，很好。

罗德里戈："很好"吗？"去"吗？我不能"去"，老兄，也不是"很好"。我想这是一个骗局，我发现自己上当受骗了。

伊亚戈：很好。

罗德里戈：我要告诉你不是很好。我要去找苔丝梦娜，向她要回我的珠宝。我不想再追求她了，并且后悔我不合法的行为。如果她不还我珠宝，我会和你算账的。

伊亚戈：你这样说？

罗德里戈：是的，并且说的就是我要做的。

伊亚戈：怎么，我现在才看出来你还真不简单呢，从现在起，我对你的评价比以前更高了。让我们握握手，罗德里戈，你对我提出了一个很有道理的意见。但我还是要告诉你，我对你这事的处理，是对你最有利的。

罗德里戈：但看起来不是这样。

伊亚戈：我承认的确看起来不是那样。你的怀疑不是没有道理，不是没有根据的判断。但是，罗德里戈，如果你的确像我更有理由相信的那样——我的意思是，如果你真的目标明确，勇气十足，那你今夜就表现出来吧。如果你明天夜里还享受不到苔丝梦娜，那就随你用什么阴谋诡计来让我从世上消失吧。

罗德里戈：那好，你说的是什么方法？是合理可行的吗？

伊亚戈：先生，威尼斯来了特使，要卡西欧代替奥瑟罗的职位。

罗德里戈：是真的吗？那么奥瑟罗同苔丝梦娜又要回威尼斯
　　　　　去了。

伊亚戈：不，不会的，他会到非洲去，并且把美丽的苔丝梦娜也
　　　　带走，除非出了什么意外事件使他不能离开，而最好的
　　　　意外事件就是除掉卡西欧。

罗德里戈：你的意思是怎么除掉卡西欧呢？

伊亚戈：那不就是让他不能接替奥瑟罗的职位，让他脑血迸
　　　　流吗？

罗德里戈：你想要我去干？

伊亚戈：是的，如果你敢争取自己的权利和利益。今夜他在一个
　　　　妓女那里用晚餐，我也会去。他还不知道代替职位的大
　　　　事，你可以去跟踪他——我会设法让他在十二点到一点
　　　　钟之间出来，那时你就可以随意处理他了。我会在附近
　　　　帮你的忙，他就会倒在我们手下。来吧，不要惊喜得发
　　　　呆了，同我走吧，我要告诉你他为什么非死不可，而你
　　　　也会觉得自己非动手不可。现在正是晚餐时间，今夜过
　　　　得很快，不要误事！

罗德里戈：我还想知道更多的理由。

伊亚戈：我会告诉你的。

　　　（同下）

第三场 塞浦路斯城堡内另一处

（奥瑟罗、卢多维柯、苔丝梦娜、艾米利娅及侍从上）

卢多维柯：将军，我请你不要再送了。

奥瑟罗：不必客气，我多走走也有好处。

卢多维柯：夫人，晚安，多谢夫人款待。

苔丝梦娜：非常欢迎光临。

奥瑟罗：请大人走吧。——啊，苔丝梦娜！

苔丝梦娜：夫君？

奥瑟罗：你快点儿休息吧。我马上就回来。你要打发侍从走开。

苔丝梦娜：好的，夫君。

（奥瑟罗、卢多维柯及侍从下）

艾米利娅：现在怎么样了？他看起来似乎比以前好些。

苔丝梦娜：他说马上就会回来，要我快去休息，要你离开。

艾米利娅：要我离开？

苔丝梦娜：这是他的吩咐，因此，我的好艾米利娅，把我的夜间
　　　　　用品给我，你就走吧。我们现在可不能惹得他不高兴。

艾米利娅：我可真巴不得你从来就没有见过他。

苔丝梦娜：那我可不愿意。我的爱情总眷顾他，即使他倔强得皱
　　　　　眉苦脸——请你给我解下别针——也表现了他的风度。

艾米利娅：你要我铺在床上的被褥都铺好了。

苔丝梦娜：那好——天父在上，人怎么总有傻想法——假如我死
　　　　　了，就用一条被褥陪葬吧！

艾米利娅：看，看你说到哪里去了！

苔丝梦娜：我母亲有一个使女叫芭芭莉，她爱上了一个人，偏偏这个人发了神经病，抛弃了她。她就唱起一支杨柳曲来，这是一支老歌，却表达了她的命运。她死的时候还唱着这支歌，歌词一直萦绕在我心头。今夜我有好多事情要做，却总垂头丧气地像芭芭莉一样唱着这支歌。请你快点儿收拾吧。

艾米利娅：要不要我去给你拿睡衣来？

苔丝梦娜：不用了，给我取下这儿的别针。这个卢多维柯是个好人。

艾米利娅：很漂亮的男人。

苔丝梦娜：他说话也好听。

艾米利娅：听说威尼斯有的女人愿意光着脚走到巴勒斯坦去吻一吻他的嘴唇。

苔丝梦娜：（唱）这个可怜人坐在梧桐树下，

　　　　　　　歌唱青青的杨柳枝丫。

　　　　　　　她的手放在胸前，头却垂下，

　　　　　　　歌唱青青的杨柳枝丫。

　　　　　　　清清的河水流过她的脚下，

　　　　　　　也悲叹哀吟青青的杨柳枝丫。

　　　　　　　她悲伤的泪珠从眼睛里流下，

　　　　　　　连顽固的石头听了——

　　　　（对艾米利娅说）就放在这里吧。

　　　　（唱）也会软化。

244

（说）请你快走吧，他就要回来了。

（唱）青青的杨柳是我的花冠，

他的责备也会使我喜欢。

（说）不对，这不是下一句。——听，有人敲门了。

谁呀？

艾米利娅：是风。

苔丝梦娜：（唱）我说他是虚情假意，他怎么讲？

他说青青的杨柳枝丫，我追几个女人，你可多换
情郎。

（说）你快走吧，再见。我的眼睛痒了，是不是要
哭啦？

艾米利娅：痒和哭没有关系。

苔丝梦娜：我听人这样说。啊，男人，男人！你当真认为——告
诉我，艾米利娅——女人会做这种对不起丈夫的事吗？

艾米利娅：有这种女人，没有问题。

苔丝梦娜：即使给你一个世界，你愿意干这种事吗？

艾米利娅：为什么不愿意？难道你不愿吗？

苔丝梦娜：当然不愿，我敢在光天化日之下发誓。

艾米利娅：在光天化日之下我也不会干的，但暗地里却可以干。

苔丝梦娜：难道你愿意为了一个浮华世界干这种事？

艾米利娅：对于这种小小的错误来说，一个世界的价值大得
多了。

苔丝梦娜：说老实话，我想你不会干。

艾米利娅：凭良心说，我想我会干的。但是干了好像没干一样。

当然，我不会为了一对戒指、几匹布、几件衣服，为了杯盘碗盏等就干这种丑事。但是若给一个世界，那为什么不干呢？谁不愿意让丈夫先戴绿帽子后戴王冠呢？即使要冒险下炼狱去革面洗心，不也值得一试吗！

苔丝梦娜：如果为了得到一个世界就去做这种错事，那也真是该死！

艾米利娅：干吗？错误只是世界上的小事一桩。等到世界都是你的了，你说对就对，说错就错，把错的说成对的还不容易吗？

苔丝梦娜：我想没有这种女人。

艾米利娅：有的，至少有一打。其实要多少有多少，可以塞满这个世界。不过我认为妻子出事都是丈夫的错，他们不负责任，把我们珍爱的东西滥用到别的女人身上；或者妒忌心一爆发，就粗暴地限制我们的自由，剥夺我们的财物，甚至责打我们。怎么？难道我们没有感觉？我们虽然温顺，难道我们不会报复？要让丈夫知道，妻子也是和他们一样有感觉的人，她们的眼睛能看，鼻子能闻，舌头能尝出酸甜苦辣，都和丈夫一样。丈夫朝三暮四是逢场作戏吗？我想可能是。是感情转移吗？我想也是。是脆弱得犯错误吗？我想这也一样。但是，难道我们女人就没有感情吗？不想逢场作戏吗？难道我们不像男人一样有弱点吗？要让他们对我们好，要让他们知道，我们干得不好，都是按他们的教导。

苔丝梦娜：得了，再见。不要让错误来指导言行！而要从错误中学到聪明！

（同下）

ACT V

第五幕

第一场　塞浦路斯　街上

（伊亚戈同罗德里戈上）

伊亚戈：就在这里，站在这个门角后面，他马上就要来了。拔出
你的好宝剑来，一剑送他回老家去。快点儿，快点儿，
不要害怕，我就在你身边。我们不成功就完蛋，记住，
你要下定决心。

罗德里戈：你要离我近点儿，我怕一剑不能完事。

伊亚戈：看。对准他的心口来一剑，要大胆，要稳当！（退到
后面）

罗德里戈：我对这事并不那么想干，但是他说得很有道理，不过是干掉一个人而已。（拔剑）来吧，我一出剑，他就死了。

伊亚戈：（旁白）我已经说得这个家伙动了心，他也来劲了。现在，不是他干掉卡西欧，就是卡西欧干掉他，两个总要干掉一个，随便干掉哪个，赢家却都是我。如果罗德里戈活着，他会要我还他的金银珠宝，虽然我骗他说已经送给苔丝梦娜了，但他还要讨回去，那怎么行！如果卡西欧活下来，他得意一天，我就失意一天。何况摩尔人还可能向他揭穿我呢，那我就危险了。不行，他一定得死，只能这样。我听见他来了。

（卡西欧上）

罗德里戈：我知道他走路的样子。这就是他。（拔剑刺卡西欧）该死的，去死吧！

卡西欧：这一剑的确是个杀手，可惜你不知道我还穿了护身甲呢。现在我要试试你的护身衣了。（一剑刺伤罗德里戈）

罗德里戈：啊，我要死了！（倒下）

（伊亚戈上前刺伤卡西欧的大腿，然后退下）

卡西欧：（倒地）我的腿完蛋了。救人啦！哎，杀人了，杀人了！

（奥瑟罗上）

奥瑟罗：这是卡西欧的声音，伊亚戈说得不错。

罗德里戈：啊，我是个坏蛋！

奥瑟罗：的确是的。

卡西欧：啊，救人啦！嗬，火把，医生！

奥瑟罗：是他。啊，好一个伊亚戈，人老实，讲义气，为受骗的朋友做出了高尚的事情！你教会了我怎样做人。——我的小宝贝，你亲爱的人快死了，你倒霉的时间也快到了。婊子，我来了。我要把你的魅力和媚眼都赶出我心头，你留在床上的污点只有用血才能洗掉。（下）

（卢多维柯和葛拉先诺上）

卡西欧：怎么没有人来？嗬，没有人巡夜，没有人过路？杀人了，杀人了！

葛拉先诺：出了什么事？叫得很吓人。

卡西欧：啊，救人哟！

卢多维柯：听！

罗德里戈：啊，该死的坏蛋！

卢多维柯：有两三个人在喊叫。夜里太暗了，喊声也可能是骗人的，我们人手太少，听了喊叫就去，可能不太安全。

罗德里戈：没有人来救命。我的血要流干了，人也要完了。

（伊亚戈上）

卢多维柯：听！

葛拉先诺：来了一个穿内衣的人，拿了火把，还有武器。

伊亚戈：谁呀？谁在叫谋杀呀？

卢多维柯：我们也不知道。

伊亚戈：你们没有听见喊声？

卡西欧：这里，这里！看在老天面上，救人啦！

伊亚戈：出了什么事了？

葛拉先诺：这不是奥瑟罗的旗官吗？我记得的。

卢多维柯：正是他，一个好样儿的。

伊亚戈：你是谁呀，叫得这样厉害？

卡西欧：伊亚戈？啊，我受伤了，坏蛋要谋杀我，快帮帮我！

伊亚戈：哎呀，副将！哪个坏蛋敢谋杀你？

卡西欧：我看他们有一个就在附近，跑不掉了。

伊亚戈：啊，可恶的坏蛋！（对卢多维柯和葛拉先诺）你们是什么人？快来帮个忙吧！

罗德里戈：啊，来救救我！

卡西欧：他是那一伙的。

伊亚戈：啊，杀人的凶犯！啊，坏蛋！（刺杀罗德里戈）

罗德里戈：啊，该死的伊亚戈！啊，你这狗娘养的！

伊亚戈：在暗地里谋杀人！这些杀人凶犯在哪里？城里怎么这样安静！杀人啦，杀人啦！（对卢多维柯和葛拉先诺）你们是谁？好人还是坏人？

卢多维柯：你会认出我们的，先说好话吧。

伊亚戈：卢多维柯大人？

卢多维柯：正是，老兄。

伊亚戈：对不起。这里是卡西欧给凶手刺伤了。

葛拉先诺：卡西欧？

伊亚戈：（对卡西欧）你怎么样了，我的好兄弟？

卡西欧：我的腿要断成两截了。

伊亚戈：老天会惩罚凶手的！借光了，先生们。我要用内衣来给他包扎伤口。

（碧恩嘉上）

碧恩嘉：出了什么事了？嗬，谁在那里喊叫？

伊亚戈：谁在那里喊叫？

碧恩嘉：啊，亲爱的卡西欧！可爱的卡西欧！啊，卡西欧，卡西欧，卡西欧！

伊亚戈：臭婊子！——卡西欧，你猜得出是谁要这样害你的吗？

卡西欧：猜不出。

葛拉先诺：看见你这样真难过，我一直在找你呢。

伊亚戈：给我一根袜带。好了。啊，还要一把躺椅，好把他抬走。

碧恩嘉：哎呀，他晕过去了！啊，卡西欧，卡西欧，卡西欧！

伊亚戈：诸位，我怕这婊子也是他们一伙的。请你忍耐一下，好卡西欧，来，来，给我火把！（照见罗德里戈）见过这张脸吗？哎呀，这是我的同乡朋友罗德里戈吗？不是，是的，肯定是，这是罗德里戈。

葛拉先诺：怎么，是威尼斯人？

伊亚戈：就是他。先生，你认识他吗？

葛拉先诺：认识他吗？当然。

伊亚戈：葛拉先诺大人吗？我敬请你原谅。这种流血事件使我没有认出你来，礼貌不周，多有怠慢了。

葛拉先诺：很高兴见到你。

伊亚戈：你怎么啦，卡西欧？啊，来把躺椅，来把躺椅！

葛拉先诺：怎么会是罗德里戈？

伊亚戈：他，他，就是他，说得不错，来把躺椅。

（侍从搬躺椅上）

253

好心的先生。把他从这里抬走。我去找将军的医生。

（对碧恩嘉）至于你，老板娘，不用你费事了。——卡西欧，打死的这个人是我的好朋友。你们之间出了什么事了？

卡西欧：一点儿事也没有，我根本不认识这个人。

伊亚戈：（对碧恩嘉）怎么，你的脸发白了？赶快把他们抬到外面去。

（侍从抬卡西欧和罗德里戈下）

请诸位先生留下。——老板娘，你的脸怎么发白了？你们看见她的眼神害怕了吗？不，只要瞪住她，我们马上可以知道详情。看住她，我请你们看住她。诸位，你们看出来没有？不，犯了罪会不打自招的。尽管它不用嘴巴说。

（艾米利娅上）

艾米利娅：哎呀，出了什么事，出了什么事，我的丈夫？

伊亚戈：卡西欧在这里遭到罗德里戈一帮人的暗杀，那一帮人跑了，卡西欧几乎送了命，罗德里戈却死了。

艾米利娅：哎呀，一个好人！哎呀，好一个卡西欧！

伊亚戈：这就是嫖婊子的结果。艾米利娅，你去打听一下，他今夜在哪里吃的晚餐？（对碧恩嘉）你怎么发抖啦？

碧恩嘉：他今夜在我那里吃的晚餐，但我并不必为这事发抖。

伊亚戈：啊，他在你那儿吃晚餐的？那我要告你了。你跟我走。

艾米利娅：该死的臭婊子！

碧恩嘉：我不是婊子，我和你一样清白，你怎么诬蔑我！

艾米利娅: 和我一样？去你的吧！

伊亚戈: 诸位。我们去看卡西欧的伤包扎得怎样了。——艾米利娅，你有别的事干，快去把这事告诉将军和夫人。你先走一步好不好？——现在的时间已经夜深人静，能不能把事办得干干净净？

（众下）

第二场　塞浦路斯　总督府的寝室

（苔丝梦娜在床上安眠，奥瑟罗拿着蜡烛上）

奥瑟罗: 这是祸水源头，这是源头祸水，我的灵魂，不要让我说出这祸水的源头来，你贞洁的星辰啊，你就是源头的祸水。但我怎么舍得要她洒出鲜血来呢？怎么舍得伤害她洁白如雪的肌肤、完美如玉的丰碑呢？但是我一定要她的命，免得她害更多男人的命。先把烛光吹灭，再吹灭她生命的火光。但是蜡烛的火焰吹灭了，还可以重新点燃。如果我扑灭了她生命的火焰，万一我后悔了怎么办？你这聪明伶俐、超凡入神的生命之火一旦熄灭之后，有没有盗火的天神能使她重新点燃呢？如果我摘下了你的玫瑰，我就不能再使她吐出芬芳，她就只能黯然魂销，萎谢凋零。我只能在树上再闻到你那沁人心脾的芳香，那香气几乎会醉倒盲目的公平女神，会软化她手中的执法宝剑。让我再吻你一次，再吻你一次，你就这

255

样离开世界吧。那我就可以要了你的命，然后又还了你的爱。再吻一次，这是最后一次了。这样甜蜜，但却不会要命。我要哭了，这是残忍的眼泪，这是天上才有、人间所无的悲哀，因为他要打死的，正是他所热爱的。她醒过来了。

苔丝梦娜：谁呀？奥瑟罗吗？

奥瑟罗：是的，苔丝梦娜。

苔丝梦娜：你上床吗，夫君？

奥瑟罗：你今夜做了祷告吗，苔丝梦娜？

苔丝梦娜：做了，夫君。

奥瑟罗：你想想自己还犯了什么罪没有得到上天宽恕吗？那就快请求宽恕吧。

苔丝梦娜：哎呀。夫君，你这样说是什么意思？

奥瑟罗：照我说的做吧！要简单点儿，我在旁边等着。我不会伤害没有准备好的灵魂。不，老天也不会答应。我不会伤害你的灵魂。

苔丝梦娜：你说是要杀我？

奥瑟罗：是的。

苔丝梦娜：那只有请老天可怜我了。

奥瑟罗：阿门。我全心希望老天保佑你。

苔丝梦娜：如果你这样说，我希望你不要杀我。

奥瑟罗：哼！

苔丝梦娜：我怕你了，你的眼睛这样转得吓人。我为什么害怕，我也不知道。我从没有犯过罪，但我感到害怕。

奥瑟罗：那就想想你犯的罪吧。

苔丝梦娜：我犯的罪就是爱上了你。

奥瑟罗：你爱上了人，这就该死。

苔丝梦娜：为了爱你，你就杀我，这样死得也太没道理了。哎呀，为什么咬你的下嘴唇？血腥的杀气使你全身发抖了，这是不好的兆头，但是我希望，我希望这杀气不是针对我的。

奥瑟罗：别说了，好好听着！

苔丝梦娜：我会听的。到底出了什么事了？

奥瑟罗：我把最喜欢的手帕给了你，你却给了卡西欧。

苔丝梦娜：我用生命和灵魂起誓，没有送人。不信，你让人找他来问。

奥瑟罗：可爱的灵魂，小心，小心不要发假誓，你已经死到临头了。

苔丝梦娜：但是我不能死。

奥瑟罗：死就在眼前，大胆承认你的罪过吧。如果你要起誓来否认每一条罪状，那并不能消灭强有力的罪证，我内心已经为你的罪证痛苦得要死了。所以你一定得死。

苔丝梦娜：啊，老天可怜我吧！

奥瑟罗：但愿如此。

苔丝梦娜：请你也可怜我吧！我这一生都没有做过对不起你的事，也没有爱过卡西欧，对他只有上天允许的正当感情，也从来没给过他什么纪念品。

奥瑟罗：老天在上，我亲眼看见我的手帕在他手里。啊，发假誓的女人，你使我的心变得像石头一样硬，使我要做的事变成谋杀了，而我本来以为是要用你来祭祀上帝的呢。我告诉你，我看见了我的手帕。

苔丝梦娜：那可能是他捡来的，我没有给过他。叫他来问好了，要他说实话！

奥瑟罗：他承认了。

苔丝梦娜：你说什么，夫君？

奥瑟罗：他和你睡过。

苔丝梦娜：怎么？干这种丢人的事？

奥瑟罗：是的。

苔丝梦娜：他不会这样说。

奥瑟罗：不会再说了，他的嘴不会再开，忠实的伊亚戈已经奉命要他闭口了。

苔丝梦娜：我的害怕有理由了！怎么，他死了吗？

奥瑟罗：即使他每根头发都有一条命，我报仇的胃口也大得可以把他的命都吞下去。

苔丝梦娜：哎呀，他被人谋害了，连我也遭殃了。

奥瑟罗：滚出去，婊子，你竟敢当着我的面哭他！

苔丝梦娜：啊，把我赶出去吧，夫君，但是现在不要我死！

奥瑟罗：跪下，婊子！

苔丝梦娜：明天再要我死吧，让我再活一夜吧！

奥瑟罗：不行，如果你敢反抗——

苔丝梦娜：给我半个小时！

奥瑟罗：动了手就不能停。

苔丝梦娜：等我做个祷告吧！

奥瑟罗：来不及了。（掐住苔丝梦娜）

　　　　（艾米利娅跑到门口）

艾米利娅：将军，将军！怎么，嗬！将军，将军！

奥瑟罗：外面叫嚷什么？还没有死？还没有完全断气？我这个心
　　　　硬的人怎么手软起来了？我本来是怕你痛苦的时间太
　　　　长，那好，那好。

艾米利娅：怎么啦？嗬！将军，将军！

奥瑟罗：谁呀？

艾米利娅：啊，我的好将军，我有话要告诉你。

奥瑟罗：哦，是艾米利娅。等一等。她死了。艾米利娅是来告诉我卡西欧死了的。外面喊声很高。好了，不再动了？平静得像在坟墓里。要不要让她进来？她进来了好吗？好像她又动了。不行，怎么办呢？她进来一定要和我的妻子说话。我的妻子，我的妻子！什么妻子？我已经没有妻子了。啊，真是难以忍受！压死人的时刻！我看天地都在变色，日月已经无光，地球也吓得目瞪口呆了。

艾米利娅：我求求你，我的好将军，我要和你说话。

奥瑟罗：我忘记你了——啊，进来吧，艾米利娅——轻一点儿。慢慢来，等我放下帐子。（放下帐子，打开房门）

（艾米利娅上）

奥瑟罗：你从哪里来？事情怎样了？

艾米利娅：啊，我的好将军。那边出了谋杀案了。

奥瑟罗：什么？现在？

艾米利娅：正是现在，将军。

奥瑟罗：一定是月亮出了毛病，它转得离地球太近，转得人都要发疯了。

艾米利娅：卡西欧，我的将军，他杀死了一个叫作罗德里戈的威尼斯年轻人。

奥瑟罗：罗德里戈死了，卡西欧也死了？

艾米利娅：不，卡西欧没有死。

奥瑟罗：卡西欧没有死？那就杀错了，报了仇也没有雪恨。

苔丝梦娜：杀错，杀错了人！

艾米利娅：哎呀！什么喊声？

奥瑟罗：喊声？什么？

艾米利娅：说呀！哎呀，是夫人的喊声。（揭开帐子）救人啦，救人！嘿。夫人，再说一句！可怜的苔丝梦娜！啊，可怜的夫人，说！

苔丝梦娜：我没有罪，但却死了。

艾米利娅：谁干的事？

苔丝梦娜：没有人干，是我自己。啊，别了！愿夫君好，啊，别了。（死）

奥瑟罗：怎么，怎么会要她死！

艾米利娅：哎呀。天晓得！

奥瑟罗：你听见她说不是我要她死。

艾米利娅：她是这样说的，我一定要搞清楚。

奥瑟罗：她是个下地狱都要说谎的女人，是我要她死的。

艾米利娅：那她更是个天使，而你更是个黑心黑脸的恶魔！

奥瑟罗：她发疯了，她是个婊子。

艾米利娅：你在诬蔑她，你是个恶魔。

奥瑟罗：她像水一样轻浮虚伪。

艾米利娅：你像火烧昏了头的人，怎么说她轻浮虚伪！她在天上都是个好人。

奥瑟罗：卡西欧和她睡过，问你丈夫去吧。即使把我打入地狱底层，我也要站在公正的立场说话，并且一直说到底。你的丈夫什么都知道。

艾米利娅：我的丈夫？

奥瑟罗：你的丈夫。

艾米利娅：我的丈夫说她对婚姻不忠实？

奥瑟罗：是他第一个告诉我的，他是个好人，恨透了卑鄙龌龊的勾当。

艾米利娅：我的丈夫？

奥瑟罗：你为什么重来复去地问，女人？我说是你的丈夫。

艾米利娅：啊，夫人，这是多么恶毒的心肠才会把你的爱情抹黑的哟！我的丈夫说她不忠实？

奥瑟罗：是他说的，女人！我说是你的丈夫，懂得这个字的意思吗？就是我的朋友，你的丈夫，老实而又老实的伊亚戈。

艾米利娅：如果他这样说过，那他丑恶的灵魂就在一点儿一点儿地烂下去！他在对自己的良心说谎。夫人对这个黑脸的黑心人实在是太痴爱了。

奥瑟罗：哈？

艾米利娅：你已经做得再坏没有了，你这样做根本就不配活在世界上，根本配不上她！

奥瑟罗：不要说了，你最好——

艾米利娅：你拿出你的全副本领也伤害不了我半分，我已经伤得不怕再受伤了。上当受骗的笨蛋，愚蠢透顶的傻瓜，像微不足道的灰尘一样无知的人才会干出这等傻事来。我不怕你的刀，我要告发你，即使死二十回也不在乎。救命，救命啊，救命！摩尔人杀死了夫人！杀人了，杀人了！

（蒙太诺、葛拉先诺同伊亚戈上）

262

蒙太诺：出了什么事了？怎么样，将军？

艾米利娅：啊，你也来了，伊亚戈，你干的好事，人家要把谋杀的罪名安到你头上了。

葛拉先诺：出了什么事？

艾米利娅：（对伊亚戈）如果你还算个人，就反驳这个坏蛋，他说是你告诉他的，说他的妻子对他不忠实。我知道你不会这样说的，你不是一个这样坏的人。说吧，我的心里都胀得容不下了。

伊亚戈：我只告诉他我是怎样想的，我说的并不比他做的更多，他自己发现了什么，就干了什么。

艾米利娅：你有没有说过他的妻子对他不忠实？

伊亚戈：说过。

艾米利娅：你这是说谎。可恨的恶毒的谎话。我用灵魂起誓，这是谎话，恶毒的谎话，说夫人和卡西欧私通。你有没有说和卡西欧？

伊亚戈：和卡西欧，老婆！去你的吧，闭上你的嘴巴！

艾米利娅：我不能闭口不说。我一定要说，我的夫人已经被杀害，死在床上了！

众　人：啊，天呀！

艾米利娅：都是你的诬陷造成了这一起血案。

奥瑟罗：喂，诸位，不要瞪着眼睛，的确一切都是真的。

葛拉先诺：这就怪了。

蒙太诺：啊，穷凶极恶！

艾米利娅：恶毒，恶毒，恶毒！我来想想，我来想想，我闻到了

一点气息。啊，恶毒！我那时就想到了。我真难过得要
杀了自己。啊，恶毒！恶毒！

伊亚戈：怎么，你疯了？快回家去！

艾米利娅：诸位好先生，请听我说，我本来应该听他的话，但是
现在不行。说不定，伊亚戈，我不会再回家了。

奥瑟罗：啊，啊，啊！（倒在床上）

艾米利娅：好，你就躺在那里号叫吧。你已经害死了天下人睁开
眼睛也找不到的最可爱的清白人了。

奥瑟罗：（站起）她不清白！（对葛拉先诺）我没有看到你，叔
叔。你的侄女躺在那里了，是我这双手刚刚使她停止呼
吸。我知道我的行动很可怕、很可悲。

葛拉先诺：可怜的苔丝梦娜！幸亏你的父亲比你早死，他就是给
你的婚事气得不要活了，命运之神才把他的生命之线切
断的。假如他还活着，看到今天的事，也会气得咒天骂
地、痛不欲生的。

奥瑟罗：真可怜，但是伊亚戈知道，她和卡西欧做过可耻的事。
翻来覆去好多次，卡西欧自己也承认了，为了感激他的
深情厚谊，她还把我第一次给她的爱情纪念品给了他，
这是我亲眼看见他拿在手里的，那是一块手帕，是我父
亲给我母亲的古老纪念品。

艾米利娅：啊，天哪，天上的神明呀！

伊亚戈：去，不要多说。

艾米利娅：要说出来，要说出来。要我不说？那可不行。我说话
要像冬天的北风一样自由，即使是天上的神、地上的

人、地下的鬼都说我可耻，我也要说出来。

伊亚戈：听话，快回家去。

艾米利娅：我不回去。

（伊亚戈用剑威吓，要刺艾米利娅）

葛拉先诺：住手，你怎么用剑对付一个女人？

艾米利娅：啊，你这糊涂的摩尔人！你说的那块手帕是我偶然捡
　　　　　到，交给我丈夫的，因为他多次恳切而认真地——这种
　　　　　小事怎么值得这样恳求呢——求我为他偷这块手帕。

伊亚戈：该死的臭婊子！

艾米利娅：夫人给了卡西欧？唉，不对，是我捡来给我丈夫的。

伊亚戈：该死，你胡说！

艾米利娅：老天在上，我不是胡说，不是胡说。啊，诸位先生，
　　　　　啊，这杀人的傻瓜呀，你怎么配得上这样好的妻子呢！

奥瑟罗：怎么！天上没有了雷电吗？这种恶人能不电打雷劈吗！天
　　　　下独一无二的恶人！

（奔向伊亚戈，但被蒙太诺夺下武器。伊亚戈刺艾米
利娅）

葛拉先诺：这个女人倒了，他杀了他的妻子。

（伊亚戈下）

艾米利娅：杀吧，杀吧！啊，把我放到夫人身边。

葛拉先诺：他杀了妻子就跑了。

蒙太诺：这是一个坏得无以复加的恶人。来，拿上这把摩尔人的
　　　　剑去守住大门，杀死他也不要让他跑了。我也要去追
　　　　他，这实在是个罪该万死的恶人。

265

（蒙太诺同葛拉先诺下）

奥瑟罗：我也好不到哪里去。随便什么人都可以把我的剑拿走，既然名不副实，还要虚名干什么？

艾米利娅：夫人，你知道你唱的歌预兆着什么吗？你还能听到我唱吗？我也要像天鹅一样死在音乐声中。

（唱）杨柳，杨柳，杨柳——

摩尔人，她是清白的，她还爱你呢，狠毒的摩尔人！我说的都是实话，我的灵魂会得到幸福的。我想我现在说的也会实现，哎，我要走了。（死）

奥瑟罗：我在房里还有武器，那是一把西班牙宝剑，在冰川雪水中洗炼过的。（找到宝剑）啊，叔叔，宝剑就在这里，我一定要出去。

葛拉先诺：（在幕后）如果你要试试，那代价可得不偿失。你手里没有武器，还是老实听话的好。

奥瑟罗：那么，进来看我，和我说话吧。否则，即使赤手空拳，我也可以破门而出的。

（葛拉先诺重上）

葛拉先诺：什么事情？

奥瑟罗：瞧，我有一件武器，从来没有哪个战士用过比这更好的剑。我用我的胳膊和这件武器杀出过重围，比你们多二十倍的人也阻挡不了我突围。但是这样宣扬自己又有什么用处？谁能掌握自己的命运？现在已经今非昔比了。所以即使你看见我有武器，也不必惊慌。我已经走到人生旅途的终点、航海归途的港岸。你不要吓得后退，即使是一个稻草人冲向奥瑟罗的胸膛，我也会退后的。奥瑟罗还有哪里可去呢？（对苔丝梦娜）现在，你看起来怎么样了？凶神扼杀的天仙，你的脸色和内衣一样苍白，到了我们算总账的日子，你只要这样看我一眼，就会把我的灵魂投入地狱中恶鬼的魔爪之下！你已经浑身冰凉，冰凉了。我的冰清玉洁的好人儿。啊，该死的万恶的奴才！魔鬼呀，鞭打我吧！我居然还目睹过天仙的面容呢。让狂风暴雨鞭挞我，让熊熊烈火烧死我，让万丈深渊淹没我的怒涛骇浪，都变成腾腾烈焰来把我烧得粉身碎骨吧！啊，苔丝梦娜！死了！苔丝梦娜！死了！啊！啊！

（卢多维柯、躺椅上的卡西欧、蒙太诺同捉拿伊亚戈的军官同上）

卢多维柯：那个鲁莽的倒霉人在哪里？

奥瑟罗：那个人就是奥瑟罗，我在这里。

卢多维柯：那条毒蛇呢？把他带上来。

奥瑟罗：我要看看他的脚和传说的魔爪是不是一样的，如果是，我就杀不了他。

（刺伤伊亚戈）

卢多维柯：夺下他的剑。

伊亚戈：你没有杀死我，大人，只让我流了几滴血。

奥瑟罗：我倒并不在乎。我要让你活着，因为在我看来，死才真是幸福。

卢多维柯：啊，你，奥瑟罗，你是这样一条好汉，怎么会栽这样的跟头，栽在这样一个该死的奴才的手里。叫我怎样说你是好？

奥瑟罗：随你怎么样说都行。如果你愿意，叫我堂堂的凶手吧，因为我行凶并不是为了报仇雪恨，而是为了堂堂正正做人。

卢多维柯：这奴才已经供认了一部分罪行。你有没有和他商量过谋害卡西欧？

奥瑟罗：商量过。

卡西欧：亲爱的将军，这并不是我的罪行该得到的报应呀。

奥瑟罗：我现在知道已经太晚，只好请求你宽恕了。我能不能问问这个长着人头的魔鬼，为什么要陷害我的灵魂和我的肉体？

伊亚戈：不要再问我了，你知道多少就是多少。从现在起，我什么也不会再说。

卢多维柯：怎么？你连祷告词也不说了吗？

葛拉先诺：严酷的刑罚会叫你开口的。

奥瑟罗：对了，这是最好的办法。

卢多维柯：将军，你应该知道，发生了一些事情。我想，可能你还不知道。这里有一封信，是在死者罗德里戈的口袋里找到的。这里还有另外一封，谈到要罗德里戈怎样谋杀卡西欧的事。

奥瑟罗：啊，该死的坏蛋。

卡西欧：这是最歪门邪道的了。

卢多维柯：这里还有一张发牢骚的纸条，也是在他的口袋里找到的，看来这是罗德里戈打算给这个主犯的，但是似乎这时伊亚戈来给他做了解释，事情就算了结。

奥瑟罗：啊，这个阴险毒辣的家伙！不过，卡西欧，我妻子的手帕怎么会落到你手里去呢？

卡西欧：我是在房里捡到的。伊亚戈刚才也承认了，他是为了特殊的目的，故意丢在我房里的。

奥瑟罗：啊，傻瓜，傻瓜，傻瓜！

卡西欧：此外，罗德里戈在信中还责备伊亚戈，不该要他在我巡夜的时候闹事，就是那次闹事使我失掉了我的职务。甚至刚才罗德里戈在临死前——他简直像是死里逃生——还说，是伊亚戈杀了他，一切都是伊亚戈怂恿他干的。

卢多维柯：（对奥瑟罗）你要离开总督府和我们一同回去了。你的职务已经免除，权力也要移交，由卡西欧接管塞浦路斯。至于这个坏蛋，如果有什么残酷的办法可以折磨他，那就折磨得越久越好，这都是他罪有应得的。你也要受到严密的监管，等我们把你的过错报告给威尼斯公国政府，再做处理。——来吧，把他带走。

奥瑟罗：且慢，在你们走前，我有一两句话要说。我为公国尽过力，立过功，这大家都知道，不消多说。我只请求你们在报告中如实反映这些不幸的事件，对我也要实事求是，既不要减轻我的罪过，也不要把我说成是恶意谋杀。我想，你们应该说我是一个不会用情而又用情很专的情人。我有一颗不太容易妒忌的心，但是一旦有人煽风点火，使我妒火中烧，我又会走极端，一发不可收拾。我有一双叛徒犹大的手，会把犹太人最宝贵的珍珠扔掉。我有一双忍泪吞声的眼睛，虽然不太容易动情，但若感情融化，流出的泪珠比得上阿拉伯胶林涌出的树胶。最后记住，在土耳其的阿勒普，有个戴头巾的土耳其阉人殴打一个威尼斯人，并且辱骂公国，我抓住这个阉人的喉咙像杀狗似的这么一刀。（用刀自杀）

卢多维柯：啊，血如泪流的悲剧！

葛拉先诺：说什么也没有用了。

奥瑟罗：（吻苔丝梦娜）在扼断你的生命之前，我先吻了你，现在我要先吻你，然后扼杀我自己。（死）

卡西欧：这正是我怕的结果，但我以为他没有武器，又是一个心情开朗的人，结果偏偏却是这样。

卢多维柯：（对伊亚戈）你这只斯巴达恶狗，饥寒交迫、怒涛汹涌造成的痛苦，都不如你可怕！你看看这张床都载不住的血腥悲剧，就是你一手造成的。这看起来都会吓坏人的眼睛，赶快遮盖起来吧。——葛拉先诺，这所房屋归你所有了，摩尔人的遗产都由你继承。（对卡西欧）至于你呢，总督大人，剩下来的都是你的事了。如何审判这个地狱里的恶魔，时间、地点、刑罚，都由你来执行。啊，一切从严，不要手软！至于我呢，我要立刻上船，回到威尼斯公国，用沉痛的心情把沉痛的事情述说。

（众下）

李尔王

KING LEAR

King Lear.

剧中人物

李　尔	不列颠国王
高内丽	李尔长女
丽　甘	李尔次女
柯黛丽	李尔幼女
奥巴尼公爵	高内丽之夫
康华尔公爵	丽甘之夫
法兰西国王	柯黛丽求婚者，后为其夫
布根第公爵	柯黛丽求婚者
肯特伯爵	后化装为卡尤斯
葛罗特伯爵	
艾德卡	葛罗特之子
艾德芒	葛罗特之私生子
老　人	葛罗特的佃户
奥瓦德	高内丽的总管
丘　仑	侍臣

李尔的说笑人
李尔的侍从骑士
柯黛丽的侍从
康华尔的侍仆

传令官、军官、李尔的
其他侍从、骑士、使
者、士兵、侍仆、喇叭
手等

地　点

不列颠

第一幕

第一场　李尔王宫廷

（肯特、葛罗特及艾德芒上）

肯　特：我本来以为国王对大女婿奥巴尼公爵比对二女婿康华尔公爵更好。

葛罗特：过去大家都这么说，但从这次分封国土看来，却不能说哪位公爵占了便宜，哪位吃了亏。封赠考虑得这样全面周到，即使精打细算，恐怕也难说有偏心照顾。

肯　特：大人，这一位不是你的公子吗？

葛罗特：把他养大，老兄，还是不容易的。我以前老是不好意思承认，现在已经习惯，也就无所谓了。

肯　　特：我听得不大明白。

葛罗特：老兄，这小伙子的妈妈可是心知肚明的。她的床上还没
　　　　有丈夫，肚子就大起来了，摇篮里就有了孩子。你闻到
　　　　气息了吗？

肯　　特：过去的事做了就算了，你看，这结果不是喜出望外
　　　　的吗？

葛罗特：我还有一个合法的儿子，老兄，比这个野小子大一岁，但
　　　　却不如野小子亲热，这野小子不等我要他出世，就自己跑
　　　　出了他母亲的肚子。他的母亲可真迷得人神魂颠倒，我们
　　　　逢场作戏，就生下了这个孽种，但我又不得不承认这个婊
　　　　子养的野孩子。——你认得这位爵爷吗，艾德芒？

艾德芒：不认得，爸爸。

葛罗特：这是肯特爵爷。以后要记住，他是我最要好的朋友。

艾德芒：我会听从爵爷吩咐的。

肯　　特：我喜欢你，越熟悉就越喜欢了。

艾德芒：爵爷，我要学习怎样才不辜负您的盛情。

葛罗特：这野小子在国外野了九年，还要出去野他的。——王上
　　　　来了。

　　　　（喇叭声中，侍从捧王冠先上，李尔王、高内丽、奥巴
　　　　尼、康华尔、丽甘、柯黛丽及侍从上）

李　　尔：葛罗特，你去招待法兰西国王和布根第公爵。

葛罗特：遵命。（下）

李　　尔：现在，我要和你们说说心里话。拿地图来。

（肯特或侍从呈上地图）

你们要知道，我已经把国土一分为三，因为人老了，我决意要摆脱繁忙的事务，把担子交给年富力强的下一代，自己轻轻松松地安度晚年。我亲爱的女婿康华尔，还有惹人爱并不落后的女婿奥巴尼，我现在要告诉你们的心头大事，就是怎样把我的国土分封给我的三个女儿作为嫁妆，以免将来发生纠纷。法兰西和布根第的君王正在争取我三女儿的欢心，他们在宫廷的时间不短，也该有个答复了。我三个亲爱的公主，在我就要把治理国家的重任、维护国土的安全、照顾人民的生活这些大事都交给你们的时候，告诉我你们会怎样不辜负老父的恩情。高内丽，你年长，先说吧。

高内丽： 没有什么言语说得出我对父亲的感情，也没有哪双眼睛看到过这样充溢时间和空间、出自内心、不受限制的热爱，没有什么财富可以衡量得出感情的轻重。生命有多少分量，感情也有多少，至于健康、美貌、道德、荣誉，那不过是生命的一部分，就更不在话下了。我对父亲的感情使吐露得出的语言都苍白无力了，怎么能够说得出来呢？

柯黛丽： （旁白）柯黛丽该怎么说呢？真感情不是说出来的。

李　尔： （指着地图）从这条界线到那条，这两条界线以内的葱茏茂密的森林、富饶肥沃的原野、长流不断的河水、辽阔无边的草原，都要称你为女主人，永远属于你和奥巴尼的子孙后代了。——我最亲爱的二女儿丽甘，康华尔的夫人，你怎么说呢？

丽　甘：我和姐姐一样是你的骨肉，我把自己看成和她一样，是你的无价之宝。在我的内心深处，我发现她挖出了我藏而不露的感情。不过，我觉得她的感情还不够深，因为我不看重任何能给我享受，却不能使您欢欣鼓舞的乐趣。

柯黛丽：（旁白）可怜的柯黛丽恐怕要穷得没有容身之地了。不过我沉重的感情恐怕会压得舌头也动不了的。

李　尔：（对丽甘）这三分之一的国土就是你和你的子孙后代的了，无论是面积大小，生产多少，可以供你游乐之处，比起高内丽那一份来，都是毫无逊色的。（对柯黛丽）现在，我宠爱的宝贝，虽然你是最后一个女儿，可是我给你的，并不是最少的一份，法兰西的葡萄园和布根第的牛奶场正在竞争要得到你的青春爱情，告诉我你能说什么来赢得这第三份比你两个姐姐分到的还更丰富的产业呢？说吧。

柯黛丽：我没有什么可说的，爸爸。

李　尔：没有什么可说？

柯黛丽：没有。

李　尔：什么也不说，就什么也得不到。你再说一遍吧。

柯黛丽：可惜我的嘴掏不出我的心，我爱我的父王，那是我的本分，一分不多，一分不少。

李　尔：怎么，怎么，柯黛丽？弥补你自己说的话，否则，你就要吃大亏了。

柯黛丽：我的好父王，你生了我，养了我，爱着我，我都要一一回报，听你的话，敬你爱你，尽我的本分。我姐姐都说全心全意爱你，那她们为什么要结婚呢？等我结婚之后，我的丈夫就要带走我的一半感情，我要花一半心力去照顾他，去尽妻子的责任，怎能像姐姐一样全心全意爱你呢？

李　尔：你人一走，心也走了吗？

柯黛丽：是的，我的好父王。

李　尔：你这样年纪轻轻，就这样忍心？

柯黛丽：我是年轻，父王，但这是真心。

李　尔：那就让你的真心做你的嫁妆吧。我要在神圣的太阳光下宣布，无论黑夜多么神秘，地狱多么黑暗，主宰我们的星球和春夏秋冬如何运行，我要宣布和你断绝父女关系，割断一切血缘亲缘，剥夺一切财产权利。从今以后，你对我的身心都是一个陌生人，永远离开我吧！我宁可亲近吃人的生番和世世代代自相残杀的野蛮人，也不要你这样一个曾经是我女儿的人和我亲近，对我同情，给我安慰。

肯　　特：主公息怒——

李　　尔：不要说了，肯特。不要插身到震怒的龙颜面前来。我最宠爱的女儿是她，本来打算在她的亲切照顾之下安度我的余年。（对柯黛丽）去吧，不要让我再看到你，让坟墓做我的安息之地吧。我要收回一个父亲对她的慈爱了。怎么还不动身？去叫法兰西国王和布根第公爵来！

（侍从下）

康华尔和奥巴尼，你们分得了我两个女儿的嫁妆，把这第三份也拿去消受吧。谁让她把傲慢当作坦白，那就让她嫁给坦白去吧。我把我的王权，还有随之而来的一切荣华富贵都交给你们去分享了。我只留下一百名骑士，每个月由你们轮流供养，我保留的只是国王的名义和荣誉，至于政权、财权、大小事务，都交给两位亲爱的女婿了。为了证明我的诺言，你们两个就共同领受这顶皇家冠冕吧。

肯　　特：皇恩浩荡的李尔王，你一直享受皇家的尊荣，得到子民的热爱、臣下的追随，是我千言万语诚心祷告中的伟大主公。

李　　尔：我要弯弓射箭了，你不要做挡箭牌！

肯　　特：让你的箭落到我头上，射进我的心窝吧。既然李尔疯得不像主子，就莫怪肯特不客气了。老糊涂，你居然对吹牛拍马的人低声下气，忠于职守的人能够装聋作哑、不闻不问吗？君主糊里糊涂，臣子难道应该为了面子而不敢打开窗子说亮话吗？不要随便施舍你的国土，千万要慎重考虑，不要犯下后悔莫及的错误。我敢用生命来担保我的看法不错，你的小女儿绝不是对你感情最不丰富的人，而那些空口说白话的人说得好听，其实空空洞洞，一点儿也不会落实的啊。

李　尔：肯特，你若要保命，就不要说了。

肯　特：我的生命早为你的安全送到敌人手里抵押了，我还用得着怕什么，只要你的安全不出问题就行了。

李　尔：不要让我看到你！

肯　特：我可要让你看清楚，我要做你的眼珠。

李　尔：我用太阳神的名义。

肯　特：王上，我也用太阳神的名义告诉你，用谁的名义发誓也没有用。

李　尔：（手按宝剑）啊，你好大胆！

奥巴尼、康华尔：父王息怒。

肯　特：杀掉你的医生，犒赏你送命的疾病吧。只要我的喉咙还能发出声音，我就要说你做错了。

李　尔：听我说，你这一身反骨！既然你还说忠于我，那就听我说吧！你怎么胆敢要我说话不算数，我自己还从来不肯食言呢。你居然放肆到这种地步，要干涉我的权力，要我改变命令，这是一个身居王位的人能容忍的吗？我要执行王权，就要论功行赏，按罪处罚，我给你五天时间收拾行装，离开我的国土。但是第六天一到，你就不要让我再在我的国土上看见你讨厌的身影，否则，那就是你自取灭亡。滚吧，天神在上，我说话是算数的。

肯　特：别了，王上，既然你要这样，我没有了自由，只好流浪。（对柯黛丽）天神保佑你，好姑娘，你说话老实，做事正当。（对高内丽和丽甘）你们说到就要做到，结果好才是真正好。肯特就向各位告辞，到新地方去过日子。

（喇叭声中，葛罗特陪法兰西国王和布根第公爵上）

葛罗特：尊贵的主公，法兰西国王和布根第公爵来了。

李　尔：布根第公爵，你和这位国王同向我的小女求婚，现在我要先问问你，你需要她至少有多少嫁妆才愿意娶她？嫁妆少了，你就宁愿放弃？

布根第：高贵的王上，我希望得到的，并不多于您所提供的，当然，我想您也不会少给。

李　尔：高贵的布根第公爵，当她是我的掌上明珠时，我答应了提供丰富的嫁妆，但是现在她的身价不那么高了。公爵，她现在就在那里，这个可怜的小东西失去了我的欢心，已经不再有什么嫁妆，只剩下她孤身一人。如果你还愿意要她，她就是你的人了。

布根第：我真不知道如何回答好。

李　尔：你愿意要她这个孤苦伶仃、无依无靠的女子吗？而且她新惹上了她父亲的厌恶，失掉了她的嫁妆，得到的只是

282

处罚，你还会要她吗？如果你要，她人就在那儿，就是你的人了。

布根第：对不起，王上，在这种条件下，我很难做出选择。

李　尔：那就放弃她吧，老天开眼，我已经告诉你她的身价了。
（对法兰西国王）法兰西君王，我不敢让你的感情误入歧途，爱上一个我不喜欢的女儿，希望你另选佳偶，不要留恋这个上天厌弃的人吧！

法兰西国王：这就怪了，她刚刚还是你的心肝宝贝，你捧上了天的宠儿，你晚年的无上安慰，怎么转眼之间，这个最完美、最可爱的人儿会犯下不可饶恕的罪过，被剥夺了一层又一层鲜艳夺目的外衣呢？那一定是她犯下了不可原谅的错误，使天使变成了魔鬼，否则，你过去如此热烈的感情，怎么会突然冷却失色，变成一片黑暗呢？这简直令人难以相信，如果不是出现了奇迹，你说的理由是很难在我心里生根发芽的。

柯黛丽：我还是请求父王，如果我缺少的只是油嘴滑舌，不会说违背良心的话，那是因为我想做的事，总是先做了再说。请求父王明白，我并没有做什么坏事，既没有谋财害命，也没有走歪门邪道，更没有任何不规矩的行为，也没有走不正当的道路，即使走了就会发财致富我也不走，我没有善于献媚的眼睛和善于讨好的舌头，虽然这使我失去了宠幸。

李　尔：早知道你这样不讨人喜欢，还不如不生你更好。

法兰西国王：就是为了这点儿缘故？因为说话慢于行动，先做后说？布根第公爵，你说这位小公主怎么样？爱情中如果掺杂了不相干的得失，那就不是爱情了。你愿意要小公主吗？她只有本身是一笔嫁资了。

布根第：（对李尔王）高贵的国王，把你答应给她的嫁资给她吧，我可以立刻使她成为布根第公爵夫人。

李　尔：不行，我已经发了誓，不能更改了。

布根第：（对柯黛丽）那就对不起了，你既然失去了父亲，就不得不失去一个丈夫了。

柯黛丽：布根第公爵请放心吧，既然你爱的和尊重的是财产，我并不在乎做什么公爵夫人。

法兰西国王：最美的柯黛丽，你没有嫁资，却更加富有了。最好的当选人居然会落选，最可爱的人居然没人爱，你的美貌和美德我都要据为己有，紧紧抓住不放了。这是公平合法的，我争取的是别人放开的。

天啊！真奇怪，别人的冷酷

无情却点燃了我火光熊熊的内心。

没嫁资的公主是无价的财宝，

成了王后，要投入法兰西怀抱。

布根第公国一望无际的海水

哪能使一诺千金的公主陶醉？

柯黛丽，和你的祖国说声再见！

更美丽的国家会出现在眼前！

李　尔：那你就带她走吧，法兰西国王，她就是你的人了，我算是没有这样一个女儿，也不想再见她一面。你们走吧，我也不说什么客气话，既然没有感情，也就不必祝福了。我们也走吧，高贵的布根第公爵。

（喇叭声中退场。法兰西国王和三姐妹留舞台上）

法兰西国王：向你的姐姐告别吧。

柯黛丽：父亲眼中的宝贝，用泪水洗眼睛的柯黛丽向你们辞行了。我知道你们的德行，作为妹妹，我也不想在临别赠言中说三道四。如果你们刚才吐出的是肺腑之言，那说到就要做到，对父亲就要真爱。如果我还能得到他的信任，我宁可要他依靠别人。再见了，两位姐姐。

丽　甘：我们该做什么，用不着你来指手画脚。

高内丽：你还是多想想如何伺候那个大发慈悲接受了你的丈夫吧。你对父亲不孝，得不到嫁资也是活该。

柯黛丽：时间久了，狐狸尾巴总是要露出来的，但愿你们能不出乖露丑。

法兰西国王：走吧，我美丽的柯黛丽。

（二人同下）

高内丽：妹妹，关于我们的事，我有一肚子话要跟你说呢。我看父亲今夜也要走了。

丽　甘：那是一定的，这个月他和你们同住，下个月就到我们这里来。

高内丽：你注意到没有，父亲老了，脾气变化很大。他本来最爱小妹，发糊涂却抛弃了她，变得多怪！

丽　甘：这是老糊涂了，但是他却没有自知之明。

高内丽：他年富力强的时候就很鲁莽，现在我们还得忍受他年深月久受外来影响养成的更古怪的脾气。

丽　甘：他一发脾气就把肯特打发走了，谁能保证他对我们不发脾气呢？

高内丽：法兰西国王辞行，他还要应酬一番。让我们商量一下，万一他要对我们发脾气怎么办？

丽　甘：我们再从长计议吧。

高内丽：还是打铁趁热更好。

（同下）

第二场　葛罗特伯爵城堡内

（私生子艾德芒上）

艾德芒：自然女神啊，你是个公平的天使，怎么能制定这样不公平的法律，让世人瞧不起一个只比他哥哥小一岁，或晚十四个月出世的私生子呢？私生子为什么就要低人一等？难道说我的身子不结实，头脑不灵活，形象不堪入目，比不上一个正经女人生下的儿子？为什么在我的额头打上了下贱的烙印？下贱，低人一头？你恩我爱偷情生下来的孩子，有哪一点不如规规矩矩、糊糊涂涂养出来的笨蛋？那好，名正言顺养下来的艾德卡，我一定要夺得你的土地。父亲偏偏喜欢私生的而不是婚生的儿子。什么婚生私生，只要这封信马到成功，我的妙计就要翻天覆地，下贱的艾德芒就要压倒正统的艾德卡，我就要翻身了。老天，帮帮私生子吧！

（葛罗特上）

葛罗特：肯特就这样赶走了？法兰西国王也在一怒之下离开了？
而国王今夜也要走？王权要受限制，靠供养过日子？而
这一切都是在感情冲动之下做出来的。——艾德芒，怎
么啦？有什么消息吗？

艾德芒：父亲大人，没有什么消息。

葛罗特：你为什么这样急急忙忙把那封信藏起来？

艾德芒：没有什么消息，父亲。

葛罗特：你在读什么信？

艾德芒：没有什么，父亲。

葛罗特：没有什么？那你为什么这样慌慌张张把信塞到衣袋里
去？既然信里没有什么见不得人的东西，那为什么要藏
起来？拿来给我看看。要是信里没有什么，我也用不着
戴眼镜了。

艾德芒：请你原谅，这是一封哥哥给我的信，我还没有读完。就
我读过的那一部分，我觉得你还是不看更好。

葛罗特：把信给我。

艾德芒：不管我给信不给，总要得罪一方的，因为我看到信里有
些话不太合适。

葛罗特：给我看，给我看。

艾德芒：我要为哥哥说句公道话，他写这封信只是为了看看我是
不是靠得住。

葛罗特：（读信）"这种遵从长辈的做法，使得年轻一代就要浪

287

费青春的生命，等到我们老了，还要钱财有什么用呢？我开始感到上了年纪的一代不太讲理。他们对年轻人压制、束缚、控制，并不是因为他们有力量，而是因为我们容忍他们。到我这里来吧，我可以和你长谈。如果我们可以不声不响使父亲安眠不醒的话，你就可以永远享受他的一半财产，享受哥哥对你的深情厚谊。艾德卡。"哼！真是反了！"安眠不醒，就可享受一半财产。"这是艾德卡吗？他的手会写出这些字？他的良心和头脑会想出这些话来？你是怎么得到信的？谁送来的呀？

艾德芒：信不是送来的，父亲。怪就怪在这里，信是从我房间的窗口扔进来的。

葛罗特：你认得这是你哥哥的笔迹吗？

艾德芒：如果信里说的是好话，父亲，我敢发誓这是他的笔迹；但是现在，我想说不是也没有用。

葛罗特：这是他的笔迹。

艾德芒：是的，父亲，但我希望他是有口无心。

葛罗特：这个问题，他以前问过你吗？

艾德芒：没有，父亲。不过我常听他说，儿子成年而父亲老了，父亲就该养老，让儿子来管钱财更好。

葛罗特：坏蛋，坏蛋！这正是信里说的话！可恶的坏蛋！丧尽天良，令人厌恶！这比粗暴野蛮还更坏！去，好家伙，找他来。我要教训他，这坏蛋在哪里？

艾德芒：我也不太清楚，父亲。如果你能等怒气平息之后，在搞清楚我哥哥的真实情况之前，不要忙于采取激烈行动，以免造成误会，那会给你的尊严带来损害，并且使你们之间的感情产生裂痕，甚至会粉碎他对你的孝心。我敢用生命担保，哥哥写这封信，目的只是试探我对你的感情，并没有其他意思。

葛罗特：你以为是这样？

艾德芒：如果父亲大人认为合适，我可以设法让你亲自听到我们关于这方面的谈话，并且不用等太久，今天晚上就有机会。

葛罗特：他不可能坏到这个地步。艾德芒，你去设法搞清楚，你要转弯抹角了解真实情况。用你的聪明来办这件事，我可以不顾身份地位，只要能够做出正确的决定就行。

艾德芒：我会立刻去找他，父亲，我会设法搞清楚这件事，然后再告诉你。

葛罗特：最近发生的日食、月食对我们都不是好兆头，虽然大自然有这样那样的理由，但后来发生的事说明自然受到了惩罚。人情冷淡了，友谊破裂了，兄弟分开了；城里有暴乱，乡下有混乱，宫中有叛乱；父子关系也反常了。我的这个孽种迎合了这个兆头，这是儿子反对父亲；国王违反天性，这是父亲抛弃儿女。我们的好时候已经过去，阴谋诡计，虚伪肤浅，奸诈狠毒，一片毁灭性的灾难令人不安地追随着我们，一直跟到坟墓中为止。艾德芒，去揭穿这个坏小子对你没有什么不好，不过要小心。忠心耿耿的肯特流放了，罪名只是太老实！真是怪

了。（下）

艾德芒：人真是肤浅啊，倒霉的时候往往是自己的行为不当，却要怪罪日月星辰。仿佛我们做坏事是天定的，我们的愚蠢是天生的，我们做流氓盗贼也是天命，我们贪杯偷情，说谎也不脸红，都是受了某个星宿的影响。我们做坏事也是上天促使的。妓院老板把淫乱的责任都推向天上的星座。我的父亲和母亲在龙尾星下私通，在大熊星下生了我，所以我就成了一个粗暴好色的小子。其实在我非婚出生的时候，不管天上最纯洁的处女星怎么照耀着我，我都是个野种。

（艾德卡上）

艾德芒：怎么说到野种，偏偏来了一个纯种。我这野种只好唉声叹气、呼天抢地了。啊，这些日食、月食真不是好兆头！

（唱音符）"话""说""拉""美"。（译注：so la si do。）

艾德卡：怎么啦，艾德芒弟弟，你在想什么？

艾德芒：哥哥，我在想那天读到的预言，日食、月食之后会发生什么事情？

艾德卡：你就是想这个问题吗？

艾德芒：预言的结果不太好。你什么时候见到父亲的？

艾德卡：昨天晚上。

艾德芒：你和他谈话了？

艾德卡：谈了两个小时。

艾德芒：你们分别时怎么样？他说话表情有没有不高兴？

艾德卡：一点儿也没有。

艾德芒：我怕你有什么事使他生气了，我劝你暂时不要和他见面，他现在火气正大，见到你恐怕会发作。

艾德卡：一定是有人说我坏话了。

艾德芒：我怕也是这样。我求你要忍耐一点儿，在他火气没过去的时候，到我房里去吧。我可以随时让你听到父亲的话。走吧，这是我的钥匙。（给钥匙）如果你出去，就要带武器。

艾德卡：为什么要带武器？

艾德芒：我劝你最好稳当点儿，如果我说没有人对你不怀好意，那我就不老实了。我已经把我看到的和听到的都告诉了你，但这不过是可怕的影子而已。请你走吧！

艾德卡：我会很快听到你的消息吗？

艾德芒：我会尽量帮你。

　　（艾德卡下）

　　一个轻易就相信人的父亲，一个忠厚老实的哥哥，天生不会害人，也想不到人会害他。这样的老实人正好随我摆布了。凭出身得不到土地，用计谋就来得容易。（下）

第三场　奥巴尼公爵府

　　（高内丽及总管奥瓦德上）

高内丽：我父亲是不是打了我手下人，怪他不该责备他的弄臣？

奥瓦德：是的，夫人。

高内丽：不管白天黑夜，他时时刻刻都要惹是生非，闹得大家不得安宁，真叫我受不了。他的骑士也一起胡闹，他自己每件小事都看不顺眼。等他打猎回来，我也不想见他，就说是我病了。你服侍他不必太在意，有事让他找我。

奥瓦德：夫人，他回来了，我听见他的声音了。

高内丽：你们大伙儿做事都不必太卖力。出了问题也不用怕，如果他不满意，让他住到妹妹家去好了。她的心情和我一样，这点我很清楚。记住我说的话。

奥瓦德：是，夫人。

高内丽：对他的骑士要冷淡点儿，出了事不要紧，告诉你们大家。我会立刻写信给妹妹，要她和我一样对他。就这样吧，准备晚餐去。

（同下）

第四场　奥巴尼公爵府

（肯特化装成陌生人上）

肯　特：如果我的口音也改得和我的面目一样叫人认不出来，那我就可以达到目的，做我想做的事了。判了流放罪的肯特啊，如果你能违禁侍候你所爱戴的主子，他就会发现你还是蛮有用处的。

（幕后喇叭声中，李尔及侍从骑士上）

李　尔：不要让我在餐桌上等待，叫他们上餐。

（一侍从骑士下）

李　尔：（问肯特）你是什么人？

肯　特：侍候你的人。

李　尔：你是干什么事的？你会侍候吗？

肯　特：你看我像干什么的人，我就干什么。我会老老实实侍候一个相信我的人，爱戴一个老老实实的人，喜欢和少说话的聪明人多说话，怕打官司，迫不得已也会打架，但是不会强人所难。

李　尔：你到底是什么人？

肯　特：一个忠心耿耿的仆人，但是穷得像一个国王。

李　尔：如果你穷得像一个穷国的老百姓，那也可以算是穷了。你来到底有什么事？

肯　特：做侍候人的事。

李　尔：侍候什么人呀？

肯　特：侍候你呀。

李　尔：你知道我是什么人吗，好家伙？

肯　特：不知道，不过我一看你的样子，就像是个主子。

李　尔：怎见得呢？

肯　特：你有架子。

李　尔：你会干什么差事？

肯　特：我会说老实话，骑马，跑腿，把稀奇古怪的事讲得莫名其妙，把明白老实的话说得痛快淋漓，普通人能做的事，我干得一点儿也不差，我最大的本事是从不偷懒。

李　尔：你多大年纪了？

肯　特：不算年轻，不会为了爱听唱歌就爱上一个歌女；也不算老，不会舍不得一个上了年纪的风流婆娘。四十八个年头压在我的背上。

李　尔：跟我来吧，如果我用餐后还喜欢你，离不开你。——晚餐呢？嘿，我的晚餐呢？还有我那个说说笑笑的伙计呢？你快去叫他来。

　　　　（另一侍从骑士下。奥瓦德总管上）

李　尔：你，你，什么东西！我女儿呢？

奥瓦德：对不起——（下）

李　尔：这家伙说什么来着？叫这混蛋回来。

　　　　（另一侍从骑士下）

　　　　叫我说说笑笑的伙计来！怎么？难道全世界都睡着了？

　　　　（一侍从骑士上）

李　尔：怎么啦！那个混蛋呢？

侍从骑士：主公，他说公主身子不舒服。

李　尔：为什么我叫的那个奴才不回来？

侍从骑士：他转弯抹角地说，他不来了。

李　尔：他不来了？

侍从骑士：主公，我不知道出了什么事，但在我看来，他们对主公不像以前那样有礼貌，有感情了。不只是底下人，就连公爵和公主也显得不那么热情了。

李　尔：嘿！你这样看吗？

侍从骑士：请主公原谅，如果我看错了的话。但当我觉得别人对

294

不起主公的时候，我就不得不照实说了。

李　尔：你说得不错，我也觉得不太对头。近来我看他们做事粗心大意，我本来还怪自己不该太多心，不该把他们看成有意冷淡，现在就要进一步看看了。我的说笑人呢？我已经两天没有看见他了。

侍从骑士：自从小公主去法兰西后，主公，说笑人似乎也张不开笑口了。

李　尔：不要多说，我也注意到了。你去叫我的女儿来，我有话要对她说。

　　（一侍从骑士下）

　　你去叫说笑人来。

　　（另一侍从骑士下。奥瓦德总管上）

295

李　尔：啊，老兄，你来了，你知道我是什么人吗，老兄？

奥瓦德：夫人的父亲。

李　尔：夫人的父亲？公爵的奴才，你这狗娘养的，该死的奴才，混账的狗东西！

奥瓦德：大人，你可不能这样叫我，请你原谅。

李　尔：你敢对我瞪眼睛，你这混蛋！（打奥瓦德）

奥瓦德：大人，不要打人。

肯　特：（踢奥瓦德）难道也不能踢足球？你这贱骨头。

李　尔：谢谢你，老兄，你帮了我的忙，我喜欢你。

肯　特：来吧，老兄，起来，滚开，滚吧！如果你不想再把身子量地的话，那就赶快滚吧！滚！放聪明点！（推奥瓦德下）

李　尔：（给肯特钱）给你，好伙计，这是预付给你的赏钱。

说笑人：我也用得着你。戴上我的小丑帽吧。

李　尔：怎么啦，我的好奴才，你怎么啦？

说笑人：你最好也戴上一顶小丑帽。

李　尔：为什么，我的好孩子？

说笑人：为什么？因为我总爱帮失败者，要是你冲着大风做笑脸，你马上就要受凉了。所以戴上我的小丑帽吧！为什么？这个傻家伙赶走了两个女儿，却无意中给第三个女儿带来了好运气。如果你要跟他一样，那就一定要戴上小丑帽，能冲着大风做笑脸。怎么样？老伯，但愿我能把两顶小丑帽给两个女儿。

李　尔：为什么，我的好孩子？

说笑人：我把一生的积蓄都给了她们，自己就只剩下傻瓜的小丑帽了。这一项是我的，你也去向女儿讨一顶吧。

李　尔：小心，伙计，你要挨鞭子了。

说笑人：真理是条狗，只好钻狗窝，母狗发火一放屁，就把它赶出来了。

李　尔：你是要惹我生气？

说笑人：老兄，我教你唱一支歌。

李　尔：唱吧。

说笑人：听着，老伯。

　　　　（唱）有钱莫外露，

　　　　　　　说话要有度！

　　　　　　　借钱莫借出，

　　　　　　　骑马莫走路！

　　　　　　　多看少相信，

　　　　　　　莫输掉金银！

　　　　　　　莫吃喝嫖赌。

　　　　　　　脚要少出户！

　　　　　　　有了二十块，

　　　　　　　赚双倍外快！

李　尔：这不算什么，傻瓜。

说笑人：那么我说的话等于免费律师放的屁，什么也没得到。

　　　　（对李尔）你就不能无中生有，从"不算什么"中捞到一点儿"什么"吗？

李　尔：那怎么行，好孩子。不算什么，就是什么也没有。

297

说笑人：（对肯特）请你告诉他：这么多土地都白白送掉了，他还不相信自己是傻瓜吗？

李　尔：可怜的傻瓜！

说笑人：好孩子，你知道可怜的傻瓜和可笑的傻瓜有什么分别吗？

李　尔：不知道，傻孩子，你说说看。

说笑人：谁劝你分送国土，

那就比我还糊涂。

傻瓜可笑又可气，

戴着王冠穿花衣。

李　尔：好孩子，你说我也是傻瓜？

说笑人：你把所有的称号都送掉了，只有这个称号是生下来就有，送也送不掉的。

肯　特：主公，傻瓜这话说得倒不傻呢。

说笑人：老伯伯，给我一个鸡蛋，我可以给你两顶帽子。

李　尔：什么帽子？

说笑人：怎么不明白？我把蛋从中间切开，吃掉蛋心，就只剩下蛋黄的金冠和蛋白的银冠两顶帽子了。你把你的王冠一分为二全送了人，这不是傻子想驮着驴子过河吗？你把头上金光闪闪的王冠送了人，你光光的脑袋里还有什么发光的呢？要是有人以为我这是说傻话，真该抽他一顿鞭子。

（唱）傻瓜并不傻，

聪明人糊涂，

　　　　开口说傻话，

　　　　动手犯错误。

李　尔：你什么时候学会唱这么多的歌了，老兄？

说笑人：老伯，自从你把两个女儿当作母亲供养，把鞭子交给
　　　　她们，而自己却脱了裤子等她们打屁股，我就只好唱
　　　　歌了。

　　　（唱）她们快活得要哭，

　　　　　我就难过得要唱；

　　　　　国王把祸当成福，

　　　　　傻瓜当中把身藏。

　　　　老伯，请去找个老师来教你的傻瓜说谎，好不好？

李　尔：要是你说谎，老兄，我就要给你一顿鞭子。

说笑人：我不知道你和两个女儿到底是什么关系。我若说了老实
　　　　话，她们就要用鞭子抽我；现在我若说了谎话，你又要
　　　　用鞭子打我；有时我什么话都不说，还是要挨一顿鞭
　　　　子。我真觉得做什么人都比做说笑人好，但我还是不
　　　　愿做你，你是两面削皮中心空。瞧，你削了皮的一面
　　　　来了。

　　　（高内丽上）

李　尔：怎么啦，女儿？你额头上罩了一层阴云似的，近来怎么
　　　　老是愁眉苦脸的呀？

说笑人：你不在乎她皱眉不皱眉的时候，过得倒还不错；现在你
　　　　却心中无数，等于一个零了。我现在过得比你还要好一
　　　　些，我多少还有说有笑，你却要哭都哭不出来了。（对

高内丽）好，好，我不多说了，你的脸虽然不说话，我却听得见你心里的声音。

（唱）快快把嘴闭，

　　　不吃面包屑，

　　　不吃面包皮，

　　　多多少少，

　　　总要吃点东西。

（指李尔）他可是个吃空了的豌豆荚。

高内丽：不只是你这个胡言乱语的傻瓜，还有别的不讲道理的随从，时时刻刻都闹得人心不安，无法忍受。父亲，我本来以为告诉你以后，情况会有好转，不料听了你最近所说的话，看了你所做的事，似乎你却在保护他们，怂恿他们，他们闹得更厉害了。因为有了你做靠山，他们胡作非为，也不会受到处分，刑罚似乎也在睡大觉了。谁敢为了保证大家的生活过得去而得罪你呢？这真可恶！但是现在大家小心在意，不得不这样做了。

说笑人：老伯，你看：

麻雀喂大了小鸟，

小鸟要咬它的头。

蜡烛灭了，我们只好摸黑了。

李　尔：你还是我的女儿吗？

高内丽：我希望你要明白——你本来是个明白人——怎么现在忽然变得前后判若两人了？

说笑人：不是马拉车，而是车拉马了，傻瓜怎么看得懂呢？吃我一鞭，骚婊子，我爱你啊！

李　尔：这里还有人认得我吗？我已经不是李尔了，李尔会这样走路？会这样说话吗？他的眼睛呢？他的理解力削弱了吗？他分辨是非的能力是不是睡着了？嘿！醒过来吧！谁能告诉我这是什么人呢？

说笑人：李尔的影子。

李　尔：好一个明白事理的女人！你叫什么名字？

高内丽：父亲，你何必装模作样？这的确和你的新名堂没有什么不同。我求你正确理解我的意图：你已经老了，受人尊敬，应该明白道理。你在我这里养了一百个骑士还有侍卫，他们乱七八糟，吃喝玩乐，放肆大胆，他们的恶劣作风影响了我们王宫，使宫廷变成了一个乱哄哄的客店。他们嫖赌逍遥，使王宫成了酒楼妓院，而不像一个高雅的场所。这种可耻的现象怎么能够不立刻改正过来呢？请你按照女儿的话下命令吧，否则，女儿只好按照自己的意图处理了。减少一些你的侍从吧，留下适合你高龄的人，他们既知道你的地位，也知道他们自己的地位。

李　尔：黑暗地狱里的魔鬼啊！（对侍从）赶快备马，叫我们的队伍集合！（对高内丽）狗吃了你的良心，贱人！我不打扰你了，幸亏我还有一个女儿呢。

高内丽：你打我的手下人，你那些目中无人的侍仆居然不知天高地厚，把他们的上司当作下级指使。

（奥巴尼公爵上）

301

李　尔：现在后悔也来不及了。（对奥巴尼）这是你的意思吗？说呀。（对侍从）赶快备马！真是忘恩负义，比魔鬼还心狠。你如果是海上的妖魔鬼怪，那倒不足为奇，而你却是我的女儿！

奥巴尼：大人，请你忍耐一点儿。

李　尔：（对高内丽）瞎了眼的蝙蝠，你说的全是谎话。我的侍从都是经过挑选的，他们很能干，懂得他们的职务，谨慎小心地护卫着他们的名声。啊，一点儿微小的错误，简直是白璧微瑕，出现在柯黛丽身上，却像撞城机一样撞破了我心灵的大门，把我慈爱的感情都撞走了，却带进来一些恶毒的苦味。啊，李尔，李尔，李尔，痛打你的脑门吧！谁让它把判断是非的能力放走，却让愚昧无知的错觉占据了头脑呢！（捶头）走吧，我的人都走吧。

奥巴尼：这可不能怪我，你为什么这样生气？我是既不知，又无辜的呀。

李　尔：也许是这样，公爵。抚养万物的自由女神啊，听我说，如果你本来打算让这个贱人生儿育女的话，那就让她断子绝孙，让她腐朽的器官枯烂，让她的贱躯生不出一个儿子来吧！万一要生，也要给她报应，生一个翻脸不认娘的逆子。让她未老先衰，年纪还轻，额头就刻满了皱纹。让眼泪在她脸上流出两条沟来，使她受尽生育的煎熬，受到大家的嘲笑和贱视。让她尝尝忘恩负义的孩子像毒蛇一样用尖锐的牙齿啃她的心吧！走了，走了！

（下）

奥巴尼：尊敬的天神呀，怎么会这样呢？

高内丽：不要自寻烦恼，这种事不必寻根问底。让这个老糊涂发他的臭脾气去吧！

（李尔重上）

李　尔：怎么，我的侍从一下就少了五十个？我在这里还没有住上半个月呢。

奥巴尼：出了什么事，大人？

李　尔：等等再和你说。（对高内丽）死也罢，活也罢，我都后悔莫及，你居然使我失掉了男人气，像个女人一样热泪盈眶，夺眼而出了。不过我的眼泪不会白流，我会要你得到报应。狂风毒雾都会降临，父亲的诅咒会穿透你的五官，是无药可医的！我昏花的老眼，如果你要为此流泪，我就要把你挖出来，让你和泪水一同化入污泥。嘿，就这样吧。幸亏我还另外有个女儿，我相信她不会像你这样一点儿也不温存体贴。等她听到你这样对我的时候，她一定会用尖指甲抓破你的狼心狗肺。你就会看到我还会恢复当年的气概，不要以为你已经使我丧魂失魄了。

（与肯特及侍从下）

高内丽：你看见没有？

奥巴尼：我们是恩爱夫妻，高内丽，说话也不能不公道——

高内丽：算了，请你不要多说。怎么样了，奥瓦德？来！（对说笑人）你，伙计，说你傻还不如说你坏呢，跟你的主子走吧。

说笑人：李尔老伯，李尔老伯，等一等，把你的傻瓜带走吧！

　　　　（唱）你的女儿狡猾，

　　　　　　　比狐狸还到家。

　　　　　　　我若有个绞架，

　　　　　　　上去的就是她。

　　　　　　　跟你的是傻瓜。（下）

高内丽：这家伙倒会出好主意。留下一百个骑士，真是既安全又管用，只要他一胡思乱想，一有动静猜疑，一有牢骚不满，就可以用他们的力量来实现他的痴心妄想，把我们的生命掌握在他手中。奥瓦德，听我说！

奥巴尼：你是不是想得太远了？

高内丽：想得太远总比轻易相信稳当得多吧。我还是要消除我的担心，等你受到伤害就来不及了。我知道他的心，已经把他说的话都写信告诉妹妹，问她，供养他和他的一百个骑士是不是得当？

　　　　（奥瓦德上）

高内丽：怎么了，奥瓦德，给我妹妹的信写好了没有？

奥瓦德：写好了，夫人。

高内丽：带几个人快马加鞭去告诉她我担心的事。你还可以加上一些你想到的理由，使信的内容更加丰富。赶快去吧，还要赶快回来。

　　　　（奥瓦德下）

　　　　不，不，夫君，你的心太软了，我不怪你，你这样做往往是成事不足，败事有余。

奥巴尼：我还说不出你的眼光多么远大，不过看得太远，反而会丢掉近在手边或者已经到手的东西。

高内丽：不要说了。

奥巴尼：那好，看结果吧。

（同下）

第五场　奥巴尼公爵府

（李尔、肯特、侍从及说笑人上）

李　尔：（对肯特）你先送信去康华尔公爵府吧。我女儿问你多少，你知道多少就回答多少，不要多说。你走快点儿，不要等我到了你还没到。

肯　特：主公放心，我不睡觉也要把信送到。（下）

说笑人：如果人的脑子长在脚后跟，那脚就不会生冻疮了吗？

李　尔：哈，好孩子。

说笑人：那么，高兴点儿吧，你的脑子并没有生冻疮呀。

李　尔：哈，哈，哈！

说笑人：你就会看到二女儿对你会不会好一些，虽然她和大女儿就像沙果和苹果一样，不过我可以告诉你我所知道的。

李　尔：你可以告诉我什么，好孩子？

说笑人：酸沙果和酸苹果一样，没有什么分别。你能告诉我鼻子为什么长在脸当中吗？

李　尔：不能。

说笑人：为了把眼睛分在鼻子两边，鼻子闻不到的，眼睛都能看到。

李　尔：我真对她不起——

说笑人：你知道蚝壳是怎样长出来的吗？

李　尔：不知道。

说笑人：我也不知道，不过我可以告诉你蜗牛为什么老是背着它的壳。

李　尔：为什么？

说笑人：因为它在壳里可以藏头露角，而不必把壳白送给女儿。

李　尔：我真应该忘了天性。做什么慈爱的父亲！马准备好了吗？

说笑人：你的笨驴为你备马去了。你知道北斗星为什么是七颗吗？

李　尔：因为不是八颗。

说笑人：这下说对了，你也可以做个说说笑笑的傻瓜了。

李　尔：用力去夺回来，忘恩负义的贱人！

说笑人：老伯伯，假如你是我的说笑人，我就先要给你一顿鞭子。谁叫你还没说没笑就先老了？

李　尔：这是从何说起？

说笑人：你应该先聪明而后再老呀！

李　尔：啊，不要让我发疯，好老天！不要让我疯了。让我压住脾气吧，我不能疯呀！（对侍从）怎么，马备好了没有？

侍　从：好了，主公。

李　尔：来吧，好孩子。

说笑人：少女满脸笑，

　　　　看着我离开，

　　　　我一寸不短，

　　　　她怎不开怀！

　　　　（同下）

第二幕

第一场　葛罗特伯爵府

（私生子艾德芒上，与丘仑迎面相逢）

艾德芒：老天保佑，丘仑。

丘　仑：老天保佑，少爷。我见到你的父亲了，我通知他康华尔
　　　　公爵和夫人今晚要来拜访。

艾德芒：那是怎么回事？

丘　仑：我也不太清楚。你听到外面的消息没有？我是说那些口
　　　　耳相传的消息。

艾德芒：没有听到，请告诉我好吗？

丘　仑：你没听说康华尔公爵会和奥巴尼公爵打起来吗？

艾德芒：一点儿也不知道。

丘　仑：到时候你会知道的。再见了，少爷。（下）

艾德芒：公爵今晚会来？那就更好，简直是太好了！这下正合我意。父亲正提防着哥哥呢。我有件事一定得做，但是没有把握。干脆碰碰运气，动手吧！

　　　　（艾德卡上）

艾德芒：哥哥，和你说一句话，下来吧，哥哥。我说父亲在看着你呢。啊，老兄，离开这里吧。有人告发你藏在这里了，你最好在夜里离开。你有没有说过康华尔公爵的坏话？他马上就要到这里来了，而且是在夜里，这样急急忙忙的，丽甘也同他来。你有没有站在他们那边说什么对奥巴尼公爵不好的话？你想想看！

艾德卡：我敢肯定没有说过，一句也没有说。

艾德芒：我听见父亲来了，对不起，为了装模作样，我不得不拔出剑来对付你了。（拔剑）你也拔出剑来，假装保护自己。

　　　　（艾德卡拔剑）

　　　　现在敷衍一下。赶快投降，见父亲去！

　　　　（艾德卡下）

　　　　火把，喂，到这里来！——跑吧，哥哥！——火把，火把！——那么，再见了。（用剑刺伤自己的胳臂）身上多了几滴血，可以使人相信我真拼命打过，我见过喝醉的人伤得比我更厉害。父亲，父亲！站住，别跑！没人来帮我吗？

（葛罗特及仆从持火把上）

葛罗特：艾德芒，那坏蛋呢？

艾德芒：他站在暗处，只有尖刀闪闪发光，他口里念念有词，求
月亮做他的保护神。

葛罗特：他到哪里去了？

艾德芒：瞧，父亲，我流血了。

葛罗特：艾德芒，坏蛋到哪里去了？

艾德芒：父亲，他朝这边跑了。我看他没法子——

葛罗特：快追他去，嘿！快去！

（众仆从下）

没法子干什么？

艾德芒：没法子说服我谋杀父亲大人，因为我对他说，谋害自己
的父亲是天理不容，会电打雷劈的；我说父子之情有千
丝万缕连在一起，难割难分。总而言之，父亲，他看见
我这样反对他的叛逆行为，一怒之下，就拔出他随身带
的剑来，冲向我毫无防范的身体，刺伤了我的胳臂。但
他一见我毫不动摇的神气，跟他据理力争的态度，怕我
会诉诸武力，也许是听见我喊，怕会惊动太多的人，忽
然一下他就跑掉了。

葛罗特：让他跑吧，只要他还在国内，就休想不被发现，不被抓
到，一抓到就休想活了。我们高贵的主子公爵大人今晚
就要来这里，只要他一同意，我就宣布，谁抓到这个谋
害亲人的孽子，使他受到刑罚，就会得到重赏；谁要是

隐藏犯人，那就要判死刑。

艾德芒：我劝他不要图谋不轨，而他却执迷不悟，不肯悔改，我只好赌咒发誓，要告发他，他却对我说："你这个没有继承权的私生子，胆敢和我作对，难道你以为会有人相信你，以为你说得对，做得有道理吗？不会的，即使你拿出我手写的文字来当作证据，我也会说这是你捏造的证据，恶毒的阴谋诡计，用来陷害我的。你以为这个世界会这样傻，会看不透你的罪恶用心是要利用我的死亡来实现你得到大量财产的险恶意图吗？"

（内喇叭声）

葛罗特：好一个用心险恶的畜生！他要否认自己的笔迹吗？听，公爵到了，我不知道他为什么而来。我要封锁港口，不让畜生逃走。我要请公爵批准，还要把这畜生的图像到处张贴，使全国都家喻户晓。（对艾德芒）好孩子，我会让你的好心得到好报的。

（康华尔、丽甘及侍从上）

康华尔：怎么样，我的好朋友，我才刚到，就是刚才，却听到了意想不到的消息。

丽　甘：如果那是真的，无论你怎样处置罪人都不算过分了。大人，你说呢？

葛罗特：啊，夫人，我这老糊涂的心都要碎了，已经碎了。

丽　甘：怎么，是不是我父亲的教子要谋害你的性命？我是说艾德卡，他的名字还是我父亲取的呢。

葛罗特：啊，夫人，夫人，你叫我惭愧得无地自容了。

丽　甘：他不是和我父亲胡作非为的骑士混在一起的吗？

葛罗特：我也不知道，夫人，实在是太糟了，太糟了。

艾德芒：是的，夫人，他的确是和他们一伙的。

丽　甘：他给他们带坏了，这不足为奇。他们当然会唆使他谋财害命了。我刚从姐姐那里得到消息，要我小心提防他们，他们若来，我就不要待在家里。

康华尔：当然我也不会留下，丽甘，你可以放心。——艾德芒，听说你对父亲尽了做儿子的责任。

艾德芒：那是我的本分，大人。

葛罗特：他为了揭穿阴谋还受了伤，你看，那就是他奋不顾身的结果。

康华尔：有人去追吗？

葛罗特：有的，大人。

康华尔：只要逮到了他，就不必担心他再为非作歹了。你随便怎么处置他都行，我们给你全权。至于你呢，艾德芒，你的品行高尚，对父尽孝，不用多说，谁也看得出来，你就是我们的人才。我们非常需要你这样可以信得过的人，一抓住就不放手了。

艾德芒：我会忠心服侍大人的。

葛罗特：我也代他感谢大人的恩典。

康华尔：你不知道我们今晚为什么来访吧。

丽　甘：我们不管时间早晚，穿过一片漆黑的夜色，可尊敬的葛罗特，这样利用时机来拜访你，实在是要听听你的高见。我们的父亲和姐姐分别寄了信来，我们觉得还是不在家里回信更好，就让信差也到这里来等回信了。亲爱的好朋友，我们的大事非常需要你的忠告，请你不要吝惜高见吧。

葛罗特：夫人，我们一切都听候吩咐，哪能不竭诚欢迎呢？

（喇叭声中，众下）

第二场　葛罗特伯爵府外

（肯特化装为卡尤斯上，迎面遇见奥瓦德总管）

奥瓦德：早晨好，伙计，你是伯爵府的人吗？

肯　特：嗯。

奥瓦德：什么地方好系马呀？

肯　特：泥坑里。

奥瓦德：请不要开玩笑，讲点儿交情，告诉我吧。

肯　特：我和你没有交情。

奥瓦德：那就算了，我不在乎。

肯　特：我恨你恨得牙齿痒了，我要叫你在乎我。

奥瓦德：为什么这样对我？我又不认识你。

肯　特：坏家伙，我可认得你呢。

奥瓦德：你认得我是什么人？

肯　特：是个混账的坏蛋，吃残羹剩饭的奴才，浅薄自大，一年只有三套制服，只赚一百块钱，却要穿冒牌的粗毛袜。胆小如鼠，束手束脚，却又装模作样、照镜子看丑脸，一箱子肮脏的遗物是你卖身求荣得到的奖赏。你不过是一个丑角、乞丐、胆小鬼、王八蛋、狗娘养的杂种而已。要是你敢否认这些称号，我就要打得你呼天抢地，鬼哭狼嚎。

奥瓦德：你不认识我，我也不认识你，你就这样胡说八道，真是莫名其妙！

肯　特：真不要脸，居然说不认识我！两天前我还当着王上的面踢你的脚后跟，把你摔倒在地，狠狠打了你一顿，怎么就忘记了？拔出剑来，臭小子，虽然现在是夜里，天上还有月亮呢。我要打得你一塌糊涂，眼睛里冒出金星来，你这个婊子养的！拔出剑来吧！

奥瓦德：救命啊，嗬！要杀人了，来救命啊！

肯　特：砍吧，你这个狗奴才！站住，你这个混蛋，站住，你这个外表干净心里脏的坏蛋，砍呀！

奥瓦德：救命啦，嗬！杀人了！杀人了！

（艾德芒上。康华尔、丽甘、葛罗特及侍从后上）

艾德芒：这是怎么啦，出了什么事？快快分开！

肯　特：你要来一手吗，好小子？要是你敢，就动手吧。我要剥了你的皮，来吧，小伙子！

葛罗特：怎么动刀啦？怎么打起来了？出了什么事？

康华尔：不许动手，否则，就要你们的命，再动刀的就处死。到底出了什么事？

丽　甘：这两个信差是姐姐和王上派来的人。

康华尔：你们吵什么？说！

315

奥瓦德：我气都喘不过来了，大人。

肯　特：这有什么奇怪的？你浑身的气力都拿出来了。你这个胆小鬼，世上怎么会有你这样的人？你不过是裁缝用的衣架子罢了。

康华尔：你这话也怪了——衣架子会变人吗？

肯　特：大人，雕石像的石匠，画肖像的画家，哪怕只做了两年学徒，也不会雕得、画得这样差啊。

康华尔：说，你们怎么吵起来的？

奥瓦德：大人，这个老混蛋，我不是看在他花白胡子的分儿上，是不会饶他一命的。

肯　特：你这个婊子养的、没有用的废料！大人，如果你允许，我要把这个硬不起来的软骨头踩成一团泥巴，用来涂茅厕的墙壁。说什么看在我灰白胡子的分儿上，真是刁嘴滑舌！

康华尔：不要说了，不要不识好歹，要懂规矩！

肯　特：是，大人，但是人一生气，就会忘乎所以了。

康华尔：为什么要生气呢？

肯　特：这样一个不老实的奴才，居然佩起剑来。这样笑脸逢迎的坏蛋时常像老鼠一样，把难分难解的神圣的亲情、友情咬成两半。当他们的主子发脾气的时候，他们就火上加油，雪上加霜，用他们的鸟嘴来颠倒黑白，把错的说成对的，让主子的脾气越发越大，他们却见风使舵，什么也不知道，只会跟着主子瞎跑。一张疯疯癫癫的鬼脸！你敢笑我说的话，把我当作傻瓜、笨蛋，要是你落到我手里，我准叫你吃不消、兜着走，滚回你的老家去。

康华尔：怎么，你疯了吗，老家伙！

葛罗特：你们怎么闹起来的？说！

肯　特：没有什么比这狗奴才更叫人生气的了。

康华尔：你为什么叫他狗奴才？他做错了什么事？

肯　特：他的鬼脸叫我看到就讨厌。

康华尔：说不定还有我的脸，他的脸，夫人的脸呢。

肯　特：大人，我的本分是实话实说。我的确见过许多脸孔，比眼前看到的肩膀扛着的要顺眼一些。

康华尔：这家伙因为有人说他爽直而得意了，甚至毫不客气地以粗鲁无礼为荣呢。他披上矫揉造作的外衣，说他不会吹牛拍马，是老实人说老实话。如果人家信他，那好；如果不信，他也不过只是实话实说而已。这种混蛋我见得多了，他们的实话里面埋藏着巧妙的害人祸心，这比二十个只会低头哈腰、顺着主子唯唯诺诺的笨蛋要危险得多了。

肯　特：大人，天理良心，说老实话，如果你的宽宏大量像太阳神额头光芒四射的火焰——

康华尔：你这样说是什么意思？

肯　特：我是想改变我说话的口气。因为你是这样不喜欢我说的话。我知道，大人，我不是一个会奉承的人，那看似直截了当逢迎的人是一眼就可以看穿的骗子。即使不奉承就得不到你的欢心，即使求我去做那种骗子，我也不会

317

做的。

康华尔：（对奥瓦德）你做什么事得罪了他？

奥瓦德：我什么也没做，最近他的主子王上由于误会，打了我两下，他要向主子讨好，就在后面踢了我一脚，把我踢倒在地。他欺负我，打我、骂我，装出一副英雄好汉的架势来抬高他的身价，就对克制自己的人动拳动脚。他的强横霸道一旦得逞，到了这里，又来对我动刀子了。

肯　特：这些混账的胆小鬼，比起你们来，连牛皮大王都要相形失色了。

康华尔：把镣铐拿来！只要我还管得着你，你就得把镣铐一直戴到中午。

丽　甘：戴到中午？戴到夜里吧，夫君，叫他一夜不得好睡！

肯　特：为什么这样对我，夫人？即使我是你父王的一条狗，你也不该这样对待我呀！

丽　甘：伙计，你是他的奴才，我就得这样对付你了。

（镣铐送上）

康华尔：这就是姐姐谈到的那种人吧。把镣铐拿来！

葛罗特：我求大人宽恕他吧，他的主子王上要是知道了他的差人受到这种亏待，一定会不高兴的。

康华尔：这事有我管。

丽　甘：我姐姐知道她的差人受到欺侮更要生气了。

（肯特戴上镣铐）

康华尔：走吧，夫人。

（同下。葛罗特、肯特留场上）

葛罗特：朋友，我觉得这对你不公平。不过这是公爵的脾气，世上人都知道，谁能改变他、阻挡他呢？但我还是要为你试试。

肯　特：请不必白费力气，大人。我睁着眼睛走累了，正想睡一会儿，醒了就吹口哨也行。说不定好运气还会走出来呢。明天见吧。

葛罗特：这是公爵不对，王上会见怪的。（下）

肯　特：好王上，俗话说得不错：天上有福你不享，太阳底下来挨晒。过来吧，照亮世界的火炬，我要借你温暖人心的光辉来读读这封信了。只有在苦难中才更容易发现奇迹。我知道信是柯黛丽送来的，说来也巧，她偏偏知道了我这条走曲线找主公的弯路，在远离辽阔祖国的土地上，居然能设法弥补我们重大的损失。睁开得太久、疲倦得过了头的眼睛啊，抓紧时间闭一闭吧，不要看这个见不得人的地方。命运女神啊，祝你晚安！你能不能把你的轮子转个方向，回过头来笑一笑呢？（入睡）

第三场　葛罗特伯爵府外　荒野

（艾德卡上）

艾德卡：听说到处都在通缉我，幸亏我躲进了一棵空心树，才逃脱了这个难关。没有一个港口可以逃出去，没有一个地方不是戒备森严、警惕异常，只在等我落网。只要我能逃脱，我就要保全自己，哪怕在别人看来是最下贱、最可怜的样子，瞧不起人的贫穷使我看起来已经连禽兽都不如了。我要在脸上涂满污泥，腰间披上破布烂衫，头发结得疙疙瘩瘩，赤身露体，不怕风吹雨打、雷劈电击。这个地方不是没有先例，叫花子呼天抢地，在麻木不仁的胳膊上，绑着松针、尖刺、钉子、枯枝败叶之类讨厌的东西，从贫穷的农场、乡村、羊圈、磨坊乞讨施舍，有时甚至发出疯狂的叫嚣。可怜的穷鬼，可怜的汤姆！我简直换了个人，但是总还算个人吧，不过艾德卡可算完了。（下）

第四场　　葛罗特伯爵府外

（李尔、说笑人及侍从上）

李　尔：真怪！他们怎么离开了家，也不让我的差人回来。

侍　从：听说那一夜他们并没有什么事非离开家不可。

肯　特：（醒来）你好，主公。

李　尔：哈，你怎么这样丢人现眼待在这里！

肯　特：不是，主公。

说笑人：哈，哈！他怎么用脚镣做袜带了？马的缰绳套在头上，狗的带子系在颈上，猴子的绳索捆在腰间，人的镣铐就绑在腿上了。他跑腿跑多了，穿一双木袜子也是不足为奇的。

李　尔：谁认错了人，把你绑在这里了？

肯　特：就是他们两个，你的女儿、女婿。

李　尔：不会吧。

肯　特：就是他们。

李　尔：不会，我说。

肯　特：我说，就是。

李　尔：天神在上，我敢发誓，不是他们。

肯　特：天后在上，我也发誓，就是他们。

李　尔：他们不敢这样，不会这样，也不想这样做，这样粗暴地不尊重人，简直比杀人还坏。你要老老实实，快快说清楚，你到底做错了什么事，否则，他们怎么会这样对待你？

肯　特：主公，我一到他们家，就把你的信交上。我还跪着没站起来，只见急急忙忙赶来了一个满头大汗、气喘吁吁的信差，那是高内丽派来的，他一说到女主人的问候，交上信件，就打断了我的会见。他们立刻读信，又命令随行人员上马，要我也跟随在后，对我显得冷淡，要我等他们有空再给回音。一到这里，我又碰到了高内丽那个信差，我一见他受到欢迎就生气。偏偏他就是那个对主公傲慢无礼的管家，我气愤之下就没有思前顾后，拔出剑来，那个胆小鬼立刻高声大叫，把你的女儿、女婿都叫了出来。他们说我坏了规矩，就要我受苦受难了。

说笑人：冬天还没过，

　　　　南雁怎么北飞了？

父亲穿破衣，

子女就不理。

父亲有了钱，

子女露笑脸。

命运是娼妇，

嫌贫又爱富。

话虽然这样说，可是一年到了头，你女儿还要给你吃不完的苦呢。

李　尔：这苦头怎么涌上心头了！歇斯底里症啊，不要这样病态的兴奋了，压下去吧！你这往上爬的痛苦，你的老家在肚子下面哩。——我的这个女儿呢？

肯　特：主公，她和公爵在一起，在里面呢。

李　尔：不要跟着我，你就待在这里吧。（下）

侍　仆：除了你说的话，你并没有冒犯他们？

肯　特：没有。主公带的随从怎么这样少？

说笑人：如果你是为了这个问题戴上镣铐的，那是活该！

肯　特：这话怎么讲，傻瓜？

说笑人：这个问题应该去向蚂蚁学习，蚂蚁到了冬天是没有什么事可以忙的。人总是眼睛看见什么好，就跟着什么走，瞎子看不见就用鼻子闻，而二十个鼻子当中没有一个闻不出他身上已经发臭了。如果你抓住一个滚下山去的大车轮，那你一定会滚得折断脖子；如果车子是上山的，那就紧紧拉住车子，让他把你也拉上去吧。如果有聪明人给你更好的忠告，你就把我的话还给我。我只希望蠢材才听我的话，因为这话是个傻瓜说的：

人为了谋利，

表面上跟你。

天若一下雨，

他就会离去。

傻瓜才留下，

聪明人走吧！

这滑头也傻，

一走变傻瓜。

（李尔和葛罗特重上）

肯　　特：你从哪里学来的，傻瓜？

说笑人：不是戴上镣铐学到的。

李　　尔：不和我见面？他们不舒服，他们走累了，走了一夜的路？这些都是借口，分明是抗命！想溜之大吉？借口也要说得过去！

葛罗特：好主公，你知道公爵脾气不好，即使说错了也不肯走回头路。

李　　尔：报应、瘟疫、死亡，乱七八糟！脾气不好，他发火了？对谁发火？啊，葛罗特，葛罗特，我要和康华尔公爵夫妇说话。

葛罗特：好主公，我已经告诉他们了。

李　　尔：告诉他们了？你明白我的意思吗，老弟？

葛罗特：明白，好主公。

李　　尔：王上要和康华尔说话，慈爱的父王要和他的女儿说话，要叫她来照顾，来伺候。你把这些都告诉他们了吗？我气都喘不过来了，血也涌上来了！他暴躁的脾气，暴躁的公爵。且慢，也许他真是不舒服，有病的人难免疏忽健康的人该做的事，天性受到压制就要反抗心灵的主宰，反要心灵和身体一样受苦了。我得要有耐性，不能陷在主观冲动的泥坑里，把有病的人和健康的人混为一谈。（看见肯特）该死！怎么这样对待王上的差使！为什么要给他戴上镣铐？这样无法无天，倒真使我相信公爵夫妻是有意行动的了。把我的差人放出来，去告诉公爵夫妇我要和他们说话。现在，立刻叫他们出来，要他们听我说。否则，我要到他们的房门口去打鼓，我要把鼓打得半死不活，把睡熟的死人都叫起来。

葛罗特：希望你们不要发生误会。（下）

李　　尔：啊，我的心，我的心都要跳起来了，把它压下去吧！

说笑人：哭吧，老伯伯，就像厨娘把活生生的鳗鱼放在面糊里，
　　　　用擀面杖轻轻敲着鱼头说："下去吧，调皮鬼，下
　　　　去！"就像她的兄弟好心好意用黄油去喂马一样。

　　　　（康华尔、丽甘、葛罗特及侍仆上）

李　　尔：你们两个好呀。

康华尔：主公您好。

　　　　（肯特恢复自由）

丽　　甘：我很高兴看见父王。

李　　尔：丽甘，我想你是高兴的，并且知道你高兴的原因。如果
　　　　你不高兴，我真要把你母亲从坟墓里叫起来离婚了，因
　　　　为她怎么生了个不高兴见到我的女儿，一定是见到情人
　　　　就忘记丈夫了。（对肯特）啊，你总算脱身了，等等再
　　　　谈吧。——亲爱的丽甘，你姐姐真不像话，简直像尖牙
　　　　利齿的老鹰在啄我的心。我都说不出口，说了你也不会
　　　　相信她竟这样心狠！啊，丽甘！

丽　　甘：父亲，请你要有耐心，我怕不是姐姐心狠，而是你没有
　　　　看出她的好心好意。

李　　尔：你说什么？

丽　　甘：我想不出，父亲，如果她管管你那些胡作非为的随从，
　　　　那有什么不对呢？她有正当的理由，还有一片苦心，有
　　　　什么可怪罪的呢？

李　　尔：该死！

丽　甘：啊，父亲，你老了，天命也快到尽头了，做事要有分寸，要合乎你的身份地位，要有比你懂事的人来管管你。所以我劝你还是回到姐姐那里去，说一声对不起，求她原谅你吧。

李　尔：求她原谅吗？你看这还成皇家体统吗？说什么"好女儿，我老了，是多余的人，我跪下来求你给我衣食住所吧"。

丽　甘：好父亲，不要演这样不入眼的戏了，还是回到姐姐那里去吧。

李　尔：决不去，丽甘，她减少了我一半侍从，给我脸色看，用她毒蛇的舌头咬我的心，让上天成年累月的报复都落到她忘恩负义的头上吧！歪风邪气啊，吹得她的软骨头站不起来吧！

康华尔：不要这样说，主公，不要这样说！

李　尔：迅雷闪电啊，用光焰射瞎她目中无人的眼睛，毁掉她的容貌吧。在烈日下蒸发的瘴气啊，落满她的全身，让她起疹起泡吧！

丽　甘：啊，天神明鉴，你若是一怒从心头起，不也会一样咒骂我吗？

李　尔：不，丽甘，我不会诅咒你的，你温和的天性不会让你变得粗暴。她的眼神是凶恶的，而你的眼睛却不发出火光，而是给人安慰。你不会吝惜给我乐趣，不会减少我的随从，不会出口说些伤人的话，不会减少我的费用，总而言之，不会对我关上大门。你知道父女的天性，儿女应尽的本分，应有的礼貌和感激之情，你不会忘记我分给你的一半国土。

（内喇叭声）

李　尔：谁给我的差人戴上枷锁的？

（奥瓦德总管上）

康华尔：为什么吹喇叭？谁来了？

丽　甘：是姐姐来了，她信上说了她就要来的。（对奥瓦德）夫人来了吗？

李　尔：你这个奴才依仗着主子的气势来压人。滚开，狗东西！不要站在我面前！

康华尔：主公这是什么意思？

（高内丽上）

李　尔：谁给我的差人戴上枷锁的？丽甘，我本来以为你不知道这件事。啊，这是谁来了？天啦！如果你还爱护老人，如果你温和的影响力还希望有人听从，假如你自己已经老了，那就把我的事当作你自己的事，站到我这一边来吧！（对高内丽）难道你看到这把花白胡子不难为情？

（丽甘和高内丽手挽着手）

啊。丽甘，你挽着她的手，要和她站在一边吗？

丽　甘：为什么我们不可以手挽手呢，父亲？难道我犯了什么错误吗？不识好歹的指责，偏心袒护造成的错误，难道不该指出来吗？

李　尔：啊，我的腰身怎么还这样硬朗，还支撑得起来？我的差人怎么戴上枷锁了？

康华尔：是我给他戴上的，主公。他太不懂规矩，这样处罚还是便宜了他呢。

李　尔：你？是你给他戴上柳锁的？

丽　甘：我请求你，父亲，既然年老体弱，就要像个体弱的老人。如果你减少一半随从，到姐姐那里住满了一个月，再到我这里来吧。我现在不在家，招待你也不方便，怎能供养你呢？

李　尔：回到她那里去？还要减少五十个随从，那我还需要什么屋顶来遮风避雨呢？还不如和又冷又热的天气打交道，和豺狼鹰犬交朋友吧！缺衣少食会压得我喘不过气来，不过也不会逼得我回到她那儿去。我为什么不去找满腔热血的法兰西国王？他娶了我没有嫁妆的小女儿，我还不如跪在他王座前，像个大臣一样，求他给我一笔养老金，我还可以站着过一辈子贫贱的日子呢！回到她那里去？这不是要我给这个可恶的奴才（指着奥瓦德）做奴才吗？

高内丽：那就随你的便了，父亲。

李　尔：我求求你，女儿，不要逼得我发疯了，我不会麻烦你的。孩子，再见吧，不，我们不会再见面，不会再在一起了。虽然你还是我的骨肉血亲，我的女儿，不过，你只是我血肉中的病毒，虽然我不得不承认你长在我身上，但你只是个脓疮、肿瘤、病根，生来败坏我血液的。我也不怪你了，看你自己会不会问心有愧吧。我不会羞辱你，既不会要你挨电打雷劈，也不会向天神告发你，你自己愿意弥补你的过失就弥补吧，有空的时候好好想想，我会和我的一百个骑士在丽甘那里耐心等待的。

丽　甘：哪能这么多人？我还没有想到你就要来，也没准备好怎样接待你呢。父亲，听姐姐的话吧。如果用理智结合感情来说，一定会想到你已经老了，所以姐姐还是知道怎么办的。

李　尔：你这样说对吗？

丽　甘：我敢说是对的，父亲。怎么，五十个随从？这还不够么？怎么还要更多的人？这么一大堆人既花钱，又危险。他们由两边管，怎能相处得好？太难了，几乎是不可能的。

高内丽：大人，为什么不可以由她的仆人来侍候，或者是我的仆人也行呢？

丽　甘：大人，为什么不行呢？如果我的仆人敢怠慢了你，你只要告诉我一声，我们一定会教训他的。现在我倒觉得有点儿危险，我求你只要带二十五个人就够了，再多，我既没有地方给他们住，也不好安排呀。

李　尔：我把一切都给了你们。

丽　甘：你给得正是时候。

李　尔：让你们照顾我，安排我的事务。只要求保留一百个侍从。怎么，我到你这里来只许带二十五个人？丽甘，这是你说的吗？

丽　甘：我还要再说一遍，大人，不能再多了。

李　尔：坏蛋比起更坏的人来，反倒算是有好心的，因为他还没有坏到透顶，总有几分好处。（对高内丽）那我还是跟你去吧。你让我带五十个人，正是二十五个人的一倍。你的感情也比她多一倍了。

高内丽：听我说，大人，你哪里用得着二十五个人，甚至十个，五个都太多了。家里不是有几倍人在听候你的吩咐吗？

丽　甘：还用得着一个专人吗？

李　尔：啊，不要给我谈什么用得着用不着、需要不需要了。最穷的叫花子也需要他用得着的东西，人的生命不能像猪狗一样下贱呀。你是一个贵夫人，贵夫人需要温暖，还要穿着打扮，打扮并不能使你温暖呀！但是你却用得着。天呀，给我耐心吧，我需要耐心！天神呀，你们看我在这里，一个可怜的老人，又老又苦，老得可怜，苦得也可怜。如果是你们耸动了这两个女儿的心来对付她们的父亲，那就不要让我当傻瓜一样驯善地忍受了。点燃我心中的怒火吧，不要让女人用眼泪做武器来玷污了男子汉的面孔！不，你们两个不通人性的妖精魔鬼，报应会落到你们头上的，全世界都会——我会要他们露出恐怖的面孔！你们以为我会哭吗？不，我不会哭，虽然我有理由放声大哭。

（暴风雨声）

我还没哭，我的心就要崩裂成千万碎片了。傻瓜啊，我要疯了！

（李尔下，葛罗特、肯特及说笑人随下）

康华尔：我们进去吧，要来暴风雨了。

丽　甘：这房子太小，老头子和他的人怕住不下。

高内丽：他这是自作孽，只好自食其果了。

丽　甘：要是他一个人，我倒还乐意安排，但是不能带一个随从。

高内丽：我也是这样想的。葛罗特伯爵呢？

（葛罗特上）

康华尔：跟着老头子走了，现在又回来了。

葛罗特：王上非常生气。

康华尔：他要到哪里去？

葛罗特：他要人备马，但我不知道他要到哪里去。

康华尔：最好随他的便，他想到哪里去，就去哪里。

高内丽：伯爵，千万不要留他住下来。

葛罗特：哎呀，夜来了。风又大，刮得好厉害，几里路之内几乎都没有树木可以挡风避雨。

丽　甘：啊，大人，自以为是的人总是自作自受，而且从不接受教训的。关上你的大门吧，他还带着一伙亡命之徒呢。他的耳朵又软，不知道他们会怂恿他干出什么事来，还是谨慎为上，防着点儿好。

康华尔：关上你的门吧，大人。这是一个狂风暴雨之夜，我的丽甘说得不错，不要跟暴风雨作对！

（众下）

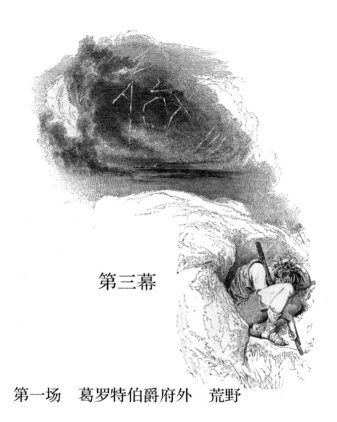

第三幕

第一场　葛罗特伯爵府外　荒野

（暴风雨中肯特上，迎面遇见一侍仆）

肯　特：什么人？怎么不怕这恶劣的天气？

侍　仆：一个心情和天气一样恶劣的人。

肯　特：我认得你。王上现在在哪里？

侍　仆：他正在和狂风暴雨做斗争，要狂风把陆地吹进汪洋大
　　　　海，或者是呼喊滚滚波涛淹没辽阔的大地，使天下万物
　　　　不是改头换面，就是彻底消失呢。

肯　特：谁还和他在一起？

侍　仆：只有那个说笑人，他一片苦心，想把他伤心的苦水一笑了之。

肯　特：老兄，我的确记得你。根据我的了解，我要把一个重要的消息交给你：奥巴尼公爵和康华尔公爵之间有分歧了——虽然他们尔虞我诈，表面上不露声色，但是这些高高在上的大人物哪里少得了趋炎附势的小人？而这些下人正是向法兰西国王通风报信的两面派。这两个公爵的明争暗斗、阴谋诡计，或是对老王的冷酷无情、强硬做法，也许还有更深刻的隐情，那么这些情况只是表面现象了。

侍　仆：我等等再和你谈吧。

肯　特：不行。为了向你证明我的内心比你看到的外表更重要得多，你把这个钱包拿去，（把钱包给侍仆）并且把钱包里的戒指拿出来。如果你见到柯黛丽——不必担心，你一定会见到她的——你就把戒指给她看，她会告诉你这个给你戒指的是什么人。

侍　仆：让我们握手告别吧。你没有更多的话要说了？

肯　特：只有几句比刚才说的更重要的话。那就是，我们赶快去找王上。你走那边，我走这边，要是谁先看见王上，就大声喊叫，让对方听见。

　　　　（分下）

334

第二场　葛罗特伯爵府外　远处荒野

（暴风雨中，李尔及说笑人上）

李　尔：狂风啊，鼓起你的脸颊，用尽你的力气来吹倒一切吧！
暴雨啊，喷出你如帘的瀑布来淹没教堂的尖顶，淹死屋
顶上的风信鸡吧！发出万丈磷光，比瞬息万变的思想还
迅速的闪电，劈开参天橡树的万钧雷霆的开路先锋，像
燎原的烈火一样烧焦我满头的白发吧！惊天动地的雷
电，把这个高低不平的地球压平吧，砸烂砸碎大自然铸
造的忘恩负义的人型吧！

说笑人：啊，老伯伯，与其在野外淋成落汤鸡，还不如在屋里求
圣水祝福呢！好伯伯，还是去求求你女儿的圣水吧。风
雨之夜对聪明人和对傻瓜都是一样不客气的啊。

李　尔：让天堂雷鸣，喷出烈火，倾出暴雨吧！风雨雷电都不是
我的女儿，我不能责怪你们忘恩负义，我既没有分给你
们国土，也没有对你们亲热，你们并不欠我一点儿人
情。如果你们以恐怖为乐，那就施展你们吓人的本领来
对付一个受虐待的可怜老人吧。不过我还是要说，你们
是我两个狠心女儿的帮凶，带领了一班天不怕、地不怕
的打手来围攻一个白发老头，这太恶劣了！

说笑人：有房子遮风避雨，
就等于有裤子遮阳蔽阴。
头上没有帽子，

下头却有老子。

头上有了虱子，

下头有好色子。

如果看重感情，

好歹就分不清。

如果日夜不分，

睡醒了也会困。

哪个女人不对镜子装模作样啊？

（肯特化装为卡尤斯上）

李　尔：不过我要有耐性，要吃得苦中苦，还什么都不说。

肯　特：那是谁呀？

说笑人：一个是人上人，另一个是下半身，一个聪明一个蠢。

肯　特：哎呀，主公，你在这里呀！连夜游神都害怕的一片漆
　　　　黑，只有电光闪闪，雷声隆隆，狂风怒吼，暴雨倾天，
　　　　真是见所未见、闻所未闻，人哪能担得起这样的惊骇，
　　　　受得了这样的痛苦啊？

李　尔：伟大的雷神啊，不要把你的震天霹雳降落到好人头上，
　　　　对准那些坏蛋！发抖吧，丧尽天良却没有受到处罚、没
　　　　有得到报应的恶人；寻找藏身之处吧，你血污淋漓的罪
　　　　恶之手，发誓不算数的骗子，假装好人的混蛋，不认骨
　　　　肉至亲的孽种；粉身碎骨吧，假冒伪善的恶人，谋财害
　　　　命的凶手，禁闭在地狱中的罪人，剥掉你们的画皮求饶
　　　　吧！撒下天罗地网的神灵啊，我可是一个含冤受屈、没
　　　　有为非作歹的好人呢！

肯　特：哎哟，还露着头呢！大慈大悲的主公啊。附近还有一个
　　　　茅屋可以挡挡风雨，到那里去躲一下吧。我要到那死硬
　　　　无情的大宅中去——比构筑大宅的砖石还更冷酷呢，刚
　　　　才我去探问您的消息，他们却连门都不开。我还要去拼
　　　　死拼活，叫他们讲点道理。

李　尔：我的头脑开始转过来了。孩子，怎么，冷吗？我也冷了，
　　　　说来也怪，伙计，用得着的时候，无用的东西也会变成宝
　　　　贝。到茅屋里去吧！我可怜的心里还有点可怜你呢。

说笑人：有点小聪明，

　　　　就不怕风雨。

　　　　乐天又知命，

　　　　风雨随它去！

李　尔：说得不错，孩子。来吧，找茅屋去！

　　　　（李尔及肯特下）

说笑人：这样冷的夜晚和婊子睡也热不起来。但我还是不说几句
　　　　预言就下不了台。

　　　　神甫说话都不算数，

　　　　酒里掺水是老师傅。

　　　　财主教裁缝做衣裳，

　　　　不烧异教徒烧情郎。

　　　　审案的大人都不贪，

　　　　富翁欠债穷人做官。

　　　　没有人张口就造谣，

　　　　人堆里面没有小偷。

有钱人不把黄金藏，

鸨母婊子都修教堂。

那时大不列颠帝国，

一片混乱人人难活。

谁能活到这个时代，

走路都不用把腿抬？

哪个人不会说预言？

我不过比人早几天。（下）

第三场　葛罗特伯爵府

（葛罗特、艾德芒执火炬上）

葛罗特：哎，哎，艾德芒，这太不近人情了，他们要我不同情主
　　　　公，不让我随意分配我的住房，甚至要我不再提到主
　　　　公，不再帮他，不再为他说话，否则，就永远休想得到
　　　　他们的好感。

艾德芒：这的确是不近情理，太狠心了。

葛罗特：算了，这事不要对别人讲。据说两个公爵意见也不一
　　　　致，更坏的是，今天晚上我得到一封信，说出来都有危
　　　　险，我把信锁在密室里。王上受到不当的待遇，那会有
　　　　报应的，有一部分海军已经登陆了。我们不能做对不起
　　　　王上的事，我要去找他，私下里去帮他的忙。你去陪陪
　　　　公爵吧，他若问起我来，就说我不舒服，已经睡了。即

338

使拼了这条命——看来的确是有这个危险——也不能对不起王上老主公呀。看来马上要出事了。艾德芒，要小心点。（下）

艾德芒：公爵禁止的事你偏要做，我要立刻去报告公爵，还有那封密信的事。看来这是天赐良机，父亲失掉的就要落到我手中了。

老一代如果不下台，

新一代怎么上得来？（下）

第四场　葛罗特伯爵府外　荒野中茅屋前

（李尔、肯特及说笑人上）

肯　特：茅屋找到了，主公，我的好主公，进去吧！这样的狂风暴雨之夜，真叫人受不了。

（风暴继续不断）

李　尔：不要管我。

肯　特：我的好主公，进茅屋去吧。

李　尔：真是伤心。

肯　特：应该伤心难过的是我，好主公，进去吧。

李　尔：你觉得风暴蹂躏了肉体是痛苦吗？重病在身的人是不会感到轻微伤痛的。如果迎面来了一只大熊，你自然会转身就跑，但后面却是怒涛汹涌的大海，你就会觉得还是面对大熊的危险小一些了。内心没有负担的时候，人对外界才有种种感觉。但我内心的风暴已经使我失去对外的反应了。忘恩负义的女儿，手把食物送进嘴里，嘴会反咬手一口吗？我一定要出这一口气，但是我不哭了。在一个这样的夜晚，居然把我拒之门外！暴雨啊，倾天倒下吧！我不会受不了的。在这样一个夜晚？啊，丽甘，高内丽，你们慈爱的老父好心好意把什么都给了你们，再这样想下去，我真要发疯了，还是不多想吧。

肯　特：好主公，进茅屋去吧。

李　尔：你自己先进去避避风雨好了，这场风暴使我想到还有很多比风暴更吓人的呢。不过，我会进去的。（对说笑人）不，孩子，你先进去。

（说笑人下）

我要祈祷。（跪下）缺衣少食的可怜人，不管是谁，你们怎么经受得住这无情风雨的鞭打煎熬啊？你们无家可归，腹中空空，衣服破烂得开了天窗，怎么受得了这样的天气？啊，我过去太不关心这一切了！豪华富贵的人们，你们也该体会体会穷人痛苦可怜的生活，用多余的东西接济缺衣少食的贫民吧。这才可以显示上天的公平啊。

（艾德卡及说笑人上）

艾德卡：（在茅屋内）量一量海多深？是一丈还是一英寸？可怜的汤姆！

说笑人：不要进来，伯伯，里面有个精怪，帮个忙，帮个忙吧！

肯　特：谁在草堆里抱怨？出来吧！

（艾德卡装疯子上）

340

艾德卡：走开，我后面有魔鬼。

狂风穿过了多刺的荆棘窝，

哼，不如上床去暖和暖和。

李　尔：难道你也把什么都给了女儿，住到这里来了？

艾德卡：谁会施舍给可怜的汤姆？魔鬼带我穿过了火山烈焰，跨过了泥潭漩涡，把刀放在我枕头下，在我教堂的座位上吊好了绞索，把毒鼠药放在我的粥碗旁，要我骑马过四英寸宽的独木桥，把自己的影子当作谋财害命的凶手。谢天谢地，谢谢五官的感觉，汤姆怕冷了！哆嗦，哆嗦，哆嗦！恭喜你逃出了风暴，逃出了魔星的摆布，给可怜的魔鬼缠身的汤姆一点儿施舍吧。他一会儿东，一会儿西，一会儿在这里，一会儿在那里。

（风暴继续不停）

李　　尔：他的女儿也害得他陷入了难关？你也什么都没有留下来？什么都给了她们？什么也没留给自己？

说笑人：还好他留下了一床毯子，否则就要出乖露丑了。

李　　尔：不管天上倒挂着多少惩罚罪恶的瘟疫链条，都让它们落到你女儿的头上去吧！

肯　　特：他还没有女儿呢，主公。

李　　尔：该死的说话不算数的人！除了没有良心的女儿，还有什么人会伤害他的肉体到这个地步呢？也许这正是报应，不就是他的肉体生养出这样丧尽天良的女儿的么？

艾德卡：公鸡骑在母鸡背上，压进去，压进去啊！

说笑人：这样冷的夜晚会压得我们装疯卖傻的。

李　　尔：你干过什么呀？

艾德卡：自以为通情达理的侍从，卷发的帽子上炫耀着情妇的手套，满足她的情欲，干着见不得人的勾当。说一句话就发个誓，又在光天化日之下说话不算数，睡着了也做风流梦，睡醒了就干下流事，喜欢喝酒，喜欢赌博，玩起女人来胜过土耳其苏丹，虚情假意，耳软手硬，懒得像猪，狡猾得像狐狸，贪得像狼，吼得像狗，凶得像狮子。不倾心于咯吱的鞋子，悉索的裙子，脚不进窑子，手不摸裙子，笔不写借据，心不碰魔鬼，让冷风吹过荆棘，说什么沙姆、曼姆，不，汤姆我的孩子！让他去他的吧！

（风暴继续不断）

李　尔：你这样把没有遮拦的身体暴露在狂怒的风雨中，还不如在坟墓里好哩。难道人就是这样的吗？仔细看看，你不如蚕有丝，兽有皮，羊有毛，猫有味。嘿！我们三个都是经过加工改装的人，只有你才是人的本来面目。没有为适应环境而改头换面的人就是像你这样上半身赤裸裸、下半身开了叉的动物啊。去你的，去你的这些身外之物！来吧，解开这些纽扣！（撕掉衣服）

（葛罗特手拿火把上）

说笑人：请伯伯安静点儿，这样调皮捣蛋的夜里是不好游泳的。看，荒野里一点火就像一个全身冰冷的好色老头子的一颗心。瞧，的确有一团火走来了。

艾德卡：来的是精灵，从天黑走到天明，他带来白内障，使人斜眼睛，咧嘴唇，叫麦子发霉，又迫害穷人。

（唱）安眠神三次走过山坡，

碰到梦魔和九个喽啰。

叫她走开，

不要再来，

去你的吧，

妖婆！

肯　特：主公怎么样？

李　尔：他是什么人？

肯　特：来的人是谁？你找什么人？

葛罗特：你们在干什么？叫什么名字呀？

艾德卡：可怜的汤姆，吃的是水里的青蛙、蛤蟆、蝌蚪、墙上的

343

壁虎，喝的是水。他心里一急，魔鬼一生气，他就把牛屎做生菜，生吞活剥小老鼠或者水沟里淹死的野狗，喝青苔池塘里的绿水。人家用鞭子把他从东赶到西，或者处罚他，把他关起来。他身上穿过的只有三套奴才的衣服和六件汗衫，有马可骑，有保护主人的武器。在那最后的七年里，吃的只是老鼠之类的小东西。小心我后面的魔鬼，不要让他们捣乱调皮！

葛罗特：怎么主公只和这等人在一起？

艾德卡：阴司也有阎罗王，恶毒、马虎坐公堂。

葛罗特：主公，我们的亲骨肉都翻脸不认亲生的父母了。

艾德卡：可怜的汤姆好冷呀！

葛罗特：同我进去吧。我怎能听从你女儿的严格要求，把你关在门外忍受狂风暴雨的鞭挞呢？我只好冒险来把你们带到有火又有吃的地方去了。

李　尔：让我先和这个有学问的人谈谈吧。（问艾德卡）你知道天为什么打雷吗？

肯　特：好主公，答应我，同他进屋里去吧。

李　尔：我要问问这个有学问的希腊人。（问艾德卡）你是学什么的呀？

艾德卡：专门对付魔鬼，消灭害人虫的。

李　尔：我还要问你一句，不要让别人听见。

肯　特：（对葛罗特）请你恳求主公快走吧。他的头脑糊涂了。

葛罗特：这能怪他吗？

（狂风暴雨继续吹打）

他的女儿要他的命。啊，那个好肯特，他早就说过了会这样的，可是他被流放了。你说王上疯了，我要告诉你，朋友，我也几乎要发疯了。我有个亲生的儿子，也给我赶出了门，因为他要害我的命，但是近来，就是最近，我还是爱他的。朋友，哪个父亲不爱亲生的骨肉呢？老实告诉你，我难过得也要发疯、发糊涂了。多么可怕的黑夜啊！（对李尔）主公，我求求你。

李　尔：你求我了，老兄？（对艾德卡）有学问的人，同我走吧。

艾德卡：汤姆好冷啊。

葛罗特：（对艾德卡）进去吧，伙计，进茅屋去，里面暖和一点儿。

李　尔：都进去吧。

肯　特：主公，走这边。

李　尔：同他走，我要和有学问的人同走。

肯　特：（对葛罗特）顺着他，让他同这小伙子走吧。

葛罗特：你带他来吧。

肯　特：老兄，来吧，和我同走。

李　尔：来吧，雅典人。

葛罗特：不要说了，不要说了。

艾德卡：罗兰来到黑塔前，

　　　　说了一遍又一遍，

　　　　血泪涟涟不列颠。

　　　（众下）

第五场　葛罗特伯爵府

（康华尔及艾德芒上）

康华尔：在我离开之前，我要让他知道我是不能得罪的。

艾德芒：那么，大人，人家要怪罪我，为了尽忠而不念父子之情了。

康华尔：我这才看出来，你哥哥要谋害你父亲，不一定是他存心不良，而是你父亲也罪有应得。

艾德芒：我的命真苦，（拿出信来）做了好事又要后悔。这就是他说起的那封信，证明他是给法兰西通风报信的。啊，天呀，我真巴不得他没有里通外国，至少轮不到我来揭发他呀。

康华尔：同我去见公爵夫人吧。

艾德芒：如果这封信里说的话真实可靠，那您手头要做的事可是关系重大哪。

康华尔：不管是真是假，反正这已经使你当上葛罗特伯爵了。快去看看你的父亲现在在哪里，我们不能让他就这样脱了身。

艾德芒：（旁白）如果我碰上他伸手帮老王的忙，那就使他的嫌疑更加证据确凿了。（对康华尔）我会尽心尽力的，虽然这会伤害到我的骨肉之情。

康华尔：我相信你。你会在我的好感中找回你损失的父子之情的。

（同下）

第六场　葛罗特伯爵府外屋

（肯特、葛罗特上）

葛罗特：这里比露天好多了，谢天谢地，总算找到了地方。我再
　　　　去找些用得着的东西来，不会去太久的。

肯　特：主公的脑力已经让位给他发急的脾气了，老天会报答你
　　　　的好意的。

（葛罗特下。李尔、艾德卡、说笑人上）

艾德卡：小魔鬼在叫我，说尼罗这个暴君在他母后的阴湖（阴
　　　　户）里钓鱼。小心，不懂人事的小子，不要掉到魔鬼的
　　　　湖里去了。

说笑人：伯伯，请你告诉我疯子是上等人还是下等人。

李　尔：是个上等的国王。

说笑人：不，疯子是下等人，但他的儿子却成了上等人，所以疯
　　　　子是眼睁睁看着儿子成了上等人的下等人。

李　尔：要用一千根烧得火红的铁签来穿过她们的黑心。

艾德卡：你总算是五官清醒了。

肯　特：天可怜主公吧！你赞不绝口的耐性到哪里去了？

艾德卡：（旁白）我的眼泪也要冲破伪装，快要流出来了。

李　尔：痛苦、欺骗、讨好，这些恶狗都冲着我狂吠了。

艾德卡：汤姆就要向他们迎头痛击了，去你的吧，恶狗！

不管你们白嘴黑嘴，

毒牙一咬都会粉碎。

不管你看家或跑腿，

不管你长毛或短尾，

不管你公狗或母狗，

不管你摆尾或摇头，

不管你是哭还是笑，

一见汤姆都四处逃。

多嘀嘀嘀，住口！去唤醒城乡市场！

可怜的汤姆，你的号角怎么吹不响？

李　　尔：那就让你的恶狗来解剖丽甘吧！看她心里是什么货色？

看天下是什么造成了她这样铁打的心肠？（对艾德卡）

老兄，你是百里挑一的好人，不过我不喜欢你的打扮，

你说是波斯式的，还是换掉吧！

（葛罗特上）

肯　　特：我的好主公，躺下来歇歇吧。

李　　尔：不要响，不要吵，拉上帘子，我要在早上吃晚餐。

说笑人：我要在白天睡大觉。

葛罗特：来吧，朋友，王上我的主公呢？

肯　　特：在这里，不要打搅他，他的头脑已经乱了。

葛罗特：好朋友，请你抱着他。听说有人要谋害他，这里有副担
架，把他抬到南港去吧，那里欢迎他，会保护他的。如
果在这里多待半小时，他和支持他的人都会有危险，还
是抬起他来，跟我去个安全的地方吧。（抬李尔下）来

吧，来吧！

（众下）

第七场　葛罗特伯爵府

（康华尔、丽甘、高内丽、私生子艾德芒及侍仆上）

康华尔：（对高内丽）快去见你的夫君，把这封信给他看，（给信）法兰西的军队已经登陆了。赶快去找葛罗特这个叛徒。

（侍仆数人下）

丽　甘：立刻就吊死他。

高内丽：挖出他的眼珠。

康华尔：我会处理他的。艾德芒，你送我们的姐姐回去吧，我们不得不惩罚你的父亲这个叛徒，但是最好你不在场。你去告诉奥巴尼公爵快点儿做好准备。我们当然不会错过时机的。通报消息要又快又灵通。再见吧，亲爱的姐姐。再见了，我的葛罗特伯爵。

（奥瓦德上）

康华尔：怎么了？老王找到了吗？

奥瓦德：葛罗特伯爵已经把他送走，有三十五六个骑士是他紧密的追随者，都在大门口等他，还有几个伯爵的侍从都同他们一起去南港多佛了，那里有他们自称武器精良的友军。

康华尔：公爵夫人的马备好了。

高内丽：再见，亲爱的公爵，亲爱的妹妹。

（高内丽、艾德芒及奥瓦德下）

康华尔：艾德芒，再见。——去找葛罗特这个叛徒，把他绑来
见我。

（侍仆数人下）

虽然不走个法律过场我还不能判他死刑，但是我非出这
口恶气不可，别人要怪我，又其奈我何！

（葛罗特及侍仆上）

康华尔：谁来了？是那个叛徒？

丽　甘：不知好歹的老狐狸！就是他。

康华尔：把他有骨头没肉的胳膊绑紧点儿。

葛罗特：两位尊贵的客人是什么意思？好歹我还是你们的东道主
人，怎么能够喧宾夺主呢？

康华尔：绑起来，我说绑就得绑。

丽　甘：绑紧点儿，绑紧点儿。啊，对叛徒不能手软。

葛罗特：一个公爵夫人怎么能这样不讲理？我算是对什么人的叛
徒呀？

康华尔：把他绑在椅子上。——坏蛋，你就会知道。

（丽甘揪葛罗特的胡须）

葛罗特：老天在上，怎么能做揪胡子这种下流人干的勾当！

丽　甘：胡子这样白，心却这样黑？

葛罗特：夫人真不像话，你从我下巴上揪下来的胡子也会说话，
会向老天控告你的。我是你们的东道主，哪有这样用强

350

盗的手腕来回报殷勤款待的？你们要干什么？

康华尔：那好，你近来从法兰西得到了什么信？

丽　甘：简单回答，我们已经知道了事实真相。

康华尔：你和近来在我国登陆的反对派军队有什么联系？

丽　甘：你把发疯的老王送到谁的手里去了？说吧！

葛罗特：我收到了一封猜测性的信件，但那是一个中立派，并不
　　　　是反对派寄来的。

康华尔：不要狡辩。

丽　甘：假话不能当真。

康华尔：你把老王送到哪里去了？

葛罗特：送到南港多佛去了。

丽　甘：为什么要送去多佛？你不是明知故犯吗？

康华尔：为什么要送去多佛？让他先回答这个问题。

葛罗特：我是游乐场中绑在木桩上的笨熊，只好任恶狗来狂吠乱
　　　　咬了。

丽　甘：说，为什么要送去多佛？

葛罗特：因为我不想看到你用残酷的指甲去挖出他可怜的老眼，
　　　　也不想看到你凶狠的姐姐用野猪般的獠牙去咬伤他神圣
　　　　不可侵犯的身体。狂风暴雨在地狱般黑暗的深夜里没头
　　　　没脸地倾盆而下，大海也会用奔腾汹涌的波涛扑灭泪下
　　　　如雨的星光，但是可怜的老人却让自己的眼睛像星光一
　　　　样泪水淋漓。在这样鬼哭神嚎的时刻，即使豺狼躲到你
　　　　门前来避难，你也会对看门人说："打开门来，放他一
　　　　条生路！"无论多么狠毒的心肠都有不忍下手的时刻，

对丧尽天良的儿女，难道报应不会插翅飞来吗？

康华尔：你永远也看不到那一天的。来人！不要让他在椅子上乱动，我要让他的眼睛看看我的鞋底。

葛罗特：谁忍心看他下手做这种没人性的事？没有人能阻止这惨无人道的勾当吗？老天还有眼睛没有？

（康华尔挖空他一个眼睛）

丽　甘：不能让他一只眼睛哭，一只眼睛笑，两只都要挖掉。

康华尔：你要看到报应——

侍　仆：住手！（对葛罗特）大人，我从小就是你的助手，但是现在，最好的助手就是要他住手。

丽　甘：你好大的狗胆！

侍　仆：（对丽甘）假如你下巴上有胡子，我也要揪下来。（对康华尔）你知道你在干什么吗？

康华尔：你这个奴才！

侍　仆：奴才是过去的事，现在要你尝尝我的怒气。

（二人拔剑对打）

丽　甘：（对第二个侍仆）把你的剑给我。乡下人居然敢这样大胆。（刺死第一个侍仆）

侍　仆：怎么来暗杀了！（对葛罗特）大人还有一只眼睛，可以看到还是有报应的。啊！（死）

丽　甘：不能让那只眼睛还看见东西！把它也挖出来。（挖空另一只眼）你还能看到光么！

葛罗特：一片黑暗，无依无靠，我的儿子艾德芒呢？艾德芒，让父子之情的火花点燃你的复仇之心吧！

丽　甘：去你的吧，搞阴谋的坏蛋。连你的儿子也恨你了。如果
　　　　他不揭发，我们还不知道你的诡计呢。难道他会可怜
　　　　你吗！

葛罗特：啊，我真傻！那艾德卡是蒙冤受屈的了。老天呀，宽恕
　　　　我，不要让他也走厄运吧！

丽　甘：把他赶出门去，让他摸着路去多佛吧！

　　　　（侍仆同葛罗特下）

　　　　夫君怎么看起来不对头呀。

康华尔：我刚才给那奴才刺伤了，夫人，我们走吧。——把那个
　　　　瞎眼的坏蛋赶走，把这个奴才丢到粪坑里去。丽甘，
　　　　我失血又多又快，受伤也正不是时候。你快扶我走吧。

　　　　（众下）

第四幕

第一场　葛罗特伯爵府外

（艾德卡上）

艾德卡：还是这样当叫花子更好，与其听人表面上说好话，背地
里说坏话，还不如听表里一致的坏话更好。物极必反，
最坏的运气，最被人瞧不起的东西，不是还有好转的机
会吗？有什么可怕的呢？最坏的情况只会变得更好，可
悲的事情也许会带来欢笑。那么，欢迎你这变化多端的
风暴，你已经把我吹到最坏的绝境，你还有什么我没见
过的绝招呢？

（葛罗特由老人扶上）

老　人：好老爷，我做你家的佃户，从老太爷的时候算起，也有八十年了。

葛罗特：去吧，去吧，老伙计，你帮不了我的忙，反而会耽误你自己。

老　人：你看不见路呀。

葛罗特：我没有路可走，也用不着眼睛了。即使眼睛看得见，我也一样会摔跤的。我们时常看到，富足有余使我们过分自信，有所不足反倒对我们有利了。啊，我的好儿子艾德卡，你是父亲上当受骗、一怒之下赶出门去的好儿子，只要我还能看到你、摸着你，我就要说，我找到眼睛了。

老　人：怎么啦？那里是什么人？

艾德卡：（旁白）啊，天呀！谁能说他已经不幸到了极点呢？我却总觉得现在比过去还更不幸啊。

老　人：是可怜的疯子汤姆。

艾德卡：（旁白）我将来还可能更不幸呢，所以现在说不幸到了极点，其实还没有到底呢。

老　人：伙计，到哪里去？

葛罗特：是个叫花子吗？

老　人：他既是叫花子，又是疯子。

葛罗特：他是叫花子，他既会叫，又会花。昨夜暴风雨中，我也见到一个叫花子，他看起来就像一条虫，那时我就想起儿子来了，不过想得不久，后来又听到他的一些事。

啊，我们在神手中，就像孩子巴掌上的小虫，死活都得由人摆布。

艾德卡：（旁白）怎能做这种事呢？在一个受苦受难的人面前装疯卖傻，是既伤人，又害自己的呀。老天保佑师傅！

葛罗特：是那个赤身露体的小伙子吗？

老　人：是的，老爷。

葛罗特：你回去吧。如果你要帮我的忙，那只消在来多佛的路上走个一两英里，请你看在我们老交情的分儿上，拿点儿什么东西来遮住他那裸露的身子，让他带我到多佛去就行了。

老　人：哎，老爷，他是个疯子。

葛罗特：疯子带瞎子走路，这不是这个时代流行的事吗？我请你去吧，或者随便怎样都行，只要请你走吧。

老　人：我会把我最好的衣服拿来，管人家怎么说呢。（下）

葛罗特：好一个剥得精光的小伙子！

艾德卡：可怜的汤姆好冷呀！（旁白）我不能再装傻了。

葛罗特：来吧，小伙子。

艾德卡：（旁白）怎能不呢？老天保佑你的眼睛，已经出血了。

葛罗特：你认得去多佛的路吗？

艾德卡：不管大路小路、正门旁门，都吓得可怜的汤姆跑上跑下、跑进跑出，好人的儿子也跑成魔鬼了。

葛罗特：来，把这个钱包拿去。你这个受到天怒人怨、打击迫害、走上穷途末路的倒霉蛋，我这个栽了跟头的人却要扶你一把。老天啊，公平点儿吧，不要让那些吃喝玩乐、挥霍无度的阔佬藐视天道正法吧！他们张开眼睛却视而不见，因为他们没有感觉，让他们感到分配需要公平，穷奢极欲没有好下场，让每个人都能活下去吧！——你认识去多佛的路吗？

艾德卡：认得，师傅。

葛罗特：前面有一座悬崖，又高又陡。下面就是无底的深海，虽然不是望不到尽头，但却令人望而生畏。你只要把我带到那悬崖的边上，我就会把我身上还有用的东西给你，用来弥补你缺衣少食的生活。到了那里，我就不用你带路了。

艾德卡：我来搀住你的胳膊。可怜的汤姆会带你到那里去的。

（同下）

第二场　奥巴尼公爵夫妇府外

（高内丽、私生子艾德芒及奥瓦德总管上）

高内丽：欢迎你来，伯爵。我觉得奇怪，怎么我和蔼可亲的丈夫没有来路上迎接我们。——公爵呢？

奥瓦德：夫人，他在里面，好像变了一个人似的。我告诉他法国军队登陆了，他只是笑了一笑。我告诉他你们来了，他的回答却是"糟了"！我说到葛罗特的叛变和他儿子投诚的事，他却说我"糊涂"，说我颠倒是非了。他似乎高兴听到他不应该喜欢的事，喜欢听对他不利的消息。

高内丽：（对艾德芒）那就不用多说了，这是他胆小怕事的脾气使他束手束脚，怕犯错误，不敢做出斩钉截铁的回答。我们在路上谈到的打算会见效的。艾德芒，回到我妹夫那里去吧，要他快点儿调集人马。我在家里也得改头换面，把家务事都交到丈夫手里。这个可靠的总管可以在你我之间做联系人。如果你敢作敢当，敢有作为，你就会得到女主人公的恩宠。（赠纪念品）带上这个，不要多说，低下头来。（吻他）如果这个吻会说话，那就是叫你要有雄心大志，敢于飞上九霄云外，你爱怎么想就怎么想吧。再见了。

艾德芒：为你拼命，我也在所不辞。（下）

高内丽：我最亲爱的葛罗特伯爵！人与人之间是多么不同！女人就愿为你效劳，虽然有个傻子占了她的枕席之欢。

奥瓦德：夫人，公爵来了。（下）

（奥巴尼上）

高内丽：我还不如你吹个口哨使唤的仆人呢。

奥巴尼：啊，高内丽，你说的话还不如大风吹到你脸上的灰尘。

高内丽：脾气软得像牛奶的男人，你的脸只是挨人掴巴掌的，你的头只是供风吹雨打的，你的眉毛下面没有看得清楚的眼睛，分不清光荣和痛苦。

奥巴尼：看看你自己吧，妖魔！鬼怪的外表还比不上女人内心的险恶哟。

高内丽：啊，徒有其表的呆子！

（信使上）

信　使：啊，禀告大人，康华尔公爵死了。他正要挖掉葛罗特第

359

二只眼睛的时候，被他的侍仆刺死了。

奥巴尼：葛罗特的两只眼睛都挖掉了？

信　使：他手下的一个侍仆看不惯这样残暴的行为，就拔出剑来要阻止公爵，公爵立刻怒从心头起，也拔出剑来把他杀死在地上，不料他自己却受了致命的一击，就不治而死了。

奥巴尼：这说明天道还是公平的。人间的冤屈这么快就得到了报应。但是啊，可怜的葛罗特，他却失掉了两只眼睛！

信　使：两只眼睛都挖掉了，大人。这里，夫人，是你妹妹公爵夫人的信，她说需要尽快回答。

高内丽：祸事也有好处，但是她一成了寡妇，我的葛罗特伯爵又在她的身边，可能她顺手牵羊，一下就能推翻我构筑的梦想，使我遗恨终生了。不过消息还不算太坏。等我读了信再说吧。

奥巴尼：他们挖眼睛的时候，葛罗特的儿子在哪里？

信　使：他陪公爵夫人回来了。

奥巴尼：可是他不在这里呀。

信　使：是的，好大人，我来的时候在路上遇见他又回去了。

奥巴尼：他知道挖眼睛的祸事吗？

信　使：唉！好大人，就是他告发他的父亲之后，他才到这里来的，免得亲眼看见他的父亲受罪哟。

奥巴尼：葛罗特，我活一天就要感激你一天，你对王上真是忠心耿耿。我一定要为你失去的眼睛申冤雪恨。来吧，朋友，还有什么可以告诉我的吗？

（同下）①

第四场　多佛附近法兰西军营地

（鼓乐声中，军旗之下，柯黛丽、侍从及士兵上）

柯黛丽：唉，就是他，刚才还有人看见，疯得像波涛翻滚的怒海，放声高唱又像怒吼的狂风，头上还插满了杂草野花。派哨兵去找他，不管是高产的田地还是荒芜的角落，都要把他找到，送来这里。

（一士兵下）

谁能使他恢复神智，我的身外之物，没有什么不可以给他的。

侍　从：那有办法，夫人，安稳的休息是治疗的好方法，很多药草都能使人闭目养神，消除焦虑。②

（信使上）

信　使：禀告夫人，英国军队已经开过来了。

柯黛丽：这个消息早就知道，我们已经准备好了。啊，亲爱的父王，我们发兵就是为了把你救出苦难。我痛哭求援的眼泪感动了法兰西夫君。但是我并没有什么雄心大志，兴师动众只是为了报答父亲的慈爱，不忍心看见他受苦受难，所以才迫不及待地要得到他的消息，见到他的容颜了。

---

① 第四幕第三场暂缺，许渊冲先生尚在斟酌妥帖译文，留待来日补完。

② 下缺六行，许渊冲先生尚在斟酌妥帖译文，留待来日补完。

（众下）

第五场　葛罗特伯爵府

（丽甘及奥瓦德总管上）

丽　甘：我姐夫的军队出动了吗？

奥瓦德：出动了，夫人。

丽　甘：他亲自带领吗？

奥瓦德：看来他不肯花功夫，倒是您姐姐更像个带兵的。

丽　甘：艾德芒伯爵有没有和你家公爵谈话？

奥瓦德：没有，夫人。

丽　甘：我姐姐的信和伯爵有什么关系？

奥瓦德：不知道，夫人。

丽　甘：真的，伯爵是干重要事情去的。挖了葛罗特的眼睛还让他活着，这实在没有道理。他随便走到哪里，都会煽动人心来反对我们。我想艾德芒是不忍心看到他活着受罪，去了结他暗不见天日的生活。更重要的，也许是打听对方的实力。

奥瓦德：夫人，我奉命要去把信交给他了。

丽　甘：我们的军队明天就出发，你不如明天再走吧。路上有危险呢。

奥瓦德：夫人，我不敢耽误我家夫人要我去办的事。

丽　甘：她为什么要给艾德芒写信？难道不能由你带个口信吗？

看来大约有什么不可告人的事，要是你能让我拆开信看看，那就感激不尽了。

奥瓦德：夫人，我不敢。

丽　甘：我知道你家夫人不喜欢她的夫君，这点儿我敢肯定，她最近在这里的时候，对高人一头的艾德芒也是又送媚眼，又眉目传情的。我知道你是她的心腹。

奥瓦德：我吗，夫人？

丽　甘：明人不说暗话。你是的，我知道得一清二楚。因此我劝告你，要注意这一点儿。我的丈夫已经死了，艾德芒和我已经谈过，因此他和我结合比你家夫人要合适得多，其余的你可以想象得到。如果你见到艾德芒，请把这交给他，（给他一件信物或一封信）等你把我的话告诉你家夫人之后，请她放聪明点儿！你去吧。如果你得到那个瞎眼老贼的消息，那就把他干掉，少不了你的重赏。

奥瓦德：但愿我运气好，夫人，我会知道站哪边的。

丽　甘：再见吧。

（同下）

第六场　多佛附近

（葛罗特及艾德卡穿农民服上）

葛罗特：什么时候我才能到山顶呢？

艾德卡：你正在往上爬。瞧，我们多费劲。

葛罗特：我却觉得像在平地上一样。

艾德卡：陡得厉害呢。听，你听见海水汹涌澎湃吗？

葛罗特：没有，的确没有。

艾德卡：那么，你的眼睛失明，耳鼻口舌也不灵了。

葛罗特：也许是吧。的确，我觉得你的声音也变了，你说的话，用的词，都和以前不同了。

艾德卡：你听错了吧，除了衣服，我什么也没有变呀。

葛罗特：我觉得你说话听得更清楚了。

艾德卡：来吧，师傅，这就要到了，站稳点儿！多吓人啊，简直叫人头晕。你把眼睛向下看！在半空中飞的乌鸦小得像甲虫。半山腰悬着的采药人似乎在玩命！看起来还没有一个人头大。在海滩上走的渔夫像小老鼠，大船成了小艇，小艇成了浮标，小得几乎看不见了，也听不见波浪冲击沙砾的声响，我不敢再看下去。否则，天昏地转，我要倒栽下去了。

葛罗特：带我到你站的地方去。

艾德卡：让我来搀你，你现在离悬崖只有一步。随便你把什么给我，我也不能再向前走了。

葛罗特：放开我的手吧。朋友，我这里还有一个钱袋，袋里有块宝石，够一个穷人用一辈子的了。天神啊，天仙呀，祝福得到宝石的人好运吧！你走远一点儿，我们再见吧，我要等你走远了再走下一步。

艾德卡：那么再见了，好师傅。

葛罗特：我全心祝福你。

艾德卡：（旁白）我这样骗他，只是为了救他哟。

葛罗特：（跪下祈祷）无所不能的天神啊，我就要离开人世，在神明的眼下摆脱我难以忍受的痛苦了，如果我还能再忍受下去，和不可违抗的命运做斗争，那上天赋予我生命的火花迟早也是要熄灭的。如果艾德卡还活着，祝福他吧！——现在，小伙子，再见了！（向前一跳，摔倒地上）

艾德卡：走吧，师傅，再见！（旁白）我不知道，人能不能自愿地剥夺自己的生命。假如他真像他所想象的那样身在悬崖之上，那他就没有命了。但是现在，他是死了还是活着呢？——喂，先生，你听见了吗？先生，你说话呀。——他会不会真的死过去了？还好，他又活了过来。（用陌生人的口气问）你是什么人，先生？

葛罗特：走开，不要管我，让我死吧！

艾德卡：你难道是蜘蛛吐的丝，天鹅身上的羽毛，或者只是一团空气？先生，怎么你从万丈悬崖上摔下来，却没有伤筋断骨，也不像鸡蛋一样砸得稀烂，却还在大口呼吸？你结实的身体没有受伤，没有流血，还能说话，这样健康，要知道你摔下来的悬崖，十根桅杆接起来也量不出它的高度啊。你却从崖顶上笔直摔下，能活着真是一个奇迹。你说说看。

葛罗特：我是摔下来的吗？恐怕不是吧？

艾德卡：你就是从这片白浪滔天的海边悬崖顶上摔下来的，你往高处看看，那歌声响彻九霄的云雀都飞得看不见、听不

365

到了。你抬头看看呀。

葛罗特：唉，我没有眼睛了，无可奈何地被剥夺了看的权利，难道我要用死亡来结束生命也不可能吗？本来我还希望用自己的苦难来避免一场残酷的迫害，使暴虐的主子不能为所欲为，难道这又是落空了？

艾德卡：（扶起葛罗特）让我扶你起来吧。现在怎么样了？你的腿有没有感觉？能够站起来吗？

葛罗特：还好，还好。

艾德卡：这简直是超乎想象了。刚才在悬崖顶上和你分别的是什么家伙？

葛罗特：是个又可怜又倒霉的叫花子。

艾德卡：怎么我在悬崖下面看见的，却是像满月般的两只眼睛，有一千个鼻孔的鼻子，头上长满了弯弯曲曲、像怒海波涛似的长角呢？那一定是个魔鬼。因此，走好运的老爸，你要谢天谢地，感谢无所不知、无所不见的神明，只有超凡入圣、无所不能的神灵才能保佑你从万丈悬崖上掉下来而平安无事啊。

葛罗特：我现在想起来了。从今以后，我一定要忍受痛苦，一直等到折磨够了才罢。你刚才说到的魔鬼，我本来还以为是个人呢，怪不得他嘴里老说"魔鬼魔鬼"了，就是他把我带到那个悬崖上去的。

艾德卡：不要糊糊涂涂，要花时间想想。

（李尔满身野花杂草上）

艾德卡：那是谁来了？要是思想没有负担，怎么会那样疯疯癫癫？

李　尔：他们不敢因为我高声喊叫就碰撞我，我还是国王呢。

艾德卡：看了叫人伤心。

李　尔：在这方面人工不如天然。这是给你招兵买马的钱。那家
　　　　伙弯弓射箭像个稻草人。你能射一支三尺长的箭吗？
　　　　瞧，瞧，一只老鼠！快，快，这块奶酪就行。这是我铁
　　　　拳的手套，我要叫那个大个子尝尝我的厉害。把古铜箭
　　　　拿来，啊，你飞得比马还快，正中靶心，正中靶心。呼
　　　　哨一下，你知道口令吗？

艾德卡：马跳栏。

李　尔：通过。

葛罗特：这个声音好熟。

李　尔：哈？高内丽怎么长白胡子了？他们告诉我，我的黑胡子还没长出来就先变白了。跟着我说"是"和"不是"的人并不知道我的意思。一旦雨淋湿了我一身，风吹得我打哆嗦，雷声震得我耳聋眼花，那时我才发现了他们真正是什么人，闻出了他们真正的气味。去你的吧，他们并不是像他们所说的那样言行一致的人，他们说我什么都好，这是撒谎，我并不是不怕冷、不怕热的呀。

葛罗特：这说话的声音我听到过。那不是王上吗？

李　尔：对，从头到脚都是一个国王。我一瞪眼，瞧，臣子都发抖了。我免了那个人的死刑。他犯了什么罪？通奸？那不是死罪。为通奸就判死刑？不行。鹩鹩不就公开寻欢做爱吗？金头苍蝇还当着人面作乐呢。让寻欢作乐百无禁忌吧。葛罗特的私生子对他的父亲还比我在床上合法生出来的女儿更好呢。多生几个吧！越多越好，管他婚生私生，我正缺少兵来打仗呢。瞧，那个装模作样的女人，她的脸孔似乎预告她的两腿之间冰清玉洁。假装品德高尚，一听见寻欢作乐的话就摇头，但是情欲发作起来，她把野猫母马都远远抛到后头去了。就像那半人半马怪，她上半身虽然是女人，是上帝的作品，腰身以下却继承了妖魔的遗产。下面只是地狱，只有漆黑一片，只有磷光闪烁的火坑，烧得焦头烂额，臭气熏天，腐朽遍地。去你的吧！呸，呸！啪，啪！药店的好老板，卖给我一两麝香，我要熏掉思想上的臭气。这是给你的钱。

葛罗特：啊，让我吻吻你的手。

李　尔：等我先把手擦干净，手上还有臭味呢。

葛罗特：天生的好东西也给人毁坏了，这个大世界就要这样毁掉了。你还认得我吗？

李　尔：我还清楚地记得你的眼睛。你还斜着眼睛看我吗？你爱怎么办就怎么办，盲目的爱神，我是不会再爱人的了。读读这封挑战的信，看看它是怎样写的！

葛罗特：即使信上每个字都像太阳一样明亮，我也看不见了。

艾德卡：（旁白）假如听到别人这样说，我都不会相信。现在亲眼看见，叫我怎能不心碎？

李　尔：读信吧。

葛罗特：怎么，有眼无珠能用眼眶读吗？

李　尔：啊，嗬，你是和我在一起吗？头上没有眼睛，钱包里没有钱。你的痛苦太沉重了，你的钱包却又太轻，不过你还可以看清楚这个世界的真面目啊。

葛罗特：我只能够猜到。

李　尔：怎么，你疯了吗？没有眼睛的人一样可以看清世界，你可以用耳朵来看。法官怎样审判一个小偷？如果他们换个位置，你能说得出谁该审判谁吗？你见过农夫的狗对着乞丐号叫吧？

葛罗特：见过，主公。

李　尔：那个叫花子就给狗吓跑了。这一下你就可以看到权力的高大形象了，狗仗人势也可以把人吓跑。教区里好色的贪官，放下你手中血淋淋的鞭子！你干吗要打那个娼子？该挨鞭子的是你自己的背脊，你好色的热情使她沦落为娼，怎么你倒反而打起她来了？放高利贷的大官却把小偷小摸的毛贼吊死，破衣烂衫就是罪恶的象征，锦衣华服却可以掩盖卑鄙无耻的勾当。罪恶一镀金，法律的长枪短剑都无可奈何，纷纷败下阵来。如果衣衫褴褛，拿一根稻草都能够刺入皮肉。你能说谁错了呢？谁也没错，我敢说谁也没错。我可以给他们武器。拿去吧，我的朋友，有权有势的被告就可以封住原告的嘴。戴上你的玻璃眼睛吧，一个卑鄙无耻的阴谋家可以看出凡夫俗子看不到的本来面目。好了，好了，好了，脱下我的长筒靴来，用力点儿，用力点儿！好了。

艾德卡：（旁白）胡言乱语倒说出了事实真相，一片疯话却大有道理啊。

李　尔：如果你要为我的命运痛哭，就用我的眼睛去流泪吧。我和你很熟啊，你的名字是葛罗特，你一定要忍耐，我们呱呱坠地的时候，第一次闻到空气的气味就哭了。我来向你传教布道吧，你且听着。

葛罗特：唉，唉，这日子！

李　尔：我们一生下来就哭，因为走上了这个傻瓜的大舞台。这是一顶好毡帽。把毡子钉到马蹄上倒是一条妙计。我要偷偷地把马队冲进我女婿的营帐，然后就杀，杀，杀，杀，杀，杀！

（柯黛丽的侍仆上）

370

侍　仆：他在这里。敬礼！——主公，你最亲爱的女儿——

李　尔：没有人来救我？怎么，我成了犯人吗？难道我是命运玩弄的傻瓜？对我好一点儿，你会得到赎金的。给我找外科医生来，我的头已经受伤了。

侍　仆：你要什么就会有什么。

李　尔：没有帮手？一切自己动手？这要把人哭成泪人儿了。用他的眼泪去灌菜园子吧。我会死得像个沾沾自喜的新郎。来吧，来吧，我是国王，师傅，你知道吗？

侍　仆：你是皇家的君主，我们都唯你之命是听。

李　尔：那就还有活路。来吧，如果你看到了活路，那就要尽快跑上去。快呀，快呀，快，快！（跑下。侍从随下）

侍　仆：即使是个可怜人到了这个地步，看了也会叫人难受，何况是个国王！幸亏你还有个女儿念着你对她的恩情，要把你从两个狠毒的姐姐手里救出去。

艾德卡：欢迎你来，好先生。

侍　仆：先生，有话就请说吧。

艾德卡：先生，你听到有打仗的消息吗？

侍　仆：肯定要打起来，这是大家都知道的，凡是有耳朵的人都听到消息了。

艾德卡：但是能不能告诉我，对方的军队离这里还远吗？

侍　仆：主力军已经遥遥在望，个把小时就可以到了。

艾德卡：谢谢你，先生，我的话问完了。

侍　仆：虽然王后有她的理由还要待在这里，但是她的军队已经开过来了。（下）

371

艾德卡：谢谢，先生。

葛罗特：好心好意的天神呀，让我停止呼吸吧。不要引诱我迫不及待地走上自尽的邪路！

艾德卡：老师傅，你的祷告真是深刻。

葛罗特：好先生，告诉我，你是什么人。

艾德卡：一个可怜虫，受惯了命运的打击，学会了俯首听命，经历过多愁善感的苦难，孕育着丰富的同情心。让我搀住你的手，带你去一个住的地方吧。

葛罗特：衷心感谢，但愿老天开眼，多多施恩赐福，好心总有好报。

（奥瓦德总管上）

奥瓦德：重赏捉拿反贼！好运气来了。你这个没有眼睛的脑袋似乎是为了我发财才长出来的。你这个倒霉的反骨头，不要忘了你的罪恶。我的剑已经拔出来了，你就准备受死吧！

葛罗特：现在，支援我的胳膊，加一把劲吧。

（艾德卡插身在二人之间）

奥瓦德：好大胆的乡巴佬，你难道要支持一个犯上作乱的反贼，让同样的命运落到你的头上？放开他的胳膊！

艾德卡：（用西部口音）你没有更多的说明，我就不能放手。

奥瓦德：放手，奴才，否则我就要你的命！

艾德卡：老兄，你走你的路，让可怜人走他自己的路吧。假如吹牛皮的大话也能吓唬人的话，那我早在半个月前就该吓得没命了。不要过来，不要走近这个老人，你走开点儿，我警告你，否则你就要尝尝到底是你的脑袋硬，还是我的铁棍硬。莫怪我不客气了。

奥瓦德：滚开，粪蛋！

艾德卡：我要打得你的牙齿落地，老兄，来吧，不管你的剑多么锋利。

（二人交锋）

奥瓦德：奴才，你打死我了！浑蛋，把我的钱包拿去吧。要是你想过上好日子，就把我好好埋葬。我身上还有一封信，你拿去送给葛罗特伯爵艾德芒吧，他现在在英国军队里。啊，真倒霉，我要死了。（死）

艾德卡：我知道你是什么人，一条唯女主人之命是听的走狗，她若为非作歹，你就无恶不作了。

葛罗特：怎么，他死了？

艾德卡：坐下来吧，老师傅，歇一会儿，我来搜搜他的衣袋，他说有一封信，说不定对我们还有用处呢。他死了，可惜不是死得其所。等我拆开信来看看。（拆信）封信的蜡印啊，不要怪我拆信不合规矩。不看对方的信，怎能知道他们的心呢？那么，拆开他们的信也就不算不合法了。（读信）"把我们的山盟海誓牢记在心吧。你有很多机会可以切断他的生命线，只要你有这颗真心，时间、地点都可由你自己选择。如果他胜利归来，那我们一切都会成为泡影，我会成为囚犯，他的卧床会成为我的监牢。把我从他那热气腾腾但不温馨的怀抱里救出来，用你的力量来取代他的位置吧！你的多情善感的

（我想说是你的夫人）高内丽。"啊，好不要脸的女人！居然想要谋害自己高尚的丈夫，还要我的兄弟取代他的位置。我要用沙土把这个阴谋未遂的送信人埋葬，等到时机成熟，再让险遭暗算的公爵知道真情吧。这样可能更好。

葛罗特：王上疯了，我不安的感觉不断缠绕心头，怎么也摆脱不了这沉重的悲哀。还不如疯了好，那思想才能脱离忧伤，才可忘掉错误的想象给我造成的痛苦。

（远处鼓声）

艾德卡：让我扶住你吧。我仿佛听到远处的鼓声了。我要给你找一个好地方去歇歇。

（同下）

第七场　多佛附近　法军营帐

（柯黛丽、肯特及侍仆上）

柯黛丽：啊，我的好肯特，要怎样我才能报答你的好意呢？我的生命太短了，多少时间也不够酬谢你的功德。

肯　特：夫人，得到你的认可已经是过多的报酬了。我报告的不过是简单的事实真相而已，既没有增添，也没有剪裁。

柯黛丽：去换上好衣服吧。这些破衣烂衫只是苦难时刻的见证。请你脱下来吧。

肯　特：对不起，亲爱的夫人，过早暴露我的本来面目，会使我实现不了我原定的计划。我觉得最好还是先不要认我，到了合适的时间，我会说出来的。

柯黛丽：那就照你的意思办吧，好伯爵。——王上怎么样了？

侍　仆：夫人，他还睡着呢。

柯黛丽：啊，仁慈的天神，治好这个生性慈爱的人所受的创伤，让这个受到儿女虐待的父亲从错乱的神智中恢复过来吧。

侍　仆：敬请夫人指示，王上已经睡了多时，是不是可以唤醒他了？

柯黛丽：根据你们所知道的，该怎么办就怎么办吧！他是不是换了衣服？

（李尔坐小车中，由侍仆推上）

侍　仆：夫人，在他睡着了的时候，我们给他换了衣服。等我们唤醒他时，希望你在身边，免得他会着急。

柯黛丽：啊，我亲爱的老父亲，但愿我的嘴唇是使你恢复健康的良药，让我这一吻把我两个姐姐强加在你身上的迫害消除得无影无踪吧！

肯　特：好一个仁慈的公主！

柯黛丽：即使你不是她们的父亲，你这满头如雪的白发也该打动她们的同情心啊。这样仁慈的老脸怎能经受得起风暴的吹打？即使是咬过我的恶狗在这样的黑夜里，我也会让它躲到我的炉边来。而可怜的老父亲，你怎么和猪狗一起待在稻草堆里呢？唉，唉！你的生命和头脑没有消失得无影无踪，简直是一个奇迹啊！——他醒了，和他说说话吧。

侍　仆：夫人，最好还是您说。

柯黛丽：父王怎么样了？感觉好些了吗？

李　尔：你错了，你不该把我从坟墓里拉出来的。你是有福气的，我却是绑在火轮上的罪人，眼泪已经像融化了的铅水一样流出来了。

柯黛丽：父王还认得我吗？

李　尔：你是一个幽灵。什么时候死的？

柯黛丽：看来离好人还差得远呢。

侍　仆：他还没有完全醒过来，等等也许好些。

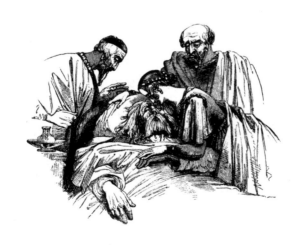

李　尔：我从哪里来的？现在又在哪里？这是大白天吗？对我太阴险恶毒了！即使看到对别人这样，我也要难过死的。我真不知道怎样说好。我不敢认这双手是我自己的。等

376

我试一试看，用针刺我一下，我还觉得痛呢。但愿我能肯定这是真实情况！

柯黛丽：啊，瞧瞧我，父亲，用你的手摸摸我的头，为我祝福吧！千万不能跪下！（阻止他下跪）

李　尔：请你不要拿我开心，我不过是个傻老头，八十多岁了，不多也不少。说实话，我怕我心里有毛病。我看我应该认得你，也认得这个人，但是我不敢肯定。因为我还搞不清楚这是什么地方。我尽力想，也想不起这身衣服是怎么来的，也记不清昨天在哪里过的夜。不要笑我，我还知道我是个人，而这位夫人像是我的女儿柯黛丽。

柯黛丽：正是柯黛丽，正是。

李　尔：你的眼泪是湿的吗？是的，的确，我请你不要哭了。如果你要我喝毒药，我也会喝的。我知道你不喜欢我，因为你的两个姐姐，我记得，她们对我不起。你如果怨恨我，我觉得你有理由，但是她们没有。

柯黛丽：我没有理由，没有理由。

李　尔：我是在法国吗？

柯黛丽：是在你自己的国家，父亲。

李　尔：不要瞒我。

侍　仆：放心吧，好心的王后，他的疯癫已经好得多了，您看。让他进去歇歇，不要打扰他了，等他好些再说。

柯黛丽：请父王进去吧。

李　尔：你一定要原谅我，现在就请你忘记吧，宽恕吧，我是又

377

老又糊涂了。①

（同下）

---

① 原书下有十七行，许渊冲先生尚在斟酌妥帖译文，留待来日补完。

第五幕

第一场　多佛附近　英军营帐

（旗鼓开路，艾德芒、丽甘、侍卫及士兵上）

艾德芒：（对一侍卫）你去了解一下，公爵是不是按照原定计划
　　　　行动，会不会听了什么建议又改变路线？他是个左思
　　　　右想、摇摆不定的人。希望他拿出不会改变的最后决
　　　　定来。

　　　　（侍卫下）

丽　甘：我姐姐的信使一定是耽误了。

艾德芒：夫人，的确令人怀疑。

丽　甘：现在，亲爱的爵爷，你明白了我对你的心意，请你老实
　　　　告诉我，一定要说真心话，你是不是爱我姐姐？

艾德芒：只是敬爱。

丽　甘：你从来没有走进我姐夫的禁区吗？

艾德芒：当然没有，夫人，我用名声担保。

丽　甘：那是我不能允许的，亲爱的爵爷，你不能和她亲热。

艾德芒：不必担心。她同公爵丈夫来了。

　　　　（旗鼓开路，奥巴尼、高内丽及士兵上）

奥巴尼：亲爱的妹妹，我们又见面了。伯爵，听说王上到小妹那
　　　　里去了，还有一些官逼民反的百姓也去了。

丽　甘：为什么这样说呢？

高内丽：我们联合起来对付敌人，这些内部纠纷就不必在这里
　　　　谈了。

奥巴尼：那我们就去和经验丰富的老手商量如何进行吧。

丽　甘：姐姐，你也和我们一同去吗？

高内丽：我不去了。

丽　甘：不碍事的，姐姐，请你和我们同去吧。

高内丽：（旁白）我知道你心里的打算。——那就去吧。

　　　　（齐下。奥巴尼独留台上。艾德卡化装上）

艾德卡：如果大人不嫌弃穷苦人，请听我说一句话。

奥巴尼：我会赶上你们的。——说吧。

艾德卡：（给信）在开战前，请先读这封信，如果你胜利了，请
　　　　吹号角传呼我来。我看起来不显眼，但我可以找人来证
　　　　明信里所说的事。如果你失败了，那一切阴谋诡计都会

落空。祝你好运吧！

奥巴尼：等我读了信再走吧。

艾德卡：不行，等你读完了信，只消吹一下传呼号，我就会再来的。（下）

奥巴尼：那就再见了。

（艾德芒上）

艾德芒：大敌当前，赶快调集兵力吧。（取出文件）这是经过周密调查，发现他们的实际兵力。请你赶快调兵遣将吧。

奥巴尼：我们不会耽误时间的。（下）

艾德芒：对这两姐妹我都发过海誓山盟，但是她们互相妒忌、害怕，就像被蛇咬过的人怕蛇影一样，我要她们当中的哪一个，或者两个都要，还是两个都不要？如果她们两个都活着，那我就一个也享受不到。如果我和寡妇结合，她姐姐会气得发疯；但是姐夫还在，我怎能和姐姐成对呢？何况现在打仗还得靠他。还是等到打完了仗，让他的女人来解决他吧。他还想免了李尔和柯黛丽的罪。但是仗一打完，他们就会落到我们手中。决定我地位的不是讨论，而是行动。（下）

第二场　多佛战场附近

（幕后进军号声。旗鼓开路，李尔、柯黛丽及士兵上，然后又下。艾德卡及葛罗特上）

艾德卡：老爸，把树荫当作家，在树下歇歇吧。但愿好人得到胜利，如果我能再来看你，就会有好消息了。

葛罗特：老天保佑你。

（艾德卡下。幕后进军号声，后响退兵号声。艾德卡上）

艾德卡：走吧，老伯！我来搀你的手。走吧，李尔王败了，他们父女都成了俘虏。让我搀你的手，我们走吧。

葛罗特：不走了，就是死，尸首也要留在这里！

艾德卡：怎么，老想法又复活了？生也罢，死也罢，人都做不了主，还是听天由命吧。

葛罗特：你说的也有道理。

（同下）

第三场　多佛附近　英军营帐

（旗鼓开路，艾德芒率将士俘李尔及柯黛丽上）

艾德芒：将士们，把俘虏带走，好好看守，看上级乐意如何处理，我们再遵命执行。

柯黛丽：我们并不是头一个好心没得好报的人。为了受到迫害的父王，我反而被打败了。本来我是不把命运的冷眼放在眼里的。现在，我们要不要见你的两个女儿，我的两个姐姐呢？

李　尔：不要，不要，不要，不要。来，我们坐牢去。我们两个要像笼中鸟一样放声歌唱，如果你要得到祝福，我会跪下来求你宽恕。我们就要这样生活，这样祷告，这样歌唱，这样老调重弹，嘲笑镀了金的纸蝴蝶，听可怜的歹徒议论宫廷的消息，我们也要和他们议论谁是谁非，谁胜谁败？谁入围，谁外放？仿佛我们是天神派下凡来了解世界大势的耳目。我们在四壁高耸的监牢里活得比那些随着月出月落而起伏的大人物还要天长地久。

艾德芒：把他们带走。

李　尔：像我们这样的牺牲品，天神也会焚香欢迎的。我抓到你了吗？谁想分开我们，就得从天上盗火来熏狐狸出洞了。擦干眼泪吧。时候一到，不等我们哭，他们就会连皮带肉都给吃掉的，就让他们饿死吧。

（李尔、柯黛丽被押下）

艾德芒：过来，队长，你听我说。（把文件交给他）带着这个文件到监狱去。我已经升了你一级，如果你按照文件的秘密指示去做，就会大有前途的。要知道，一个人要识时务，心慈手软的人就不配舞刀弄剑了。你重要的任务不容许你多问，你要么答应干，要么就走别的路去发财吧。

队　长：我愿意干，大人。

艾德芒：那你就照文件去办，祝你好运！听我说，你要立刻按照秘密指示去做。

（队长下。喇叭声中，奥巴尼、高内丽、丽甘及士兵上）

奥巴尼：伯爵，你今天的表现不愧为勇将的后代，而命运也乐于对你照顾。你已经俘虏了战事对方的大人物，我现在要

383

求你把他们交出来。以便根据他们的功过，还要考虑我们自身的安全，决定如何处理。

艾德芒：我认为可怜的老王年高位尊，容易使一般臣民心向往之，可能会引起士兵反戈对付我们，所以已经把他们看管起来。为了同样的理由，王后也交人看管了。他们明天或晚些时候就可以出庭听候审理了。

奥巴尼：伯爵，请你耐心听着。在这场战事中，你只是我和我妹夫的部将，而不是我的妹夫。

丽　甘：这正是我想要加给他的称号。我想你在发表这种言论之前，应该先问问我的意见。他带领我的军队，接受了我个人和我的身份所赋予的任务。那也可以站直腰杆，像你妹夫一样和你称兄道弟了吧！

高内丽：不要说得太亲热了，他取得的地位是靠他自己的功劳，并不是靠你赋予的任务。

丽　甘：我有权力封赠，他无论比起谁来也是毫无愧色的。

高内丽：他要是做了你的丈夫，那才能没有愧色呢。

丽　甘：笑话往往会变成预言的。

高内丽：算了，算了，你歪眉斜眼，已经说明心不正了。

丽　甘：夫人，我不舒服，否则，我一肚子脾气都会发到你头上来的。（对艾德芒）将军，我的军队、俘虏、产业，连我本人都交给你支配了，我打开城门向你投降，全城都是你的了。我要让全世界都看到，你要成为我的丈夫和主子。

高内丽：你想和他同床共枕吗？

奥巴尼：可惜答应不答应，权不在你手上。

艾德芒：也不在你手上呀，大人。

奥巴尼：你这个私生子，我就有权管你。

丽　甘：（对艾德芒）命令击鼓，宣布我让位给你了。

奥巴尼：且慢！先听我讲，艾德芒，你同这条金皮毒蛇（指高内丽）企图谋反，害我性命，我逮捕你们了。至于你让位的要求，我的好妹妹，我用我妻子的名义来禁止，因为接受做你丈夫的人，已经偷偷地接受了你姐姐的婚约，不能犯重婚罪了，因此，作为她的丈夫，我宣布你的让位无效。如果你要结婚，那就嫁给我吧，因为我的妻子已经背叛我了。

高内丽：真是一场闹剧！

奥巴尼：葛罗特，你已经武装起来了。吹喇叭吧！要人出来揭穿你的身份，揭露你谋反的各种罪行。我挑战了。（把手套掷地上）不等我吃面包，就要当众证明你是一个不折不扣、无恶不作的反贼。

丽　甘：我病了，啊，病了。

高内丽：（旁白）你若不病，那就是我的毒药不灵了。

艾德芒：（把手套掷地上）我迎战。看世界上有什么人敢说我是反贼，那他一定是个说谎的混蛋。吹喇叭吧，看看谁敢出面，我会向他、向你、向任何人说明真相，证明我不可侵犯的荣誉。

　　　　（传令官上）

奥巴尼：传令官来了，好！（对艾德芒）现在，你只好单人匹马

　　　　作战了。你的兵马都是用我的名义征集的，现在又用我
　　　　的名义全部解散了。

丽　甘：我病得厉害了。

奥巴尼：她病了，送她到我帐中去。

　　　　（送丽甘下）

　　　　来，传令官，吹喇叭宣读告示吧。

　　　　（吹喇叭声）

传令官：（宣读告示）军中任何级别地位的人员，凡能证明艾德
　　　　芒不是合格的葛罗特伯爵，而是一个罪恶多端的反贼，
　　　　可以在第三次喇叭声中出场，他可以自由发言。

　　　　（第一次喇叭）

传令官：再吹！

　　　　（第二次喇叭）

传令官：再吹！

　　　　（第三次喇叭，幕后喇叭回应。艾德卡全副武装上，头
　　　　盔面甲遮住脸孔）

奥巴尼：问清他的意图，为什么应喇叭声而来？

传令官：你是什么人？你的姓名、身份、地位？为什么响应喇叭
　　　　的召唤？

艾德卡：我的名字已经被阴谋的毒牙咬得粉碎稀烂，不过比起我
　　　　来对付的对头来，我还是要高出一头。

奥巴尼：你的对头是谁？

艾德卡：那个冒充葛罗特伯爵的艾德芒。

艾德芒：我正是艾德芒，你有什么话要说？

艾德卡：拔出你的剑来。如果我说的话冒犯了一个高尚的人，你的武器可以为你挽回你的荣誉，我的武器已经准备好了。听着，这是我的权利——有荣誉的骑士都有权利——我的誓言和我的职责。我要当众宣布，虽然你有力量、地位、青春、显赫的家世，虽然你的宝剑刚取得了胜利，交上了如火如荼的好运，你有胆量，有野心，但是我要宣布你是一个反贼，不忠于天神，不忠于你的兄长和你的父亲，你阴谋反叛德高望重的君主。你从头到脚，甚至从头顶一直到脚下的尘土，都是一个披着癞蛤蟆皮、满身疮痍的反贼。如果你敢说个"不"字，我这把宝剑、这只胳臂，还有我的全副精力，都会证明你有多么狠毒的心肠，都会证明你在当众撒谎。

艾德芒：按照常理，我应该问你的姓名，但是你的外表看起来好武爱斗，你的舌头吐出来的都是流血的呼声，我为了方便而且说得过去，暂时把骑士决斗的规矩放到一边。我要满不在乎地把你强加在我头上的罪名——奉还，让它物归原主，落回到你头上，让这个地狱也憎恨的谎言淹死你狠毒的心肠。但是这些罪名还在冷眼旁观，没有伤你一丝一毫，那我的宝剑就不能客气，要给这些罪名开路，名副其实地永远落到你的头上。（拔剑）喇叭，吹起来吧！

（喇叭声中，二人决斗。艾德芒倒地）

奥巴尼：饶他一命，饶他一命！

高内丽：决斗有诈，葛罗特，按规矩你可以不接受一个无名对手的挑战。你不是打败了，而是上当受骗了。

奥巴尼：闭上你的嘴巴，女人！要不然，我就要用这封信把你的嘴巴堵上。——等一等，骑士！（把信给高内丽看）读读这封你亲手写的信吧。不要撕信，女人，你知道信里说了什么。

高内丽：我知道又怎么样？法律是我说了算，不是你说了算。谁也没有权审判我。（下）

奥巴尼：真不要脸！（对艾德芒）啊，你知道这封信吗？

艾德芒：你既然已经知道了，那又何必多问！

奥巴尼：（对士兵）跟着夫人去吧。她不要命了，不要让她胡来！

（士兵下）

艾德芒：你加给我的罪名，我全都干了，而且不止这些，还差得远呢。时间会告诉你真相的，不过这一切都过去了，我也就要过去。（对艾德卡）不过你是什么人？怎么运气比我还好？如果你也是名门子弟，我就是罪有应得了。

艾德卡：让我们谅解吧，艾德芒，我的血统高贵不在你之下，因为你的迫害，我反显得难能可贵了。（脱下头盔）我就是艾德卡，是你父亲的嫡子。老天是公平的，他寻花问柳生下了你这个孽障，报应就是他失去了两只眼睛。

艾德芒：你说得不错，的确，命运的车轮转了一圈，我也得到报应了。

奥巴尼：（对艾德卡）我看你走路的派头。怎能不高兴呢？如果我过去不喜欢你和你的父亲，那就让悔恨撕裂我的心吧！

艾德卡：高贵的主上，我了解你的心情。

奥巴尼：你一直藏在什么地方？你怎么会知道你父亲受到的苦难？

艾德卡：我把苦难隐藏在心头，主上，听我简单说吧。因为一提往事，啊，我的心就要爆裂了。为了逃脱紧追不舍的判刑——啊，时时刻刻感到死亡的威胁，比突然一下离开人世更能感到生命的可贵——我不得不换上一件疯子才穿的破衣烂衫，连狗看了都不屑发出吠声。就是这样打扮的我碰到了我的父亲，他血淋淋的眼睛已经失去了宝贵的眼珠，我不得不给他带路，为他乞讨，把他从绝望中挽救出来，但又绝不在他面前暴露自己。啊，错了！直到半小时前，我披上盔甲，希望但是没有把握一定能取得胜利，求他为我祝福，我才从头到尾把我的经历都告诉了他。但是他破碎了的心灵太脆弱了，经受不起大悲大喜两种激烈的感情两面夹攻，突然爆裂，溘然一笑，就与世长辞了。

艾德芒：你的话真感动人，说不定对我也有好处，请你说下去吧，看来你还有更多的话要说呢。

奥巴尼：如果还有话讲，而且是更伤心的，那就不要讲了。听了你刚才说的，我已经差不多要用眼泪洗脸了。

（侍仆手拿血淋淋的刀上）

侍　仆：救人，救人，啊，救人呀！

艾德卡：救什么人？

奥巴尼：快说！

艾德卡：你手上还拿着带血的刀，这是什么意思？

侍　仆：刀还是热的，在冒热气呢，是从她的胸口拔出来的。啊，她已经死了。

奥巴尼：谁死了？你说呀？

侍　仆：夫人，公爵夫人，还有她的妹妹也给她毒死了，这是夫人亲口说的。

艾德芒：我和她们姐妹俩都有婚约，现在，我们三个马上又要结合了。

艾德卡：肯特来了。

（肯特上）

奥巴尼：把她们抬出来吧，不管死了没死。

（高内丽和丽甘的尸体抬上）

老天的审判公平，令人震惊，虽然并不能引起怜悯。

（见肯特）啊，这是他吗？（对肯特）时间不容许我们按老规矩说客气话了。

肯　特：我是来看看王上老主公的，他不在这里吗？

奥巴尼：我们都忘记大事了！说，艾德芒，王上在哪里？柯黛丽又在哪里？（指着尸体）肯特，你看见了吗？

肯　特：哎呀，怎么会到这一步呢？

艾德芒：她们都爱上了艾德芒了！为了我的缘故，姐姐毒死了妹妹，然后又自杀了。

奥巴尼：既然是这样，还是遮上她们的脸吧。

艾德芒：我喘不出气了，最后还想违背我的天性做件好事。快派人去，赶快！进城堡去，因为我下了密令，要李尔和柯

390

黛丽的命！快抓紧时间去！

奥巴尼：快跑，快跑，啊，快跑！

艾德卡：去找谁呀，主公？（对艾德芒）谁管事呀？凭什么免死呢？

艾德芒：你想得周到，拿我的剑去找队长！

奥巴尼：（对侍仆）快去！救命要紧。

　　　　（侍仆下）

艾德芒：队长得到你妻子和我的密令，要在监狱中吊死柯黛丽，反而说她是畏罪自杀的。

奥巴尼：天神保佑他吧！把他暂时抬出去。

　　　　（侍从抬艾德芒下。李尔抱柯黛丽上，侍仆随后上）

李　尔：怒吼吧，怒吼吧，怒吼吧！啊，你们这些铁石心肠的人，如果我有你们的舌头和眼睛，我就会怒吼，吼得天崩地裂。她永远离开我了！我知道一个人是死了还是活着，她已经死得僵硬了。快拿一面镜子来，看她还有没有一口气把镜子沾湿，沾湿了就说明她还活着。

肯　特：这就是最后的结果吗？

艾德卡：还是恐怖的形象呢？

奥巴尼：天塌下来了，你的痛苦也到头了。

李　尔：这根羽毛在动，她还活着呢！要是这样，那一切痛苦悲哀都还可以挽回，我觉得就会这样。

肯　特：（跪下）啊，我的好主公！

李　尔：请你走开吧。

艾德卡：这是支持你的肯特啊。

391

李　尔：让瘟疫降临到你们头上吧，凶手，奸贼，我本来可以救活她的，现在她一去不复返了。柯黛丽，柯黛丽，再待一会儿吧。哈？你说什么？她的声音永远这样温柔和缓，低声下气，在女人是再好也没有的了。我杀了那个吊死你的奴才。

侍　仆：的确，诸位大人，是他杀的。

李　尔：不是我吗，好家伙？我看到过胜利的日子，举起过我的快刀，本来会吓他一跳的，但是现在我老了，这些挫折更使我无能为力。你是谁呀？我的眼力也大不如前了，不过我还可以立刻看得出来。

肯　特：如果命运见过两个她又爱又恨的人，那你我面前各有一个。

李　尔：可惜我看不清楚了。你不是肯特吗？

肯　特：正是你的仆人肯特。你的仆人卡尤斯呢？

李　尔：他是一把好手，这点我敢肯定，他动起手来很勤快，可惜他已经死了，恐怕骨头都烂了。

肯　特：没有，我的好主公，我就是卡尤斯。

李　尔：是这样吗？

肯　特：从你分封国土起，我就一直追随你不幸的足迹。

李　尔：欢迎你来这里。

肯　特：没有别人跟你，没有乐趣，一片黑暗，死气沉沉。你的大女儿和二女儿自相残杀，都走上了绝路。

李　尔：唉，真是这样。

奥巴尼：他不知道自己说些什么，我告诉他也没有用。

（使者上）

艾德卡：完全没用。

使　者：艾德芒死了，主公。

奥巴尼：那只是小事一场。王公大臣及朋友们，现在宣布我的安排：这场大乱应该有个善后，在我们的老王有生之年，我们应该把绝对统治权归还给他。（对艾德卡和肯特）你们两位要恢复爵位和权利，而你们的所作所为更为你们增光添彩，应该得到嘉奖。所有的朋友都该论功行赏，各有所得；所有的罪人都该受到惩罚，喝下罪恶的苦酒。啊，看吧！

李　尔：我可怜的宝贝也吊死了，没有，没有，没有生命了。为什么一条狗、一匹马、一只老鼠都可以活着，而你却没有了生命？你不能复活了！请你给我解开这个纽扣，谢谢你了。老兄，你看见没有？看看她，看她的嘴唇，看这儿，看这儿！（死）

艾德卡：他昏迷过去了！主公，主公！

肯　特：我的心啊，破碎吧，四分五裂吧！

艾德卡：往上看，主公。

肯　特：不要磨缠他的灵魂了，让他安息吧！他不会喜欢留在这个苦难的世界上再忍受煎熬了。

艾德卡：他已经过去了。

肯　特：他活下来已经是个奇迹，是篡夺了生命的时间了。

奥巴尼：把他抬下去吧，我们现在要全国举哀。（对肯特、艾德卡）你们两位和我同甘共苦，一同治理这乱后的国土。

肯　特：我前面要走的路还远，主子在召唤，不能说不愿。

艾德卡：我们要挑这苦难时代的重担，

　　　　不能想说就说，要说真情实感。

　　　　老一代人忍辱负重，我们年轻。

　　　　见识不多，但是不能辜负生命。

　　　　（在哀乐声中下）

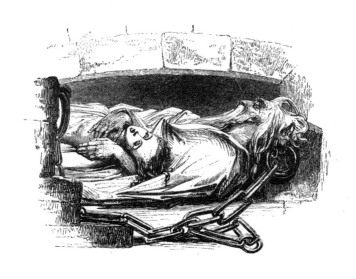

马克白

MACBETH

MACBETH.

剧中人物

丹　坎　苏格兰国王
马　康　苏格兰王子
唐纳斑　苏格兰王子
丹坎军中将士
马克白　格拉密勋爵，后为考朵勋爵，苏格兰国王
马克白夫人
马克白城堡门卫

撒　丹　马克白侍从　　　卡内斯爵士
医　生　　　　　　　　　孟特斯爵士
马克白夫人侍女　　　　　老　人
三刺客　　　　　　　　　西华德　诺桑兰公爵
班珂勋爵　　　　　　　　西华德之子
弗兰斯　班珂之子　　　　英格兰医生
马达夫　菲府勋爵　　　　三女巫
马达夫夫人　　　　　　　赫卡特　女巫之王
马达夫之子
连洛勋爵　　　　　　　　大臣、爵士、侍从、侍仆、
罗斯勋爵　　　　　　　　持火炬人、报信人、士兵、
安格爵士　　　　　　　　鼓手、旗手、使者、阴灵等

地　点

英格兰、苏格兰，多在英威内城堡

第一幕

第一场　荒　野

（雷电声中三女巫上）

女巫甲：我们何时再见面？
　　　　狂风暴雨加雷电。

女巫乙：不闻喧哗骚乱声，
　　　　战争先败后转胜。

女巫丙：夕阳斜照山顶上。

女巫甲：会面之地——

女巫乙：要荒凉。

女巫丙：会见马克白大将。

女巫甲：我带灰白狸猫精。

女巫乙：癞蛤蟆叫得好听。

女巫丙：行。

三女巫：美是丑来丑是美，

云雾之中无是非。

（同下）

第二场　营　地

（丹坎王，马康、唐纳斑二王子，连洛勋爵及随从上，
路遇一负伤将士）

丹　坎：那个血染战衣的将士是谁？从他负伤的情况看来，他可
以告诉我们和叛军的最新战况。

马　康：就是这个英勇的将士浴血奋战为我解围的。——敬礼！
勇敢的兄弟，你是怎样杀出重围的？对国王讲讲吧。

将　士：那时战场胜败未分，就像两个游泳游得筋疲力尽的人还
在斗争，却都显不出本领一样。那个毫不容情的麦唐纳
真是名不虚传的叛将，天生做坏事的本领都显示在他身
上，西方岛屿的轻步兵和斧钺兵又来支持他。命运女神
成了向该死的叛军卖笑的娼妓。但这些人都不是马克白
的对手——他真没有辜负他的盛名，不把危险的命运看
在眼里，挥舞被敌人鲜血染红的钢刀，像勇敢的化身一

样杀出一条血路，一直杀到叛将面前，既不通名报姓，也不留下退路，一刀就把他劈成两半，还把他的首级挂上城楼示众了。

丹　坎：了不起的老表，名副其实的英雄！

将　士：但是，太阳刚刚落山，突然雷电交加，刮起了狂风，下起了暴雨，安宁还没有降临人间，又涌现了新的灾难祸殃。苏格兰国王啊，请你听听：当正义之师一鼓作气把轻步兵打得落花流水、逃之夭夭的时候，挪威国王却认为机不可失，立刻补充兵员，增加武器装备，又发动了新的进攻。

丹　坎：这吓不倒我们的大将马克白和班珂吧。

将　士：就像麻雀吓不倒老鹰，兔子吓不倒雄狮一样。如果要我说清楚，那我只好说他们像两门开花大炮，发出猛烈的炮火，炸得敌军血流成河，尸积如山，几乎要成一个新的骷髅场了。我说不下去了，头昏脑涨，需要医护了。

丹　坎：你说的话和受的伤一样，都是光荣的呼声。——护送他就医。

（随从护送将士下。罗斯与安格上）

丹　坎：有什么人来了？

马　康：是可敬的罗斯勋爵。

连　洛：他看起来急急忙忙，仿佛有什么意想不到的事要说。

罗　斯：上帝保佑吾王。

丹　坎：你从哪里来的，可敬的勋爵？

罗　斯：我从菲府来，大王。那里的挪威军旗遮天蔽日，像刮起

399

的阵阵寒风。挪威国王重兵压境，还有叛变的考朵爵士呐喊助威，发动了猛烈的攻击。幸亏女战神都要下嫁的马克白大将披挂上阵，针锋相对，刀来剑往，你冲我杀，寸步不让，压倒了对方嚣张的凶焰，结果胜利才属于我方。

丹　坎：伟大的胜利！

罗　斯：现在，挪威国王斯维诺求和了，我方要他在圣柯木小岛赔款一万金币，否则，不许他们掩埋阵亡的将士。

丹　坎：考朵爵士休想再骗取我们的信任了，去宣布将他立即处死，他的爵位转封给马克白。

罗　斯：谨遵圣命，英明的王上。

丹　坎：他的爵位是对马克白的奖赏。

（众下）

第三场　荒　野

（雷鸣声中三女巫上）

女巫甲：妹妹，你到哪里去了？

女巫乙：打野猪去了。

女巫丙：姐姐，你呢？

女巫甲：一个水手的老婆，兜里都是栗子，在噼里啪啦地吃着。"给我几个。"我说。"去你的吧，妖婆！"那个酒醉肉饱的贱货直冲着我说。她的老公是"老虎号"的船长，去了亚乐坡。我要用筛子做筐笭，像没尾巴的老鼠渡河，要追他啊一直追到他的老窝。

女巫乙：我来刮风相送。

女巫甲：送我和他相逢。

女巫丙：我也送你一阵风。

女巫甲：把我从西吹到东，送到他的小海港。

同他去四面八方，他有罗盘指方向。

我要吸干他的精力，日日夜夜不得休息。

我要封住他的眼皮，白天不开黑夜又闭。

累他九十九个星期，饥饿消瘦出不了气。

虽然人和船没分离，却总在惊涛骇浪里。

瞧，这是什么？

女巫乙：给我看，给我看。

女巫甲：这是一个水手的大拇指，在返航的时候，船沉没了。

（幕后鼓声）

女巫丙：听啊，鼓声咚咚响，来了马克白大将。

（三个女巫围成一圈跳舞）

三女巫：（合唱）三个姐妹手挽手，

水上陆上随意游，

转来转去滴溜溜。

你转三周我三周，

她转三周便成九。

不要作声看符咒！

（马克白和班珂上）

马克白：我从来没见过这样的阴阳天气。

班　珂：这里离富尔还有多远？——这是些什么阴阳怪人？瘦得像枯树干柴，穿得又不男不女，看起来不像世上的人，却又活在世上。——你们是不是活人？会不会说话？你们把瘦骨嶙峋的手指放在干瘪的嘴唇上，似乎是懂得我的话。你们应该是女人却又有胡子，这该怎么说？

马克白：如果你们会说话，就告诉我们你们是什么人。

女巫甲：敬礼，马克白，向格拉密勋爵致敬！

女巫乙：敬礼，马克白，向考朵勋爵致敬！

女巫丙：敬礼，马克白，向未来的国王致敬！

班　珂：我的好将军，听到这有趣的预言，你为什么吃了一惊？难道你还会害怕这样好听的戏言吗？——要说实话，你们到底是浮光幻影，还是弄假成真的人？你们说出了我们三军主将的荣誉，预告了他光辉的前程，甚至显赫的王位，使他大出意外，但是，你们对我却一言不发。如果你们能够看出现在的种子将来哪些能够发芽生长，哪些不能，那就说说我吧。我既不要你们说好话，也不怕你们说难听的。说吧。

女巫甲：祝贺。

女巫乙：祝贺。

女巫丙：祝贺。

女巫甲：你不如马克白，但却又超过他。

女巫乙：你不如他幸运，却又幸运得多。

女巫丙：你虽没有王位，但有王子王孙。向你们致敬祝贺了，马克白和班珂！

女巫甲：班珂和马克白，向你们致敬祝贺了。

马克白：等一下，你们话还没说清楚呢。自我父亲辛奈去世之后，我就知道我继承了他格拉密的爵位。但考朵是怎么一回事？考朵勋爵不是还活着吗？他还是个显赫的爵士呢。至于王位，那比考朵爵位还更加令人难以置信了。说，你们这些稀奇古怪的消息是从哪里来的？为什么在这个渺无人烟的荒原上，你们用难以置信的预言来打断我们的行程？我要求你们说个明白。

（三女巫隐退）

班　珂：陆地上怎么和水面上一样会泛起泡沫来？她们不就是泡沫化成的吗？消失到哪里去了？

马克白：消失在空中了。她们看来是有形体的人，却像她们呼吸的空气一样融化在风中。真愿她们能够多留一会儿才好。

班　珂：她们真正在这里出现过吗？还是我们喝了草根迷魂汤，使我们的头脑成为俘虏了？

马克白：你的子女会成为王子王孙吗？

班　珂：而你自己会成国王吗？

马克白：还会成考朵勋爵呢，她们不是这样说的吗？

班　珂：的确是唱这个调子，说这种话。你看谁又来了？

（罗斯和安格上）

罗　斯：国王非常高兴得到你马克白的胜利消息，当他知道你如何英勇歼灭叛军的时候，他的惊喜形之于色，赞扬夺口

403

而出，真不知道是惊是赞，结果反而哑口无言了。他又听到你在同一天内如何和顽强的挪威军队作战，你毫无畏惧，出生入死，简直成了杀人不眨眼的死神形象。捷报一站传到一站，向他报告你保卫国家的丰功伟绩。

安　格：我们是奉主公之命，前来向你表示谢意的，我们来迎接你去谒见国王，领受封赏。

罗　斯：作为封赏的先声，主公要我称你为考朵勋爵。祝贺你，战功显赫的勋爵，你是论功得赏的。

班　珂：怎么，难道魔鬼说的还是真有其事的？

马克白：考朵勋爵还活着呢，为什么把借来的衣服给我穿？

安　格：过去的考朵勋爵还活着，但是经过审判，他是罪有应得，已经判处死刑。他是公然联合挪威，还是暗助叛党，或者双管齐下，危害国家，我还不知其详。但是叛国重罪，他已招认，并且证据确凿，所以不得翻身了。

马克白：（旁白）格拉密和考朵勋爵，最高的称号还在后面呢。（对罗斯和安格）谢谢你们两位远来。（对班珂）难道你不希望你的子孙成为国王吗？她们称我为考朵勋爵，现在已经实现了。她们答应你的会不会也实现呢？

班　珂：（对马克白）如果你完全相信她们的话，那也许会点燃你的野心，在考朵勋爵之后，会希望戴上王冠了。但是，说来也奇怪，魔鬼会在小事上说实话，先取得我们的信任，然后在重大事件上让我们栽跟头，永远不得翻身。（对说话中的罗斯和安格）两位老兄，我有话说。

马克白：（旁白）两句话都说对了，而这只是引人入胜的序幕，接下来的是不是帝王主演的大戏呢？（对罗斯和安格）有劳两位了，谢谢！（旁白）这不可思议的预言不会是坏事，也不会是好事。如果是坏事，那考朵爵位已经封赠，成为事实了；如果是好事，那我眼前为什么会出现可怕的景象，头发会竖起来，心跳得都要碰到胸脯了，怎么会出现这些不自然的现象呢？现实的恐惧还不如想象的可怕，一想到谋杀就会使我全身发抖，不会行动，只会胡思乱想，甚至真假不分了。

班　珂：瞧，我们的老伙伴心不在焉了。

马克白：（旁白）如果我命里注定要做国王，那就让命运去安排，不必自己动手了。

班　珂：新头衔好像新衣服，没穿惯总会觉得不合身的。

马克白：（旁白）要来的不会不来，最艰难的日子也是会过去的。

班　珂：高贵的马克白，我们听你的吩咐呢。

马克白：对不起，我的头脑糊涂，事情记不清楚。两位大人，你们的辛苦我们是不会忘记的，一想到就会有感激之情。现在，我们见王上去吧。（对班珂旁白）想想今天的事，考虑之后，等有时间我们再商量吧。

班　珂：很高兴听你的。

马克白：到时候再说吧。——朋友们，我们走了。

　　（同下）

第四场　苏格兰王宫

（号角声中，丹坎王、马康、唐纳斑、连洛及侍从上）

丹　坎：考朵的死刑执行了没有？负责执行的人回来了吗？

马　康：父王，他们还没回来。但我问过一个亲眼得见的人，他告诉我，考朵老实供认了他的罪行，并且请求父王赦免。他忏悔得倒深刻，是他一生中从未有过的。他被处决前似乎经过深思熟虑，却把自己最宝贵的生命当微不足道的东西抛弃了。

丹　坎：可惜没有办法从一个人的脸上看出他的内心，他本来是我绝对信任的一个大臣。

（马克白、班珂、罗斯及安格上）

丹　坎：啊，最难得的亲人，真对不起，我感到惭愧还沉重地压在我心上。你的功劳太大，飞得太快，无论什么快马加鞭的报酬也赶不上你风驰电掣的丰功伟绩。我真巴不得你的功劳小一点儿，我才付得出报酬呢。剩下要说的话就是，你的功太大，我的赏太小，很难做到论功行赏了。

马克白：我对主公尽忠效劳，都是尽我的本分，回报主公对我的恩赏，怎么还能要求报答呢？主公的本分就是接受我们对王室、对国家的忠心效劳，我们就像子女对父母、仆人对主人一样，尽其所能来报答主公的恩情和恩赏。

丹　坎：欢迎你归来。你像一棵得到栽培的大树，一定会根深叶茂、繁荣昌盛的。尊贵的班珂，你的功劳也不在他之下，得到的报酬也不会少，让我拥抱你吧，我要把你紧紧抱在心上。

班　珂：如果我能根深叶茂，那收获的果实也该是栽树人的恩赏。

丹　坎：我心里洋溢着欢乐，连悲哀的泪水都要化为笑声了。我的两个王子、皇亲国戚、诸位勋爵、左右近臣，我现在要向你们宣布立长子马康为太子了，先封他为坎波伦亲王。光荣不只是照耀着王子，还会像满天星斗一样洒落在诸位有功之臣身上。现在，我们去马克白的英威内城堡吧，我们要享受他更亲密的接待。

马克白：为主公忙碌是比闲暇更大的乐趣。我要先走一步，回家去宣布这个意外的特大喜讯，让内人喜不自胜，我这就先走了。

丹　坎：了不起的考朵勋爵。

马克白：（旁白）坎波伦亲王是一块挡在路上的绊脚石，我不是跳过去就是给它绊倒。星星啊，不要用你们的火眼金睛看透深藏在我黑暗内心里见不得人的欲望吧！眼睛啊，你就半开半闭，不要睁着看我动手干的事吧！等到事干完了，眼睛看到也会发抖的。

丹　坎：了不起的班珂，马克白真是能征惯战，我听饱了对他的赞美，那真是一餐言辞丰盛的宴席，我听得都要醉倒了。现在，我们跟上他吧。他又要为我们准备酒肉的盛宴了，真是一个举世无双的亲人。

407

（在乐声中，众下）

第五场　英威内城堡内

（马克白夫人持信上）

马克白夫人：（读信）"在我胜利的日子，我遇见了她们，并且有证据说明她们有超越凡人的智慧。当我燃烧着的欲望促使我向她们提出进一步的问题时，她们忽然化成一阵清风，消失得无影无踪了。我站在那里出神的时候，国王派遣的使者来了，他们都称呼我为'考朵勋爵'，而这正是三位神巫给予我的称号，她们还说我是'未来的国王'呢。这使我迫不及待地来告诉你——我最亲密的亲人，你怎能失去这给你带来最大欢乐的时机，不知道你将有多么伟大的前程呢？好，去考虑考虑，并且把这存入你的内心吧。再会！"你已经是格拉密和考朵勋爵了，而且还有更伟大的前程在等你呢。不过我怕你生性柔和软弱，有如吸奶的婴儿，不会走捷径去取得胜利。你不是没有做大事的雄心壮志，而是没有不择手段的勇气。你要登高，却又不走险路；你不弄虚作假，却又妄图非分。伟大的格拉密勋爵，你想达到只有用这种方法才能达到的目的，又害怕去做会使你后悔的事情。快回来吧，我要在你耳中注入勇气，用我的舌头清扫你取得金冠的道路，命运和超自然的神力似乎都已经为你加冕了。

（使者上）

马克白夫人：有什么消息吗？

使　者：王上今晚驾到。

马克白夫人：你说疯话了吧？爵爷不是和王上在一起吗？王上要
　　　　　来，怎么不早通知做准备呢？

使　者：夫人容禀，爵爷快要到了，他派了人先来报信，来人累
　　　　　得几乎话都说不清了。

马克白夫人：好好照看来人吧，他带来了重大的消息。

（使者下）

　　　　丹坎要进我的城门，这是生死攸关的大事，即使乌鸦带
　　　　来这个消息，声音也会变嘶哑的。来吧，掌管阴阳生死
　　　　的幽灵，把我的阴柔变成阳刚，让残酷凝入我从头到脚
　　　　的血液吧。让血液凝成固体，堵塞一切通向悔恨的通道
　　　　吧。不要让天生的良心动摇我凶狠的决心，不要让动机
　　　　与结果和平共处。把女人胸脯的奶水变成胆汁，你们这
　　　　些无形的凶手，要让人性落入你们的陷阱。来吧，浓得
　　　　化不开的黑夜，披上地狱里的浓烟迷雾，使我们锐利的
　　　　尖刀也看不见砍出的伤口，连苍天也看不透一团漆黑的
　　　　人心，喊不出"住手"来吧！

（马克白上）

马克白夫人：伟大的格拉密爵爷，了不起的考朵勋爵，还有更伟
　　　　　大的万众欢呼的未来！你的信使我超越了今天的无知，
　　　　　感到了近在眼前的明天。

409

马克白：我最心爱的亲人，丹坎今晚要来这里。

马克白夫人：什么时候离开？

马克白：他打算是明天。

马克白夫人：但愿太阳永远也看不到那个明天！我的爵爷，你的
　　　　　脸孔怎么像是一本打开的书，谁都可以看得出你有不平
　　　　　常的心事。要让人看不出来，那就只有和平常人一样，
　　　　　什么都不要显露。眼睛、手和嘴巴都要会说"欢迎"，
　　　　　看起来像纯洁的鲜花，但实际上是藏在花底下的毒蛇。
　　　　　来的客人必须好好款待，今天夜晚的大事却可以交给我
　　　　　来办。让今夜对以后的日日夜夜都可以产生重要的影
　　　　　响，就像主人影响仆人一样吧。

马克白：我们再商量吧。

马克白夫人：你只要看起来像没事人一样，不要改变平时的表

情，别的事都由我来办好了。

（同下）

第六场　英威内城堡外

（管乐声中，火炬光下，丹坎王、马康、唐纳斑、班
珂、连洛、马达夫、罗斯、安格及侍从上）

丹　坎：城堡赏心悦目，空气清新甜美，令人心情舒畅。

班　珂：燕子夏天飞来筑巢，说明天上人间息息相通，令人流连
　　　　忘返。无论是屋檐下、画梁上、墙头还是屋角，都有飞
　　　　鸟筑巢哺幼的地方，令人觉得亲切。

（马克白夫人上）

丹　坎：看，我们高贵的主妇对我们的深情厚谊，反而成了我们
　　　　的负担。我们给你添了麻烦，你反而还要谢谢我们。

马克白夫人：我们即使加倍效劳，然后再加一倍，比起主公过去
　　　　和现在对我们的深恩大德来，真还是微不足道的。

丹　坎：考朵勋爵呢？我们快马加鞭想追上他，但他心急如焚，
　　　　热情比马刺还更尖，结果还是他比我们先到了。高贵美
　　　　丽的女主人，我们今晚就是你的客人了。

马克白夫人：您的仆人已经一切准备就绪，听凭主公吩咐，其实
　　　　一切本来都是主公的赐予，我们献上的不过是物归原主
　　　　而已。

丹　坎：伸出你的手来引路，让我去看我的东道主。我们对他恩

411

宠有加，今后还会有增无减。你引路吧，我的女主人。

（众下）

第七场　英威内城堡

（双簧管乐声中，火炬光照耀下，管家及仆人持餐具及菜肴走过舞台后，马克白上）

马克白：如果一动手就大功告成，那自然是早下手好；如果谋杀不会引起恶果，只是以他的死亡为结局，那这一刀就是一切，并且结束了一切。在这里，我们可以跳过这个沧海桑田的世界，也不管来世会怎么样。但是在现在的情况下，我们还是要受到审判的。我们用流血来教训别人，别人也会用流血来回报我们。这种双向的公平使我们灌别人的毒酒，也会灌入我们自己的嘴唇。丹坎在这里有双重保证。首先，我们是亲戚又是君臣，都该保证他不会出事。其次，我是他的东道主，理应关门闭户使他不受伤害，怎能亲手动刀呢？再说，丹坎性格温和，办事清正，他的德行可以感动天使们为他宣传，我怎能犯下谋害他的罪名？！同情心像赤裸裸的新生婴儿会乘风破浪，像天使骑上空中无形的骏马一样，会谴责这有目共睹的罪行，使泪珠成了淹没狂风的暴雨。我的图谋也像一匹骏马，但我没有马刺来催促它腾空而起，只有空空洞洞的野心，刚从左边跃上马鞍，就从右边跌落在地了。

（马克白夫人上）

马克白：怎么样了？有什么消息吗？

马克白夫人：他快用完晚餐了。你为什么离开了餐厅？

马克白：他问过我没有？

马克白夫人：你怎能不知道他问过了？

马克白：这件事还是不要进行吧，他刚给了我这么高的荣誉，我从成千上万人口中赢得了黄金买不到的赞辞，怎能不发出新的光辉，这么快就把荣誉抛弃在地呢？

马克白夫人：你冠冕堂皇的雄心壮志难道只是酒醉肉饱后的胡言乱语？你的雄心是不是睡着了？赶快醒过来吧！怎能这样灰溜溜地看着过去自由展开的宏图呢？从现在起，我也要重新评价你对家庭的感情了。难道你的行动不敢像你的欲望那样大胆地为所欲为吗？难道你不想得到生活中你最珍视的装饰品，而宁愿过着自己也瞧不起的胆小鬼生涯？不敢像寓言中说的那样，把"我不敢"换成"我想要"？

马克白：请你不要说了。我敢做一切适合男子汉大丈夫去做的事，没有人能做得比我更多、更好。

马克白夫人：那么，原来是哪个畜生要你向我敞开胸怀，吐露你的雄心壮志的？要是你真敢作敢为，那才真是个男子汉；要是你敢做一个比自己更伟大的人物，那才真是个大丈夫。从前的时间和地点并不合适，你却偏要利用那种环境；现在时间和空间都合适了，你却反而向后退缩。我知道，无论我多么热爱吸奶的婴儿，当孩子露出满脸笑容的时候，我却敢从他软绵绵的嘴唇里夺出我的乳房。如果我像你一样发过誓的话，我还敢把他的小脑袋砸破。

马克白：如果我们失败了呢？

马克白夫人：失败？鼓起勇气，坚持到底，我们就不会失败。等丹坎睡着了——一整天奔波劳累的旅程一定会使他酣然入睡——他的两个亲随，我会用美酒把他们灌得酩酊大醉，使他们的头脑昏昏沉沉、腾云驾雾似的失去记忆，理智也随着酒精蒸发掉了。趁他们喝得烂醉如泥，睡得像死猪一般的时候，对一个毫无防范的丹坎，你我还有什么做不到的事情？还有什么罪名我们不可以加到那两个像海绵吸酒一般烂醉的侍卫官身上？

马克白：你这样大无畏的精神，生出来的孩子一定是英雄好汉，哪里会是柔弱女子呢？不过，即使我们把他房里两个熟睡的侍卫官涂得满身鲜血淋淋，刀上也血迹斑斑，人家会相信他们是杀人的凶犯吗？

马克白夫人：谁敢不相信？只要我们对他的死亡表现得悲痛万分，哭号得呼天抢地，谁敢不相信呢？

马克白：好，就这样定了吧。我要拿出全身的力量来干这个可怕的勾当。去吧，外表要装模作样，掩盖这万分狠毒的心肠。

（同下）

第二幕

第一场　英威内城堡内

（班珂及弗兰斯持火炬上）

班　珂：孩子，夜深了吗？

弗兰斯：月亮已经西下。我还没有听到钟声。

班　珂：月亮西下就是十二点了。

弗兰斯：我看还更晚呢，父亲。

班　珂：等一等，拿着我的剑。（把剑给弗兰斯）天上也在节约，星光全熄灭了。接住这个。（脱下外衣）沉重的睡意像铅块一样压在我身上，但我却还不想去睡。慈悲的神明，压制那些人一有闲就会自然想起的不好念头吧！

（马克白及仆人持火炬上）

班　珂：拿剑给我。（接剑）——来的是谁？

马克白：一个好人。

班　珂：怎么，老兄还没休息？主公已经入睡了。他今天高兴得
　　　　不得了，重赏了你的家人。（拿出钻石）这块钻石是送
　　　　你夫人的，他说她是最贤惠的主妇，使他感到说不出的
　　　　满意。

马克白：我们来不及做准备，所以心有余而力不足，如果时间充
　　　　裕，招待可能更加周到。

班　珂：已经很不错了。我昨夜还梦见那三个女巫呢，她们说你
　　　　的话倒有点儿说对了。

马克白：我倒没有想到她们。不过，如果你有空闲时间的话，我
　　　　们倒可以谈几句，你有时间吗？

班　珂：等你有时间再说吧。

马克白：如果你同意我的话，到时你会有好处的。

班　珂：好处谁不想要？我当然也不肯坐失良机。不过得到好处
　　　　也要胸怀坦诚，只要问心无愧，我自然会听你的。

马克白：现在，好好休息去吧。

班　珂：谢谢老兄，彼此彼此。

　　　　（班珂及弗兰斯持火炬下）

马克白：去告诉夫人，消夜酒准备好了就拉铃。你也睡去吧。

　　　　（仆人下）

　　　　我面前是一把匕首吗？刀柄一伸手就可以拿得着。但我伸

手并没有拿住，却看见它还在眼前。刀啊，难道你只是可望而不可即的幻象？或者是心灵制造的假象，头脑一发热就制造出来了？我现在还看得见你，形状就和我手里拿的刀一样，几乎可以摸得着。你指引着我前进的方向，你就是我要使用的工具。我的眼睛不是受了其他感官的骗，就是骗了其他感官。我还看见你刀锋和刀柄上都血迹斑斑了，原来并不是红的呀。哪里来的血呢？恐怕是流血事件预先通知了我的眼睛吧。现在半个世界似乎死气沉沉，噩梦正在扰乱帐中的睡眠。巫术正从巫神的祭品中吸取力量，狼是谋杀者的前哨，狼嚎是谋杀的口令，阴险的谋杀者像亡国之君的阴魂，迈开偷偷的步伐走向他的目标。稳如大山、坚如磐石的大地，不要听见我的脚步走向何方，以免路上的石头会泄露我的行踪，使黑夜失去了掩盖罪恶的气氛。我在威胁他的生存，他却在威胁中活着。语言给热血沸腾的行动吹上了冷气。

（铃声）

铃响了，我去了，你完了。听见没有，丹坎，这是你的丧钟，你不是落下地狱，就是飞上天空。（下）

第二场　英威内城堡内

（马克白夫人上）

马克白夫人：酒能醉人，也能壮胆；能淹死人，也能点燃心中的

417

火。听！静一静！这是猫头鹰在凄凄惨惨地向黑夜告别的啼声。他正在动手，门还是开的，酒醉肉饱的侍卫正在用鼾声来代替值夜的口令。我在他们的酒里放了麻药，醉得他们看不出来是睡着了还是死了。

（马克白持血污的匕首上，夫人没有看见）

马克白：谁在那里？是哪一个？

马克白夫人：唉，我怕事情还没干好，他们就醒过来了。使我们心乱如麻的是我们的企图，而不是结果。听！我已经把匕首放好了，他不会找不到的。如果不是丹坎的睡相像我的父亲，我自己就动手了。（看见马克白）我的夫君？

马克白：我已经干完了。你没有听到什么动静？

马克白夫人：我只听到猫头鹰的啼声和蟋蟀的鸣声。你没有说话吗？

马克白：什么时候？

马克白夫人：刚才。

马克白：我下来的时候？

马克白夫人：对。

马克白：谁睡在他隔壁的房间里？

马克白夫人：唐纳斑。

马克白：（看自己的双手）做了多惨的事！

马克白夫人：这是什么傻话！胡说什么惨事！

马克白：他们一个睡着发笑，一个喊"杀人了"。他们彼此吵醒了。我站在那里听，他们各说了一句祷词，又睡着了。

马克白夫人：是两个人睡一间房。

马克白：一个说："上帝保佑我们！"另一个说："阿门！"他们仿佛看见我举着杀人的手，我听到他们害怕的声音，当他们说"上帝保佑我们"时，我却说不出"阿门"来。

马克白夫人：不要想得太远了。

马克白：为什么我连"阿门"都说不出来呢？当我最需要祝福的时候，"阿门"却堵住了我的喉咙。

马克白夫人：这种事不能这样想，否则，我们会发疯的。

马克白：我好像听见说："不要睡了！马克白已经杀死了睡眠。无忧无虑的睡眠卷起了苦闷缠绕的衣袖，是一天生活的终结，辛勤劳动后的浴池，医治心灵创伤的灵丹妙药，大自然提供的丰富营养，人生盛宴上的压轴戏——"

马克白夫人：你这样说是什么意思？

马克白：那个声音还在对全屋的人喊叫："不要再睡了，格拉密已经杀死了睡眠。因此，考朵不能再睡，马克白也不能再睡了。"

马克白夫人：谁在这样喊叫？怎么，了不起的爵爷，你怎么浪费你宝贵的精力去胡思乱想呀？快去用水洗干净你手上肮脏的证据吧。你为什么把匕首都带到这里来？应该放在原来的地方。去，快点儿送回去，放到两个睡死了的侍卫手里，给他们的手上涂点儿血！

马克白：我不去了，一想到我干的事都害怕，哪里敢再去看？

马克白夫人：怎么这样脆弱！把匕首给我！（接过匕首）睡着了的人和死人一样，都不过是图画上的人罢了，只有小孩

子的眼睛才会害怕画出来的魔鬼呢。如果他还在流血，我就要给侍卫的脸上染色，一定要看起来像是他们犯下的罪行。（下）

（内敲门声）

马克白：哪来的敲门声？我是怎么了？什么声响都会吓我一跳。嘿！瞧！我这双手居然要挖我的眼睛，大海的水能洗净我手上的血迹吗？不能。恐怕我的手倒会把大海的碧波染成红色的海洋呢。

（马克白夫人上）

马克白夫人：我的手和你的手也是一样的颜色了。要是我的心也变得像你的那样苍白无力，那我的脸也要变得惨白了。

（内敲门声）

我听见有人敲南门！赶快回卧房去，用一点儿水把这件事的痕迹洗掉，你看多容易！你平时坚强的性格到哪里去了？

（内敲门声）

听！又有人敲门了，快去披上你的睡衣。不要让人看出你还没有睡呢。也不要看起来这样心事重重！

马克白：没有忘记过去的我，怎能干出现在的事？

（内敲门声）

敲门吧，但愿你们能敲得丹坎回生起死！

（同下）

第三场　英威内城堡内

（内敲门声。一门卫上）

门　卫：的确是有人敲门！要是有人给地狱看门，那他可得一
　　　　天到晚开锁了。

　　　　（内敲门声）

　　　　敲吧，敲吧，敲吧！是谁呀？我用魔王的名义问你：是
　　　　不是一个丰收年想发财，却碰到粮价低贱反而上吊的老

农呀？你来得正是时候，这里有的是手巾，擦擦你的汗吧！

（内敲门声）

敲吧，敲吧！是谁呀？我用魔鬼的名义问你：说老实话，不许再脚踏两只船了，不要再翻手为云覆手雨了！你这样兴风作浪是上不了天堂，只会下地狱的。

（内敲门声）

敲吧，敲吧，敲吧！谁呀？是不是偷工减料的英国裁缝？怎么，你还要到地狱里来偷鸡摸狗吗？

（内敲门声）

敲吧，敲吧，一刻不停！你是什么人？这里比地狱还冷。我也不想替魔鬼守门了，倒想放些不三不四的人进来，走上玫瑰盛开的道路，却走向不得翻身的火山炼狱。

（内敲门声）

来了，来了！请你不要忘了给你开门的人！

（马达夫、连洛上）

马达夫：老兄，是不是昨夜睡得太晚，今天起得也晚呀？

门　卫：说老实话，大人，昨夜喝酒喝到鸡叫两遍了，喝酒真有好处，至少也有三点。

马达夫：哪三点呀？

门　卫：圣母在上，一是大酒糟鼻子，二是睡大觉，三是大撒尿，还有欲火大烧。喝酒惹得你欲火上升，却又让你硬不起来，所以可以说是它有软硬两手。酒使你道是无情

422

却有情，鼓励你上阵，却又让你败下阵来；使你站起，却又让你躺下。总而言之，叫你上得了床，下不了台。

马达夫：我想，你昨夜也喝得下不了台吧。

门　卫：的确，酒还没下喉咙，我就呕起来了。可见我比酒强，它强迫我的腿站不稳，我却强迫它从嘴里吐出来。

马达夫：你们爵爷起来没有？我们敲门恐怕吵醒了他。

（马克白上。门卫下）

马达夫：你早，爵爷。

马克白：你两位都好。

马达夫：主公起来没有，爵爷？

马克白：还没起来。

马达夫：他昨晚要我到时间提醒他，我怕误了时间。

马克白：我带你去见他。

马达夫：我知道你很乐意同去，但这还是太麻烦你了。

马克白：身子动动也很舒服。主公就在这个门内。

马达夫：我就大胆进去了，因为这是主公安排的。

（马达夫下）

连　洛：主公今天就走吗？

马克白：是的，他昨天是这样确定的。

连　洛：夜里真乱，我们睡的房子，烟囱都给狂风刮倒了。他们还说，听到空中有啼哭声，死亡发出了悲叹哀鸣，恐怖的声音预告这个可悲的时代正在酝酿着危险的动乱和恐怖的事件。还有若隐若现的怪鸟没完没了地叫了一夜。有人说地球热得发烧又冷得发抖了。

马克白：的确是不寻常的一夜。

连　洛：即使我年轻的时候，也不记得有过这样的日子。

（马达夫重上）

马达夫：啊！不得了，不得了，不得了！想也想不到，说也说不出的恐怖！

马克白、连洛：出了什么事？

马达夫：罪恶已经登峰造极了，谋杀居然落到了戴王冠的头上，王冠是上帝的恩赐，但是戴王冠的人却失去了生命。

马克白：你说什么？失去了生命？

连　洛：你说的是主公吗？

马达夫：你们进房间去看看，就会吓得目瞪口呆，变成石头人的！不用我说了，你们去看了，再自己说吧。

（马克白、连洛下）

起来吧！起来吧！赶快敲警钟。这是谋杀！这是造反！班珂、唐纳斑、马康！起来！不要睡在温暖的床上，睡眠就是假死，而现在面对的是真正的死亡！起来，起来，看看世界末日的形象！马康、班珂，从你们的坟墓里爬起来，像幽灵一样快来面对恐怖吧。快敲警钟！

（警钟鸣声中，马克白夫人上）

马克白夫人：出了什么事呀？这样吵吵闹闹，把全屋的人都吵醒了，难道是要和敌人打交道？说呀，说呀！

马达夫：啊，可怜的夫人，我能说的，都不是你能听的，要在夫人耳中再讲出我亲眼所见的，那就是谋杀。

（班珂上）

马达夫：啊，班珂，班珂，主公遭到谋害了！

马克白夫人：哎呀！大祸临头。怎么会在我们家里？！

班　珂：在哪里都是一样惨不忍睹。马达夫，我真希望你能反驳
　　　　自己，说你的话都是假的。

　　　　（马克白、连洛、罗斯等上）

马克白：假如我在前一个小时死了，那可以算是过了幸福的一
　　　　生。从现在起，生命已经没有意义，一切都不足道，名
　　　　誉和美德都已经死亡。人生的美酒已经喝完，剩下的只
　　　　是供酒窖夸口的渣滓了。

　　　　（马康、唐纳斑上）

唐纳斑：出了什么事？

马克白：你们出事啦，你们还不知道，你们生命的源头活水已经
　　　　枯竭。王室、王国的首脑出事啦！

马达夫：你们的父王被谋害了。

马　康：啊，凶手是谁呀？

连　洛：看来似乎是他同房间的人，他们手上、脸上都还有血，
　　　　我们发现匕首上的血还没擦干就丢在枕头上了。他们瞪
　　　　着眼睛，脸上惊慌失措。怎么能把生命的安全交托给他
　　　　们呢！

马克白：唉！我真后悔，不该一怒之下就把他们杀了。

马达夫：你为什么要杀他们？

马克白：谁在气头上能够明智，既愤怒又镇静，既忠心耿耿又心平
　　　　气和？我沸腾的热血像火山爆发，把冷静的理智远远抛在
　　　　后面。一边躺着主公，玉体上闪烁着鲜血的金光，冒血的

出口正是死亡的入口；另一边是浑身血污的凶手，匕首似乎还穿着鲜血淋淋的裤套。只要是血性男儿，谁能不拔刀相向呢？

马克白夫人：（晕倒）啊！快来扶我进去。

马达夫：快去照顾夫人。

马　康：（对唐纳斑）这是有关我们的大事，怎能不说话呢？

唐纳斑：（对马康）这里危机四伏，我们不要落入阴谋的圈套，有什么好说的？我们的眼泪还流不完呢！

马　康：（对唐纳斑）我们的灾祸还刚刚起步呢。

班　珂：扶夫人进去吧。

　　　　（侍从扶马克白夫人下）

　　　　隐藏的事实真相还没有赤裸裸地暴露，我们要商量如何深入查清这桩血案。恐惧和疑虑震动了我们，但是上帝保佑，我一定要揭穿这伪装之下的罪大恶极的阴谋。

马达夫：我愿效劳。

众　人：大家同心协力干吧。

马克白：现在要拿出男子汉的勇气去大厅商量吧。

众　人：去吧。

　　　　（众下。马康和唐纳斑留台上）

马　康：你怎么办？我们不要和他们同去。没有感到悲哀的局外人要装出悲哀来并不难。我要到英格兰去了。

唐纳斑：我要去爱尔兰。分道扬镳更加安全。在笑里藏刀的地方，越是血统亲近，越会要你的命。

马　康：毒箭还没落下，我们千万不要中箭。快上马吧，不要计较虚情假意的告别仪式了。只要能保全性命，别指望手下留情！

（同下）

第四场　英威内城堡外

（罗斯与老人上）

老　人：七十年来，我经历过可怕的时刻，看见过稀奇的事情，但是昨夜的惨剧使过去的一切都黯然失色了。

罗　斯：哈，老人家，你看老天是不是对人的胡作非为感到恼火，来对人发出威胁了？按照时辰来看，现在应该是大白天，但是黑暗却仍然笼罩着东奔西走的天灯。是黑夜在横行霸道，还是白天无面目见人，在生命的阳光应该吻遍地面的时候，却让黑暗把大地埋进了坟墓？

老　人：这的确是反常，就像昨夜的惨剧一样，上个星期二有一只翱翔高空的雄鹰居然被一只吃老鼠的猫头鹰一嘴啄死了。

罗　斯：还有丹坎最喜欢的又快又好的骏马——这是稀奇的真事——忽然野性发作，跑出马厩，横冲直撞，仿佛向人类宣战似的。

老　人：听说它们还互相咬了起来。的确是自相残杀，看得我心惊肉跳。

（马达夫上）

罗　斯：马达夫来了。事情怎么样？

马达夫：怎么，你没看见？

罗　斯：知道是谁干下这不寻常的惨案吗？

马达夫：还不就是马克白杀掉的那两个寻常人。

罗　斯：老天在上，他们作案能得到什么好处呢？

马达夫：据说他们是被利用的。马康和唐纳斑两个王子却偷偷地
　　　　溜走了，这使他们也沾上了嫌疑。

罗　斯：那更是反常了。为什么要除掉亲人，去抢夺亲人答应给
　　　　自己的东西呢？这样看来，王位要落到马克白身上了。

马达夫：他已经得到了推举，要到古都去登位了。

罗　斯：那丹坎的遗体呢？

马达夫：要送到皇家陵园去，王室祖先都葬在那里。

罗　斯：你到古都去吗？

马达夫：不，老表，我要到菲府去。

罗　斯：我倒要去古都看看。

马达夫：但愿古都一切都好，只是新人不是旧人了。

罗　斯：再见，老人家。

老　人：但愿你能得到上帝保佑，还能化恶为善，化敌为友。

　　　　（同下）

428

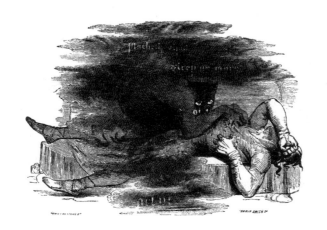

第三幕

第一场　苏格兰皇家城堡内

（班珂上）

班　珂：你现在全有了，国王、考朵勋爵、格拉密勋爵，一样也
　　　　不缺，都和女巫说的一模一样。不过我怕你得到王位的
　　　　手段并不正当。但是你的王位并不能够传给子孙，而我
　　　　却可能是帝王的先人。如果女巫说的话在你马克白身上
　　　　得到了证明——她们的预言的确使你光芒万丈——那为
　　　　什么不会在我身上灵验，不会使我对未来也抱有希望
　　　　呢？但是，不要说了。

（号角齐鸣，马克白穿王服，马克白夫人穿王后服，连洛、罗斯、大臣及侍从上）

马克白：我们的贵宾在这里了。

马克白夫人：如果晚宴上没有他，那就像是酒席桌子开了裂，酒菜也不能各得其所了。

马克白：我们今晚要举行盛大的宴会，务必请你光临。

班　珂：主上的吩咐有如不解的情缘，我哪里敢不从命？

马克白：今天下午你还骑马驰骋吗？

班　珂：是的，主上。

马克白：我们本来想在今天的会议上听听你的意见，因为你的话既有理又有用，但等明天再说吧。你今天骑马要走多远？

班　珂：我是有多少时间就骑多久的马，在晚餐前驰骋最好，有时马跑慢了，还不得不向黑夜借上一两个小时呢。

马克白：但是不要误了我们的晚宴。

班　珂：不会的，主上。

马克白：听说两个手染鲜血的王子逃到英格兰和爱尔兰去了，他们不但不承认他们的血腥罪行，反而向听众散布莫名其妙、凭空捏造的流言蜚语。不过这些事等明天开会再商量好了。你现在骑马去吧，等你晚上回来再见。弗兰斯和你同去吗？

班　珂：是的，主上，我们的时间到了。

马克白：希望你的马跑得又快又稳，你可以稳坐马背。再见。

（班珂下）

大家今晚七点以前都各做各的事，小别使重聚更快活，在晚宴前，我们都自由活动吧。再会！

（众大臣下。马克白及一侍仆留台上）

来，我问你一句话，那两个人在等候吩咐吗？

侍　仆：主公，他们在宫门外等着呢。

马克白：把他们带来。

（侍仆下）

做到这样不算什么，但要坐稳并不容易。我对班珂的担心根深蒂固，他对王室忠心耿耿的天性是最可怕的。他敢作敢当，生来什么也不害怕，他的勇气又有智慧引导，行动起来不会出事。没有谁比他更叫我担心的了，有了他，我的本领不能充分发挥，就像有了凯撒，安东尼的才能不得完全显示一样。他责备那三个女巫不该给我国王的称号，却要她们谈他自己。她们说他会有王子王孙，那我头上戴的岂不是后继无人的空头王冠，手上拿的岂不是徒有空名的王笏？他岂不是剥夺了我子孙的继承权？如果这样，我岂不是为了班珂的子孙而狠下心肠谋杀了慈悲为怀的丹坎？毒害了我内心的安宁，使我成了人民的公敌，却使班珂的子孙来继承王位？与其如此，还不如和命运进行一次决斗，不是胜利，就是死亡呢！——是谁？

（侍仆及两刺客上）

马克白：（对侍仆）你到门口去，等我叫你再进来。

（侍仆下）

是不是我们昨天谈过了？

两刺客：是的，主上。

马克白：那么，你们考虑了我的话没有？要知道他们过去害得你
　　　　们好苦，却把恶名都加到我头上。这点我上次已经对你
　　　　们说清楚，并且拿出证据来说明你们怎么成了上当受骗
　　　　的工具，只要不是疯子，哪怕一知半解的人也可以看出
　　　　来这是班珂干的事。

刺客甲：这点我们明白。

马克白：不错，我还更进一步，那就是我们这次会面的原因。你
　　　　们觉得你们的天性还能忍耐下去吗？难道你们还要虔诚
　　　　地为这个好人和他的子孙祈祷祝福吗？他的铁拳却要把
　　　　你们压进坟墓，让你们的子孙永远乞讨为生啊。

刺客甲：我们还是人呢，主上。

马克白：是的，你们是人，就像猎狗、灰毛狗、杂种狗、长毛
　　　　狗、野狗、癞皮狗、赶鸭子的狗、狼狗都是狗一样，有
　　　　的跑得快，有的慢，有的灵，有的看门，有的打猎，各
　　　　有各的用场，各有各的名字，但总起来说都是狗，人也一
　　　　样。现在，如果你们要摆脱下人的地位，我可以给你们一
　　　　个差事，只要你们做得到，就可以出一口气，同时也为我
　　　　消了气，又可以提高你们的地位，何乐而不为呢？只要他
　　　　还活着，我心里就有气，他一死，我的气也就消了。

刺客乙：主上，我也受够了气，只要能出气，我干什么都不怕。

刺客甲：我也一样，在世上碰得头破血流，我没有什么不敢干
　　　　的，不是干得时来运转，就是粉身碎骨也不在乎。

马克白： 你们都知道班珂是你们的冤家对头？

两刺客： 是的，主上。

马克白： 他也是我的冤家对头，使我有切身之痛，他活着的每一个小时都要刺痛我的心。虽然我可以不顾情面把他扫出宫廷，但是最好不这样做。因为我有些朋友也是他的朋友，我不能失去这些朋友的支持，甚至即使打倒了他，我也要表示难过。因此，我不得不找你们两个帮忙，为了重要的理由，还不能让这件事暴露在光天化日之下。

刺客乙： 我们会按照主上的意思去做。

刺客甲： 即使我们的生命——

马克白： 你们的精神已经显示出来了。最多在一个小时之内，我会告诉你们到哪里去动手，今天晚上什么时间最好。离宫廷远点儿，千万记住，不要把我牵涉进去！干掉他——不要留下后患——他的儿子弗兰斯和他在一起，干掉他们父子二人都一样重要，要把他们一同送进黑暗的地狱。你们先去商量一下，我等一会儿再去找你们。

刺客乙： 我们已经决定了，主上。

马克白： 我一会儿再告诉你们。

（两刺客下）

班珂，你的灵魂要上天堂，那就一定是在今天晚上。

（下）

第二场　英威内城堡内

（马克白夫人及侍仆上）

马克白夫人：班珂离开宫廷了吗？

侍　仆：是的，夫人，但是今晚还要回来。

马克白夫人：告诉主上，等他有空，我要和他说话。

侍　仆：是，夫人。（下）

马克白夫人：花了力气，却无所得；欲望满足了，但并不满意。这样看来，害人者焦虑不安，高兴不起来，反而不如受害者心安无事了。

（马克白上）

马克白夫人：怎么了，夫君？为什么一个人胡思乱想，尽和那些应该同死者一起埋葬的思想打交道！不可挽回的事就不要再考虑了，做了就算完了。

马克白：蛇受了伤，但没有死，等伤一好就复原了，还会再用毒牙来咬人的，那我们就危险了。要提防它的牙齿啊。与其这样每天吃喝都要提心吊胆，睡觉也要担惊受怕，每夜受到噩梦纠缠，那还不如让世界解体，天崩地裂呢。为了得到安宁，我们却把死者送进安宁中去。自己表面上欢欢喜喜，实际上却局促不安，担惊受怕。丹坎进了坟墓，经历了人生的阵痛之后，他已经安然入睡，阴谋诡计无论多么恶毒，钢刀毒药，内忧外患，都再也不能加害于他了。

马克白夫人：得了，我的好夫君，不要绷紧着脸，放松点儿吧。今晚招待客人可要显得高兴点儿啊。

马克白：我会的，亲爱的夫人，请你也要一样，尤其是对班珂，眼睛和舌头都要到位，显得对他与众不同。我们现在并不安全，在歌功颂德的人流中，我们要戴上假面，掩盖我们的真心。

马克白夫人：不要这样说了。

马克白：我还有放心不下的蝎子，我的好夫人，你知道班珂和弗兰斯还活着呢。

马克白夫人：但蝎子并不是天生不死的。

马克白：那还有希望，他们并不是刀枪不入的。高兴一点儿吧。等到蝙蝠绕梁飞了几圈，等到浑身漆黑的巫神把硬壳虫从粪坑里挖出来，发出了嗡嗡的晚钟声之后，你会听到消息的。

马克白夫人：什么消息？

马克白：消息不要紧，我的好夫人，是值得欢迎的事情。来吧，黑夜，让白天闭上眼睛，用无形的血手来扼杀使我胆战心惊的厄运吧。天暗了，乌鸦归林了，白天在萎缩，夜神伸出了黑手。要坏上加坏，坏才能不败啊。跟我来吧。

（同下）

第三场　距苏格兰城堡约一英里处

（三刺客上）

刺客甲：（对刺客丙）谁叫你来的？

刺客丙：马克白。

刺客乙：不要怀疑他了，他说出的任务和执行的方法，都和我们得到的指示是一样的。

刺客甲：那就和我们一起干吧。西方还闪烁着白天的丝丝余光，赶路的旅客正在快马加鞭要上旅店，我们等候的人也快来了。

刺客丙：听，有马蹄声。

班　珂：（在幕后）喂，拿火把来！

刺客乙：就是他，别的客人都已经在宫中了。

刺客甲：他的马牵走了。

刺客丙：离宫门还有一英里路，他和大家一样，这一英里路都是走去的。

（班珂同弗兰斯执火炬上）

刺客乙：有火光了，火光！

刺客丙：那就是他。

刺客甲：准备动手。

班　珂：（灭火）今晚要下雨了。

刺客甲：那就下手吧！

（三人刺班珂）

班　珂：啊，行凶了！快跑吧。弗兰斯，快跑，快跑，快跑！要报仇！啊，该死的！（死）

刺客丙：谁吹灭了火？

刺客甲：难道不应该吗？

刺客丙：只倒了一个，儿子跑了。

刺客乙：那可是因小失大了。

刺客甲：回去复命吧。

　　　（同下）

第四场　苏格兰王宫宴会厅

（宴席准备就绪，马克白夫妇、罗斯、连洛、大臣及侍从上）

马克白：请大家入席，各就各位，我表示衷心欢迎。

众大臣：谢谢主公。

马克白：我将先占主位，与大家开怀畅饮，夫人暂不离位，等一下也会向大家表示竭诚欢迎。

马克白夫人：主公，就请向各位贵宾表示热烈欢迎吧。

　　　（刺客甲上，站立门口）

马克白：瞧，他们也在对你表示衷心感谢，彼此彼此。我要坐在诸位当中，请诸位务必开颜欢笑，然后痛饮一醉。（走到门前，对刺客甲）你脸上有血。

刺客甲：那就是班珂的了。

马克白：你脸上有血比他心里有好。送他走了吧？

刺客甲：主公，他的喉咙断了，那是我下的手。

马克白：你是对付喉咙的好手。对付弗兰斯的也可以比美。如果都是你一手干的，那简直是天下无双了。

刺客甲：主公，可惜弗兰斯跑掉了。

马克白：那可是祸根了，否则真是无话可说，外表像大理石，内心又像岩石，自由得像空气。现在糟了，好像关了禁闭，加上万箭穿心，真是手足无措，不得动弹，又要忍受加油加酱的疑虑和恐惧了。不过，班珂总算完事大吉了吧？

刺客甲：是的，主公，他安然躺在泥沟里，头上有二十个伤口在流血，最小的一个也可以致命了。

马克白：那真要谢谢你。——大蛇送了命，小蛇却逃了生，虽然现在牙齿不够尖利，但毒气还是叫人吃不消的。——去吧，明天你来，再对你说。

　　（刺客甲下）

马克白夫人：主上，你不来敬酒宴客，那酒席就成了酒店，还不如在家里自饮自乐了。给酒菜加味的就是宴席的气氛，气氛就是宴席华丽的外衣。

　　（班珂的阴魂上，坐上马克白的主位）

马克白：谢谢你提醒我，消化好需要胃口好，两样都好才能身体健康。请大家开怀畅饮吧！

连　洛：请主公入席就座。

马克白：现在全国的精英汇聚一堂，可惜我们尊重的班珂不在场，不知道他为什么这样粗心大意，不会有什么意外事故吧？

罗　斯：他不出席只能怪他自己。请主公入御座吧。

马克白：怎么座无虚席呀？

连　洛：主公的御座还空着呢。

马克白：在哪里？

连　洛：这里。主公怎么脸色变了？

马克白：这是谁干的好事？

众大臣：什么事呀，主公？

马克白：你不能说是我干的，不要摇晃你血污的头发！

罗　斯：诸位请起吧，主公不舒适了。

　　　　（众大臣起立）

马克白夫人：尊贵的客人，请坐下吧。主公从小就有这个毛病，请大家不必离席，他过一会儿就会好的。如果你们太注意他，他反倒要发脾气了。吃吧，不要管他。（对马克白）你还是个男子汉吗？

马克白：（旁白）还是个大丈夫呢。哪怕会吓倒魔鬼的，也休想吓倒我。

马克白夫人：（旁白）啊，胡说八道！害怕都印到脸上来了。这就是你所说的引导你去找丹坎的空中匕首。啊，你的一举一动都是恐惧的复制品，你的表情就像年幼无知的孙子孙女，冬天坐在火炉旁边，听老祖母讲陈年累月的恐怖故事吓出来的样子。你看来看去，不过是把空椅子嘛。

马克白：看这里，看看看！——你怎么说？怎么？我在乎什么？你会摇头就说话呀！坟墓里埋的会起死回生，还有鹰嘴呢！

（班珂的阴魂下）

马克白夫人：（旁白）这样胡言乱语，还是男子汉吗？

马克白：（旁白）如果你看见我站在这里，我就看见了他坐在那里。

马克白夫人：（旁白）去你的吧，你怎么不怕难为情？

马克白：（旁白）从前的法令没有清算罪恶，不能保障公共福利，所以流血斗争是常有的事。唉，从那以后，谋杀事件就层出不穷，骇人听闻。不过那个时候，只要脑浆迸裂，人死了，事情也就完了。不过现在不同，死人还会再站起来，即使头上还有二十个致命的伤口，他还会把我们赶下席位呢。这可是比谋杀还更稀奇古怪的啊。

马克白夫人：尊贵的主公，客人们还等着你呢。

马克白：我忘了。（大声）不要这样惊讶地瞧着我，我的贵宾们，我有一个古怪的毛病，见惯了的人就觉得不足为奇了。来吧，祝大家又幸福又健康。然后我再入座。（对侍仆）给我把酒斟满。

（班珂阴魂又上）

马克白：我祝全体贵宾幸福欢乐，也为我们不在场的好友班珂祝酒！请他和大家一同开怀畅饮。

众大臣：（饮酒）敢不从命，保证干杯。

马克白：（看见阴魂）滚开！不要玷污了我的眼睛！躲进坟墓里

去吧。你已经骨枯血冷，瞪着眼睛也视而不见了。

马克白夫人：各位请不要见怪，这只是他的老毛病，可惜扫了大家的兴。

马克白：我天不怕，地不怕，哪怕你就是俄罗斯的粗毛野熊、披甲戴盔的犀牛、加斯滨海外的猛虎。不管你是什么奇形怪状的东西，我坚强的神经决不会震颤。即使你死而复生，向我挑战，到渺无人烟的荒漠中去用刀见个高下，要是我的手发了抖，你就可以说我还比不上弱不禁风的少女，甚至不如襁褓中的婴儿。滚开吧，可怕的幽灵阴魂，虚无缥缈的幻影，滚开吧！

（班珂阴魂下）

怎么，你到底走了，我也复原了。（对众大臣）请大家就座吧！

马克白夫人：你已经让大家失去了欢乐，用意外的纷乱破坏了宴会的气氛。

马克白：难道这像夏天的云彩一样，是司空见惯的事吗？你们看了吓得我脸白如纸的鬼影，却都脸色红润得像没事人一样，这倒真是咄咄怪事了。

罗　斯：主公，你看见什么了？

马克白夫人：请你不要问了，你越问他越生气。请大家立刻散席吧，也不必拘礼，推让先后的次序了。

连　洛：晚安，希望主公早早康复。

马克白夫人：祝大家晚安。

（众大臣下，马克白夫妇留台上）

441

马克白：据说血债要用血来还。就是顽石点头、树叶窃窃私语，也是泄露天机的预兆。夜深了吗？

马克白夫人：差不多要和黎明交班了，也分不清是夜色还是曙光。

马克白：你看马达夫是什么意思？他居然不来赴宴。

马克白夫人：你有没有派人去请他来，主公？

马克白：我还没有派人去，就已经知道了。他们哪一家都有我买通了的仆人。明天一早，我要去找那三个女巫，听她们怎么说，即使是最坏的消息，我也不怕从最可恶的乌鸦嘴里听到。为了这件终身大事，别的一切都得让路。我已经身陷血泊之中，后退不如前进。说来也怪，想好了的事情要做，即使没想好的也要下手，来不及仔细想了。

马克白夫人：但是也不能违背自然规律，还是睡觉去吧。

马克白：去睡吧。一动手就害怕，那是缺少经验，做坏事还年轻呢，要多多锻炼！

（同下）

第五场　荒　　原

（雷鸣声中，三女巫上，遇赫卡特）

女巫甲：怎么啦，赫卡特？你生气了？

赫卡特：难道我不应该生气？

你们三个夜叉居然胆大妄为，
用甜言蜜语和空话，
来和马克白做交易，
泄露生和死的天机；
我掌管你们的咒符，
秘密策划各种灾祸，
你们怎能不打招呼，
运用巫术却不告我？
更糟的是你们一误再误，
使他走上歧途，
他和别人都是一样，
一切只为自己着想。
现在补救还来得及，
地狱河边就是目的，
明天一早他去那里，

关于命运寻根问底，

准备好你们的工具，

咒符更要准备就绪。

现在我要乘风而去，

准备个悲惨的结局。

午前有件大事要做。

月亮角上挂着露珠，

不能等它落到地面，

就用魔法把它提炼，

可以造出一些精灵。

他们能够捕风捉影，

设法迷乱人的本性，

使他不信死生有命，

失去理智，盲目幻想，

沉醉于渺茫的希望，

自己以为万无一失，

其实却是毫无见识。

（内音乐声）

听呀，看呀，在云雾里小精灵们等着我呢。（下）

（内歌声：来吧，来吧……）

女巫甲：我们快走吧，她很快就会回来的。

（同下）

第六场　苏格兰王宫中

（连洛和一大臣上）

连　洛：我以前讲的话和你的想法真是不谋而合，事情可能有进一步的解释，不过我总觉得巧合得有点儿古怪。国王丹坎的死亡使马克白难过，天哪，那是在丹坎死了以后。勇敢的班珂不该走夜路，你也可以说——如果你愿意的话——是弗兰斯杀了他，因为弗兰斯逃走了。人还是不应该深夜赶路的。谁不认为马康和唐纳斑杀死他们慈爱的父王是荒谬绝伦的事？这是罪该万死的谋杀！马克白多么难过啊！他忠心耿耿，愤怒得一下就把两个酒醉肉饱、昏昏入睡的凶手杀了，这一招不是很高明也很巧妙吗？哪一个活人听了凶手否认罪行的话，不会一怒之下就把他们干掉呢？所以我说他一切都干得很好。假如他抓到了丹坎的儿子——幸亏老天开眼，他没抓到——他们能逃脱杀父的罪名吗？弗兰斯也会是一样。但是，不谈这些了，听说马达夫就因为随便说话，又没有参加霸道的主公召开的宴会，已经得不到信任了。你知道他去了哪里吗？

大　臣：丹坎的儿子被霸道的主公剥夺了继承权，现在住到英格兰王宫里去了，受到了爱德华国王的隆重接待，并没有因为他失去了王位而对他失礼。马达夫也到英格兰去请求国王大力支援，唤起英勇善战的诺桑兰王子西华德起兵。如果上天开眼大力相助，我们也许又可以餐桌上有肉吃，夜里可以安眠，不必担心宴席上的刀光剑影，可以效忠受赏了，也就不过如此而已。听说苏格兰的情况激起了英格兰国王的愤怒，他已经准备要打仗了。

连　洛：马克白没有派使者去找马达夫？

大　臣：去了，回答是毫不客气的拒绝。使者愁眉苦脸地转身回答了一句，仿佛是说"你这样会后悔莫及的"。

连　洛：这可是个警告，要他和马克白保持距离。愿神圣的天使飞去英格兰传递这个消息，希望我们在重重压迫下受苦受难的国家能够很快得到恢复。

大　臣：我也会同样祈祷的。

　　（同下）

446

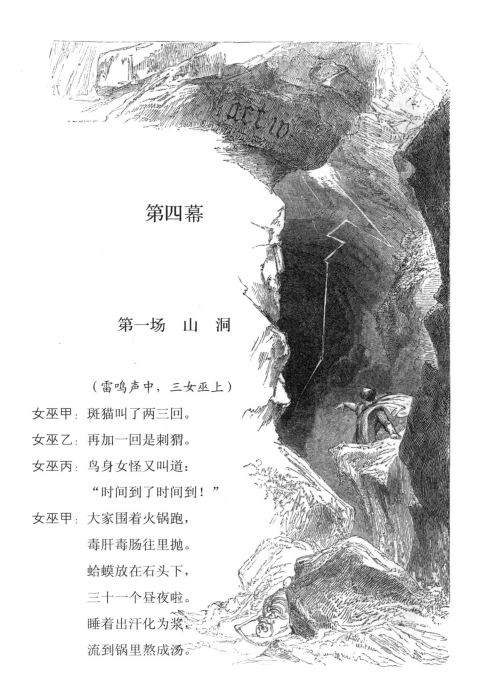

第四幕

第一场　山　洞

（雷鸣声中，三女巫上）

女巫甲：斑猫叫了两三回。

女巫乙：再加一回是刺猬。

女巫丙：鸟身女怪又叫道：

　　　　"时间到了时间到！"

女巫甲：大家围着火锅跑，

　　　　毒肝毒肠往里抛。

　　　　蛤蟆放在石头下，

　　　　三十一个昼夜啦。

　　　　睡着出汗化为浆，

　　　　流到锅里熬成汤。

（三女巫围着大锅跳舞）

三女巫：加倍努力不怕苦，

　　　　煮起泡沫就跳舞。

女巫乙：泥中毒蛇切成段，

　　　　锅里煮熟再烘干。

　　　　壁虎眼睛蛤蟆脚，

　　　　疯狗舌头蝙蝠毛。

　　　　蛇舌如叉双目盲，

　　　　蜥蜴腿短枭翅长。

　　　　煮出一锅地狱汤，

　　　　魔力无穷害四方。

三女巫：加倍努力不怕苦，

　　　　煮起泡沫就跳舞。

女巫丙：还有龙鳞和狼牙，

　　　　女巫僵尸和大鲨。

　　　　埋在苦海深渊里，

　　　　夜里挖出毒无比。

　　　　亵渎犹太肝和脾，

　　　　山羊胆汁杉树皮。

　　　　月食之夜犯了罪，

　　　　土耳其鼻鞑靼嘴。

　　　　妓女挖开黑阴沟，

　　　　找到杀婴手指头。

　　　　投入汤里味浓厚，

再加老虎肝和脏。

煮成巫术一锅汤。

三女巫：加倍努力不怕苦，

煮起泡沫就跳舞。

女巫乙：再加冰凉猩猩血，

巫术冷热如日月。

（赫卡特上）

赫卡特：干得不错要表扬，

个个辛苦该奖赏。

围着大锅把歌唱，

大小精灵围一圈，

唱得巫水变魔泉。

三女巫：（音乐声中合唱）黑白红灰混一片……

（赫卡特下）

女巫乙：大拇指头挨了刺，

大约坏事要开始。

赶快把锁开，

谁敲就进来。

（马克白上）

马克白：怎么啦，你们这些深更半夜秘密活动的长舌妇，你们干

什么来着？

三女巫：干无名有实的事。

马克白：我要你们凭本领告诉我，哪怕你们放出的风会吹倒教

堂，掀起的惊涛骇浪会吞没航海的大船，或是吹折麦

苗，把树连根拔起，使城堡压死卫士，王宫和金字塔坍塌倒地，大自然的宝藏全都毁灭，连毁灭者都手软了，我还是要问你们！

女巫甲：说吧。

女巫乙：问吧。

女巫丙：我们都会回答。

女巫甲：说吧，你是要听我们的话，还是直接听我们的主子说？

马克白：要你们的主子来吧，我要亲眼看看他们。

女巫甲：母猪吃了九只猪仔，

把她的血倒来做汤！

绞架上的凶手身上流油，

把油泼到火上！

三女巫：不管高低上下，

都要显灵出马！

（在雷声中，一个戴盔的人头显灵）

马克白：施展你无边的法力，告诉我吧！

女巫甲：他知道你的思想，听他说，你不用讲。

显灵者：马克白，马克白，要当心马达夫！我要去了，你的对头来自菲府。（下）

马克白：不管你是什么，谢谢你提醒我。你勾起了我的恐惧，我要再问一句。

女巫甲：他不接受请求，也不答你的话，后面来的这位，神通更加广大。

（在雷声中，一个鲜血淋漓的孩童显灵）

显灵童：马克白，马克白，马克白，听我说！

马克白：即使我有三只耳朵，听你也不算多。

显灵童：不怕流血，要勇敢坚强！只要他是母亲生养，就不能使你受损伤。（下）

马克白：那你就活下去吧，马达夫，我何必怕你呢？不过为了加倍保险起见，还是不能让你活下去，我要让胆小怕事的恐惧感放下心来，这样才能在隆隆咆哮的雷声中安然入睡。

（在雷声中，一头戴王冠、手提树的孩童显灵）

马克白：这是什么人？看起来像是帝王的后代，孩子的头上却戴上了圆顶的王冠。

三女巫：听他说，不要问他。

显灵孩：要像雄狮咆哮，无所畏惧，不怕阴谋诡计，马克白是无敌的，除非比南森林移到登西兰高山上来了。

马克白：这是不可能的，谁有本领把森林从土壤中连根拔起呢？这是吉祥的好兆头！在坟墓中不安于位的鬼魂啊，你能拔起森林就从坟墓里出来吧，而高高在上的马克白却会像天长地久的森林一样毫不动摇，只向时间和生死规律付出人头税。不过我的心跳得厉害，急于想知道未来的事。你有没有无边的法力告诉我：班珂的子孙会不会登上王位？

三女巫：不该知道的，就不要多问。

马克白：我一定要知道！不告诉我，你们就会受到天长地久的诅咒！告诉我吧。大锅怎么沉下去了？这是什么响声？

女巫甲：给他看。

女巫乙：给他看。

女巫丙：给他看。

三女巫：让他的眼睛看，伤他的心，来时像幻影，去时像幽灵！

（出现八个国王的幻影。最后一个是班珂，手拿魔镜）

马克白：你看起来像地下班珂的阴魂！第一顶王冠刺痛了我的眼睛。怎么，第二个戴王冠的头发和脸孔都像第一个，第三个又像第二个。该死的母夜叉，干吗给我看这些？第四个，瞪起眼睛来看吧！怎么这样没完没了？！难道一直要看到天崩地裂？又来了一个？第七个了？我不想看下去，但又来了第八个，还带了一面镜子，要照出更多的王冠来，有的还是双重冠冕、三根王笏呢。真可怕！看来是真的了。因为血污的班珂还在对我微笑，指着这些都是他的子孙呢。

（八个幻影下）

怎么，真是这样的吗？

女巫甲：唉，事情就会是这样，马克白为什么惊慌？姐妹们，要使他高兴，要表现欢乐的精神，使空中奏起乐来，大家跳舞也要欢快。为了要国王说好话，我们要热烈欢迎他。

（三女巫跳舞后消失）

马克白：她们到哪里去了？让这个该死的日子永远从日历中消失吧！谁在外面？

（连洛上）

连　洛：主公有什么吩咐？

马克白：你看见那几个女巫了吗？

连　洛：没有，主公。

马克白：她们没有走过你身边？

连　洛：真没有，主公。

马克白：她们经过的地方都污染了，相信她们的人都该死！我听见马蹄声，是谁来了？

连　洛：来了几个使者，向主公报告马达夫逃去英格兰的消息。

马克白：他逃到英格兰去了？

连　洛：是的，我的好主公。

马克白：时间啊，你跑得比我想下手的恐怖事件还要快。如果不是想到就做，那再快的打算也要落后于行动的。从现在起，我心里想到的第一件事就是我要动手干的第一件事。目前，我要用行动来为我的念头加冕，立刻去突然袭击马达夫的城堡，拿下菲府，用刀锋来对付他的妻子儿女，还有那些和他有血缘牵连的倒霉家属。不能再像傻瓜一样去夸海口了，要趁热打铁，在念头还没有冷下去之前，就要先干起来。不要再看什么幽灵幻影了。（问连洛）那几个使者在哪里？我要见他们。

（同下）

第二场　马达夫在菲府的城堡

（马达夫夫人、儿子及罗斯上）

马达夫夫人：他为什么要逃到国外去？

罗　斯：夫人，不要着急！

马达夫夫人：他为什么要着急呢？逃到国外去真是发疯了。我们
　　　　　又没有做什么亏心事，逃走反倒像是负心人了。

罗　斯：你并不知道他逃走是聪明还是害怕。

马达夫夫人：这算什么聪明？离开他的妻子、孩子、城堡、爵
　　　　　位，一个人跑去国外？他不爱我们，他没有天生的亲
　　　　　情，连鹪鹩都不如，鹪鹩虽小，为了保护巢中的幼鸟，
　　　　　还会和猫头鹰做斗争呢！他逃走完全是害怕，一点儿亲
　　　　　情都没有，也太不聪明，逃到国外去是没有道理的。

罗　斯：我的好嫂子，请你不要随便说话。谈到你的丈夫，他是
　　　　　个高尚而又聪明的人，又有头脑，善于临机应变。我不
　　　　　敢再多说了。这个时代太不合情理，我们自己也会莫名
　　　　　其妙就成了反贼。我们害怕出什么事，却把我们害怕的
　　　　　事，当作流言蜚语向外散播了。我们就像在惊涛骇浪的
　　　　　海上漂流一样，随便漂到哪里，也都没有出路。我要向
　　　　　你告辞了，不消多久就会再回来的。事情坏到了底，总
　　　　　会反过来的，说不定还会恢复老样子呢。我的小朋友，
　　　　　我为你祝福。

马达夫夫人：他虽然有父亲，却和没有一样。

罗　斯：我怎么这样傻里傻气地待下去，自己也不知道说了些什么，还给你添麻烦。我这就告辞了。（下）

马达夫夫人：唉，你的父亲死了，你怎么办？你怎能活下去？

马达夫之子：像鸟一样呗，妈妈。

马达夫夫人：怎么，吃虫子，吃飞蝇？

马达夫之子：我是说有什么吃什么。鸟不就是这样吗？

马达夫夫人：可怜的小鸟，难道你不怕网罗、陷阱、粘羽毛的鸟胶？

马达夫之子：那有什么可怕，妈妈？那都不是用来捉小鸟的呀。不管你怎么说，我父亲都没有死。

马达夫夫人：他是死了。你没有父亲怎么办？

马达夫之子：不对，你没有了丈夫怎么办？

马达夫夫人：那不要紧，市场上有的是。

马达夫之子：买来了又卖出去吗？

马达夫夫人：你这张小嘴真伶俐，说真的，聪明得够你用的了。

马达夫之子：我父亲是反贼吗？

马达夫夫人：唉，他是的。

马达夫之子：反贼是什么人？

马达夫夫人：说话不算数的坏人。

马达夫之子：所有的坏人都是这样的吗？

马达夫夫人：这样的人都是坏人，都该吊死。

马达夫之子：难道所有说谎的人都该吊死？

马达夫夫人：所有说谎的坏人都该吊死。

马达夫之子：谁来吊死他们呢？

马达夫夫人：当然是好人啰。

马达夫之子：那么说谎的坏人也太傻了，因为坏人比好人多，他
们为什么不联合起来吊死好人呢？

马达夫夫人：老天保佑，可怜的小猴子，要是没有了父亲，你怎
么办？

马达夫之子：如果他真死了，你会哭他的；如果你不哭，那一定
是有喜事，我很快就会有一个新父亲了。

马达夫夫人：你这张油嘴还真会说！

（一报信人上）

报信人：夫人，上天保佑你。你不认识我，对于府上，我可是久
仰了。我怕你有危险迫在目前，请你听一个普通人的劝
告，带你的孩子离开这里吧。我这样使你担惊受怕，已
经很过意不去，如果要做更坏的事，那简直是惨无人道
了。不过，坏事就要落到你们头上。上天保佑你吧。我
不敢耽搁得太久了。（下）

马达夫夫人：我能逃到哪里去呢？我并没有做过坏事呀。不过我
想起来了，在今天这个世界上，做坏事有人叫好，做好
事反倒危险，人家会以为你疯了。哎呀，说没做坏事来
为女人辩护有什么用？这些陌生的面孔是什么人？

（几个刺客上）

一刺客：你的丈夫呢？

马达夫夫人：你们干见不得人的事，怎能见得着他？

一刺客：他是个反贼。

马达夫之子：你胡说，割了耳朵的凶犯！

—刺客：什么，你这个坏蛋的孽种！（刺马达夫之子）

马达夫之子：杀人了，妈妈！快跑吧，求求你！（死）

（马达夫夫人高喊"杀人了"下，刺客追下）

第三场　英格兰王宫前

（马康及马达夫上）

马　康：我们找个阴凉僻静的地方，倾吐心头的苦闷吧。

马达夫：还不如紧紧握住生死攸关的宝剑，像个男子汉大丈夫那
　　　　样，张开双臂双腿，使我们与生俱来的权利失而复得
　　　　呢。每个黎明都会听见新的寡妇哀号，新的孤儿啼叫，
　　　　新的悲痛呼天抢地，扑面而来，使天地也响起了对苏格
　　　　兰苦难的回声。

马　康：我相信的事使我痛哭流泪，我亲眼所见的惨剧叫我不得
　　　　不相信，只要我有合适的机会，我会拨乱反正的。听你
　　　　刚才所说的话，也许事实就是如此。不过，这个篡权夺
　　　　位的人，提起他的名字，我的舌头都会起泡，但他过去
　　　　也被大家当作好人，你对他不错，他也没有加害于你
　　　　呀。而我却还年轻，你也可以在我身上看到他的影子。
　　　　你为什么不把一只弱小无辜的羔羊献给那个怒气冲天的
　　　　神人呢？

马达夫：我可不是那种小人。

马　康：但马克白却是。一个心地善良的好人在帝王的神圣命令

457

之下是不敢不退缩的。不过我还是想求你原谅。你真正的为人之道是不会因为我的看法而有所改变的。天使总是光明的，虽然最光明的天使因为违抗了上帝的意旨而被打入地狱，虽然坏人也可以假冒伪善，但真正的好人是不会变坏的。

马达夫：看来我是没有希望了。

马　康：也许正是这点引起了我的怀疑。你为什么那样不合情理地离开了你的妻子和孩子？他们不是你感情的寄托，最需要你保护的宝贝吗？你怎么对他们不告而别了呢？我能不求你告诉我吗？不要以为我是猜忌心强，怀疑你不老实。其实，我只是完全为我自己的安全着想。这些都不要紧，因为不管我怎么想，老实人总不会变得不老实的。

马达夫：流血吧，流血吧，可怜的祖国！残暴的统治者，扎下你巩固的根基吧，因为有理的人也不敢动你一根毫毛，那你就戴上你歪来扶正的王冠吧！——再见了，王子，我不会做你所说的坏蛋，即使残暴的君主把他统治的全部土地给我，再加上富裕的东方，我也不会要的。

马　康：不要生气，我这样说并不是因为怕你。我想到国家在暴政枷锁的压迫下流血流泪，每一天都在增加新的血泪伤痕。我想有人愿意支持我得到王权，英格兰就愿支援几千精兵。即使我能用剑取下暴君的首级踩在脚下，可是我可怜的祖国却会受到新统治者千方百计更残酷的压迫，这是何苦来呢？

马达夫：你说的新统治者是什么人？

马　康：就是我自己。我知道移植在我身上的弱点，一旦爆发起来，相形之下，马克白的黑心都会显得纯洁如雪了。受苦受难的祖国只要一比，就会把他看成一只羔羊了。

马达夫：即使在阴森可怕的地狱里，也找不到比马克白更加心狠手辣的恶人了。

马　康：我承认他双手血污，奢侈无度，贪得无厌，弄虚作假，欺世盗名，怒从心起，恶向胆生，没有什么说得出的罪恶是他不沾边的。但是如果我要纵情泄欲，那你们的妻女家小，都满足不了我情欲的无底深渊。我的欲望会摧毁一切障碍，为所欲为。与其让一个这样的人来统治，还是不如马克白好啊。

马达夫：无限制的纵情泄欲，是狂暴地对待自己的天性，那造成了多少国王垮台啊。但是你不必担心，因为你不必纵欲，就可以尽情寻欢作乐。难道你视而不见，多少美人愿意来满足你雄鹰寻食般的饥渴吗？

马　康：但是不仅如此，我还有不怀好意的性格，无法满足的贪心，要是我做了国王，就会剥夺你们的土地，勒索你们的珠宝房产。我占有你们的越多，越会激发我更大的占有欲，那么一来，我就会对忠诚老实的大臣制造不近情理的纠纷，来夺取他们的财富了。

马达夫：这种贪欲扎根更深，比青春期的情欲更有毒，我们有些国王就死在贪欲的利剑之下。但是你不必害怕，因为苏格兰的物产丰富，可以满足你微不足道的欲望。你说的

这些缺点都不是不可弥补的，只要你有君王的美德就
行了。

马　康：可惜我没有适合做君王的美德，如公平合理、诚实无
欺、克制自己、稳打稳扎、宽宏大度、坚持不懈、宽以
待人、严于律己、忠于职守、刻苦耐劳、勇敢坚强、谦
虚谨慎，我对这些都没有兴趣，但对各种罪恶活动，不
管采取什么方式，我倒反能欣赏。不行，只要我有了
权，我就会把和谐甜蜜的奶汁倒入地狱的忘河之中，让
太平世界狂风怒号、分崩离析的。

马达夫：啊，苏格兰呀，苏格兰！

马　康：你说，这样一个人配做统治者吗？而我就是一个这样
的人。

马达夫：配做统治者吗？不，简直不配活在世上。啊，不幸的国
家，一个不合法的暴君用鲜血夺取了王笏，什么时候才
能再过上太平的日子呢？正统的王位继承人又亲口说
出了不合身份的言论！——你的父亲是个神圣仁慈的国
王，生你养你的母亲跪着祈祷的次数比你站着的日子还
多。再见吧，你亲口强加给祖国的苦难，已经使我失
去祖国了。啊，我的心呀，一切希望都只好埋藏在心
里了。

马　康：马达夫，你内心的正直化为溢于言表的热情，已经消除
了我对你抹黑的污点，使我看清了你内心的忠诚。魔鬼
般机灵的马克白派了许多手下人来诱使我归顺于他，我
谨小慎微的保守思想使我不能仓促信任任何人，但是上

天保佑你我！我现在可以向你倾吐肺腑，脱下刚才的伪装，取消我刚说的假话了。其实，我刚才强加给自己的罪名和我的天性毫无关系。我没有亲近过女色，没有随便发过假誓，从来不贪图别人的财富，甚至自己的也不会贪得无厌。我没有说过谎，没有出卖过人，甚至连魔鬼都不会出卖。我喜欢真理就像热爱生活一样。我第一次说谎就是刚才的自我污蔑。其实我真正关心的只是你说到的国家命运的需要。在你来之前，西华德老将军已经带领一万精兵强将出发了。让我们和他们会师吧。我们出师名正言顺，一定会取得胜利的。你怎么不说话了？

马达夫：好坏消息同时到，你教我如何是好？

（一医生上）

马　康：那等等再谈吧。——请问国王要来了吗？

医　生：是的，来了很多病人，都等国王为他们治病。他们的病很多医生都治不好，但一接触到国王的手——这真是天赐的神力——他们的病就好了。

马　康：谢谢你，大夫。

马达夫：他说的是什么病？

马　康：这是一种恶疾，而这位好国王有神奇的疗法。从我来到英格兰后，我就亲眼见过他治病的奇迹。至于他怎么祈求上天的，那只有他自己知道了。这些犯了恶疾的病人浑身发肿，流出脓液，叫人看了可怜他们，外科医生都治不好，国王却能妙手回春。他把一个金币挂在病人颈

461

上，口中念着神圣的祈祷词，说来也奇怪，病就忽然好了。听说这种治疗的福音还可以在王室代代相传呢。除了这种神妙的医术，据说他还有预言祸福、未卜先知的本领。种种吉祥的瑞气笼罩着他的宝座，说明他是得天独厚的。

（罗斯上）

马达夫：看谁来了。

马　康：是我们国家来的人，但我还没有认出是谁。

马达夫：我的好老表，欢迎你来。

马　康：我记起来了，老天，什么事让我把你忘了？

罗　斯：您太客气了。

马达夫：苏格兰有什么变动吗？

罗　斯：唉，可怜的祖国，几乎是面目全非了。她不再是我们的祖国，而成了我们的祖坟。那里除了无知的人以外，脸上都没有笑容。叹息、呻吟、哀号，撕裂了天空也没有人听，愁容取代了笑容。没有人问丧钟为谁而敲。好人的生命不比他帽子上的鲜花更长久，人还没病就先死了。

马达夫：你讲得太不近情理，可又太接近事实了。

马　康：有什么最新的消息吗？

罗　斯：一个小时前的消息就不是新闻，而是往事了。每一分钟都在涌出新闻来。

马达夫：怎么，我的妻子怎么样？

罗　斯：她么？很好。

462

马达夫：还有我的孩子呢？

罗　斯：他们也好。

马达夫：残暴的统治者没有破坏他们的安宁吗？

罗　斯：没有，在我离开他们的时候还没有。

马达夫：不要舍不得说你的消息，现在怎么样了？

罗　斯：这些沉重的消息压得我喘不过气来，在我来的时候，又
　　　　风闻很多大人物造反了。我看见暴君出动军队，证明了
　　　　造反的事实。造反正需要大力援助呢，如果你们在苏格
　　　　兰出现，一定会唤起男人当兵、女人打仗，来摆脱他们
　　　　的苦难。

马　康：我们要回苏格兰去，正好鼓舞他们。慷慨的英格兰派了
　　　　西华德的一万精兵支援我们，还有比这更好的将士吗？

罗　斯：我多么希望有同样好的消息告诉你们啊！但是我听到的
　　　　消息却只应该在渺无人烟、没有耳朵能够听得见的地方
　　　　哭喊出来。

马达夫：什么消息？是关于国家大事，还是个人恩怨的私事？

罗　斯：没有人听了这个消息会不心如刀绞的，尤其是对这事有
　　　　切肤之痛的你啊！

马达夫：既然是关于我的事情，那就请你不必顾虑，痛痛快快地
　　　　告诉我吧！

罗　斯：你的耳朵一听到这个消息，就会永远恨我的舌头了。我
　　　　的舌头要用最沉重的声音说出最沉痛的消息。

马达夫：不用说了，我猜得到。

罗　斯：你的城堡受到突然袭击，你的妻子儿女一起遇难。如果

要说出这屠杀的惨状，那只会让你也痛不欲生，在无辜的死难者当中，再加上你自己的死亡。

马　康：大慈大悲的老天呀！怎么，拿出男子汉的大丈夫气魄来！不要用帽子遮住眼睛，吐出你心头的悲哀。不说出来的痛苦闷在心里，会把心折磨得支离破碎的。

马达夫：我的孩子都没有留下？

罗　斯：妻子、孩子、仆人，一个不留。

马达夫：而我却不在家。我的妻子也死了吗？

罗　斯：我刚才已经说了。

马　康：这真是不可挽回的损失！难道就没有救药了吗？让我们来报复这致命的伤痛吧！

马达夫：他没有子女，也不许我有。你说他们全死了。啊，地狱里的老鹰抓小鸡也没有这么厉害。

马　康：你要像男子汉大丈夫一样和他斗争。

马达夫：我会的，但是大丈夫也是人，怎能忘记人最珍爱的宝贝呢？难道老天能够眼睁睁地看着他们受苦受难吗？该死的马达夫，他们都是为你而死的啊。我真不是人，他们没有罪过，都是为我的罪过而死的。老天可怜他们吧！

马　康：让苦难成为你的磨刀石，化悲痛为力量吧！千万不要挫了你的锐气。让悲愤点燃你的怒火吧！

马达夫：我的眼睛可以流出妇人之泪，舌头可以说出豪言壮语，但是老天不要让我放过这苏格兰的魔鬼，让我们立刻拔刀相向吧！假如他逃得了我这一刀，那就是他命不该绝了。

马　康：这才是男子汉说的话。来，让我们去见英格兰国王。我们已经准备好了兵力，万事俱备，只等出发了。马克白摇摇欲坠，只等我们下手，鼓起你的干劲！取代漫漫长夜的一定是黎明。

　　（众下）

第五幕

第一场　登西兰的英威内城堡

（医生与侍女上）

医　生：我陪你守了两夜，也没有看到你说的情况。她最后一次
　　　　是什么时候夜游的？

侍　女：自从主公上战场后，我见过夫人从床上起来，披上睡
　　　　袍，打开壁橱，取出信纸并且折好，再在上面写几个
　　　　字，读上一遍，又把信封上，再回床上睡觉，而这一切
　　　　都是在睡眠中进行的。

医　生：这种半睡半醒是违反自然规律的。除了走路和其他行动

之外，你还听见她说过什么没有？

侍　女：这我可不能对你照实说。

医　生：对医生没有什么不可以说的，对我说再合适不过了。

侍　女：我不能告诉你，也不能告诉任何人，因为没有第三者能
　　　　证实我的话。

　　　　（马克白夫人手执蜡烛上）

侍　女：瞧，她来了，就是这个样子，我可以用生命保证，她是
　　　　在睡眠中，你可以站近一点儿，好看清楚。

医　生：她怎么会拿着蜡烛呢？

侍　女：那有什么好奇怪的？蜡烛就在她的床头，白天黑夜都得
　　　　点着，这是她吩咐的。

医　生：你看她的眼睛是张开的。

侍　女：不错，但是她看不见。

医　生：她在干什么？看，她在擦手。

侍　女：她总是这样好像在洗手，我看她一干就是一刻钟。

马克白夫人：怎么这里还有血污？

医　生：听，她说话了。我要记下来，免得忘记。

马克白夫人：去你的吧，该死的血污！去你的吧，我说。——
　　　　　　一点，两点，该下手了。——地狱也暗了。——呸，主
　　　　　　公，呸，你还是个军人呢，怎么害怕起来了？我们还怕
　　　　　　谁知道吗？知道了又能把我们怎么样？——但谁想得到
　　　　　　老头子会流这么多的血呢！

医　生：你听到了没有？

马克白夫人：菲府勋爵有过一个夫人。现在到哪里去了？——怎

么这双手老也洗不干净？——不要再干了，主公，不要
再干了。你一紧张，就什么都干糟了。

医　生：去吧，去吧，你已经知道不该知道的事了。

侍　女：是她说了她不该说的话。我敢说，老天才知道她知道的
是什么事。

马克白夫人：怎么还有血腥味？难道阿拉伯香料还薰不香这只小
手？唉，唉，唉！

医　生：叹息也叹不出气来，压在心里又太重了。

侍　女：要我心里承受这么沉重的负担，给我什么大富大贵我也
不干。

医　生：行了，行了，行了。

侍　女：求求老天吧。

469

医　生：这病我不能医，不过我知道，有些夜游的病人还是寿终正寝的。

马克白夫人：把手洗干净，披上睡袍，脸色不要这样惨白。我再说一遍，班珂已经埋葬，再也不会从坟墓里出来了。

医　生：是这样吗？

马克白夫人：睡去吧，睡去吧，有人敲大门了。来，来，来，让我牵着你的手。做了的事是不能挽回的。上床去吧，上床去吧，上床去吧。（马克白夫人下）

医　生：她会上床去吗？

侍　女：马上就要去了。

医　生：外面谣言纷纷，做了坏事总会惹起麻烦的。不安的心灵甚至会向没有耳朵的枕头倾吐秘密。夫人需要的不是看病的医生，而是倾听忏悔的神父。上帝慈悲，宽大为怀。好好照看她吧，不要让她接近会伤害身体的东西，还得对她处处留神。她使我眼花缭乱、心情混乱。我明白了，但不能明白地说出来。

侍　女：祝你夜安，好心的大夫。

（各下）

第二场　登西兰近郊

（在鼓声中，在军旗下，孟特斯、卡内斯、安格、连洛率士兵上）

孟特斯：英格兰军队快来了，领军的是马康，他的长辈西华德和
忠诚的马达夫。他们心中燃烧着复仇的火焰，他们正义
的呼声会感动麻木不仁的人也来参加流血斗争的。

安　格：我们会在比南森林附近碰上他们，他们正从那条路上
来呢。

卡内斯：知不知道唐纳斑是不是和他哥哥在一起？

连　洛：肯定不在一起。我有一张他们的名单，上面有西华德的
儿子，还有一些年轻力壮的小伙子。

孟特斯：残暴的主子在干什么？

卡内斯：他在加强登西兰的保卫工作，有人说他疯了，不那么恨
他的人说他在拼命挣扎。肯定的是，肿胀的肚子用腰带
箍得再紧也是不能消肿的。

安　格：他现在也感到秘密的暗杀染红了他的双手，每一分钟都
有人起来反抗，谴责他背信弃义。他的部下都是奉命行
事，没有忠诚的感情。他现在感到国王的头衔空荡荡地
漂浮在他周围，就像一个身材矮小的偷儿披上一件巨人
的长袍一样。

孟特斯：他自己的内心都在谴责他的所作所为，还用得着旁人去
指出他感觉错乱，有时退缩，有时突然发作吗？

卡内斯：那好，我们向前进军，去会合我们该听命的主子，大家
一起流血流汗，清洗过去的错误，好好医治我们百孔千
疮的国家吧。

连　洛：国家需要多少，我们就提供多少。用我们的雨露去灌溉
鲜花，淹没莠草，向比南森林前进吧。（率队伍下）

第三场　登西兰的英威内城堡

（马克白、医生及侍从上）

马克白：报告不要再送来了。让那些造反的爵士都滚蛋吧！只要
　　　　比南森林不移动到登西兰来，我就用不着担惊受怕。马
　　　　康这小子其奈我何？难道他不是女人生下来的？这是知
　　　　道天命和人事的神灵告诉我的："不用害怕，马克白，
　　　　只要是女人生下来的男人，都对你无能为力。"所以你
　　　　们滚吧，不忠不义的爵士们，去和那些吃喝玩乐的英格
　　　　兰人打成一片吧，我的决心不会动摇，心情也不会低
　　　　落，既不会怀疑，也不会害怕。

（一侍仆上）

马克白：难道魔鬼在你脸上涂颜色了？怎么这样惨白得面无人
　　　　色？你从哪里学来的这副笨蛋模样？

侍　从：来了成千上万——

马克白：笨蛋还是坏蛋？

侍　从：主公，是大兵。

马克白：你怎么脸都吓白了？去涂点红颜色吧！不要心神不定，
　　　　胆小鬼！什么大兵吓得你这样丧魂失魄、脸色惨白了？

侍　从：请主公谅解，是英格兰大兵。

马克白：去你的吧！

（侍仆下）

　　　　撒丹！（译注：意为魔鬼，撒丹是音译。）这次进攻没

有什么可怕的，会让我下台吗？我也活够了，活得像片枯叶，黄色的枯叶，象征着老人的黄昏。什么荣誉、爱戴、臣服、友军，我都不想要了。等待我的只是诅咒，虽然声音不高，却是深入人心。口头上的恭维，像一口气，吐出去就完了。——撒丹！

（撒丹上）

撒　丹：主公有什么吩咐？

马克白：有什么新消息吗？

撒　丹：过去的消息都证实了。

马克白：那我就打下去吧，哪怕会粉身碎骨呢！把我的盔甲拿来！

撒　丹：还用不着吧？

马克白：我要披挂上阵，多派些兵马去。我要跑遍全国，哪个害怕并口出怨言，我就吊死哪一个。拿我的盔甲来！

（撒丹送上盔甲）

　　　　医生，你的病人怎么样了？

医　生：主公，病倒不重，她只是心烦意乱，积郁太深，不得安息。

马克白：那就不能医治了吗？你就不能把她积郁心头的重重思虑连根拔掉，用一些甜蜜的汤药洗净她堵塞胸中的危险毒物吗？

医　生：这可要靠病人自己了。

马克白：那还要医药有什么用？还不如拿去喂狗呢。（对侍仆）给我披甲戴盔，拿我的王笏来！撒丹，快去派兵！——

473

医生，你能像检验小便一样检验国家的水土，把毛病都
洗干净，使它恢复健康吗？如果你能，我真要把你捧上
天去，让空中都充满赞美的回声了。有什么泻药能把英
格兰军队排泄掉吗？你听说过没有？

医　生：我听到过一点儿主公备战的消息。

马克白：（对撒丹）把武器带上，

　　　　　　我不怕死亡，

　　　　　　也不必悲叹，

　　　　　　除非比南森林移到登西兰。

　　　　（众下。医生留舞台上）

医　生：登西兰啊，只要我能离开，

　　　　给我什么，我也不会回来。（下）

第四场　　比南森林附近

（在鼓声中，在军旗下，马康、西华德父子、马达夫、
孟特斯、卡内斯、安格，率士兵队伍上）

马　康：诸位亲友，我看拿下马克白死守的宫廷内室，为期不远了。

孟特斯：我们也不怀疑。

西华德：我们面前的是什么森林？

孟特斯：比南森林。

马　康：每个士兵砍下一根树枝，捧在手里。这样就可以隐蔽兵
　　　　力，使对方误报军情了。

士　兵：遵命。

西华德：我们知道那个希望幸存的统治者妄想死守登西兰，他会让我们在阵前安营扎寨的。

马　康：只要有利可图，他都不会放弃。多少反对他的人都离开了他，迫不得已留下来的人也是三心二意的。

马达夫：估计是不是正确，要等事实来证明。现在，还是发扬艰苦奋斗的精神更好。

西华德：时间就要到了，结果会让我们知道，我们什么事说对了，什么事还有所不足。推测的想法只说明不可靠的希望，肯定的结果要由战斗来做出决定，而战争正在朝着这个方向进行。

（众人率士兵队伍下）

第五场　登西兰的英威内城堡

（马克白、撒丹及士兵、鼓手、旗手等上）

马克白：把我们的旗帜高挂城外。到处都在喊："他们来了。"我们的城堡会笑对他们的围攻，让他们待在城外等待饥饿和瘟疫来把他们消灭干净吧。要不是我们这边的人倒戈投敌，我们本来是可以和他们正面交锋，打得他们落花流水，滚回去的。

（幕后妇女哭声）

这是什么声音？

撒　丹：主公，这是妇女的哭叫声。（下）

马克白：我几乎忘了恐惧是什么滋味。从前，半夜听见一声哭叫，会使我感到浑身一阵冰凉；听到惊人的事件，我的头发也都活了，会吓得倒竖起来。现在，我已经饱尝风霜雨露的滋味，头脑中充满了杀人如麻的思想，无论什么恐怖的事，也不会再使我大惊小怪了。

（撒丹上）

马克白：为什么哭喊呀？

撒　丹：王上，王后去世了。

马克白：她迟早总是要去世的，这个消息总有一天会来。明天，明天，又一个明天，一天一天慢慢地爬到最后的时刻。我们所有的昨天不过是给傻瓜照亮了在尘世走向死亡的道路而已。熄灭了吧，熄灭了吧，短短的蜡烛！生命不过是一个行动的影子，一个蹩脚的演员在舞台上东奔西走，手忙脚乱，然后就无声无息地下台了。这只是一个傻瓜的故事，讲得有声有色，口沫四溅，其实毫无意义。

（使者上）

马克白：你是来摇头摆尾、磨牙弄舌的，有话就快说吧。

使　者：主公请听，我来报告我自以为是亲眼得见的事，但是不知道怎样说好。

马克白：那好，老兄，你就照实说吧。

使　者：我在山头放哨，望着比南森林，看见森林好像动起来了。

马克白：你在撒谎，狗东西！

使　者：假如事实不是这样，请主公随便怎样处罚我好了。其实只要站在三里外就可以看到，是不是一座小树林在移动了。

马克白：如果你说了假话，我就把你活活吊在旁边那棵树上，一直吊得你饥渴而死。如果你说的是真事，那就把我吊死也无所谓。我开始怀疑，魔鬼是不是把模棱两可的话当作真话来骗我了，"不用害怕，除非比南森林移到登西兰来"，而现在树林居然移动过来了。那就披挂上阵吧！如果女巫们说的话是真的，那我后退无路，只有上阵。我开始对生活感到厌倦，不怕世界变成混乱一团。响起警钟来，让狂风怒号！我要全身披挂，血染战袍。

（众下）

第六场　登西兰城堡外

（在鼓声中，在军旗下，马康、西华德、马达夫率军队上，士兵手捧树枝）

马　康：我们快要兵临城下，掩护你们的树枝可以放下了，露出你们的英雄面目吧。——西华德叔叔，请你们父子军打头阵好不好？马达夫和我，就按原定计划作战如何？

西华德：只要碰到马克白的军队，我们只有前进，决不后退。

马达夫：让军号说话，让喇叭出气，吹出他们流血阵亡的消息！

（众下）

第七场　登西兰城堡外

（马克白上）

马克白：他们把我像大熊一样绑在木桩上，使我不能为所欲为，
　　　　不过我还是要杀出一条路来。谁不是母亲生下来的呢？
　　　　除了一个这样的人，我还用得着怕谁呢？

（西华德之子上）

西华德之子：来将通名！

马克白：我的名字会吓死你。

西华德之子：即使你的名字比地狱里的恶魔还更凶恶，也吓不
　　　　倒我。

马克白：我就是马克白。

西华德之子：我的耳朵还没有听说过比这更可恶的名字。

马克白：不是更可恶，而是更可怕。

西华德之子：你胡说，残暴的统治者，我要用剑来刺破你的
　　　　画皮。

（二人交锋，马克白杀死西华德之子）

马克白：看来你还是母亲生的儿子，在我刀下难免一死。（退场）

（号角声中马达夫上）

马达夫：杀声是从那边来的，残暴的马克白，露出你的凶恶面目
　　　　来！如果你不死在我的刀下，我的妻子和孩子的阴魂怎

肯善罢甘休！但是我也不能把你倒霉的兵士当替死鬼，他们是你雇来扛枪的。如果杀的不是你马克白，那我宁愿刀不血刃，藏入鞘内，也不能滥杀无辜。那边铿锵之声不绝于耳，是战争的高音符，他应该在那里。命运之神啊，让我找到他吧，我也别无所求了。（在号角声中退场）

（马康和西华德上）

西华德：请走这条路吧，城堡已经归顺您了。双方的兵士虽然打了一下，但您的爵士们都很勇敢，胜利几乎肯定是我们的，并且不必太费力气了。

马　康：我们碰到的对手虽然舞刀弄枪，但似乎并不真想伤害我们。

西华德：请您进城堡吧。（在号角声中退场）

（马克白上）

马克白：我为什么要学那些糊涂的罗马大将，战败了就拔剑自杀呢？只要我还看见敌人活着，我就要叫他们血溅沙场。

（马达夫上）

马达夫：转过身来，地狱里的恶狗，转过身来！

马克白：我天不怕，地不怕，就只怕碰到你。你快走吧，我欠你的血债已经太多了。

马达夫：我对你无话可说，只有让我的剑来说话。你这个吸血的恶魔，没有什么言语说得出你血淋淋的罪行。

马克白：不要白费力气了，你不能用剑刺伤空气，就休想叫我流血。用你的剑去砍那些刀枪能入的盔甲吧。我生命的魔力是任何母亲生下来的儿子都伤害不了的。

马达夫：去你魔鬼的魔力吧！让从天堂贬到地狱的天使告诉你，马达夫和凯撒一样不是母亲生下来的，他们是剖腹的产儿。

马克白：老天诅咒这些胡说八道的舌头吧！这一下可让我失掉男子汉的丈夫气了！怎能相信这些妖魔鬼怪玩弄的两面派字眼呢？他们叫我的耳朵相信他们的甜言蜜语，却使我的希望变成了绝望。我不和你打了。

马达夫：那你就投降吧，胆小鬼！我们要在光天化日之下把你推出示众，在旗杆上挂出你的丑恶嘴脸，下面标明这是混世恶魔的面孔。

马克白：你们休想让我向马康那小子低头认罪，跪在他脚下求饶！虽然比南森林移到了登西兰，虽然你不是母亲生下来的儿子，但我还是要硬拼到底。我身前有能征惯战的盾牌。来吧，马达夫，谁先喊"住手"谁就是孬种。

（在号角声中双方交战，马达夫杀死马克白，退场。吹退兵号。在鼓乐声中，在军旗下，马康、西华德、罗斯、众爵士率士兵上）

马　康：但愿我们担心的亲友都能安全归队。

西华德：总会有损伤的。在我看来，这样大的胜利，只花了这样小的代价，应该是很合算的。

马　康：马达夫还不见人，令郎也不见踪影。

罗　斯：老将军，令郎已经尽了军人的天职。他刚成年，就毫无畏惧，不怕牺牲，做了男子汉大丈夫，真不愧为将门之子。

西华德：他牺牲了？

罗　斯：是的，遗体已经撤离战场，务请老将军节哀，令郎没有
　　　　辜负您的期望。

西华德：他的伤在正面？

罗　斯：是的，他额头有刀伤。

西华德：那他是顺从天意的战士，即使我有头发一样多的子孙，
　　　　我也不希望他们有更光荣的结局。让我的话作为他的丧
　　　　钟而鸣吧！

马　康：他值得更深切的哀悼，我的眼泪都流不完了。

西华德：他已经实现了他的价值。他们说他走得很得体，不失
　　　　军人的本色，他会和上帝同在的。看，又来了什么新
　　　　消息？

　　　　（马达夫上，献上马克白首级）

马达夫：特向王上献礼，主公已经夺回王位了，这里是篡权夺位
　　　　者的首级。现在，国家已经恢复自由，主公受到了全国

精英的拥戴，我不过说出了大家的心意而已。我们乐意
同声高呼：苏格兰国王万岁！

众　人：苏格兰国王万岁！

马　康：我们不能花太多的时间来回报诸位的厚爱，如果要论功
行赏，赏总是落后于功的。我亲爱的爵士们和亲友们，
从现在起，你们有爵位的都晋升为伯爵，这是苏格兰有
史以来第一次这样封赏。此外还有许多事情要做，要按
轻重缓急先后安排。为了逃离篡位者的罗网而不得不流
亡国外的亲友，都要召唤回国。还有帮助篡权夺位、无
恶不作的杀人凶犯，以及那个篡位者凶神恶煞般的妻
子——据说她用粗暴的双手扼断了自己的生命——都要
依法严办。其他需要我们去做的事，我们要按照上帝的
意旨选择完成的时间和地点。最后敬请光临加冕大典！

（鼓乐声中退场）

图书在版编目（CIP）数据

许渊冲译莎士比亚戏剧集.第一卷/（英）威廉·莎
士比亚著；许渊冲译.— 杭州：浙江大学出版社，2020.6
ISBN 978-7-308-20119-3

I.①许… Ⅱ.①威… ②许… Ⅲ.①剧本—作品集—英国—
中世纪 Ⅳ.① I561.33

中国版本图书馆 CIP 数据核字（2020）第 049328 号

许渊冲译莎士比亚戏剧集·第一卷
〔英〕威廉·莎士比亚 著　许渊冲 译

特约策划	草鹭文化
责任编辑	周红聪
特约编辑	董熙良　邹镇明
文字编辑	李　卫　周红聪
责任校对	丁建华　闻晓虹
营销编辑	冯玉仟　杨　杨　张　璋
装帧设计	周　晓
出版发行	浙江大学出版社
	（杭州天目山路 148 号 邮政编码 310007）
	（网址：http://www.zjupress.com）
排　　版	上海碧悦制版有限公司
印　　刷	北京时捷印刷有限公司
开　　本	635mm × 965mm　1/16
印　　张	30.5
字　　数	278 千
版 印 次	2020 年 6 月第 1 版　2020 年 6 月第 1 次印刷
书　　号	ISBN 978-7-308-20119-3
定　　价	98.00 元